NOSSO TIPO DE JOGO

JOHANNA
COPELAND

NOSSO TIPO DE JOGO

TRADUÇÃO
Natalie Gerhardt

AVISO DE CONTEÚDO SENSÍVEL: ESTE LIVRO CONTÉM
CENAS DE VIOLÊNCIA SEXUAL.

Copyright © 2024 by Johanna Copeland
Publicado mediante acordo com a autora através da The Lotts Agency, Ltd.

Grafia atualizada segundo o Acordo Ortográfico da Língua Portuguesa de 1990, que entrou em vigor no Brasil em 2009.

Título original
Our Kind of Game: A Novel

Capa
Robin Bilardello

Imagem de capa
Elhenyo/ Getty Images

Preparação
Angélica Andrade

Revisão
Natália Mori
Jane Pessoa

Dados Internacionais de Catalogação na Publicação (CIP)
(Câmara Brasileira do Livro, SP, Brasil)

Copeland, Johanna
     Nosso tipo de jogo / Johanna Copeland ; tradução
Natalie Gerhardt. — 1ª ed. — Rio de Janeiro : Suma,
2024.

     Título original : Our Kind of Game : A Novel.
     ISBN 978-85-5651-237-6

     1. Ficção norte-americana I. Título.

24-216412   CDD-813

Índice para catálogo sistemático:
1. Ficção : Literatura norte-americana   813

Cibele Maria Dias – Bibliotecária – CRB-8/9427

Todos os direitos desta edição reservados à
EDITORA SCHWARCZ S.A.
Praça Floriano, 19, sala 3001 — Cinelândia
20031-050 — Rio de Janeiro — RJ
Telefone: (21) 3993-7510
www.companhiadasletras.com.br
www.blogdacompanhia.com.br
facebook.com/editorasuma
instagram.com/editorasuma
x.com/editorasuma

Para meu pai, que me ensinou a importância de uma boa história e me inspirou a contar as minhas próprias.

PARTE UM

1

OUTONO

STELLA

Stella Parker adora noites de verão. O abraço quente delas. A sensação do ar contra o corpo e o cheiro terroso de umidade. É uma resposta visceral que chega a ser constrangedora. Como um vício que não se confessa para estranhos.

Assim que chegou a McLean, essas noites lânguidas foram uma revelação. Ela não tinha percebido que aquilo existia fora da ficção. Uma noite assim, em início de outono, parece impossível, como a vida de privilégios que ela tem.

Stella abraça os joelhos, ainda bronzeados do verão, e os puxa contra o peito. Tenta ficar pequena nos degraus de ardósia, como se pudesse desaparecer. Atrás dela, a casa é um vulto imponente e amplo. Sempre foi demais para a família, mas Tom usou o quintal grande como argumento para a compra.

— As crianças precisam de espaço para brincar ao ar livre, Stella — disse ele. Ela não discutiu.

— E olha só essa cozinha. É perfeita para receber amigos. — Ele deu um sorriso para a corretora loira e bem-vestida enquanto abraçava Stella pelo ombro e o apertava.

A versão dela que Tom conheceu, aquela que poderia ser conquistada por uma cozinha feita para receber amigos, não corresponde muito bem à realidade. A Stella de verdade não gosta de dar jantares. Para ser sincera, não gosta de nenhum tipo de festa.

Não liga que Tom tenha entendido errado. Quer que ele acredite nessa versão mesmo. Se acreditar, significa que ela conseguiu extirpar as partes que não são adequadas para se apresentar ao público. Stella diz a si mesma que todo mundo tem segredos.

Se você conta a mesma história várias vezes, ela acaba se tornando verdade.

Só que há momentos em que o passado invade o presente. Noites como aquela, quando Tom e as crianças estão fora e Stella pode deixar os pensamentos vagarem. Essas são as noites em que ela rejeita o conforto do ar-condicionado e da televisão, preferindo o calor grudento e as coisas que existem nas sombras. A escuridão atrai guaxinins, mosquitos sedentos de sangue, o cachorro do vizinho que olha para ela sem medo e, claro, a própria Stella.

Quando o celular vibra, ela sente um lampejo de irritação. Olha para o aparelho, iluminado sobre o ladrilho. Seu monitor eletrônico.

Será que o desejo profundo de ficar sozinha de vez em quando a torna uma péssima mãe?

Ela suspira. Um som desesperado, mal audível por sobre o canto das cigarras. Já é final de setembro. Logo não haverá mais muitas noites como aquela. Tudo que Stella quer é não ser interrompida.

O celular vibra de novo, e Stella faz uma rápida consideração.

Não é Colin, porque ele está no campeonato de beisebol. Daisy foi dormir na casa de uma amiga, mas não faz nem uma hora que está lá. Cedo demais para os dramas que Stella associa às festas de pijama da filha. Só resta Tom. Ele está em um jantar de trabalho e deve ficar fora até tarde. Disse a ele que ia sair com amigas do grupo de leitura. As mulheres que acham que Stella é uma delas.

Todas se formaram nas melhores universidades. Em tese, a conversa do grupo de leitura deveria ser perspicaz e profunda. Em vez disso, gira obsessivamente em torno de vestibulares, visitas a dormitórios, recrutamento do time de hóquei sobre grama (que todas chamam de "hoquetes", uma palavra que enoja Stella), e a compra e subsequente reforma de casas de veraneio.

Foi por isso que Stella cancelou. Não ia conseguir enfrentar duas horas daquele tipo de papo acompanhado por saladas que sempre sobravam no prato. Elas se encontravam em um restaurante, e a regra que nem precisava ser dita era que todas deveriam pedir uma salada e só comer metade. Mesmo assim, Stella faz parte desse clube do livro porque foi Lorraine que o criou. Nem todo mundo é convidado para fazer parte do clube de Lorraine.

Lorraine Loomis é a melhor amiga de Stella Parker. Para deixar bem claro: Stella a considera assim porque Lorraine é a pessoa que Stella mais vê, além de Tom e os filhos. Lorraine não é uma pessoa com quem Stella compartilha seus medos e segredos mais sombrios.

Lorraine gosta de colocar as pessoas em caixinhas.

— Existem dois tipos de mãe em McLean — disse ela certa vez para Stella, enquanto tomavam vinho branco na área externa da casa de Lorraine. — As lindas e as inteligentes.

Stella, que já era uma mãe que se dedicava somente aos filhos havia uns dez anos, sabia muito bem em que caixinha Lorraine a tinha colocado e, portanto, não mordeu a isca. Em vez disso, sorriu, passou a mão no cabelo com luzes e retrucou:

— Você é muito engraçada mesmo, Lorraine. — Seu tom implicava o contrário.

Apesar das afirmações de Lorraine, Stella tem certeza de que só existe uma palavra para descrever as mães daquela cidade.

Ricas.

O celular vibra de novo e Stella olha para o aparelho com raiva. Deve ser Daisy. Revira os olhos. Qualquer que seja o problema descrito na mensagem, a filha seria capaz de resolver sozinha. É importante desenvolver a habilidade de solucionar problemas na infância. Ainda assim, Stella sempre teve o defeito de ajudar demais. E quanto a Tom... Bem, de alguma forma, ele se exime do serviço parental disponível vinte e quatro horas por dia que se espera de Stella.

Ela não sabe muito bem como aquilo aconteceu.

Em um minuto, ambos eram advogados, no outro, Stella não era mais.

Fazia sentido que Stella ficasse em casa com os filhos. Seu último trabalho, em uma firma de advocacia elegante, pagava menos do que a mensalidade de uma creche ou de uma babá em tempo integral. Uma creche beneficiaria a ambos, mas Tom argumentou que, se Stella ficasse em casa, eles poderiam aplicar o dinheiro que gastariam com a creche em uma poupança para a faculdade. Era difícil discordar daquela lógica.

— Crianças precisam de estabilidade — disse ele, ninando a pequena Daisy nos braços com tanto carinho que Stella se apaixonou por ele de novo.

Ele tinha acabado de ser promovido a sócio e viajava muito. A escolha óbvia para dar estabilidade para os filhos era ela.

Além de tudo, ela gostava da ideia de ficar em casa com Colin e Daisy.

"Gostar" talvez seja forte demais.

Ficara exausta ao tentar equilibrar o trabalho e a maternidade. A opção de realizar apenas um dos dois pareceu uma saída de emergência. Era como se estivesse embaixo d'água, respirando por um canudinho e alguém tivesse lhe oferecido uma máscara de oxigênio. Não tinha pensado como era injusto que Tom não se sentisse igualmente exausto por tentar o mesmo. Talvez tivesse sido a privação de oxigênio ou o fato de não dormir direito por meses.

Ela não estava no estado mais racional.

Quando o celular começa a tocar, Stella cede. Pega o aparelho esperando ver o nome de Daisy, mas é Tom que está ligando. Com uma pontada de culpa, ela o coloca de volta no degrau. Ele vai achar que ela está com as amigas em um restaurante lotado e não ouviu o celular tocar.

Sabe que Tom é ocupado. Sabe que ele nem sempre tem como atender o telefone quando ela ou os filhos ligam, mas também sabe que ele pode ignorar as ligações porque Stella não pode ignorar as dela. E a verdade é que ela não se incomoda com as noites em que ele precisa sair com os clientes. Horas e horas em que nem se dá ao trabalho de olhar para o telefone. O que a incomoda — não, o que na verdade inveja — é a liberdade dele. A certeza de que não *precisa* olhar para o celular. Em caso de qualquer emergência, ele sabe que Stella vai resolver. Stella vai solucionar. Cem por cento das vezes.

Na semana passada, ela passou por uma biópsia. Nada grave, só um procedimento de rotina depois de uma alteração no exame ginecológico. Quando a escola ligou, Stella estava na mesa de cirurgia. Com os pés apoiados no estribo de metal e a ginecologista examinando-a por dentro.

— Estamos tentando falar com algum responsável a manhã toda — disse o orientador educacional, sem perguntar se ela podia falar. — Daisy fez uma declaração muito preocupante na terceira aula.

— Sabe... — começou Stella, mas o orientador estava engatado.

Tinham ouvido Daisy cochichar "Quero morrer", e considerando as taxas crescentes de suicídio entre adolescentes, a professora pediu que a garota fosse conversar com o orientador. Óbvio, precisavam de autorização dos responsáveis para isso.

— Sim, sim, é claro. Também vou conversar com ela hoje à noite — disse Stella, recusando-se a deixar transparecer qualquer tipo de dor na voz enquanto a médica cortava um pedaço do seu útero.

O resultado da biópsia foi bom, mas Stella não ficou nada bem.

— Disseram que tentaram ligar para você. Várias vezes — disse ela para Tom quando ele chegou em casa.

Ainda estava fervilhando de raiva com a indignidade da situação.

— Olha, você não precisava ter atendido. Nada de mais teria acontecido se não atendesse.

— Era uma ligação da escola. E se fosse uma emergência?

Tom meneou a cabeça e deu um beijo no topo da dela.

— Eles são adolescentes, Stell. Quando éramos adolescentes, ninguém tinha acesso constante aos nossos pais. Não se preocupe tanto. Eles vão ficar bem.

Ela deixou para lá. Depois de dezenove anos de casamento, sabe que Tom acredita mesmo nessa filosofia. Não entende que, às vezes, as coisas não acabam bem. Nunca viu como a vida pode mudar em um estalar de dedos e tomar um caminho sombrio e estreito. Quando se conheceram, ele a fez pensar em um copo de água filtrada, pura e limpa. Gostava dele assim. Gostava ainda mais que Tom a visse do mesmo modo.

Stella vê um carro dirigindo devagar pela rua tranquila. Uma suv escura e luxuosa, quase indistinguível da que está estacionada em sua garagem. Não chamaria a menor atenção naquele bairro, a não ser pelos faróis apagados.

12

A suv diminui a velocidade e entra pelo portão da casa de Stella. Ela se levanta, segurando o celular como se fosse uma arma. A porta do motorista abre e uma mulher tomba para fora. O instinto faz com que Stella se oculte na escuridão, mas, no momento seguinte, ela dá um passo para a frente. Reconhece a mulher.

É sua vizinha, Gwen Thompson.

O primeiro pensamento sem sentido que lhe ocorre é que Gwen decidiu buscar a cesta para o leilão que Stella prometera entregar no dia seguinte mais cedo.

— Oi, Gwen — diz Stella.

Ela se sente ridícula. Tanto por causa do sangue zunindo nos ouvidos, uma reação exagerada para uma situação que não representa perigo, quanto por ter sido flagrada fora da própria casa, sozinha e no escuro.

— Stella?

Gwen para e olha em volta, como se estivesse confusa. Está segurando uma bolsinha da Lilly Pulitzer com um bordado de palmeiras. Stella nota que é do mesmo tipo que estava na lista de aniversário de Daisy dois anos antes.

Algo está errado. Stella sente nas entranhas. Quando o instinto de perigo se instala, livrar-se dele nunca mais é possível.

— Quer entrar?

As duas olham para a porta da casa.

— Eu...

Gwen deixa a palavra pairar, o que faz Stella perceber que a vizinha parece estar mancando. Que está escondendo um lado do rosto atrás do cabelo.

— Você... — Stella hesita, e então reformula: — Está tudo bem?

— Está. Estou bem. Está tudo bem. — As palavras soam arrastadas.

Na escuridão, Stella dá mais um passo em direção a Gwen. A luz com sensor de movimento que deveria iluminar a entrada se apagou. Ela olha para a lâmpada e, em seguida, de volta para Gwen.

— Eu estou bem — repete Gwen, como se Stella a estivesse contradizendo.

Ela se senta no degrau de pedra que Stella acabou de desocupar.

— Posso fazer um café — sugere Stella.

Gwen ri, mas não há diversão no som.

— Engraçado como os círculos se fecham.

O olhar que lança para Stella é acusador, mas Stella acha que Gwen está falando arrastado por causa do álcool ou de alguma outra substância. Mesmo assim, algo naquele momento provoca em Stella uma forte sensação de déjà-vu.

— Posso levar você para casa — diz Stella.

— Tudo bem. — Gwen assente. — É melhor eu não dirigir.

Ela se levanta e Stella segue Gwen até o carro. É um trecho curto. Três quarteirões.

— É só deixar na entrada da garagem — diz Gwen.

— Você tem certeza que está tudo bem? — pergunta Stella, entregando as chaves para a vizinha.

Gwen assente. Ela já está saindo do carro, o que significa que Stella deve fazer o mesmo.

— Eu adoro as fotos que você posta no Insta. Sua família é perfeita mesmo — diz Gwen.

— Obrigada.

Stella abre a boca, mas, antes que tenha a chance de fazer outra pergunta, Gwen vai mancando até a porta de casa.

Está mancando. Não existe outra palavra para aquilo.

— Gwen — chama Stella.

Mas ou a vizinha não ouviu ou preferiu ignorar. Ela bate a porta, deixando Stella sozinha.

Stella caminha pelos três quarteirões de volta para sua casa grande demais. Quando chega à entrada, vê um objeto caído na escada. Ao se aproximar, identifica o que é.

A bolsinha da Lilly Pulitzer de Gwen.

Ela a pega, senta-se na escada e tira o celular do bolso. Rola a tela pela lista de contatos até encontrar o número de Gwen e escreve:

Oi. Só para saber se você está bem e avisar que esqueceu sua bolsa aqui. Posso passar amanhã para entregar.

Ela pressiona o botão de enviar, pega a bolsa e sobe a escada até a entrada da casa. Stella já tinha ficado muito tempo se remoendo no escuro. Quando abre a porta, ouve a vibração familiar de uma mensagem de texto. Olha para o telefone, esperando ver uma resposta de Gwen, mas a tela está apagada.

Stella apoia a bolsa na mesa, tranca a porta e se sobressalta ao ouvir outro alerta de mensagem. Olha de novo para o celular, mas a tela ainda está apagada.

Devagar, como se soubesse o que vai encontrar, ela pega a bolsa da Lilly Pulitzer. Lá dentro, o telefone de Gwen está aceso com uma mensagem de Stella Parker.

Entretanto, logo abaixo da mensagem, há outra. O nome do remetente é um monte de letras misturadas, sjiuyvp.

Bem pensado!

Mas Stella não tinha como saber ao que aquilo se referia, porque a mensagem anterior tinha sido apagada.

2

PRIMAVERA DE 1987

JULIE

Quando a treinadora de cheerleaders diz que não há dinheiro para a equipe do primeiro ano, todas as garotas do oitavo parecem ter levado um chute. Devo estar com a mesma cara. Moramos em uma cidade voltada para o futebol americano. O time da nossa escola se classifica para o campeonato estadual todos os anos. Venceram três dos últimos cinco e são intocáveis. As cheerleaders deveriam ser parte disso. Só que comprar uniformes novos para o time de futebol significa que não haverá dinheiro para a equipe de torcedoras do primeiro ano.

Algumas das meninas vão embora, enxugando as lágrimas.

Outras, como Ginny Schaeffer, a mais popular do oitavo ano, lida melhor com a situação. Olha com desdém para as que desistem na hora.

Perdedoras.

Quase dá para ouvi-la pensando isso.

Os testes de seleção para a equipe duram uma semana. Todo dia, depois das aulas, atravessamos a rua da escola e nos reunimos no ginásio. As garotas que fazem parte da equipe ensinam a coreografia. Hoje é o primeiro dia, e nossas chances já diminuíram. Como não há uma equipe do primeiro ano, vamos ter que competir por vagas na equipe reserva, contra meninas do segundo, que já praticam há um ano.

— Não é impossível — diz a treinadora para nós, antes de passar o comando para a capitã da equipe oficial.

Deanna McAdams tem um sorriso contagiante e um cabelo curtinho, então dá para notar os olhos grandes. É preciso muita confiança para cortar o cabelo como o dela. Deanna é o tipo de pessoa de quem todo mundo gosta, inclusive eu.

Do que não gosto é da coreografia que ela apresenta. É longa e complicada. Depois da nona vez que contamos até oito, até Ginny começa a se confundir nos passos.

15

Mais garotas desistem e vão embora com os ombros curvados, derrotadas. Deanna nos ensina mais uma sequência de oito.

— Isso é impossível. Vou ao banheiro — anuncia Ginny, bem alto.

Quando passa por mim, vejo lágrimas em seus olhos. Megan, a irmã mais velha, pega a mão de Ginny e dá uma apertadinha quando ela passa.

Tenho certeza de que Ginny vai conseguir entrar no time. Megan sabe todas as sequências e vai ensinar tudo para a irmã mais nova.

O segredo é recriar a coreografia, mas, com base no treino de hoje, já estou fracassando.

É preciso decorar os passos e ensaiar em casa até ficarem perfeitos. É por isso que ensinam tudo no primeiro dia. Se você não decorar a coreografia, não entra para a equipe.

Em vez de repetir as sequências com as outras garotas, enfio a mão na mochila, pego um caderno e me sento, apoiando as costas suadas na parede de concreto do ginásio. Enquanto Deanna apresenta a coreografia de novo, desenho alguns bonequinhos de palito e tomo notas.

Depois que Deanna termina, fazemos um intervalo para beber água. Estou conferindo minhas anotações quando sinto alguém perto de mim. Megan, irmã de Ginny, está me olhando com cara de poucos amigos. Ela e Ginny têm o mesmo cabelo loiro e os grandes olhos azul-esverdeados, mas as semelhanças param por aí. Ginny é mais baixa. Não tanto quanto eu, mas definitivamente mais baixa que Megan, que é uns dez centímetros mais alta que Ginny e uns quinze a mais que eu.

— Você precisa demonstrar mais energia. As cheerleaders de Livingston não ficam sentadas pelos cantos. — Megan dá um sorriso duro.

— Estou com câimbra — minto.

— Você está no oitavo ano, não é? Conhece a minha irmã Ginny?

— Conheço.

— Que estranho. Não me lembro dela já ter falado de você. Qual seu nome?

— Julie.

Ela me analisa, olhando para meu cabelo castanho-avermelhado e olhos castanhos. Corpo mais de criança do que de adolescente. Ela se detém nas minhas anotações.

— Isso não vai ajudar.

Quando ela se inclina para mim, sinto o cheiro de chiclete de tutti frutti. O decote profundo deixa o sutiã de renda todo à mostra.

— Não sei se você sabe, Julie — diz ela, baixando a voz como se tivesse me contando um segredo —, mas parte da avaliação para entrar na equipe envolve o que vemos durante os treinos de seleção. Então, com base *nisso* tudo — ela faz um gesto para minhas anotações como se fossem a coisa mais estranha que já tinha visto —, imagino que você vai ser cortada.

— Sua irmã foi ao banheiro — digo.

— Não. É. A. Mesma. Coisa. — Ela revira os olhos.

Quando volta para o grupo de amigas, as garotas se reúnem ao redor dela. Megan olha para mim, e todas começam a rir.

Gostaria que Paula estivesse aqui. Se estivesse, elas não iam mexer comigo. Mas não está. Faz dois anos que Paula foi embora, quase cinco depois que meu pai partiu para outra. Sinto muita saudade dela.

Deanna bate palmas para chamar a atenção de todo mundo, depois passamos a coreografia mais algumas vezes. Anotei toda a sequência no caderno. Megan não sabe a segunda parte da coreografia, e Ginny não volta do banheiro.

Quando o treino termina, vou para fora e espero Kevin, que vem me buscar. Se pudesse, eu me esconderia no banheiro para evitar os olhares de Megan e das amigas, mas não posso. Se Kevin chegar e eu não estiver aqui, não vai esperar. E como moramos a vinte e quatro quilômetros da cidade, não dá para voltar a pé.

Algumas garotas da equipe titular têm carro e logo vão embora. Outras têm pais pontuais que as pegam na hora. Quando Kevin finalmente estaciona a velha caminhonete azul com alguns pontos de ferrugem na caçamba, sou a única que restou. A caçamba está cheia de ferramentas que ele usa no trabalho como técnico de ar-condicionado. Imagino que seja um ótimo faz-tudo, mas sei que é melhor não usar a expressão. Minha mãe e Kevin começaram a namorar no início da primavera e o relacionamento está durando mais do que imaginei. Assim como os demais namorados dela, ele veio de outro lugar e não fala muito sobre o passado.

Ele buzina como se não estivesse me vendo correr em direção à caminhonete.

— Oi — digo ao entrar.

Dou um sorriso gentil para que não me acuse de estar emburrada ou ser malcriada. Dependendo do humor dele, eu sou mimada, ingrata ou metida a besta.

— Oi, Julie — diz ele, com uma expressão amarga.

Finjo não notar.

— Tudo bem? Como foi o seu dia?

Ele resmunga uma resposta qualquer e sai do estacionamento da escola cantando pneu.

— Sua mãe quer cigarro — diz ele, parando em um posto de gasolina já fora da cidade.

— Tudo bem.

— Então vai lá e compra. Meu Deus. — Kevin revira os olhos, como se eu fosse idiota.

— Eu não... tenho dinheiro.

Ele suspira e faz uma cena para me dar uma nota de dez dólares. Esse é o ponto alto da ida para casa com Kevin. Ele gosta de fazer com que eu me sinta burra. Também gosta quando preciso pedir algo para ele.

— Pode comprar um lanche para você, mas quero o troco — diz ele.

— Muito obrigada, Kevin — respondo, com uma voz doce, e dou um sorriso.

Essa é outra parte do jogo que tento manter com Kevin. Ter educação, fazer certas expressões faciais, me comportar ou não da maneira que ele considera adequada. Tudo isso faz parte das regras complexas que ele usa para me avaliar e me humilhar. Procuro não dar munição, mas às vezes não consigo.

A primeira vez que minha mãe o trouxe para casa, achei que ele era bonito. Alto, com cabelo escuro e aquele tipo de pele que bronzeia fácil no verão. Kevin tem olhos castanho-escuros e abre um sorriso severo e cruel quando se sente provocado. Ao olhar para ele, mal lembro que um dia o achei bonito. Tudo que vejo é o ar de zombaria no canto da boca e a insensibilidade por trás do olhar.

— Um Camel Light, por favor — peço para o balconista.

Enquanto ele pega o maço na prateleira, dou uma olhada na caminhonete e vejo a capa rosa do meu caderno brilhando ao sol. Não o coloquei na mochila e agora Kevin está folheando. Eu deveria ter tido mais cuidado. A expressão em seu rosto me diz tudo o que preciso saber sobre seu humor.

— E vou levar isso também — digo, pegando um pacote de tiras de carne defumada Slim Jims.

O caixa passa tudo sem fazer comentários e me dá o troco.

— Você demorou — diz Kevin, assim que entro no carro.

Não respondo. A essa altura, é como uma daquelas séries policiais na tv. Tudo que eu disser poderá ser usado contra mim.

— Aliás, Julie. Que merda é essa? — Ele escorrega meu caderno pelo assento da caminhonete como se fosse uma evidência de um crime.

— São anotações da coreografia da equipe de cheerleaders que temos que decorar.

O que mais quero é pegar o caderno e enfiar na mochila, mas o deixo aberto entre nós. Assim que Kevin perceber que preciso das anotações, vai querer destruí-las.

Ele não diz nada, então continuo falando.

— Elas nos obrigam a anotar tudo como se fôssemos idiotas demais para lembrar. — Reviro os olhos e dou um meio-sorriso. — Ei, eu não estou com fome, mas comprei isso para você.

Entrego o pacote de Slim Jims, junto com o troco. É como se eu estivesse oferecendo carne para um cachorro bravo.

— Quanta gentileza, Juliebell — diz ele, pegando meu presente.

"Juliebell" é como ele me chama quando faço alguma coisa certa.

A caminhonete dá partida e, quando saímos, Kevin se torna falante.

— Na minha época, as cheerleaders eram piranhas idiotas que não conseguiam ficar de pernas fechadas. Um bando de putas metidas a besta que só conversavam com os caras do time de futebol. Ouvi dizer que não vai ter torcida de calouros este ano, então você provavelmente não vai dançar. Melhor até. Mas todas aquelas garotas ficariam com inveja de você. Mesmo assim, quem sabe? Talvez você mostre para elas como se faz, não é, Juliebell?

Essa é a versão de Kevin de um discurso motivacional, dito entre mordidas de tiras de carne.

— Tem certeza de que não está com fome? — pergunta ele, colocando um pedaço diante do meu rosto. — Vai, dá uma mordida.

Não é uma oferta, é uma ordem.

A ponta do Slim Jim está meio mastigada, o que faz meu estômago revirar, mas se eu disser "Não, obrigada" vou provar que sou metida e ingrata. Abro a boca e Kevin enfia o pedaço de Slim Jim.

Ele observa enquanto tento morder o menor pedaço possível.

— Você está igualzinha à sua mãe agora — diz ele, com uma risadinha. — Acho que é verdade o que dizem por aí: filha de peixe, peixinho é.

Se eu sei o que ele quer dizer?

Com certeza.

Se demonstro que sei?

De jeito nenhum.

Abro um sorriso gentil e penso em como vou ficar feliz quando minha mãe decidir que chegou a hora de Kevin partir para outra.

3

OUTONO

STELLA

O principal argumento de Tom para convencer Stella a comprar aquela casa grande demais foi a história da construção. De como tinha sido a primeira a surgir ali. Antes de as mansões ostensivas serem erguidas em terrenos pequenos demais, espremidas nas delimitações do próprio espaço — o que fazia Stella pensar em pessoas que usam calça dois números menores —, o bairro era formado por sobrados simples de tijolos, alguns dos quais ainda existiam. Mas, no fim da rua, ocupando três terrenos, estava a casa deles, espaçosa e acolhedora, com árvores antigas e um amplo jardim nos fundos.

Quando se mudaram, o jardim era um matagal que descia até o riacho no limite do terreno. Depois que Colin e Daisy começaram a andar, Stella passou a cuidar do jardim. Trabalhar do lado de fora, arrancar as ervas daninhas e podar a permitia ficar de olho nas crianças enquanto abria espaço para os dois crescerem. Ela os encorajava a explorar e criar as próprias brincadeiras, intervindo apenas quando necessário, com palavras gentis na intenção de moldá-los para que se transformassem em pessoas atenciosas, como estava determinada que fossem.

Stella escolheu a parte mais ensolarada do jardim para fazer uma horta, bem no limite da propriedade. Foi a partir desse ponto vantajoso que notou pela primeira vez a janela do andar de cima. Estava plantando alfaces quando foi interrompida por uma ligação sobre voluntariado para um passeio da escola. Enquanto falava, olhou para o alto e viu uma janela extra. Quando desligou, recontou o número de janelas do andar de cima.

Havia uma a mais.

Mais tarde, quando os filhos estavam fazendo o dever de casa e antes de Tom chegar em casa do trabalho, ela contou de novo. Seis janelas no segundo andar que davam para o jardim. Olhando do lado de fora, havia sete. A sétima só era visível quando ela ficava ajoelhada bem na extremidade do jardim. Quando se levantava, a janela desaparecia atrás do telhado.

Nas semanas seguintes à descoberta, Stella passava todo tempo livre, dezenas de minutos ininterruptos, vagando pelo último andar da casa. Empurrando móveis, batendo no fundo dos armários do corredor e analisando o piso da casa. Aquela sétima janela misteriosa era o tipo de coisa que deveria ter comentado com a família, mas não o fez, porque ninguém havia perguntado.

Agora, Stella se questiona se aquele segredo inicial, por omissão, foi o primeiro passo para os outros. Da mesma forma que já se prepara para não contar a Tom sobre o encontro estranho com Gwen.

— Stella? Querida?

A voz de Tom vem da cozinha e chega aos ouvidos de Stella, no hall de entrada.

— Oi, você já chegou.

Ela guarda a bolsa da Lilly Pulitzer de Gwen em um dos cestos de sapato do hall. Depois deixa os próprios sapatos por cima e vai encontrar o marido.

— Como foi o jantar de trabalho? — pergunta ela, enquanto ele fuça a geladeira em busca de sobra de outras refeições.

— Demorado. Chato. Comida medíocre.

— Uau. Que pena que não fui.

Ele sorri para a esposa.

— Se você estivesse lá, teria sido menos demorado, menos chato e a comida teria um gosto melhor. Como foi a sua noite?

— Na verdade, nós conversamos sobre o livro.

— Em um clube do livro? Que inovador!

Ele alarga o sorriso. Ainda é o advogado bonito que ela conheceu quando estava no terceiro ano de direito. O cabelo loiro-claro estava grisalho e o rosto tinha mais rugas, mas os olhos castanhos continuavam calorosos. As corridas longas o haviam ajudado a evitar a barriga da meia-idade que ela via nos outros pais.

Claro que não haveria o menor problema se Tom tivesse engordado. Quilos a mais só seriam um problema se fossem de Stella.

— Daisy e Colin estão bem?

— Não tive notícias de nenhum dos dois ainda.

— Se não teve notícias é porque está tudo bem — diz Tom, comendo *enchiladas* direto do refratário de vidro no qual Stella as guardara. — Estou exausto. Acho que vou subir.

— Eu já vou. Só vou colocar as roupas na secadora.

— Você não pode deixar isso para amanhã?

Ela olha sério para o marido.

— Elas vão mofar se ficarem na máquina de lavar.

Ele assente, boceja e se vira para subir, deixando o refratário de *enchiladas* aberto na bancada.

Enquanto tampa o refratário e o coloca de volta na geladeira, Stella fica imaginando o que teria acontecido se contasse a ele que não tinha ido ao clube do livro e mencionasse o encontro inquietante com Gwen, que estava mancando e andando curvada. Ele franziria a testa, preocupado. Ela quase consegue ouvi-lo dizer: "Vou ligar para o Dave e ver se está tudo bem. É o mínimo que podemos fazer".

O instinto, o tipo que se aprende na infância e do qual nos esquecemos, ressurge.

Ela espera até ouvir Tom no andar de cima, volta para a entrada e pega a bolsinha da Lilly Pulitzer de Gwen.

Ela vai guardar segredo, pelo menos por enquanto.

Stella levou meses para resolver o mistério da sétima janela, e isso só aconteceu por acaso. Estava na lavanderia no porão, a única parte da casa que, fora uma ou outra manutenção de encanamento, permaneceu intocada desde a construção.

Há um armário alto e estreito, ao lado da máquina de lavar, projetado para guardar vassouras, rodos e tábua de passar. Stella raramente mexe nessas coisas, o que ainda a surpreende. Na vida que leva, conta com um eficiente serviço de limpeza para a casa. O esforço é esporádico. Um impulso repentino de limpar a gaveta de lanches. Cinco minutos para varrer as folhas da varanda da frente.

Às vezes, ela não se reconhece.

Apesar disso, ainda cuida das roupas. Existe algo de meditativo em ver a abundância no armário dos filhos. Estava dobrando as peças quando derrubou sua garrafinha de água com gás de cima da secadora sem querer. Xingando a própria falta de cuidado, pegou o rodo. Quando terminou de limpar, enfiou-o de volta no armário em um ângulo estranho. A porta se abriu de novo e bateu no joelho dela, fazendo-a soltar um palavrão que jamais usaria na frente dos filhos.

Quando parou de doer, ela tentou fechar a porta outra vez, mas o fundo do armário estava quebrado. Então percebeu o que estava vendo e sentiu um frio na barriga de expectativa.

Não estava quebrado.

Uma porta tinha se aberto.

Atrás, havia uma escada de madeira. Ela foi se esgueirando pela escada, como se fosse um ladrão na própria casa, enquanto pensava em leões, bruxas e armários. Também imaginando como aquela passagem secreta tinha passado despercebida por tanto tempo.

No topo da escada, Stella encontrou a janela. A luz iluminava um quartinho que tinha mais ou menos o mesmo tamanho do closet dela. Havia um gaveteiro para pastas suspensas, uma mesa e uma única cadeira. No teto, havia uma lâmpada fluorescente com uma cordinha. Stella a puxou e descobriu que ainda funcionava. Enquanto tirava a poeira dos móveis, decidiu que aquele quarto seria seu segredo.

Agora, segurando a bolsinha da Lilly Pulitzer, Stella vai correndo até o porão, transfere a roupa molhada para a secadora e a liga. Depois abre a porta secreta e sobe na ponta dos pés até chegar no único lugar que é realmente dela.

Um espaço onde pode ler um livro ou vigiar as redes sociais dos filhos sem o risco de ser pega. Também é o espaço onde pode pensar sobre o passado. Um lugar onde pode deixar os olhos ficarem marejados sem a necessidade de tranquilizar o resto da família de que está tudo bem. Melhor que bem. Ela tem muito mais do que um dia imaginou. Mesmo assim, ainda precisa de momentos de solidão.

Os filhos têm os respectivos quartos.

Tom tem o escritório, tanto em casa como no centro, onde pode fechar a porta. Todo mundo bate antes de entrar, até mesmo Stella.

Em teoria, ela tem seu próprio espaço: uma mesa de trabalho projetada entre a cozinha e a sala de TV. No geral, ela só o usa para pagar as contas. Ou, quando está se sentindo triste, abre o saldo robusto das economias para a faculdade de Colin e Daisy para se tranquilizar com a certeza de que fez as escolhas certas. Ainda assim, ninguém chamaria aquela mesa projetada de um lugar privado. É um espaço sem portas nem paredes. Não há como mergulhar em nenhum tipo de atividade sem a possibilidade de ser interrompida por Colin, Daisy ou Tom, que se alternam em ocupar a cadeira ao lado para desabafar, a qualquer momento, sobre qualquer questão que esteja na cabeça deles.

Stella não se importa. Na verdade, adora ser a pessoa que eles procuram. A pessoa que é o coração da família, mas não deixa de notar o quanto essas conversas consomem seu tempo livre. A família passa pelo seu espaço como se ela fosse um aro, projetado para as pessoas lançarem as próprias ideias.

Outro detalhe que não deixa de notar: essa é uma atividade unilateral. Eles a escutam falar por um momento e logo desaparecem atrás de suas próprias portas. A porta que ela não tinha, até descobrir uma nos fundos do armário da lavanderia.

No início, Stella achou que o gaveteiro de pastas suspensas estivesse vazio, mas depois de olhar com cuidado, descobriu um pedaço de papel que caíra atrás de uma das gavetas.

Essa página, formatada como um relatório com o título "Informações de inteligência", com um breve resumo preliminar de interações usando o codinome de um desertor russo conhecido, deu uma boa ideia para Stella do motivo da existência daquele quarto. Pesquisa, uma atividade que ela é ótima, revelou que o proprietário antes dos dois últimos era alguém que informara ter trabalhado no "Departamento de Estado".

Código para CIA. Faz sentido. A sede da CIA fica a menos de um quilômetro e meio da casa deles. O quarto foi projetado de forma impecável. Quase invisível, a não ser que alguém se ajoelhasse no limite do jardim e um reflexo do sol na janela atraísse seu olhar.

No quarto secreto, realmente sozinha, Stella deixa a bolsinha de Gwen sobre a mesa e inspeciona o celular esquecido.

Bem pensado!

Algo na mensagem causa um frio na espinha de Stella. O nome do contato, SJIUYVP, era uma tentativa clara de esconder a identidade do remetente. Uma coisa muito misteriosa para Gwen, mas e quanto ao fato de estar mancando? Os possíveis machucados no rosto?

A resposta óbvia é que Dave está batendo na esposa.

Stella tem a sensação de déjà-vu de novo. Algo no rosto de Gwen na escuridão pareceu... ela tenta encontrar a palavra.

Familiar?

A expressão de desprezo maldisfarçado. Gwen não foi até ali para pedir ajuda a Stella. Na verdade, à medida que Stella repassa o encontro, percebe que não faz ideia do motivo de Gwen ter ido até lá. Stella e Gwen não são próximas.

São vizinhas, mas os filhos não têm a mesma idade, então a interação delas é limitada. Não vão aos mesmos jogos nem fazem rodízio de carona. Tom conhece Dave porque os meninos fizeram parte do mesmo grupo de escoteiros por um período bem curto.

Sua família é perfeita mesmo.

O tom de Gwen soou quase debochado. Ou era apenas porque a fala estava arrastada? Agora que está pensando nisso, Stella não consegue parar. Será que havia algum tipo de acusação implícita naquelas palavras ou estava imaginando coisas? Todas as habilidades de Stella na infância tinham ficado enferrujadas pela falta de uso.

O celular vibra e Stella se sobressalta.

Uma mensagem de texto aparece na tela inicial.

É de SJIUYVP.

Desculpe. Vamos ter que remarcar.

A mensagem a faz se perguntar se Gwen está tendo um caso. Talvez Stella tenha interpretado a situação da forma errada. Talvez Gwen só tivesse entrado na casa de Stella para se acalmar depois de um encontro ruim com um amante. Só não esperava que Stella aparecesse na escuridão.

Stella precisa de tempo para pensar, mas, enquanto avalia as possibilidades sugeridas pelas mensagens de SJIUYVP, seu celular começa a vibrar no bolso. Uma série de mensagens de Daisy.

Mãe? Você está acordada?

Mãe?

Mãe? Responde!!!!

Mãe, você está aí?

Mãe???? Preciso de você!!

O telefone se ilumina com uma chamada por vídeo.

Stella deixa o celular de Gwen na mesa e desce as escadas correndo. Pressiona o botão de aceitar e o rosto descontente da filha aparece na tela.

Daisy é muito parecida com Stella.

O cabelo do mesmo tom castanho-avermelhado, com alguns fios dourados pelo sol (Daisy) e no salão de beleza (Stella). Os mesmos olhos castanhos. Mas os lábios são mais carnudos que os de Stella. Puxou isso de Tom. Daisy também é mais alta e mais confiante do que Stella já foi um dia: uma qualidade que a mãe foi cultivando com muito cuidado.

— Onde você está? — pergunta Daisy. Ela soa abalada de um jeito que chama toda a atenção de Stella na hora.

— Estou apagando as luzes para ir para a cama. Está tudo bem?

— Não. Todo mundo foi para a hidromassagem e fiquei menstruada. — Lágrimas de rejeição brilham nos olhos da filha. — Sinto que ninguém nem se importa comigo.

— Ah, meu amor. Tenho certeza de que isso não é verdade — diz Stella, sentando-se na ilha da cozinha para orientar a filha a lidar com a crise imaginária.

O problema das crises é que não dá para saber quando uma de verdade acontece. O que Stella *sabe* é como sobreviver a elas. E como a prática leva à perfeição, está disposta a dar a Daisy todo o treino de que a filha precisar.

4

PRIMAVERA DE 1987

JULIE

Moramos em uma antiga casa de fazenda no fim da estrada. Fica em um terreno de quase nove hectares que minha mãe herdou dos pais. Não me lembro deles porque morreram antes de eu nascer. Quando digo "moramos", estou me referindo a mim e minha mãe. Antes também havia Paula, mas ela deu no pé. E quando eu era bem mais nova, também tinha meu pai.

Kevin mora com a gente, mas ele não conta porque é temporário. Minha mãe vai acabar se cansando dele em breve, daí ele vai partir para outra. Claro que ele não sacou essa parte. Acha que está aqui para ficar. Todos os namorados da minha mãe acham que chegaram para ficar, mas minha mãe só gosta do tipo de homem que parte para outra.

Ouço minha mãe andando no andar de cima. Ela trabalha em uma casa de repouso e seus horários sempre mudam. Em algumas semanas, chega em casa para o jantar e dorme à noite. Em outras, sai depois do jantar e dorme durante o dia. Essa é a semana de dormir durante o dia, então, quando ela desce, está de roupão.

— Oi, filha. Como foi seu dia? E o teste de seleção do time? Você agradeceu ao Kevin pela carona para voltar para casa?

Ela está sorrindo e fazendo perguntas. O cabelo ruivo e comprido desce pelas costas como uma cortina que chega até a cintura. Antes que eu tenha a chance de responder, Kevin diz:

— O meu dia, se alguém estiver interessado em saber, foi uma merda.

Ele se senta no sofá e apoia as botas sujas na mesa de centro.

— Ah, querido, o que aconteceu?

Minha mãe faz uma expressão que parece de preocupação, mas consigo ver por trás da máscara. Ela não está nem aí para o dia dele. De alguma forma, Kevin não percebe. Acredita na máscara. Quando minha mãe pressiona o corpo contra o dele, Kevin enfia a mão por baixo do roupão. Os olhos dela encontram os meus e a máscara se desfaz, mas Kevin está concentrado demais no que há embaixo do roupão para notar.

— Eu conto tudo para você lá em cima — diz ele.

— Tudo bem. — Ela se inclina e o beija.

Ele a puxa para mais perto, abraçando-a com força até ela dar um gritinho e se afastar.

— Julie, tem bolo de carne no forno. Pode comer — diz minha mãe enquanto Kevin a puxa pela escada.

Minha mãe é pequena, e parece ainda menor atrás de Kevin, que é alto e musculoso. O cabelo balança de um lado para outro enquanto ela o segue. Kevin ama a cor e o comprimento do cabelo dela.

— Minha baixinha fogosa — diz ele, fingindo que a cabeça da minha mãe é um descanso de braço.

Ela finge que acha isso divertido. Por algum motivo, ele nunca nota como a risada dela soa falsa.

Sou pequena como minha mãe. Espero crescer mais alguns centímetros. Paula tem quase um metro e sessenta e cinco, o que me parece a altura perfeita. Alta o suficiente para não ser tão obviamente baixa, mas baixa o suficiente para não chamar a atenção. Paula tem olhos castanho-escuros e cabelo castanho como o do nosso pai.

Minha mãe e eu temos olhos mais claros. Minha mãe diz que são "castanho-claros", uma mistura de marrom e verde. Nem eu nem Paula puxamos o nariz dela, que é arrebitado. Também tivemos a sorte de não puxar os dentes. Os nossos são retos e sem espaços. Os dentes da frente da minha mãe são bem separados, e os debaixo, encavalados. Ela sempre sorri de boca fechada quando tira foto. Não acho seus dentes feios, mas ela os detesta.

Na cozinha, tiro o bolo de carne do forno, corto um pedaço e coloco no prato. Em algum momento entre o teste de seleção para a equipe e o Slim Jim, perdi a fome. Minha mãe não vai ligar se eu não comer, mas esse é o tipo de coisa que Kevin vai notar. Quando ela trabalha à noite e fico sozinha com ele, preciso me certificar de fazer tudo direitinho. Nunca se sabe o que vai irritá-lo.

Minha mãe cozinha bem. Mas, depois da volta para casa com Kevin, estou com dor de estômago e preciso me obrigar a engolir cada garfada. Quando termino, lavo com cuidado a louça, seco e guardo tudo nos devidos lugares.

Era bem mais fácil quando Paula ainda morava aqui. Éramos duas, e tudo fica mais tranquilo quando não se está sozinha. Os melhores momentos eram quando minha mãe estava sem namorado e éramos só nós três. Quando a folga da minha mãe caía em um fim de semana, fazíamos pizza e ficávamos acordadas até tarde assistindo à TV. Às vezes, colocávamos música para dançar e preparávamos sundaes com cobertura que comprávamos no mercado. Creme de chantilly, pretzels, cereja, M&Ms e calda de chocolate.

Depois que Paula engravidou, tudo mudou. Ela saiu da escola e se mudou para Hermiston, do outro lado do estado. Minha mãe me contou que ela perdeu o bebê, mas acho que Paula gosta muito de Hermiston, porque ainda não voltou. Minha mãe diz que talvez a gente vá visitá-la no verão, se ela conseguir uma folga no trabalho.

Antes, eu escrevia uma carta para Paula toda semana.

"Quando você volta para casa?", perguntava.

Ela sempre escrevia de volta, mas nunca respondia.

Fico imaginando o que Paula acharia do Kevin. Minha intuição diz que os dois não iam se dar bem.

Depois que me certifico de que a cozinha está impecável e de que o bolo de carne está bem embrulhado, pego o caderno com as sequências de oito. Por um minuto, permito-me acreditar que vou conseguir entrar na equipe. Fazer parte de algo assim seria quase tão bom quanto se Paula voltasse. O pensamento me faz sorrir, mas eu logo fico séria. Minha mãe diz para nunca contarmos com o ovo no cu da galinha. A única coisa em que eu deveria estar pensando é na coreografia.

Para aprender, vou precisar de um espelho. Tenho um de corpo inteiro no meu quarto, mas Kevin não gosta da possibilidade de eu ouvir quando ele está com minha mãe. Acha que não sei o que estão fazendo. Ou que nunca a ouvi com outros homens. Em vez de subir, vou para fora, onde o ar está úmido e frio, e sigo o caminho até o celeiro.

Nosso celeiro é antigo e meio inclinado, como se tivesse bebido demais. Tivemos ovelhas por um tempo, mas ficaram doentes. Minha mãe disse que as contas do veterinário iam levá-la à falência, então agora o celeiro é só um lugar que ela usa para pintar quando se sente inspirada.

Abro a porta de metal e puxo a cordinha que acende a única lâmpada do teto. A luz faz com que eu veja um reflexo embaçado de mim mesma na porta. Não é perfeito, mas vai funcionar.

Deixo o caderno em cima do latão que usávamos para guardar a comida das ovelhas. Começo a ensaiar as sequências de oito tempos. Decorando cada um dos passos.

Quando a porta se abre, eu congelo, mas é só minha mãe.

— Vou sair daqui a pouco — diz ela, com um sorriso.

Concordo com a cabeça.

— Deixa eu ver a dança.

Ela observa enquanto executo os passos que aprendi. Inclina a cabeça para o lado. Seu sorriso é genuíno. Sem máscaras. Nunca questiono o amor que minha mãe sente por mim. E por Paula. Ela também ama a Paula. Nós somos o mundo dela. É o que ela sempre diz, e eu acredito.

Sei quando minha mãe fala a verdade porque já vi todas as máscaras que ela usa para contar suas histórias.

— A última parte ainda não está boa. Continue ensaiando. Mais um dia e você vai decorar tudo — diz ela quando eu termino. — Venha. Vamos, vou te levar para casa antes de ir para o trabalho.

No caminho, vejo a luz azulada tremulando pelas janelas.

Kevin está vendo TV.

— O humor dele está melhor agora — diz minha mãe. Ela me abraça e me puxa para perto. — Por que você não vai tomar um banho antes de eu ir para o trabalho? Melhor dormir cedo e ficar bem descansada para amanhã.

— Tudo bem — digo.

O que ela está me dizendo é o que devo fazer para evitar Kevin. Precisamos andar com cuidado perto dele como se estivéssemos em um campo minado, até ele partir para outra.

Kevin está assistindo a uma série policial com o volume nas alturas.

— Acho que você vai ter a TV só para você. Julie está exausta depois do teste para a equipe — diz minha mãe.

— Boa noite, Julie — resmunga Kevin.

— Beijinho — diz minha mãe, batendo com o dedo no próprio rosto.

Obedeço e depois dou um beijo no rosto de Kevin também. Não quero, mas tenho que ter cuidado para não demonstrar. Minha mãe me ensinou a fingir que as águas estão calmas e cristalinas para que ninguém veja o que está acontecendo no fundo.

— Kevin disse que vai buscar você de novo amanhã — diz minha mãe enquanto me viro para subir a escada.

— Tem certeza de que não é muito trabalho? Os testes de seleção vão levar a semana toda. Posso tentar conseguir uma carona com alguém se tiver problema.

Kevin me olha de cara feia.

— Nada de sair pegando carona. — A voz sai em falsete. — Não quero que você acabe como sua irmã. Não enquanto eu estiver aqui.

Ele olha para minha mãe como se esperasse uma discussão, mas ela só assente e dá um sorriso. Kevin não percebe o brilho frio nos olhos dela.

— Estarei lá às cinco e meia em ponto. Você tem que estar esperando.

— Muito obrigada, Kevin. Fico muito grata mesmo.

A doçura na minha voz é forçada, mas Kevin também não percebe.

— Vai ser bom ver você fazendo alguma coisa além de estudar trancada no quarto — diz ele enquanto subo a escada.

No banho, eu me imagino apontando todas as contradições de Kevin. Cheerleaders são piranhas burras, mas se estudo demais sou uma nerd que só fica enfurnada nos livros. E aí, qual das duas vai ser?, queria perguntar, mas não posso. Uma conversa como essa não acabaria nada bem.

De manhã, pego o ônibus para a escola, como sempre. Em geral, eu me sento sozinha, mas hoje Ginny Schaeffer se senta ao meu lado.

— Oi, Julie — diz ela.

Achava que a Ginny nem sabia que eu existia, que dirá que soubesse meu nome.

— Oi — respondo, com um sorriso tímido. É *assim* que as pessoas se sentem ao fazer parte de alguma coisa.

— Eu vi você no teste para a equipe ontem.

— É.

Olho para o jeans e o agasalho de moletom que estou usando. O moletom tinha sido de Paula, e a calça jeans estava um pouco grande porque minha mãe comprou de segunda mão, mas ela sabe que vou crescer daqui a pouco.

Ao meu lado, com a camisa cor-de-rosa de abotoar que combina com o relógio com pulseira de dois tons, Ginny está impecável e linda, como se tivesse saído direto da revista *Seventeen*.

— Gostei do seu relógio — comento.

A mãe de Ginny é professora assistente e sempre a busca depois da aula. Toda sexta-feira, depois da escola, Ginny convida as amigas para ir à sua casa. O pai é oficial do Departamento de Polícia de Livingston. Durante a Parada do Festival de Morangos, Ginny vai com ele no carro alegórico da polícia. Ela sempre se gaba do histórico perfeito de prisões do pai.

— É um Swatch. — Ginny o mostra para mim. — Tenho uma coleção. — Ela dá um sorriso doce e acrescenta: — Estou na dúvida se devo ou não voltar para os testes de seleção para a equipe hoje. O que você vai fazer?

Dou de ombros.

— Acho que vou terminar o que comecei, sabe?

A voz de Ginny assume um tom de conspiração.

— Aquela coreografia é bem difícil, né? Tipo, minha irmã já era cheerleader no ano passado, mas ainda não conseguiu decorar tudo.

— É, é bem difícil — concordo.

— As garotas da equipe oficial estão dizendo que vai ser muito difícil alguém do oitavo ano entrar na equipe reserva. Tipo, nem é um lance pessoal. Só que não tem vaga na equipe. Não sei se vale a pena voltar hoje.

Assinto, mas não estou pensando nos testes de seleção do time.

Estou pensando em Kevin.

Já disse para ele que os testes vão durar a semana toda. Mesmo que Ginny esteja certa e eu não tenha chance, tenho que ir. Desistir não é uma opção, pois quebraria uma das regras subentendidas do jogo com Kevin. Se eu desistir, e Kevin descobrir, ele vai usar isso contra mim para sempre.

Mas então entendo por que ela está conversando comigo e vejo que é um jogo diferente do que tenho com Kevin.

— Você vai voltar?

Ginny revira os olhos.

— Claro que vou. Minha irmã está participando e eu preciso da carona dela.

Concordo com a cabeça. Uma lição que aprendi com as interações com os namorados da minha mãe é que você não precisa dizer tudo o que sabe. Sorrio e respondo com a voz gentil que uso com Kevin:

— O namorado da minha mãe vai me buscar, então eu meio que tenho que ir também.

— Que droga — diz Ginny, piscando depressa. Ela dá de ombros. — Aliás, espero que você não tenha medo de altura. Hoje vamos treinar os levantamentos. Você e eu somos, tipo, as menores do oitavo ano, então imagino que vão nos usar para os arremessos. Não é garantia que vamos entrar na equipe nem nada disso. Só não quero que você se machuque.

— Não tenho medo de altura.

Ginny parece decepcionada.

O ônibus para no estacionamento da escola, e Ginny acena para o grupo de meninas no fundo, onde ela costuma se sentar.

Fico olhando enquanto seguem em direção à entrada, deixando-me sozinha. É só quando todas já entraram que percebo que Ginny é bem mais alta que eu. E provavelmente mais pesada também. Se a escolha for entre mim e Ginny, é óbvio quem será mais fácil de erguer.

Então entendo por que Ginny não quer que eu continue nos testes de seleção. Eu tenho chance de entrar para o time.

5

OUTONO

STELLA

Stella acorda com o cheiro de panquecas invadindo o quarto.

— Bom dia. — Tom ergue o olhar assim que ela entra descalça na cozinha.

Ele gosta dela assim. Olhos ainda sonolentos, camisetas que mostram as pernas bem torneadas pelos exercícios que ela consegue encaixar na agenda. Um vislumbre da calcinha quando ela se abaixa.

— Dormiu bem? — pergunta ele, com um sorriso.

— Tive um sono um pouco agitado. — Ela se inclina para ele e lhe dá um abraço.

Tom retribui com um beijo na cabeça. Antes de terem filhos, esses poucos toques teriam levado ao sexo. Tórrido e urgente, bem ali na cozinha.

— Preocupada com Daisy? — pergunta ele.

Stella assente, ainda pensando no sexo que não vão fazer.

— Só quero que ela seja feliz, sabe? É tanto drama sempre.

— Ela tem quinze anos. — Ele sorri. — Acho que drama *é* o que a faz feliz.

— Quando eu tinha quinze anos... — Ela faz uma pausa e não termina.

Tom escorrega a espátula pelas panquecas e vai virando, uma por uma.

— Ninguém de quinze anos deveria lidar com a morte de um dos pais. Esse drama é normal. Juro. Daisy vai ficar bem.

Ela se inclina para Tom e encontra aquela saliência do pescoço que, quando descobriu pela primeira vez, parecia ter sido feita para que ela encaixasse o rosto. Tom lhe dá um beijo fraternal e amoroso. Ouvem um barulho no andar de cima, seguido pelo som de alguém usando o banheiro.

Stella se afasta e desce até o porão para pegar a bolsa que leva para aula de *barre*. Veste o roupão e o amarra com firmeza para que Colin não fique chocado com a exposição do corpo da mãe, mas ela ainda está pensando em sexo. Já faz

32

quatro semanas desde a última vez. Ela fica incomodada ao perceber isso, como se tivesse tirado nota baixa em alguma prova secreta.

Quando sobe de volta para a cozinha, Colin já está sentado diante de Tom, devorando as panquecas, focado em apenas uma coisa.

— Bom dia. Você acordou cedo — diz ela.

— Trabalho em grupo, de história. Foi Langston que marcou a hora. — Ele não ergue os olhos do celular. — Aliás, acabou a solução da lente de contato.

— Bom dia para você também.

— Bom dia, mãe. Mas, sério. Preciso da solução da lente. Você pode comprar para mim hoje?

— Claro, Colin, vou colocar na minha lista.

— Valeu!

O agradecimento é dito com mais entusiasmo do que uma solução de lentes de contato mereceria, mas ela diz a si mesma que aquilo é um sinal da boa educação que deu ao filho. Ou talvez seja a gratidão que ele sente por todas as contribuições, grandes ou pequenas, que Stella faz para facilitar a vida dele. Ela olha para a frigideira. Está vazia. Olha para os dois pratos, nos quais só há um pouco de mel.

— Você queria panqueca? — pergunta Tom.

— Não, está tudo bem — responde ela, com firmeza. — Tenho aula de *barre* hoje de manhã.

— Legal. — Tom volta a olhar para o celular.

Stella pega uma banana e se serve de uma xícara de café, depois sobe para trocar de roupa. Acrescenta a compra de solução de lentes de contato ao app de compras e diz a si mesma que sua irritação é uma reação exagerada. Claro que ela vai comprar a solução de lentes de contato. Claro que não precisa comer panquecas. Ela se olha no espelho e se pergunta como poderia continuar vestindo trinta e seis se comesse panquecas. Revira os olhos.

Apesar de tudo, sua vida é cheia de privilégios. Privilégios como aula de *barre* e as roupas de ginástica elegantes, seguidos pela liberdade de sair para tomar café com Lorraine logo depois. Quem precisa de um emprego quando se recebe amor como pagamento?

Ela revira os olhos de novo. Amor não é uma moeda corrente.

Quando ela recebia em dólares, havia parâmetros e recompensas. Jantares para comemorar a conclusão de uma negociação e bônus pelo esforço extra. Agora ela trabalha por muito mais horas, mas, em vez de bônus, o privilégio é ficar em casa. É prestar serviços não remunerados para a própria família.

Um trabalho que inclui, embora não se limite a isso, coordenar viagens com o time dos filhos, comprar uma quantidade imensa de lanches e arrumar a mesa para cada jogo, marcar e acompanhar todas as consultas médicas, desde dermatologistas até ortodontistas, levar os filhos a todos os compromissos e depois buscá-los, planejar as férias, decorar a casa de acordo com os feriados, contratar, pagar e supervisionar a diarista e a empresa que cuida do jardim, fazer as compras do mês (o que é diferente dos lanches), correr aqui e ali para arrumar as coisas, participar da reunião de pais e do comitê para promover a educação dos filhos, acompanhar as notas, ajudar com o dever de casa e projetos escolares, orientar em dilemas éticos, identificar problemas de saúde mental em desenvolvimento, planejar e preparar refeições que sejam saborosas, orgânicas e equilibradas, e acompanhar Tom a eventos de trabalho usando uma roupa que a deixe atraente, mas não sensual.

Não importa o tempo e o esforço necessários para fazer tudo isso, nada é considerado trabalho. Não trabalho de verdade, porque se fosse trabalho, ela receberia um pagamento além do amor.

É óbvio que Stella não deveria reclamar. Tom ajuda quando pode.

— Você poderia pegar a Daisy? — pergunta ela, enquanto enche a garrafinha de água no filtro da cozinha.

Ele ergue o olhar do jornal.

— Claro, pode deixar. Divirta-se e curta seu tempo com as amigas.

— Obrigada.

Antes de sair, ela vai até o porão. Na lavanderia, abre a porta secreta e sobe, na ponta dos pés, até o quarto. Pega a bolsa da Lilly Pulitzer e a enfia dentro da própria bolsa. Depois da aula de *barre*, vai passar na casa de Gwen.

Toda a confusão mental da noite anterior desapareceu. Stella acordou com uma ideia mais clara de como lidar com a questão da bolsa e do celular. Ela e Gwen não são próximas. Seja lá o que estiver acontecendo, não é da conta de Stella.

Assim que chega no studio, vê que Lorraine já pegou o lugar de sempre, no fundo da sala, para as duas.

— Ah, aí vem ela! — diz Lorraine, assim que Stella entra. — Que bom que você finalmente deu as caras — sibila, quando Stella se aproxima. — Achei que aquela mulher ia me matar para pegar seu lugar.

— Quem? Qual delas? — Stella olha para trás.

— Meu Deus, não olha — repreende Lorraine.

A sala está cheia de mulheres meio parecidas. Loiras e com Botox e corpo malhado, fora algumas morenas aqui e ali. Se alguém olhasse para a academia, Stella passaria despercebida. Ela sente uma profunda satisfação por saber disso. No ensino médio, notou pela primeira vez essa forma de invisibilidade visível. A forma como as garotas populares, com gloss nos lábios sorridentes e roupas da moda, não eram distinguíveis entre si. Mais tarde, na faculdade, foram exatamente aquelas garotas que ensinaram à Stella a importância de contar calorias. Ser magra era uma moeda que poderia resultar em muitas recompensas, como um caça-níqueis em Las Vegas em um estado permanente de *jackpot*. Era uma forma de ocupar menos espaço e, ao mesmo tempo, exigir tal espaço. Ela foi socializada, por assim dizer. Um processo que aparou suas arestas.

— Desculpe o atraso. — Ela faz uma expressão apologética. — Fiquei até tarde lidando com Daisy.

Lorraine assente.

— Eu recebi umas catorze mensagens de Ainsley hoje cedo porque, pelo jeito, ela foi cortada de uma foto no Instagram. Ela decidiu chamar um Uber às quatro da manhã. Daisy apareceu na foto?

— Sei lá, acho que elas se conectam pelo drama — diz Stella, repetindo o que Tom disse mais cedo. — Se não tem drama, não tem diversão, sabe?

— Verdade. Tadinha da Ains. É tão ruim ser a mais nova. Passei muito tempo enfrentando drama adolescente quando Mia tinha a idade dela. Agora, eu deixo o telefone no modo "não perturbe".

— Sério? Mas você não...

— Não. Não mesmo. — Lorraine sorri. — Ainda me envolvo. Como você acha que sei tudo sobre o drama do Instagram?

A risada de Stella é interrompida pela vibração no bolso da calça. Ela pega o celular, esperando um pedido para incluir mais algum item na lista de compras, mas a notificação não é nem de Daisy nem de Colin.

É de Gwen.

Oi, não consigo encontrar meu celular. Você viu por aí? Aliás, queria conversar com você sobre uma coisa.

A mensagem dá um solavanco na memória de Stella, algo que a faz empalidecer na hora.

— Stell, está tudo bem? — pergunta Lorraine.

Ela assente e guarda o aparelho no bolso.

— Acho que estou com pouco açúcar no sangue. Está tudo bem.

Lorraine não parece convencida.

— Vamos lá, gente. Vamos começar.

A professora bate palmas para chamar a atenção delas como se estivesse no jardim de infância, em uma sala cheia de crianças de quatro anos.

Stella, segurando os pesinhos cor-de-rosa, analisa o próprio reflexo no espelho. O top preto foi confeccionado com tecido que absorve o suor e conta com tecnologia antiodor e partes que ajudam a pele a respirar. Custou sessenta e dois dólares, um preço que pode até parecer exorbitante, mas que vinha a calhar naquele momento, pois o tecido de alto desempenho está provando todo o valor ao absorver o suor que encharca as axilas de Stella devido ao nervosismo depois da mensagem de Gwen.

35

A mensagem em si não foi o que a desestabilizou. Pode muito bem ter sido enviada do laptop de Gwen.

O que a incomoda... Não, "incomodar" não é a palavra certa. O que faz Stella surtar para valer é uma conversa que ouviu no ano passado.

Gwen, no clube de verão, explicando em alto e bom som como ela controla todos os dispositivos da família. Como tem um arquivo com todas as senhas anotadas.

Gwen sabe muito bem onde o celular está, o que significa que a mensagem é só um pretexto.

A clareza matinal de Stella desaparece, substituída por uma preocupação crescente. Ela se obriga a respirar com calma. É importante considerar todos os ângulos da questão, sem tirar conclusões apressadas.

Se quer o controle da narrativa, precisa enxergar o todo.

O último pensamento faz Stella encarar o próprio reflexo no espelho. Ela não deveria mais precisar fazer isso.

Stella não pega o celular assim que a aula termina, o que é um sinal de sua disciplina. Em vez disso, limpa todo o equipamento que usou e o guarda no devido lugar nas prateleiras organizadas por cor. As bolas azuis da aula vão para a prateleira dos equipamentos azuis. Os pesinhos cor-de-rosa de um quilo e de um quilo e meio vão para a prateleira dos equipamentos rosa. E assim por diante.

— Café? — pergunta Lorraine.

— Claro! Vou só deixar minha bolsa no carro.

Elas estão prestes a curtir o "tempo com as amigas", como Tom disse. No entanto, em vez de tomar *lattes* caros e relaxar, vão dedicar boa parte da próxima hora repassando itens pendentes para o leilão que acontecerá à noite.

Stella abre a porta do carro, coloca a bolsa lá dentro e finalmente (finalmente!) tira o celular do bolso, mas, enquanto está pensando no que responder, o aparelho de Gwen se ilumina com outra mensagem de sjiuyvp.

Oi. Está tudo bem? Vamos remarcar. Quando você quiser.

Stella lê a mensagem duas vezes, depois coloca o celular no modo avião. Seja lá em que Gwen esteja metida, parece problema, e Stella prefere não virar uma confidente dos dramas da vizinha. Com dedos ligeiros, ela digita: Desculpe. Eu não vi. Você tentou a localização?

Ao jogar o aparelho na bolsa, já está pensando em um jeito de devolvê-lo anonimamente.

Stella segue para o café perto da academia onde pede um *latte* de leite de aveia que custa seis dólares e ela e Lorraine começam a trabalhar.

Na metade da bebida, o celular de Stella vibra.

— Desculpe — diz ela.

Lorraine assente de forma indulgente. Como mãe de quatro, ela entende.

É outra mensagem de Gwen.

Que burrice a minha. Deveria ter tentado isso primeiro. Encontrei. Vamos conversar depois?

Stella coloca o celular na mesa, com o cuidado de manter o rosto tranquilo.

Toma um gole do *latte*.

Concentra-se na lista de afazeres de Lorraine.

Responde "Sim", "Minha nossa" e "É claro" nos momentos certos, mas, durante todo o tempo, seus pensamentos estão focados no celular de Gwen no fundo da sua bolsa de ginástica. E no porquê Gwen mentiria ao dizer que o havia encontrado.

É uma tentativa amadora de manipulação que parece estranhamente familiar a Stella. Como um rosto vislumbrado em um sonho. Por um momento, Stella está perto. Quase o identifica.

Então, como acontece nos sonhos, o rosto se dissipa.

6

PRIMAVERA DE 1987

JULIE

Tenho um equilíbrio incrível.

Quando Paula estava no fundamental dois, inventou um jogo chamado Andar na Prancha.

A gente brincava com os vizinhos que moravam do outro lado da estrada antes de eles se mudarem. Eram garotos, mas Paula disse que era melhor brincar com eles do que ficar sem fazer nada. Paula e eu éramos as melhores no jogo. Na verdade, Paula era a melhor. Eu era a segunda melhor.

Andar na Prancha é bem parecido com Verdade ou Desafio. Todo mundo joga o dado. O número mais alto indica quem é o primeiro e, o mais baixo, quem deve criar um desafio. Qualquer desafio, sem regras. A pessoa que começa pode escolher cumprir o desafio ou Andar na Prancha.

A prancha é um conjunto de árvores mortas que foram arrastadas pela água e criaram um bloqueio de troncos no rio. Para passar, é preciso saber quais troncos não estão podres. Quais são sólidos o suficiente para aguentar o peso até você chegar ao outro lado do rio.

O inverno é a melhor época para brincar de Andar na Prancha porque a água está gelada e corre muito rápido. Além disso, o musgo dos troncos fica bem escorregadio por causa da chuva. O rio só tem duas curvas entre o bloqueio de troncos e a cachoeira um pouco além. A cachoeira é pequena, uma queda de uns dez metros. Se está frio e a pessoa não tem muito equilíbrio, é sempre melhor aceitar o desafio, porque, se cair, as chances de ela não conseguir sair do rio são bem altas.

A não ser que a pessoa seja eu ou Paula e conheça todos os truques.

— Você segura tudo aqui, Julie — disse Paula para mim, encolhendo tanto a barriga que o umbigo dela ficou comprido e estreito.

O equilíbrio é importante, mas tem outras coisas. A melhor forma de explicar é dizer que é tipo segurar todo o seu corpo no abdômen. E manter os olhos fixos à frente. Se fizer essas duas coisas, não vai cair.

Prometo.

Não importa o que acontecer.

Mesmo que esteja chovendo há mais de uma semana, o nível do rio esteja superalto e os troncos escorregadios e podres em alguns pontos, se o vizinho desafia você a tocar no pinto dele com as duas mãos, dá para atravessar a prancha fácil. E se for como Paula, você vai desafiar o garoto a nadar no rio, mesmo que seja janeiro. Ele vai dizer que tem que voltar para casa, mas você vai saber que é mentira.

Você sabe que ganhou.

Depois da aula, no teste de seleção para o time, penso que Ginny Schaeffer sempre escolheria o desafio.

— Hoje é dia de levantamento — anuncia Deanna, assim que nos sentamos no chão do ginásio.

Ginny e eu somos colocadas em grupos com atletas da equipe titular. Megan Schaeffer, a irmã mais velha de Ginny, está no meu.

Megan me cumprimenta com um sorriso frio, enquanto a outra garota, Bridget, explica onde devo colocar os pés e como é a contagem.

— Você é tão pequena — diz Bridget, com um sorriso encorajador. — Vai ser fácil.

— O importante aqui não é o peso, mas sim o equilíbrio — intervém Megan, sem sorrir, depois passa os trinta minutos seguintes tentando me derrubar.

Bridget dobra a perna em um ângulo de noventa graus, mas Megan mantém a perna inclinada. Quando piso em seu ombro, ela o mexe e caio no chão.

— Você pisou no meu cabelo — afirma ela, irritada.

Tentamos de novo e de novo, mas Megan tem um talento para a sabotagem. Consigo sentir a frustração de Bridget. Ela não consegue ver Megan se mexendo nem saindo debaixo de mim, então acha que a culpa é minha. Olho para Ginny, que também não conseguiu fazer a elevação, apesar de não ter uma base que está fazendo de tudo para derrubá-la. Ela ri. Isso é uma competição, e ela sabe que a irmã não vai me deixar ganhar.

— De novo — digo.

Dessa vez, sou rápida e mudo a ordem da subida. Pé direito na coxa de Bridget, esquerdo na de Megan. Subo no ombro de Bridget depressa, mas, em vez de colocar o outro pé no ombro de Megan, dando a ela a chance de me desequilibrar, levo o joelho esquerdo ao peito, torcendo para que não seja peso demais para Bridget.

Meus olhos estão fixos no aro da cesta de basquete. Ouço a forma como Bridget ofega e, ao mesmo tempo, vejo Deanna se aproximar da gente. Devagar, uso a mão esquerda para pegar o pé esquerdo e o levanto acima da cabeça.

— Uau, Julie. Olhe só para você — diz Deanna. — Tudo bem com o peso, Bridget? — Ela bate as mãos. — Será que mais algum olheiro pode vir aqui?

Estou ciente dos movimentos abaixo de mim, mas meus olhos estão fixos na cesta de basquete.

Elas me descem, e Deanna está sorrindo.

— Vamos tentar outra coisa. Laura, você substitui Megan. Vamos fazer o mesmo movimento, mas, em vez de pisar nos ombros, você vai pisar nas mãos. Quando estiver lá em cima, elas vão contar. Vai ser subir, pisar, lançar. Quando você começar a cair, estique as pernas para a frente. Você consegue fazer isso?

Concordo com a cabeça.

Quando Laura substitui Megan, tudo fica mais fácil. Mais fácil do que Andar na Prancha.

Se Paula estivesse assistindo, diria que estou um pouco desequilibrada. Segure tudo no abdômen. Quase consigo ouvir sua voz. Um, dois, e estou voando em direção ao teto do ginásio.

— Estica — grita Deanna, e eu obedeço. — Muito bem — diz ela quando aterrisso direitinho nos braços de Bridget e Laura. — Como você se sentiu?

— Foi bom — digo, fingindo que meu coração não está disparado com a adrenalina.

Ela assente e olha para as meninas da equipe com um sorriso que faz com que eu me sinta acolhida.

— Julie, espere um pouco — diz Deanna, quando estamos saindo. — Vou colocar você para fazer os saltos com Laura e Bridget para a seletiva. Quer dizer que você vai fazer o teste com outras garotas da equipe titular, mas os treinadores vão saber que você é do primeiro ano. É só um dia antes. Você consegue?

— Consigo — afirmo, recalculando o tempo que vou ter para me preparar.

Kevin chega na escola com o escapamento roncando e os pneus cantando para todo mundo olhar. A cabine da caminhonete está fedendo a cerveja. Ontem ele era uma serpente enrolada, esperando para dar o bote. Hoje ele está relaxado e feliz como um urso de desenho animado.

— Como foi o treino? — Sinto uma gota de cuspe pousar no meu rosto.

— Muito bom — digo, forçando um sorriso.

Sinto a saliva quente no meu rosto. Espero até que ele afaste o olhar para limpar com a manga da blusa.

— Sério? Muito bom? Olha só quem está confiante de que vai entrar para o time. Você não está nem um pouco nervosa?

Ele tira uma das mãos do volante e começa a tremer como se estivesse com medo, depois dá risada.

— Ainda estou um pouco nervosa — digo.

— Só um pouco? Você já está ficando bem crescida, não é? — Ele olha para mim em vez de para a estrada. — Não é? — insiste ele, enquanto passa por um sinal vermelho.

— Estou, estou crescendo.

Kevin concorda com a cabeça, satisfeito com a minha resposta e puxa o volante no último segundo para evitar cair na vala.

— A questão é, Juliebell, eu estava falando com alguns caras sobre esse lance de equipe de cheerleaders. Eles disseram que é bem caro. — Ele esfrega o dedão e o polegar. — Um monte de taxas, pompons e essas coisas.

— Eu sei quanto custa. Eu vou pagar.

— Ah, é mesmo? — O tom é de desprezo. — E como você pretende fazer isso?

— Vou conseguir trabalho. De babá ou algo do tipo.

— E quem você acha que vai ter que levar e pegar você no trabalho como babá? Porque com certeza não vai ser eu.

— Você não precisa se preocupar com isso, Kevin — digo, mas esqueço de sorrir e minha voz sai seca demais. — Se eu entrar no time, vai ser problema meu. Eu resolvo.

A mão dele voa tão rápido que não vejo o que está por vir. Minha cabeça bate contra o assento. Mil estrelinhas brancas brilham diante dos meus olhos e então desaparecem. Uma dor aguda se espalha pelo meu maxilar e sinto gosto de ferro na boca.

— Tem mais alguma coisa que queira dizer? — pergunta Kevin.

O rosto dele está vermelho, e as mãos apertam o volante com força. O ursinho de desenho animado desapareceu e foi substituído por um de verdade, sedento de sangue.

— Não, senhor — digo, piscando. — Desculpe.

Ele assente, satisfeito por eu saber qual é o meu lugar no mundo. Gosta de me lembrar disso porque isso solidifica sua posição. Não voltamos a falar até que entramos na garagem de casa.

— Você vai fofocar tudo para sua mãe?

Kevin está olhando para a frente e vejo o inchaço em volta dos seus olhos. As sombras do que se tornaria se já não estivesse destinado a partir para outra.

— Não. — Nego com a cabeça.

— Bom. Ninguém gosta de dedo-duro.

Ele sai da caminhonete e entra em casa.

Quando abro a porta, minha mãe está sentada ao lado de Kevin no sofá.

— O que aconteceu com seu rosto? — pergunta ela.

— Dia de arremessos nos testes de seleção. Eu caí.

Minha mãe assente e dá aquele sorriso cuidadoso que não mostra os dentes. Se Kevin estivesse olhando para ela, teria visto o brilho de raiva em seus olhos. Mas mesmo que visse, não saberia interpretar o significado.

Durante o jantar, minha mãe faz de tudo para agradar Kevin, mas ele não nota o tom adocicado na voz dela. Depois do jantar, volto para o celeiro. Posso chorar por causa do que aconteceu ou ensaiar a coreografia. A lembrança do sorriso caloroso de Deanna facilita a escolha. Quero estar cercada por um grupo de amigas, rindo e feliz como Ginny Schaeffer.

Uma hora depois, minha mãe abre a porta de metal corrugado.

— Vamos dar uma olhada melhor nesse rosto — diz ela, com um sorriso sincero.

Inclino a cabeça em direção à lâmpada pendurada no teto para mostrar os hematomas.

Ela levanta meu queixo, virando minha cabeça para um lado e para outro.

— Não está tão ruim. Dá para cobrir, sem problemas.

Concordo com a cabeça. Sei como cobrir um hematoma.

— Se eu entrar para o time, vamos ter que pagar umas coisas. Cento e cinquenta pelo uniforme e pelo equipamento. Também tem um fim de semana de treino que vai custar mais cem dólares, mas talvez não seja obrigatório.

Minha mãe assente.

— Temos dinheiro.

— Kevin sabe quanto custa. Disse que uns amigos contaram para ele.

Minha mãe levanta uma das sobrancelhas.

— Que amigos?

Minha mãe é uma pessoa discreta.

"Não preciso de ninguém falando da minha vida" é o que sempre diz. Em geral, escolhe namorados solitários.

— Uns caras. — Dou de ombros. — Acho que ele estava no bar.

— Tá legal. — Minha mãe se inclina e dá um beijo na minha testa. — Vou deixar a base e o pó no seu quarto. E não precisa se preocupar com dinheiro. Vou cuidar de tudo. Acho que está na hora de Kevin partir, você não acha? — Sua voz está preocupada, mas os olhos, calorosos.

Concordo com a cabeça e dou um sorriso. Isso é música para meus ouvidos.

Quando volto para casa, Kevin e minha mãe estão sentados à mesa da cozinha. Ele está comendo sorvete de baunilha. Os pêssegos em conserva que minha mãe fez servidos como calda. Ela o observa comer com uma expressão sonhadora.

— Você não quer nem uma colherzinha? — pergunta Kevin, enquanto subo a escada.

— Não. — A voz da minha mãe é suave e ardente. — Estou guardando meu apetite para outras coisas.

Kevin dá uma risada, enquanto a colher raspa o pote.

— Gosto dessa ideia.

Lá em cima, já no meu quarto, fico imaginando como tudo vai acontecer dessa vez, mas não estou preocupada. Quando minha mãe está no comando da narrativa, tudo acontece às mil maravilhas.

Pelo menos pra gente.

Se Kevin soubesse ler minha mãe, mesmo que só um pouquinho, estaria com medo. Ele se sentiria pequeno e indefeso do mesmo jeito que faz os outros se sentirem, mas não estou mais preocupada com o que Kevin pode fazer com os outros.

Espero que, até o fim desta semana, ninguém mais precise ter medo de Kevin.

7

OUTONO

STELLA

No estacionamento, Stella e Lorraine se despedem com beijos no ar. Stella não tem tempo a perder. Tem um monte de coisas para fazer. Itens para riscar de uma lista muito longa de tarefas, incluindo comprar a solução das lentes de contato para Colin. As palavras de Tom ecoam nos seus ouvidos.

Divirta-se e curta seu tempo com as amigas.

Tempo com as amigas. Acrescente a palavra "amigas" depois de "tempo", e vai ter uma prova irrefutável de que é um tempo sem valor.

Para um observador, não que ela esteja sendo observada, Stella é a imagem da domesticidade suburbana dos Estados Unidos. Apaga do rosto qualquer sinal de angústia (desconfianças, ansiedades e desejos desesperados). Enche o carrinho do supermercado e cumprimenta os vizinhos que não consegue evitar enquanto responde o ataque implacável de mensagens que recebe da família amada.

Daisy: Mãe cadê meu short branco do treino?

Stella: Dá uma olhada na secadora.

Tom: Que horas é nosso compromisso hoje à noite?

Stella: 18h30. O convite com os detalhes está na minha mesa. Mandei para o seu calendário.

Daisy: Não está lá já olhei

Stella: Já olhou na sua bolsa?

Colin: O Jake e o Ben podem dormir aqui em casa hoje à noite

Stella: Seu pai e eu não vamos estar em casa.

Colin: Isso é um não

Stella: Sim.

Colin: Então eles podem vir

Stella: Não, eles não podem. Seu pai e eu não vamos estar em casa!

Colin: mas você disse sim, então eu já mandei mensagem dizendo que tudo bem

Stella: 😵 Então vai ter que mandar outra mensagem.

Stella: Tom, você pode dizer por favor para o Colin que os amigos dele não podem dormir aí em casa.

Colin: pedi para o papai também mas ele não está respondendo

Daisy: meu short está na Ainsley. podemos passar lá para pegar antes do treino

Tom: Colin quer que os amigos durmam aqui em casa. O que acha?

Ela responde às três últimas mensagens fulminando o celular com o olhar. Fica tentada a colocar no modo silencioso, mas nunca faz isso. As possibilidades de tudo que poderia dar errado a assombram.

Colin começou a dirigir recentemente e pode sofrer algum acidente. Tom pode ter um ataque do coração. Daisy pode ser sequestrada por traficantes de pessoas no shopping. E embora seja improvável que qualquer coisa assim aconteça, Stella sabe, em primeira mão, como toda uma vida estável pode virar de cabeça para baixo em um estalar de dedos.

Sua mente exagerada volta para os comentários de Tom sobre a infância dela. Ele está certo. Nenhuma criança deveria ter de lidar com a morte de um dos pais e, depois, do outro, o que é a versão de sua infância que contou a Tom. Era mais simples dessa forma, mesmo que fosse mentira. A verdade não era algo que ela pudesse compartilhar com ninguém, nem mesmo com Tom. O importante era que ele entendesse que ela havia sobrevivido a algo muito difícil. Pelos cálculos de Stella, esse é o mais próximo da verdade que poderia chegar.

No tempo que levou pensando no assunto, o celular explodiu com mais quatro mensagens. Ela as lê, solta um suspiro pesado e guarda o aparelho na bolsa sem responder. Aquela vida tranquila e suburbana é o que sempre quis para os filhos. Ela e Tom se esforçaram para criar e preservar essa vida. Mesmo que se preocupe com a fraqueza dos filhos, sente certa tranquilidade nas menores coisas.

Colin, que sem pensar duas vezes a corrigiu depois que ela usou o gênero errado para se referir a um dos colegas do time.

— Minha nossa. Sinto muito — disse ela, enrubescendo de constrangimento.

— Tranquilo, mãe — disse Colin, dando tapinhas em suas costas como se ela fosse criança. — Você ainda está aprendendo.

E Daisy, que é a treinadora voluntária do time de hóquei sobre grama Tulip. Ela atravessa o campo com um grupo de crianças de cinco anos no seu encalço.

— De quem é a bola? — Stella ouviu sua caçula gritar para o time.

— Nossa! — gritaram elas em coro.

— E quem pode ficar no caminho?

— Ninguém!

— Dais, você é incrível — disse Stella para a filha quando chegaram no carro. — Foi seu treinador que ensinou isso para você?

— Hum, não. — Daisy revirou os olhos. — Foi você, mãe. Não se lembra?

Stella fingiu que lembrava.

Apesar de todas as pistas de que os filhos estão se tornando pessoas que ela se orgulha de ter na própria vida, Stella às vezes é tomada por inseguranças. O que aconteceria se fossem expulsos do casulo suburbano?

Sobreviveriam às coisas às quais ela sobrevivera?

O pensamento lhe provoca um aperto na barriga. Gwen Thompson mentiu por um motivo, mas Stella não faz ideia de qual. O sangue ruge nos ouvidos, e ela é inundada por um terror irracional de que tudo que criou está prestes a implodir. A vida dela floresce na ordem, e Gwen é uma variável desconhecida.

Você está exagerando, diz a si mesma enquanto passa o cartão de crédito no mercado. Tenta se concentrar no privilégio de não ter que se preocupar com o preço da comida. Ela clica em sim para responder se poderiam arredondar as compras para uma doação para o abrigo local para pessoas em situação de rua. Esteja presente no momento e totalmente grata pelas recompensas da vida.

Outra parte da sua mente está classificando tudo que já sabe. Desenhando linhas. Juntando motivos. Gwen claramente está enviando mensagens do laptop. Mas por que está fingindo que encontrou o celular? Para começo de conversa, por que apareceu na porta da garagem de Stella? E ainda há as mensagens de sjiuyvp.

Um pensamento desagradável lhe ocorre, mas Stella diz a si mesma que está sendo ridícula e dramática demais. Mesmo assim, estremece. Sente o estômago revirar e sabe que é o instinto. Tem algo errado naquilo. Alguma coisa que sua mente consciente não quer analisar muito de perto.

No carro, ela sai da via expressa e segue por uma série de ruas que leva até sua casa. Num enorme contraste com a explosão de mensagens que recebe no celular, a casa está quieta. Ela repassa mentalmente a agenda de cada um. Colin está na casa de Langston, fazendo o trabalho de história. Tom e Daisy estão no treino de sábado. Enquanto guarda as compras, fica imaginando se Tom cedeu ao pedido da filha de pegar o short. Ou se Daisy vai chegar em casa reclamando das voltas extras que teve que dar por não estar de uniforme.

Quando tudo está arrumado na cozinha, incluindo a pia cheia de louça suja que Tom deixou para trás ao preparar as panquecas do café da manhã, ela verifica de novo a localização de todo mundo pelo celular e desce correndo para o porão. Apesar de a casa estar vazia, Stella sobe na ponta dos pés a escada que a leva para seu refúgio.

Sozinha, sem chance de ser interrompida, conecta o celular de Gwen ao carregador que deixa no quarto secreto, certificando-se de que o serviço de localização ainda está desabilitado. A capinha do aparelho é cor-de-rosa e cheia de purpurina. Que tipo de pessoa adulta a vizinha é?

O tecido da realidade parece escorregadio. Stella não sabe se a sensação no estômago é instinto ou desejo por algum drama para quebrar a monotonia dos dias. O problema é que, no fundo, sabe como a ficção pode se transformar em fato. As histórias podem ser transformadas em verdade e se tornarem imutáveis.

Ela deixa o telefone de Gwen em cima da mesa para carregar e se volta para o gaveteiro de pastas suspensas.

A de cima está cheia de fotos antigas. Tom já as viu, mas nunca fez muitas perguntas sobre as pessoas do passado da esposa. Stella considerou aquela falta de curiosidade uma forma de demonstrar respeito por um assunto doloroso. *É um assunto doloroso*, e é por isso que ela guarda as fotos ali, dentro de uma caixa, na gaveta. Escondidas de olhos e mentes curiosos... Não que alguém da sua família esteja muito interessado em fotos desbotadas de rostos desconhecidos.

Mas Stella não está com cabeça para relembrar o passado. O que quer está embaixo das fotos, no fundo falso da caixa.

Um canivete.

Ela o retira e fica observando. Sente o peso na mão e então o coloca na mesa. Não há nada de especial nele. Viu alguns do mesmo tipo, com cabos entalhados, bem parecidos com aquele, em antiquários. Mesmo assim, ainda gosta de segurá-lo às vezes. Lembrar-se da pessoa que já foi é outra coisa que costuma fazer no quarto secreto. Não importa que aquela pessoa não exista mais. Extirpada, como se Stella tivesse usado o canivete para cortá-la.

Em seguida, ela arrasta a cadeira para o canto do quarto. Sobe no assento e, embaixo do beiral, seus dedos encontram a chave que escondeu. Está envolta em plástico como proteção adicional e colocada em um suporte que fixou na viga com fita adesiva. É uma apólice de seguro, porque nunca se sabe.

Embora as pessoas como a que se tornou *saibam*. Existem fundos mútuos, portfólios, ações, imóveis, testamentos, fundos fiduciários, seguros, carros luxuosos, joias de aniversário e o valor crescente da sua casa já superavaliada para garantir que sempre estejam seguros.

Seja qual for o desastre que surgir, existe a certeza de que vão escapar ilesos.

Apesar disso, é aquela chave, escondida no quarto secreto, que dá segurança a Stella. É uma lembrança de que haja o que houver, ela vai ficar bem.

Ela deixa a chave no devido lugar e desce da cadeira, sentindo-se mais calma.

É hora de dar um fim naquilo (seja lá o que for).

Eis o que vai acontecer. Ela vai descer e preparar a cesta para o leilão. Já procrastinou demais a tarefa porque está irritada por ter tido que organizar o evento *e* ter que doar uma cesta.

Mesmo assim, ela prometeu.

Chegou a hora de cumprir.

Ela irá até a casa dos Thompson com aquela bolsinha ridícula da Lilly Pulitzer. Vai bater na porta. Se ninguém atender, vai largar a cesta na varanda. No caminho, vai tirar o celular de Gwen do modo avião e deixá-lo, totalmente carregado e pronto para ser encontrado, na vala perto da entrada da garagem de Gwen, onde Stella não vai ser filmada pela câmera de segurança.

Então tudo vai estar acabado. Não importa que Gwen esteja recebendo mensagens de um contato suspeito. Não é da sua conta. Stella tem preocupações mais importantes, como Colin e Daisy; o tipo de pessoa que estão se tornando, que, às vezes, desaparece sob a pressão das notas, do desempenho nos esportes e das avaliações nas provas de seleção para a universidade que se aproximam.

O processo que a tornou o tipo de mulher que dá beijinho no ar também a tornou o tipo de mulher que mantém cestas e presentes de última hora na sua central de embalagens no porão.

Central de embalagens no porão. Que coisa ridícula.

Ela sabe disso, mas também a usa com frequência.

Stella encontra uma cesta branca de vime e passa pelos vales-presentes que tem à mão, então escolhe um para um restaurante italiano popular. Uma vela com aroma de figo, panos de prato com bordado retrô de frutas e duas colheres de pau em formato de frutas. Tema de comida. Perfeito, pensa enquanto embrulha tudo com papel celofane.

Levando a cesta, com a bolsinha da Lilly Pulitzer enfiada por baixo e o celular de Gwen no bolso, Stella segue para a casa dos Thompson. Na esquina da rua, dá uma parada para ligar o celular de Gwen e continua caminhando pelos jardins bem cuidados. Gramados verdes como os dela, pontilhados com hortênsias, que florescem à sombra das varandas enormes e raramente usadas. Essa é a sua vida, linda e perfeita. Está ligeiramente irritada por ter gastado dezoito horas dela com aquelas preocupações loucas na cabeça. Tinha mais o que fazer.

Está no meio do caminho para a casa dos Thompson quando um carro passa por ela, para e dá ré.

A janela escura se abre e revela o marido de Gwen, Dave.

— Aposto que sei para onde está indo. Posso levar para você...

— Ah... sim. Seria ótimo.

Quando Dave pega a cesta, não nota a bolsa. Ou talvez pressuponha que seja de Stella. Se for tão observador quanto Tom, provavelmente é isso mesmo.

— Obrigado! Vocês realmente se esforçaram — diz Dave.

No bolso, Stella sente a vibração inconfundível do celular que acabou de ligar.

— Hoje à noite vai ser incrível — diz Stella, acenando e dando um sorriso para indicar o fim da conversa.

— Nossa sala de jantar está cheia de cestas — continua Dave, como se não tivesse visto o aceno dela ou desconhecesse o significado. — Vai ser uma festa e tanto.

— Espero que sim. — Stella abre mais o sorriso. Ela só quer que a conversa chegue ao fim.

— Sim, sua cesta é uma das melhores. Bom trabalho. — Ele faz um sinal de joinha.

— Obrigada. Vejo você mais tarde — diz Stella.

— Isso mesmo. Até lá.

Finalmente, ela é liberada e se vira para voltar para casa, esperando o carro desaparecer para poder pegar o celular. Na tela, está o aplicativo de localização. Alguém, supostamente Gwen, acessou a localização.

O coração de Stella dispara. E se Dave contar para Gwen que esbarrou com Stella na rua? Ele com certeza gosta de falar. Parece algo que ele faria. Agora que ela mentiu para Gwen, seria desconfortável ser pega. Ou pior, isso poderia dar à vizinha uma desculpa para ter aquela "conversa". Por instinto, Stella põe o celular no modo avião e o enfia de novo no bolso.

A bolsa é pequena, feita para ser usada cruzada no corpo. Em vez disso, Stella a enfia na cintura da calça de ginástica para o caso de Gwen decidir sair pelo bairro procurando o celular. Mais cedo, tinha trocado o top suado por uma das camisetas largas que Daisy não queria mais. Com a bolsa escondida, Stella caminha o mais rápido possível na direção da própria casa.

Se alguém a parar, vai dizer que está fazendo uma caminhada vigorosa.

Vai dizer que é uma linda tarde para uma caminhada.

Vai dizer "Sério que o serviço de localização indicou que o celular perdido estava aqui na rua? Que estranho. Mas não, não vi nada. Nadinha".

Stella diminui o passo para recuperar o fôlego. O celular não vai denunciá-la. A única coisa que poderia denunciá-la seria a própria falta de cuidado.

Denunciá-la pelo quê, pergunta uma voz no fundo da sua mente.

Stella assente, concordando com a voz. Precisa se acalmar porque não fez nada de errado.

— Mãe. — A voz conhecida de Daisy lhe causa um sobressalto. — O que você está fazendo?

A BMW de último modelo parada ao lado de Stella também é conhecida.

— Estou olhando a folhagem — diz Stella, dando uma resposta melhor do que a que tinha pensado antes. — As cores estão tão lindas.

— Quer carona? — pergunta Tom.

— Claro, obrigada. — Stella abre um sorriso e entra no banco de trás.

— Adivinha? O técnico me colocou logo no início do treino hoje. Acho que eu talvez comece no primeiro jogo.

— Dais estava demais — comenta Tom.

— Uau — diz Stella enquanto Daisy vai descrevendo, tim-tim por tim-tim, tudo que aconteceu no treino.

Tom estaciona na garagem e é imediatamente sugado pelo vórtex do próprio celular.

— Por que você está usando minha camiseta velha? — pergunta Daisy, assim que Stella sai do carro. Seu tom é de nojo, como se Stella estivesse usando uma roupa suja de cocô de cachorro ou algo tão nojento quanto.

— Ah, foi a primeira roupa que vi. Acho que fiquei com frio depois da aula de *barre*. — Ela dá um sorriso e balança a cabeça como se concordasse que usar a camiseta velha da filha fosse a ideia mais ridícula do mundo.

— Nossa. É tão infantil. Achei que tivesse colocado na sacola de doações — diz Daisy.

— Dá para usar em casa — retruca Stella. — Ah, droga. Tenho que dobrar as roupas que estão na secadora antes que amarrotem.

Mesmo que normalmente goste de ouvir Daisy contar os detalhes dos triunfos no treino, tem outras questões para resolver hoje; além disso, também tem certeza de que a conversa vai seguir para outras coisas que são bem "infantis".

Lá embaixo, Stella abre o fundo do armário para a escada secreta e deixa a bolsa e o celular no primeiro degrau, onde vão ficar escondidos de olhos curiosos.

Ela fecha o painel e se encosta nele.

— Que ridículo. Você precisa se controlar — sussurra enquanto abre novamente a porta e pega o celular.

Ninguém vai se importar com a bolsa. Tudo que contém é o celular, mas o celular é de outra pessoa.

O celular é um problema.

O celular é rastreável.

O celular precisa ser descartado, e é por isso que Stella vai levá-lo ao leilão mais tarde e acabar logo com isso.

PARTE DOIS

8

PRIMAVERA DE 1987

JULIE

Querida Paula, começou de novo, escrevo.

Às vezes, quando escrevo no meu diário, finjo que estou conversando com ela. Ver seu nome no papel faz com que eu sinta que ela ainda está aqui. Como se ainda dividíssemos o quarto que agora é só meu.

Quando ela partiu, trocávamos cartas o tempo todo. Depois as correspondências começaram a ficar mais espaçadas. Não sei bem de quem foi a culpa, mas é difícil manter uma conversa quando ela ignora metade das minhas perguntas. Já faz seis meses desde a última vez que ela escreveu. A carta a fez parecer ainda mais distante. Como se a pessoa que escreveu a carta talvez nem fosse Paula. Quando escrevo para ela assim, no diário, consigo imaginar exatamente como minha Paula, a Paula que eu conhecia quando ela morava aqui, responderia.

Ela me diria exatamente o que fazer.

Acordei cedo hoje de manhã porque preciso de mais tempo para esconder o hematoma no rosto. Foi a Paula que me ensinou como aplicar a base da forma certa. O hematoma está esverdeado. Quando eu terminar, vai ter sumido. Marcas de pôr do sol, era como Paula costumava chamá-los quando era criança, porque tinha tons de vermelho, roxo e azul.

— Viu? Mágica — disse ela, da primeira vez que passou base em mim. No espelho, o hematoma tinha desaparecido. — O verdadeiro pó da invisibilidade.

Ela estava certa. A maquiagem sempre escondia os machucados, mas isso não significava que os hematomas desapareciam. Ninguém vai notar, mas eu o sinto quando mexo a boca do jeito errado. Às vezes, sinto mesmo depois de meses. Parece estranho, mas Paula sabia o que eu queria dizer.

Depois de terminar de aplicar a maquiagem, volto ao diário.

Kevin finalmente me bateu com força. Você ficaria orgulhosa da minha ma-

quiagem. *Não dá nem para notar, só que dói um pouco quando eu sorrio. Como você sempre diz, acho que isso significa que vou ficar sem sorrir por um tempo. Mas acho que não vai acontecer de novo. Mamãe diz que está na hora de Kevin partir, então isso é outra coisa que recomeçou também. Espero que tudo esteja muito bem com você em Hermiston. Se você tivesse tido seu filho, eu já seria tia. Poderia ir visitar você e brincar com ele ou com ela. Seria muito legal, não acha?*

Esta última parte sobre ser tia eu com certeza não escreveria para Paula. Ela é durona e temperamental. Se eu dissesse isso, ela ficaria sem falar comigo por uma semana. Até mesmo nossa mãe se mantinha longe de Paula quando ela estava mal-humorada.

Minha mãe diz que Paula é teimosa como uma mula.

Sei que ela quer dizer que minha irmã é obstinada, mas também quer dizer que Paula pode ser como uma mula. Quando provocada, dá coice. Mas a questão com as mulas é que dá para prever quando vai acontecer. Essa é uma das grandes diferenças entre minha mãe e Paula. Com Paula, você sempre sabe o que está por vir. Com minha mãe, as pessoas nunca imaginam. Tipo, Paula e eu sabemos, mas os namorados dela, não. Eles acham que sabem tudo sobre nossa mãe, mas, no fim das contas, sempre estão errados.

Tenho mais um dia de treino para os testes de seleção para a equipe de cheerleaders. Você sempre disse que achava que cheerleaders são metidas a besta. Algumas são mesmo. Mas tem outras que não são tão ruins. Se eu entrar no time, mando uma foto.

Isso é tudo que escrevo. Mesmo que esse seja meu diário e mesmo que ninguém deva vê-lo, ainda tenho que ter cuidado porque nunca se sabe quem pode encontrá-lo.

Não é difícil imaginar Kevin entrando no meu quarto para bisbilhotar enquanto estou na escola, as mãos gordurosas escorregando por baixo do meu colchão. Ele olharia dentro das caixas de sapato cheias de tesouros. Pedras bonitas do rio, um pedaço de madeira em formato de coração, bugigangas da máquina de brinquedos que fica na entrada do supermercado e a coleira do nosso gato que morreu. Pensando bem, ele já deve ter feito isso.

Felizmente, Kevin não é paciente o bastante para testar as tábuas soltas. Mesmo se encontrasse a tábua solta embaixo da minha cama, acho que não puxaria o isolamento nem enfiaria a mão bem fundo no escuro, tateando em volta. E mesmo que fizesse isso, ainda assim ele não descobriria toda a verdade.

Passos pesados do lado de fora fazem com que eu me sinta feliz por já ter escondido o diário. Os passos param. Ouço uma batida na porta.

— Pode entrar — digo. Não é o que quero dizer, mas não tenho outra opção.

Kevin abre a porta.

— Oi, Julie. — Ele está usando calça jeans suja de trabalho e uma camisa xadrez. — Como você está? — Ele olha para o chão.

— Estou bem. — Forço um sorriso mesmo que isso faça a bochecha doer.

— Olha, eu queria me desculpar por ontem. — Ele ainda está olhando para o chão. — O que eu fiz foi errado. Está me ouvindo? Me desculpa. Você não merecia aquilo.

Quando ele olha para mim, a expressão no rosto é o retrato do remorso.

— Tudo bem — digo, com uma voz bem suave.

Por um segundo, sinto pena dele. Não por causa do jeito que está olhando para mim, mas porque sei o que está para acontecer.

— Não. Eu perdi a cabeça e isso não é certo. — A boca está contraída e o rosto, pálido e com aspecto doentio.

— Eu perdoo você.

Ele sorri.

— Vou recompensá-la, está bem? Quando você entrar no time, e eu sei que vai entrar, Juliebell, vou levar você e sua mãe para jantar no Surf 'n' Turf. Você sabe o que tem lá?

— Não — respondo, porque sei que ele quer me explicar.

— Lagosta, carne, batata assada e sorvete. O que acha?

— Acho ótimo. — Sorrio de novo, mas dessa vez com mais cuidado para a bochecha não doer.

— Tá bom. Então é uma promessa. Nós vamos comemorar muito.

— Tá bom — respondo. Mesmo sabendo que ele não vai cumprir a promessa. Já é tarde demais. As engrenagens do futuro de Kevin foram colocadas em ação na noite passada. Quando eu descobrir se consegui entrar para o time, Kevin já vai ter partido.

Quando desço, Kevin já foi. Minha mãe está olhando para a garoa que cai sobre o pasto com uma expressão sonhadora no rosto.

— Bom dia, Julie. — A voz dela soa como um sino feliz. — Que horas termina o treino hoje?

— Às cinco e meia.

— Troquei de turno com a Denise, então vou poder buscar você. Vamos jantar no McDonald's. O que acha?

— E o Kevin?

— Ele já saiu para fazer um trabalho em Salem. Quem sabe quando vai voltar?

Ela se levanta, coloca a caneca de café na pia, enquanto cantarola uma música baixinho. Quando me vê parada onde me deixou, finge surpresa.

— Julie, o que está fazendo? Prepare seu café da manhã antes que perca o ônibus para a escola.

Eu me sirvo de uma tigela de Cheerios, mas não estou com fome. Quando abro a lata de lixo para jogá-los fora, vejo os restos dos pêssegos de ontem à noite. Eles brilham por causa da calda, grudenta, úmida e perigosa. Jogo o cereal matinal por cima e tento ignorar quando sinto o estômago revirar.

Passo o dia nervosa.

Sobressaltada.

Na aula de inglês, a sra. Swanson precisa chamar meu nome três vezes até eu responder.

— O que deu em você hoje, Julie? — pergunta ela, meneando a cabeça como se estivesse decepcionada.

— Desculpa. Os testes de seleção para a equipe de cheerleader são esta semana.

— Então só vamos ter sua atenção de volta na segunda-feira? — pergunta ela, com um sorriso, como se estivéssemos fazendo uma piada.

— Sim, senhora — digo.

Dou um sorriso como treinei na frente do espelho, para que o lugar onde a mão de Kevin acertou meu rosto não doa. O teste de seleção é uma desculpa conveniente, mas não é por isso que estou distraída.

No banheiro, verifico se o hematoma ainda está escondido. Quando estou saindo, passo por Ginny Schaeffer e seu grupinho de amigas. Dou um sorriso, mas ela desvia o olhar, jogando o cabelo loiro para trás como se não tivesse me visto.

— Lixo — diz alguém quando eu passo.

Digo a mim mesma que estão falando sobre algo no chão, mas sinto o rosto queimar mesmo assim. Não importa. Se eu entrar para o time, elas não vão mais poder me tratar assim. Cheerleaders usam uniforme, e um uniforme significa ser exatamente igual a todo mundo.

Depois da aula, sigo até o ginásio do ensino médio sozinha. O grupo do oitavo ano diminuiu bastante, agora somos eu, Ginny e três garotas de outras escolas de fundamental dois que vão cursar o ensino médio na nossa. De alguma forma, Ginny já fez amizade com elas. Formam um grupinho unido de quatro. Fico sentada sozinha na parte de trás do ginásio até a hora de começar.

No meio do ensaio, Deanna me puxa de lado.

— Só um lembrete de que precisamos de você aqui amanhã, e não na sexta-feira. Já conversei com os jurados sobre o que devem esperar. Você já olhou o horário de treino da equipe titular? Não há garantias nos testes, mas eu queria saber se você vai conseguir cumprir esses horários.

Abro o sorriso cuidadoso que usei o dia todo.

— Vou conseguir, sim.

— Tudo bem, então. De novo, não posso prometer nada. — Mas o jeito que ela sorri para mim me diz outra coisa.

Atrás de Deanna, vejo o jeito como Ginny me fulmina com o olhar.

— Eu entendo — respondo, com um sorriso. Dessa vez, me esqueço de ser cuidadosa e acabo fazendo uma careta.

Deanna inclina a cabeça para um dos lados e então se aproxima para olhar meu rosto com mais atenção.

— Isso aconteceu ontem quando estávamos fazendo os lançamentos?

Quando concordo com a cabeça, ela fica séria.

— Desculpe por isso. Às vezes acontece, mas você fez um ótimo trabalho para cobrir o hematoma. Mal dá para perceber.

Depois do treino, eu saio. Minha mãe já está esperando no Corolla branco que comprou depois que o último namorado partiu. Ela sorri e acena como se achasse que eu talvez não a visse.

— Oi, mãe — digo, jogando a mochila no banco de trás antes de entrar.

— Como foi? — pergunta ela, saindo do estacionamento.

— Ótimo.

Conto como Deanna me escolheu para treinar os levantamentos com a equipe titular, como vou ser avaliada antes, e como Ginny Schaeffer ficou me olhando de cara feia.

— Ela só está com inveja — diz minha mãe, com desprezo. — As pessoas sempre vão tentar derrubar você, mas não permita. Você faz seu próprio caminho, exatamente como eu ensinei.

Concordo com a cabeça ainda que o conselho não acerte o alvo. Não estou tentando fazer meu próprio caminho, só quero seguir o mesmo que todo mundo.

Vamos ao McDonald's e minha mãe pede cheeseburgers, com porção extra de picles, batata frita, e Diet Coke para a gente. Ela encontra uma mesa desocupada no canto, desembrulha o sanduíche e o alinha com as fritas. Quando termina, olha para mim com uma expressão que conheço bem.

— Então, você está pronta?

Não está mais falando sobre os testes de seleção para o time. Eu estava morrendo de fome há um segundo, mas a pergunta faz com que a comida pareça areia na minha boca. Tomo um gole grande de refrigerante para conseguir engolir.

— Já aconteceu?

Minha mãe dá um sorriso doce.

— Você sabe, não é uma ciência exata, mas acho que vai ser logo. Hoje à noite ou amanhã. — Ela olha em volta para se certificar de que ninguém está ouvindo a conversa. — Quer treinar? Para o caso de alguém fazer perguntas?

Nego com a cabeça porque não preciso treinar.

— A mesma coisa do Chris, não é?

Minha mãe assente. Os olhos brilhando.

— Nós escrevemos a história.

Essa é a parte favorita da minha mãe. Ela fica com uma energia diferente, como se estivesse dormindo, mas está totalmente acordada.

Tomo outro gole longo de Diet Coke.

— Acho que só quero voltar para casa. Sabe como é, preciso treinar por algumas horas para o teste.

— Essa é a minha garota. Foco no objetivo. — Minha mãe dá uma risada que é uma mistura de diversão e orgulho. Ela se inclina, pega minha mão por cima da mesa e dá um apertão forte. — Você vai entrar no time, Julie. Estou sentindo isso. Que tal irmos para casa e fazermos uma gravação da coreografia? Assim, se alguém aparecer, podemos mostrar exatamente o que estávamos fazendo.

— Claro.

Dou o sorriso cuidadoso. Aquele que não faz meu rosto doer. Minha mãe pode dizer que escolhemos nossa história, mas isso não significa que posso escolher não fazer parte da história dela.

Ela olha para minha comida.

— Você não está comendo.

— Não estou com fome.

— Melhor ainda. Assim você continua magra e leve para amanhã, não é?

— É — concordo.

Ela sabe por que não estou com fome, mas nenhuma de nós duas vai comentar. Faz parte do nosso jogo. Minha mãe faz as regras e eu as sigo. Sou a única que sabe o que acontece quando não se segue as regras da minha mãe.

Bom, isso não é verdade.

Paula também conhece as regras do jogo, mas se cansou de jogar.

Minha mãe diz que Paula foi embora porque engravidou, mas essa não é toda a verdade.

É só a parte que minha mãe escolhe contar.

9

OUTONO

STELLA

O quarto que Stella divide com Tom é do tamanho de uma sala de estar. Isso sem contar os dois closets e o banheiro enorme da suíte com boxe para o chuveiro e uma banheira. Uma das paredes do quarto tem janelas enormes com vista para o jardim dos fundos.

Diante das janelas, Stella colocou uma poltrona confortável e uma namoradeira forrada em um tecido alegre em tons de amarelo e azul, que evocam ao mesmo tempo o charme sulista e uma estética de casas de campo na França. Em vez de uma mesa de apoio, escolheu uma otomana retangular acolchoada. Também é azul, mas em um tom mais escuro e com tecido mais grosso, que liga a área de estar à cama king-size de cabeceira estofada.

Quando decorou o quarto, que é maior que seu primeiro apartamento, ela o imaginou como um refúgio. A área de estar seria o lugar onde ela e Tom teriam conversas inteligentes sobre livros que tinham lido, cada um com uma taça de vinho. A conversa seria uma preliminar para seguirem para a cama e se deitarem nos lençóis caros de algodão do leito matrimonial.

Agora Stella entra no quarto e olha para a poltrona cheia de roupas nem sujas nem limpas de Tom. A otomana se tornara o lugar para ele deixar a pasta de trabalho e a bolsa de academia. A namoradeira está agressivamente vazia. A resposta silenciosa de Stella para a bagunça na poltrona dele.

O fato de não haver nenhum livro naquele lugar decorado com tanto cuidado é revelador. Nem taças de vinho. Ela não se lembra de já terem se sentado juntos ali. Pensa que tinha decorado aquele canto para uma versão fictícia da vida que achou que os dois levariam.

Tom sai do banheiro, passando a toalha com força no cabelo.

— Com que roupa nós vamos hoje?

— Acabei de pegar na lavanderia a roupa que você vai usar. Sua camisa de xadrez azul e branca e calça da J. Crew. Ainda não escolhi o que vou usar. Este — diz ela colocando um vestido na frente do corpo. — Ou este? — Ela mostra o outro.

— Bonitos — diz Tom.

— Qual dos dois? É uma escolha. — Stella odeia o tom rude que detecta na própria voz.

— O primeiro, com toda certeza — responde Tom, sem olhar.

Ela controla o impulso de atirar um dos sapatos nas costas do marido. Está carente, como uma garotinha implorando "Olhe para mim, olhe para mim". Mas ele deveria ser o contrapeso à invisibilidade que ela desejava. *Ele* deveria sempre enxergá-la.

De acordo com todo mundo que Stella conhece, esse é o estado normal de um casamento. Um estado que as amigas já descreveram com riqueza de detalhes. A lenta erosão que vai acontecendo. Uma linha do tempo na qual os amantes se tornam companheiros e, por fim, se transformam aos poucos em colegas de quarto que meio que coexistem. Nunca achou que isso aconteceria com seu casamento, mas, de alguma forma, aconteceu. Enquanto desempenhava o papel de mãe perfeita, se esqueceu de desempenhar o papel de esposa perfeita.

Essa falta de controle enche Stella de pânico e de um brilho de algo frio, escuro e perigoso.

Mas *não*! Ela não vai pensar nisso.

— Não o quê? — pergunta Tom.

Stella olha para ele, sobressaltada, enquanto Tom veste a calça que ela trouxe da lavanderia.

— O quê?

— Você disse "não". Não gosta do vestido?

— Eu gosto. Não, eu gosto — responde ela, sorrindo.

Ela deixa os dois vestidos sobre a namoradeira e se aproxima de Tom, apoiando as duas mãos no peito dele.

— Amo você — diz ela, olhando para ele.

Tom olha para ela.

— Amo você também, Stell. — Ele finaliza a declaração com um beijo no alto da cabeça dela. Enquanto ainda a está abraçando, ele pigarreia. — Aliás, estou pensando em investir uma parte das nossas economias em uma empresa que está inovando a cadeia de suprimentos do setor alimentício.

Stella se afasta. Confia em Tom, mas uma das heranças de já ter sido pobre é o medo constante de nunca haver o suficiente.

— Quanto você está pensando em tirar?

— Não muito. Acho que eles disseram que o investimento inicial é uns dez mil dólares. Além disso, é sustentável. Uma coisa para nos sentirmos bem.

— Eu não sei. Você tem certeza de que temos condições?

— Claro que temos. Não se preocupe. Eu sempre cuidei de você, não é?

Stella assente, mas tem uma sensação incômoda. O comentário ignora o aspecto de duas pessoas casadas serem um time. Ela está prestes a dizer que também cuida dele, quando Tom a solta do abraço.

— Tudo bem, vamos logo. Não queremos nos atrasar.

— Certo — diz Stella, se espremendo no vestido que ele não escolheu de verdade.

Costumavam discutir cada decisão financeira em detalhes, mas, em algum momento, a expertise de Tom ultrapassou a de Stella. Ele está ficando cada vez mais parecido com o pai, que é capaz de falar por horas e horas sobre investimentos e impostos. Também começou a chegar entre dez e vinte minutos adiantado para tudo. Quando o assunto é um voo, ele planeja chegar meia hora antes das duas horas recomendadas, mesmo que já tenham se cadastrado no sistema de biometria para facilitar o check-in.

Enquanto calça as sandálias de salto e coloca os brincos, colar e pulseira, fica se perguntando que semelhanças Tom notaria entre Stella e a mãe. É uma pergunta impossível de ser respondida, porque Tom nunca conheceu a mãe dela. Nem nunca vai conhecer. Stella a apagou da sua vida como se nunca tivesse existido. A versão da mãe, morta e enterrada há muito tempo, que contou para Tom, é fruto da imaginação de Stella. Se existe algum legado da mãe que Stella carrega, Tom jamais seria capaz de identificar. Nem ela, porque já faz tanto tempo que nem se lembra mais.

Pelo menos, é o que gosta de dizer a si mesma.

O evento da noite é no centro comunitário, que é público no mesmo sentido que a escola de Colin e Daisy são públicas.

Em Zillow, só existe uma casa no distrito escolar com preço abaixo de um milhão de dólares. Aquela casa, simples e de dois quartos, com arquitetura dos anos 1950, pode ser comprada por novecentos e quarenta e cinco mil dólares. A comunidade inteira, com suas trilhas para caminhada e corrida, parques, centros comunitários, playgrounds, bibliotecas e escolas de alto desempenho que contam com a mais avançada tecnologia, incluindo laboratórios de ciências certificados pela NASA, é, teoricamente, "pública".

— Pronta? — pergunta Tom, impaciente.

— Sim — responde Stella.

O centro comunitário foi reformado e ganhou uma estética moderna e elegante que homenageia o tradicional tijolo do norte da Virgínia. Janelas do chão ao teto oferecem vista para o parque, e há uma ampla varanda que percorre, de fora a fora, a fachada do edifício.

Enquanto seguem, de mãos dadas, em direção ao evento, Stella relembra que aquela é a vida dela. Que não é uma impostora. Que pertence àquele lugar.

Mesmo que tenham chegado adiantados, já havia algumas pessoas circulando.

— Stella! — Lorraine acena com vigor assim que eles entram.

Com um aperto de despedida na mão de Tom, Stella vai em direção à amiga.

Lorraine está no meio de duas outras mulheres que fazem parte do comitê de organização, Anna Duval, que já trabalhou como lobista, e Rachel Stewart, uma ex-executiva de marketing.

Enquanto as cumprimenta, Stella pensa em como todas elas já tinham sido alguma coisa antes. Assim como Stella, todas *escolheram* ficar em casa. Mesmo que *escolha* não fosse bem a melhor palavra, dada a realidade desagradável de ter que equilibrar um trabalho remunerado, no qual geralmente há reduções salariais, e o trabalho sem fim da maternidade.

Ou, como Lorraine descreve: "Os médicos não dizem que o trabalho de parto pode durar vinte e um anos".

— Alguém já deveria estar circulando com os drinques. — Os olhos de Lorraine focam em Anna, que é a responsável pela comida e pela bebida.

— Droga de bufê — resmunga Anna, meneando a cabeça. Os brincos compridos, fios delicados de prata que formam uma cortina em miniatura, brilham na luz. — Eu disse para eles que precisávamos de pelos menos cinco garçons. Ninguém ofereceu nada para você ainda, Stella?

Stella abre a boca, mas antes que tenha a chance de responder, Anna começa a acenar imperiosamente para um jovem carregando uma bandeja com taças.

— Aqui.

O homem segue em direção ao grupo como um cachorrinho bem treinado, e Anna coloca uma taça com líquido claro e borbulhante na mão de Stella.

Assim que Stella pega a taça, Lorraine ergue a dela.

— Que a temporada de recrutamento atraia todas as universidades da Ivy League.

Enquanto levam às taças aos lábios, Lorraine acrescenta:

— Graças a Deus podemos parar de fingir que a universidade tem a ver com mérito acadêmico.

Elas riem, mas de forma silenciosa para não chamarem muita atenção.

Stella olha em volta do salão e se pergunta como conseguiu passar por entre as brechas para entrar naquela vida. Brechas que estão sendo fortalecidas por mulheres como aquelas, cujos filhos são como os de Stella. Inteligentes o suficiente, com talento moderado e acesso ilimitado aos melhores professores e treinadores que o dinheiro pode comprar.

Essa é a função do leilão.

Essa é a função da vida dela e da vida de todas aquelas mulheres que abandonaram as carreiras. Todas se dedicam a manter o status quo para os filhos. É um pensamento que desperta o espectro de sua mãe pela segunda vez em uma mesma noite. Qual foi o legado que ela deixou para Stella?

Stella logo toma todo o champanhe para fugir da resposta.

Ainda assim, tem seu quarto secreto. A raiva efervescente que (quase) a fez atirar o sapato nas costas de Tom. Aquele vislumbre de imaginar o salto agulha enfiado no crânio do marido. O peso do canivete e a chave escondida. Isso é quem ela é. O legado da mãe dela é uma criatura raivosa, de dentes arreganhados, que não tem nada em comum com o rosto bonito e polido que apresenta para o mundo.

Stella respira fundo algumas vezes, sorri e se obriga a se concentrar em Lorraine.

— Tudo bem, então precisamos nos certificar de que as pessoas vão dar lances nas cestas. Não vamos nem falar sobre o fato de que Rachel teve que ir buscá-las na casa de Gwen no último minuto. Gostaria que todas vocês começassem a circular para conversar com os convidados. Certifiquem-se de que todos estão bebendo. Entendido, garotas?

Lorraine sorri. Ela é uma líder nata que espera o melhor e consegue.

Quando começam a se misturar e caminhar, um pensamento herege surge na mente de Stella. E se não seguisse as ordens? E se, em vez disso, simplesmente fugisse? Fugisse daquelas conversas triviais que tanto detesta.

Como se o pensamento tivesse definido o curso da ação, ela vai até uma porta lateral, como se fosse uma fugitiva. Enquanto caminha, pega outra taça de champanhe. Se alguém perguntar aonde está indo, vai dizer que está procurando um banheiro ou que precisa resolver uma questão com o bufê. Ou vai retrucar por que precisam saber a porra do motivo de tudo que ela faz.

A ideia a faz rir.

O que há de errado com ela nesta noite?

É a primeira de muitas perguntas surgindo de algum ponto profundo dentro dela. Por que Tom, mais cedo, a afastou em vez de empurrá-la na cama para comê-la com vontade?

Linguagem inapropriada de novo. Ela revira os olhos para o próprio linguajar.

Por que Stella precisa de um quarto secreto? E por que Gwen deixou o celular na casa dela? Por que Stella não o devolveu na hora? E onde poderia deixá-lo para que Gwen com certeza o encontre e nunca, jamais, ligue o desaparecimento temporário à Stella?

Algo que hibernava dentro dela desperta. Ou talvez seja um ataque de ansiedade? Uma crise de meia-idade? Talvez seja apenas Prosecco demais em um estômago vazio.

A porta às suas costas se abre, e Stella se sobressalta, como se estivesse fazendo algo errado, mas é só um garçom.

— Só — sussurra Stella para si mesma.

Como se tornou aquela mulher que, além de dar beijinhos no ar, deixou de enxergar as pessoas contratadas para facilitar sua vida? Domésticas, jardineiros, baristas, empacotadores e garçons.

Ela precisa de ar.

Precisa de espaço.

Ela sai rapidamente do prédio, sem desviar do caminho cimentado para que o salto não afunde no gramado. Faz uma pausa, olha para trás, vê o brilho suave que passa pelas árvores próximas ao centro comunitário e se sente grata pela escuridão. O caminho serpenteia pelo parque arborizado. Stella vai entrando, sem medo, porque, naquela comunidade, a coisa mais perigosa que se pode encontrar é um cão sarnento.

Acha um banco e se senta, escorregando metade dos pés para fora do sapato. A tela do celular não tem nenhuma notificação, um fato que é quase alarmante. Quando ergue o olhar, percebe que tem uma visão clara da festa que está acontecendo no centro comunitário. Lorraine, alta e loira, assente com elegância, enquanto ouve atentamente um grupo de homens vestidos com uma roupa bem parecida com a que Stella escolheu para Tom. Stella semicerra os olhos, um deles talvez seja Tom, mas não tem certeza. A visão dela não é mais tão boa quanto antes. Uma onda de fadiga a atinge. Ela se pergunta se isso é envelhecer, mas se lembra das duas taças de Prosecco que tomou.

Observa do escuro enquanto a cena se desenrola. Lorraine segue para outro grupo. Stella localiza Anna e, depois, Rachel, e então Stella sente uma pontada de culpa. Deveria voltar. Está sendo irresponsável, escondendo-se no escuro como uma criança. A estranha onda de emoções trazida pela combinação de privilégios exacerbados e Prosecco barato já está diminuindo. Ela está se preparando para se levantar e voltar para a festa para obedecer às ordens de Lorraine quando o som de vozes a faz congelar.

O comportamento inteligente e respeitável seria dar um olá animado.

Em vez disso, Stella foge, na ponta dos pés, em direção às quadras de tênis.

— Mas nós tínhamos um trato. — A voz é feminina e arrastada, como se a pessoa tivesse bebido demais. Ou talvez seja só a imaginação de Stella.

A segunda voz é masculina e sussurrada. Por mais que ela se concentre para ouvir, não consegue entender as palavras.

— Não. Para mim chega. Já chega dessa merda — protesta a mulher.

É o tipo de conversa que não deveria ser ouvida por outras pessoas. Stella sabe disso por instinto. Espia à procura de um caminho alternativo na escuridão para o centro comunitário, saindo da calçada e passando pelas árvores, mas anda com dificuldade por causa do salto.

O casal ainda está conversando, mas a mulher está falando mais baixo. A luz azulada de um celular ilumina os dois, fazendo com que ambos sobressaiam como formas no meio da escuridão.

— Sério? — diz a voz da mulher. — Não acredito que você acabou de fazer isso.

— O quê? — retruca o homem.

O celular de Stella vibra na mão dela. Ela aperta os dentes. Por que agora, no pior momento possível, alguém decidiu mandar uma mensagem? Ela não pode olhar. Não enquanto está acidentalmente assistindo a uma discussão privada. A luz talvez a denunciasse.

— Você não consegue se concentrar em mim por dez minutos? Você só pensa nela. Todo mundo está sempre focado nela.

— O que você quer dizer com "todo mundo"? Do que está falando? Eu estou aqui, não estou? — A voz do homem soa estridente e baixa ao mesmo tempo. A voz de alguém que está tentando ganhar uma briga sem ser ouvido.

Stella sente como aquela resposta é insatisfatória. Está do lado da mulher mesmo sem vê-la. Uma das figuras se afasta em direção à luz em vez de seguir para a escuridão do parque. Stella solta um suspiro de alívio. O homem sai das sombras, mas faz uma pausa para dar uma olhada no celular. Stella semicerra os olhos e o vê voltando.

A camisa dele é xadrez azul e branca?

Como a que ela escolheu para Tom?

10

PRIMAVERA DE 1987

JULIE

Eu tinha oito anos quando meu pai partiu para outra. Paula tinha doze. Depois que ele se foi, minha mãe nos ensinou a escrever nossa própria história.

O mais importante é acreditar. Atores e atrizes fazem isso o tempo todo. Entram na vida de alguém como se estivessem trocando de roupa. Tem até um livro que meio que fala disso.

Ozma de Oz, escrito por L. Frank Baum, que também escreveu o *Mágico de Oz*. Ozma é uma princesa que sempre usa um vestido branco. Não tem muitos vestidos bonitos como as outras meninas porque seu guarda-roupa está cheio de cabeças variadas. Ela pode ser uma pessoa diferente sempre que der na telha. Em vez de trocar o vestido, ela troca de cabeça e vira outra pessoa.

A parte difícil é saber como se tornar outra pessoa sem poder contar com um armário cheio de cabeças como Ozma.

— Vocês decidem o que vão ser e é isso — disse minha mãe para mim e para Paula.

Ela não tinha tentado esconder as marcas no pescoço nem nos braços, mas o sorriso dela estava tão brilhante que mal dava para notar os hematomas.

— Seja lá o que tenha acontecido no passado, aconteceu do jeito que vocês decidiram. E se não gostarem do modo como aconteceu, é só fazer desaparecer. *Poof!* — Minha mãe estalou os dedos. — E tudo desaparece.

Paula e eu estávamos sentadas, uma do lado da outra, no sofá.

— E se eu quiser ser a princesa Diana? — perguntou Paula, revirando os olhos. — Posso fazer a Paula simplesmente desaparecer? *Poof?*

O brilho do sorriso da nossa mãe sumiu. Ela se levantou da cadeira de balanço e cruzou a sala para se colocar bem diante de nós. Em seguida, se abaixou para que seus olhos ficassem da mesma altura dos nossos e esperou, mas Paula não entendeu que aquela era sua chance de pedir desculpas. Quando Paula não disse nada, minha mãe a agarrou pelos ombros e estreitou o olhar, demonstrando que estava falando sério.

— Não seja idiota, Paula. Isso é importante — sibilou ela.

Pode não parecer, mas minha mãe fica muito assustadora quando está com raiva. Ela assustou Paula.

— Não sou eu que sou idiota — gritou Paula enquanto subia correndo. Depois a porta do quarto bateu e a casa toda estremeceu.

Minha mãe olhou para o teto como se tivesse olhos de raio X e conseguisse ver Paula deitada na cama chorando.

— Não sei por que sua irmã é tão cabeça-dura — disse ela, com um suspiro pesado que fez os ombros se curvarem.

Ela se sentou ao meu lado no sofá, onde Paula estava.

— Eu amo tanto vocês duas — sussurrou ela. — Não importa o que aconteça, nós vamos sobreviver. Tudo que eu faço é por vocês, meninas.

— Eu sei, mãe — respondi, porque, diferente de Paula, sei reconhecer uma deixa.

— Você sabe do que estou falando, não sabe, Julie? Vamos conversar sobre isso, está bem? — Ela esperou que eu assentisse e começou: — Você sente saudades do seu pai, não é?

Assenti de novo. Só de pensar nele minha garganta contraía como se eu não conseguisse respirar.

— Eu sei, filha, eu também sinto. — Ela acariciou minhas costas de cima para baixo. — Mas isso acontece quando alguém parte. Primeiro você sofre tanto que mal consegue suportar. Mas depois de um tempo, começa a enxergar a verdade. E quando enxerga, fica com raiva. Começa a fazer perguntas. Como ele pôde ser tão descuidado? Que tipo de homem se comporta daquele jeito quando tem uma esposa e duas filhas que o amam?

— Não foi culpa dele.

As palavras escapuliram sem querer. Eu me preparei para a raiva da minha mãe, mas nada aconteceu. Ela se virou para olhar bem para mim. Cotovelos nos joelhos, queixo nas mãos. Olhou através de mim como se pudesse enxergar meu cérebro.

— Mas a culpa *foi* dele, Julie. É isso que você precisa entender. Seu pai fez uma escolha depois da outra. E a cada vez, ele tirava um pouco da nossa capacidade de escolher. Uma pessoa só pode tomar um número limitado de decisões ao longo da vida. Se continuasse daquele jeito, ele tomaria todas as minhas.

Olhei para baixo e ela agarrou meu queixo, obrigando-me a encará-la.

— Você está vendo o que ele fez comigo? — sussurrou ela. A voz estava suave, mas o olhar, severo. — Eu não podia continuar. Em algum momento, ele teria ido longe demais. Aí você e Paula acabariam sozinhas com ele. Eu não podia aceitar isso. Você entende?

Minha mãe esperou, os dedos apertando meu queixo até eu concordar.

— Bom — disse ela, com um sorriso. — Ele escolheu partir quando se embebedou naquela noite e caiu no rio, e agora estamos livres.

— Podemos escrever nossa própria história — eu disse.

Minha mãe assentiu e abriu um sorriso encorajador.

— Isso mesmo, filha. Agora só tem mais uma coisa que precisa acontecer para ficarmos seguras. Você pode me ajudar a contar de novo o que aconteceu no passado para proteger nosso futuro?

Assenti de novo.

Minha mãe fez com que parecesse glamoroso. Eu não poderia ser a Lady Di, o que era idiota, mas *poderia* ser a princesa Ozma. Isso é parte da habilidade especial da minha mãe. Faz qualquer coisa parecer mágica. Como se fosse um prêmio especial do qual só você pode usufruir.

Quando minha mãe sorriu, qualquer traço de alegria desapareceu de seu rosto, e seus olhos ficaram enormes. Tinha colocado uma cabeça diferente. Quando voltou a falar, a voz estava trêmula.

— Nunca achei que seu pai tivesse problemas com a bebida, mas às vezes... — Ela respirou fundo e tocou de leve nas marcas no pescoço. — ... ele perdia o controle. Deixava de ser ele, mas era um bom pai. — Os olhos se encheram de lágrimas.

Meus olhos ficaram marejados também. Era como ela havia dito. Eu sentia tanta saudade dele que chegava a doer.

— Seu pai tomou decisões muito ruins — disse minha mãe, meneando a cabeça. — Fico preocupada com a possibilidade de essas decisões voltarem para nos assombrar.

— Que tipo de decisões?

— É segredo — respondeu ela, se aproximando de mim. — Mas posso contar para você, Julie, porque confio em você.

Depois que ela me falou, jurei que não diria a ninguém. Mas isso também não era certo. Essa era a parte na qual ela precisava da minha ajuda. Quando sua mãe precisa de ajuda, você não faz perguntas. Você faz o que ela precisa. Ainda mais quando sabe que ela faria qualquer coisa por você.

Na quinta-feira, uso minha cabeça de Julie que não se mete no problema dos outros. É a versão que cobre os hematomas e guarda os segredos da minha mãe e o meu. Meu segredo não é perigoso, é só um teste para a equipe de cheerleaders. Teoricamente, meu teste adiantado nem é segredo.

Na aula de ciências, olho para Ginny e suas amigas. Fico imaginando se Deanna também a chamou para o teste de hoje. Parte de mim quer perguntar, mas tenho medo de que a resposta seja não. Minha mãe diz para nunca fazermos uma pergunta se não quisermos saber a resposta, portanto não pergunto. Em vez disso, me imagino entrando para a equipe e tendo meu próprio grupinho, assim como Ginny.

Depois do teste, Deanna me dá um abração.

— Você estava ótima, Julie — diz ela.

— E a coreografia? Você acha que estava boa o suficiente?

Ela sorri para mim.

— Você vai ter que esperar a lista, como todo mundo. — Mas ela dá uma piscadinha que responde à minha pergunta.

Pela primeira vez em muito tempo, minha vida parece perfeita. Não quero que nada mude.

Mesmo assim, passo a sexta-feira inteira tremendo de nervoso.

Na hora do almoço, mesmo sem conseguir comer, sento-me no refeitório com as meninas que são o mais próximo que tenho de amigas. Almoçamos juntas e nos sentamos perto nas aulas. O que não fazemos é dormir na casa uma da outra, nem socializar fora da escola. Não somos amigas de verdade. Somos mais como animais que se unem para sobreviver à tempestade. Nesse caso, a tempestade é o ensino fundamental.

— Nervosa? — Ginny Schaeffer para ao lado da mesa. O rosto está contraído, e os olhos são como dois lasers azuis.

— Estou — respondo, com o sorriso nervoso adequado.

Não estou mentindo. Tenho uma longa lista de coisas que me deixam nervosa. Felizmente, passar no teste é o último item.

— Nem sei por que deixaram a gente fazer o teste — comenta Ginny, revirando os olhos. — Megan me disse que ninguém do oitavo ano vai entrar. A essa altura, é uma perda de tempo. Acho que nem vou.

Fico assentindo enquanto ela fala, mas Ginny inclina a cabeça para o lado como se estivesse vendo uma minhoca no gramado.

— Se você quiser, tipo, pular o teste, podemos ir no 7-Eleven tomar Slurpee. Tipo, eu *tenho* que fazer o teste. Se eu não for, Megan vai descobrir e vou ter problemas, mas podemos ir depois que eu acabar.

Dou de ombros.

— Claro, tudo bem.

— Então você não vai participar do teste de hoje?

Os olhos de Ginny se iluminam do mesmo jeito que os olhos dos namorados da minha mãe quando ela pergunta se querem subir, um brilho cheio de esperança e empolgação.

— Eu com certeza vou fazer o teste no ano que vem — digo, esperando que Ginny não note a forma como estou evitando a pergunta.

— Com certeza. Eu até ajudo você. Tipo, se eu conseguir. E foi uma experiência tão legal participar dos testes. Tipo, isso vai dar muita vantagem para você no ano que vem. — Ela está tagarelando e tentando esconder o sorriso. — Então vou fazer meu teste e encontro você no 7-Eleven depois enquanto esperamos a lista?

— Pode ser.

— Ótimo. Você vai ser meu apoio moral.

Ela vai saltitando para a mesa. Quando se senta, ela e as amigas aproximam a cabeça como ouriços-do-mar.

— Você não vai mesmo terminar o teste? — pergunta Erica Lempke.

Erica é bonita, com cabelo castanho comprido e cacheado, mas entrou no que minha mãe chama de fase esquisita. Ela tem curvas, mas ainda não perdeu a gordura infantil. Os garotos na nossa turma mugem quando passam por ela no corredor ou imploram para que mostre os peitos.

— Eu já fiz. Ontem, com a equipe titular — conto para ela.

— Sério? — Os olhos de Erica brilham. — E como foi?

Permito-me dar um sorrisinho.

— Vou descobrir hoje.

Erica sorri como se eu tivesse lhe dado um presente.

— Espero que você tenha entrado. — Seus olhos passam para a mesa de Ginny. — E ela não.

Depois da aula, Ginny aparece perto do meu armário.

— Vamos juntas — diz ela.

O plano de Ginny é tão óbvio quanto a tentativa nada sutil de manipular meu medo inexistente de altura. Ela decidiu ficar de olho em mim para que eu não mude de ideia. Fico imaginando se percebe o quanto isso está óbvio no rosto dela.

O hall de entrada do lado de fora do ginásio onde os testes estão acontecendo está cheio de garotas se aquecendo.

— Megan! Megan! Você já conheceu a Julie? Ela veio para me dar apoio moral — chama Ginny.

— Você também vai fazer o teste hoje? — pergunta Megan.

O rosto dela está neutro, como se nunca tivesse me visto antes. Como se não tivesse chamado minha atenção quando me sentei na lateral do campo nem quando tentou me sabotar no dia do levantamento.

— Não. Ela só veio me fazer companhia — responde Ginny por mim.

— Legal. — Megan abre um sorriso e olha de mim para Ginny com uma expressão de compreensão.

Ginny é a número quinze entre quarenta e oito candidatas.

— Me deseje sorte — pede ela, pegando minha mão antes de entrar. A palma está pegajosa de suor.

— Você vai se sair muito bem — digo.

Quando ela sai do auditório, o rosto está sério.

— Vamos — diz ela, tirando a carteira da mochila.

Enquanto caminhamos até o 7-Eleven, Ginny vai listando todos os erros que cometeu.

— É uma competição tão difícil, Julie — diz ela. — Ainda bem que você não terminou o teste. Acho que ninguém do oitavo ano vai entrar.

Compramos os Slurpees. Sabor Coca-Cola para Ginny e cereja para mim. Ficamos bebendo sentadas nas arquibancadas de metal do campo de beisebol.

— No ano que vem, vamos estar no ensino médio. — O tom de Ginny é sonhador enquanto olha para os alunos da escola. — É como se fosse o fim da infância.

— É — digo, pensando em como seria definir exatamente quando esse momento acontece.

A lista será colocada no mural às seis da tarde. Deixamos a arquibancada cinco minutos antes e voltamos para o ginásio.

— Vai dar tudo certo — sussurra Ginny baixinho. — Mesmo que eu não consiga, posso tentar no ano que vem. Vamos tentar juntas. — Ela cruza o braço com o meu e, naquele momento, sei que nós duas vamos entrar para o time. Que hoje marca o início de uma amizade. Uma amizade de verdade, e não do tipo que você faz só para tentar sobreviver.

— Você vai conseguir — digo.

— Você acha mesmo? — A voz dela falha.

Concordo com a cabeça.

— Acho mesmo.

— Valeu, Julie. — Ela abre um sorriso para mim.

Quando entramos na escola, uma garota passa por nós. Está andando rapidamente no sentido oposto, e vejo lágrimas nos olhos dela. Mais adiante no corredor, um grupo de meninas está em frente à porta do auditório. Dá para perceber quem entrou para a equipe pela reação de estar pulando e se abraçando.

Ginny agarra minha mão e me puxa na direção da multidão. Meu coração está disparado. Sinto o corpo vibrar de nervoso. Enquanto leio a lista para a equipe reserva, percebo o quanto quero isso.

O nome de Ginny está na lista, bem acima do da irmã, Megan. As duas entraram.

Leio a lista inteira, mas meu nome não está.

— Parabéns — digo suavemente, mas Ginny soltou minha mão.

Seus olhos estão frios e raivosos.

— Você mentiu para mim, porra — diz ela.

Olho novamente para a lista de resultados. Tem duas listas. Uma para a equipe reserva e outra para a titular. Passo os olhos pela lista da titular e meu nome está lá.

Antes que eu possa explicar para Ginny o que aconteceu, Deanna aparece do meu lado.

— Aqui está ela. — Deanna me dá um abraço. Seu sorriso é caloroso, e ela me abraça pelo ombro, levando-me até o grupo de garotas que também entrou na equipe titular. — Deixem que eu apresente a única titular do primeiro ano.

As outras garotas me recebem de forma igualmente calorosa. É uma sensação de felicidade perfeita. Uma onda que me envolve na mais pura alegria.

Até que cometo o erro de olhar para trás.

Ginny e Megan estão rodeadas pelas garotas que entraram para a equipe reserva. Quando Ginny olha para mim, estreita os olhos. Ontem, eu não existia, mas agora ela me vê. Ela me marcou de um jeito que reconheço. Já vi essa mesma expressão nos olhos dos namorados da minha mãe.

E ela me diz para ficar atenta.

Para ter cuidado.

Para nunca dar motivo para que possam atacar.

11

OUTONO

STELLA

Stella entra cambaleando no centro comunitário. Sente-se sem equilíbrio, como se tivesse tomado Prosecco demais, mas não tomou. Mesmo assim, sente o chão se ondular sob seus pés.

A camisa xadrez que o homem estava usando reduz pela metade as opções entre os presentes no evento. Stella repassa de novo tudo que ouviu.

Reconheceria a voz de Tom, não reconheceria? E não havia motivo para pensar que ele sairia do evento para discutir com alguma desconhecida.

Um toque quente nas costas de Stella provoca um sobressalto como se ela fosse culpada de algo mais do que negligenciar suas obrigações no leilão.

— Ei — diz Tom no ouvido dela. — Onde você foi? Eu estava te procurando.

Ela o observa. Não parece alguém que acabou de se esgueirar por um lugar escuro. Não há galhos no cabelo, nem lama nos sapatos. Ele parece normal e bem, exatamente como o seu Tom de sempre. A pessoa que Stella conhece há quase duas décadas.

— Eu estava no banheiro.

— Você está bem? — A preocupação dele soa sincera.

Stella se agarra à desculpa mais plausível.

— Aquele Prosecco. — Ela faz uma careta. — Acho que eu não deveria ter tomado de barriga vazia.

Ele assente e entrega um pratinho com alguns aperitivos para a esposa.

— Você quer mais alguma coisa?

— Um refrigerante? — responde ela, como se fosse uma pergunta, e Tom sorri em aprovação.

— Venha aqui. — Ele a puxa para um abraço.

Stella deixa o pratinho em uma mesa e permite que Tom a abrace, pressionando o rosto dela contra a camisa xadrez azul e branca. Ela respira fundo, tentando identificar algum cheiro do ar livre no tecido, mas tudo que sente é a loção pós-barba e o cheiro específico de Tom. Familiar, reconfortante.

Stella tem uma teoria de que as lembranças não são guardadas na mente, mas no corpo. Um toque, e o cérebro se enche de memórias enterradas.

É isso que acontece quando Tom dá tapinhas nas costas dela. Ele leva as mãos até a região abaixo das axilas de Stella, onde fica o sutiã, e aperta. É um gesto simples, com a intenção de ser reconfortante, mas Stella se sobressalta e se afasta.

— Stella, o que houve?

Seu coração dispara. Por um segundo, ele é outra pessoa. Alguém que pode machucá-la. Então a expressão dele muda. Seja lá o que tenha lembrado já está enterrado no lugar certo de novo.

— Nada. Senti cócegas — diz ela.

Tom ri. Não de um jeito cuidadoso, com a intenção de esconder algo, mas da forma que alguém ri quando não tem nada a esconder. Exagerando na performance, ele a puxa e a beija como se estivessem em um baile de formatura em vez de em um evento escolar.

— Desculpe interromper os pombinhos — diz Lorraine, parecendo um pouco cansada. — Tom, preciso da sua linda esposa por uma hora, no máximo.

— E se eu não estiver preparado para compartilhá-la? — pergunta Tom.

— Engraçadinho — diz Lorraine, embora esteja claro que não achou graça nenhuma.

Ela enlaça o braço no de Stella e a puxa em direção à mesa do leilão silencioso.

— Duas coisas: Gwen Thompson me deixou na mão e as pessoas estão sendo totalmente insensíveis.

— O que houve? — pergunta Stella.

— Estão apagando os lances. Como se achassem que ninguém vai notar. Tipo, estamos em um evento para arrecadar fundos. Deveriam ter vergonha. Por isso preciso que você cuide da mesa do leilão.

— Não, eu estava me referindo a Gwen.

— Ela disse que estava tudo sob controle e, depois, desapareceu. Não sei aonde foi. Tudo bem. Fique aqui e vá pegando as folhas com os lances de dez em dez minutos.

— Entendido — diz Stella.

— Aqui. — Lorraine coloca uma taça na mão de Stella. — Vinho branco. Da minha adega pessoal e não aquela porcaria que o bufê da Anna está servindo. — Ela acaricia o rosto de Stella de forma exagerada. — Obrigada. Você é um amor.

Stella toma um gole do vinho e lembra que mal tocou no prato de aperitivos de Tom. Coloca a taça na mesa e derruba um pouco do líquido na toalha, atraindo um olhar de reprovação de um homem usando uma camisa parecida com a de Tom.

— Olá e bem-vindos ao nosso evento anual — diz Lorraine no microfone, no palco perto das janelas. Ela faz uma pausa até todos no salão ficarem em silêncio. — Langley é mais do que apenas a escola de ensino médio do bairro. Foi por causa dela que muitas de nós se mudaram para esta comunidade. Está há anos entre as cem melhores escolas do país. Temos sorte de ter acesso a um sistema tão incrível de educação pública. No entanto, "gratuito" é um termo relativo e escolas públicas sempre precisam de apoio, o que me traz ao motivo de termos nos reunido esta noite. O motivo de termos deixado nossos filhos em casa com a orientação precisa de não receber mais de duas pessoas e definitivamente ninguém do sexo oposto.

Esse comentário provoca aplausos e risos. Stella sorri de trás da mesa e passa os olhos pelo salão, procurando por Gwen. Em vez disso, localiza Tom, com três outros homens, olhando educadamente para o palco. Seus olhares se encontram, ele dá um sorriso de lado e levanta uma das sobrancelhas. Ela imita a expressão, porque aprendeu há muito tempo que a mímica é a forma mais fácil de sinalizar um acordo. Embora não soubesse precisar com o que estava concordando. Diz a si mesma que o "o quê" não é importante. O importante é que concordam.

O que deve ter feito Gwen deixar Lorraine na mão?

A única resposta é o ronco da barriga de Stella. Um som não muito sutil.

Um garçom aparece com alguns canapés. Enquanto Lorraine continua falando, Stella vai até ele e devora rapidamente duas casquinhas de siri. Enquanto mastiga, um pai (usando camisa xadrez verde) parece assustado, como se a urgência da fome dela o tivesse pegado de surpresa.

— Andei tão ocupada com o leilão que esqueci de comer — sussurra ela, dando um sorriso.

Ele assente e para o garçom, que estava se afastando.

— Mais um para uma das mulheres incríveis que organizaram este evento — diz ele.

Stella sorri e aceita outra casquinha de siri.

— Obrigada — diz ela educadamente.

— Sem problemas. — Ele sorri como se tivesse feito muito mais do que dar um canapé para ela.

Stella revira os olhos. Diz a si mesma para se concentrar.

Onde a Gwen está?

Lorraine ainda está no palco. Não enrola, mas fica claro que está só na metade do discurso. Stella faz uma pausa para ir ao banheiro.

Enquanto se afasta, dá uma olhada na mesa do leilão porque não quer ser descrita como alguém que deixa as outras na mão.

E é quando a vê.

Gwen Thompson.

O olhar dela está vidrado em Stella. Um olhar muito mais intenso e calculado do que em qualquer outra interação que já tiveram. Olhos estreitados, lábios sem sorrir. É agressivo. As mulheres em McLean não se olham daquele jeito a não ser que algo esteja muito errado.

Gwen deve saber que o celular dela está com Stella.

Pior ainda, sabe que Stella está mentindo e evitando encontrá-la.

Felizmente, Dave aparece ao lado de Gwen, chamando a atenção dela. Stella usa o momento para tirar o celular de Gwen da bolsa. Ela o liga e o chuta para debaixo da mesa com os itens do leilão. Seria muito improvável, mas teria de servir. Stella olha de volta para Gwen, que ainda está de costas, e caminha rapidamente para o banheiro. Espera que, com sua ausência, Gwen volte para seu lugar na mesa do leilão silencioso e encontre o celular.

O banheiro de paredes de mármore está frio e na penumbra. Stella entra em uma cabine e pressiona o rosto na superfície gelada como se estivesse com febre. Enquanto forra o assento, levanta o vestido e puxa a calcinha sem costura, conta a si mesma outra versão para o olhar de Gwen.

Ela está chateada porque Stella assumiu a mesa do leilão.

As pessoas são sensíveis com esse tipo de coisa. É isso. Stella vai precisar resolver isso. Encontrar Gwen e elogiar as cestas. Dizer que ficou feliz de dar uma ajudinha, mas que não quer roubar a glória dela.

Enquanto Stella ensaia as palavras, olha para baixo e vê uma mancha de sangue nada bem-vinda na calcinha.

— Merda — brragueja ela baixinho.

Enfia a mão na bolsa e tateia em busca de um absorvente interno, mas sua mão esbarra no celular. De alguma forma, ficou uma hora sem pegar nele. Pior ainda, se esqueceu de ler a mensagem que recebeu enquanto estava no parque. Ao perceber isso, sente uma onda de pânico, como se tivesse negligenciado algo importante. Uma voz recitando tudo que poderia ter dado errado domina a mente de Stella.

Acidente de carro.

Queda da escada.

Coma alcoólico.

Um acidente como estar atravessando a rua e ser alvo de uma bala perdida da arma do pai de alguém de uma janela do segundo andar ou se afogar ou...

As possibilidades a deixam tonta. Ela sabe que é só o efeito da ansiedade, mas também sabe que essa sensação não é infundada, porque as coisas com as quais se preocupa já aconteceram com pessoas que ela conhece (ou de quem conhece apenas a história). A preocupação não vai mudar o resultado, mas, de alguma forma, parece que talvez sim. Se ela listar todas as preocupações, de alguma forma, estará se protegendo.

Não é assim que funciona. Ela sabe muito bem. Embora também saiba que detalhes são importantes. Que é preciso ter cuidado, ou você se arrisca a perder o fio da história que escolheu.

Seu coração se acalma quando vê que a mensagem é de Tom.

cadê você

O jeito como o marido digitou a faz sorrir e se perguntar se ele também está um pouco bêbado. Por um momento, Stella considera mandar uma resposta mais sexy. Algo do tipo: *Estou no banheiro, venha me encontrar.*

Stella começa a digitar, mas lembra que a mensagem foi enviada mais cedo, enquanto ela estava no parque. Verifica o horário. Sim, é isso mesmo. Ele disse que estava procurando por ela antes.

Stella lê a mensagem de novo. Tem algo de errado. Não é o que Tom escreveu que a incomoda, mas outra coisa. Uma coisa que não consegue articular.

Ela guarda o celular e pega o absorvente interno, depois muda de ideia. É só uma manchinha. Está de preto. Vai ficar bem. E daí se o sangue escorrer pelas pernas. Por que o marido pode ajeitar o saco durante uma conversa com conhecidos, mas seu ciclo menstrual precisa ser invisível? Ela se limpa, ajeita o vestido e sai da cabine se sentindo rebelde.

Lava as mãos sob a iluminação fraca projetada para ser agradável. Retoca o batom, ajeita o cabelo e repassa o plano. Ser legal com Gwen e declarar total inocência em todas as frentes.

Lorraine está terminando o discurso quando Stella retorna ao salão e olha para o lugar onde viu Gwen pela última vez, mas a vizinha não está mais ali. Também não está na mesa do leilão. Stella volta para seu posto um tanto inquieta. Atrás da mesa, sorri e fala de amenidades com as pessoas que se aproximam.

— Últimos lances para a casa de veraneio em Vail — diz ela, segurando uma folha de papel.

Quando tira o papel de Vail da mesa, compreende.

A mensagem de Tom.

Sem maiúsculas nem ponto de interrogação, apesar da necessidade de ambos. Pequenas coisas, que quase ninguém nota. Ela *não notaria* se as crianças não implicassem com o pai sobre a insistência dele de pontuar corretamente o texto das mensagens. Incluindo o uso de maiúsculas, vírgulas, dois-pontos, pontos-finais e, com certeza, pontos de interrogação.

Duas coisas que ele omitiu na mensagem para ela.

O ponto de interrogação até poderia ser um erro. Ele poderia ter apertado o botão de enviar antes de pontuar, mas não há racionalização possível para uma primeira letra em minúscula.

Ele estava com pressa.

Do lado de fora, no escuro, tentando se comunicar com a esposa, enquanto conversava com outra mulher.

Gwen Thompson deixou as organizadoras do leilão na mão.

Gwen e Tom tinham um caso.

PARTE TRÊS

12

ABRIL DE 2015

PAULA

Existem vários tipos de inteligência. As pessoas falam disso hoje em dia, mas não falavam quando éramos pequenas. Ninguém nunca se importou em me dizer "Paula, você não consegue ficar lendo sem ver a hora passar como sua irmã, mas isso não quer dizer que seja burra".

Não, eles achavam que eu era burra.

Tive dificuldades na escola. Precisava me esforçar para ler. Quando acabava uma frase, não conseguia me lembrar de como havia começado. Tinha que voltar e reler tudo. Precisava fazer isso pelo menos umas duas vezes até conseguir reter uma frase na cabeça. E matemática... bem, era mais ou menos igual. Eu tentava ouvir os professores, mas logo estava olhando pela janela. A única matéria que eu gostava era ciências. Havia regras que faziam sentido para mim. E eu não precisava ler, portanto conseguia aprender os conceitos com mais facilidade.

Eu me esforçava, mas minhas notas eram, na maioria, cinco ou seis, com alguns quatro para variar. Em geral, conseguia tirar oito em ciências e vou admitir que era motivo para comemorar. Minha mãe não se preocupava muito com minhas notas. Era com Julie, com seus livros grandes e palavras difíceis, que minha mãe sempre se preocupava mais.

— Paula pode ser teimosa como uma mula, mas tem bom senso — dizia nossa mãe quando falava de nós. — Julie é minha pequena sonhadora.

Eu era a prática. A filha com inteligência de vida, é como dizem hoje em dia. Conseguia entender o que estava acontecendo à nossa volta, mas Julie não. Ela entrou de cabeça na visão de mundo da nossa mãe.

Minha mãe não gostava que eu tivesse minhas próprias opiniões. Quando estava de mau humor, ela se voltava contra mim e dizia que eu não era boa para escrever minha própria história. Que eu nunca seria nada na vida.

Ela estava errada.

Eu sabia quem era e para onde ia.

Outra diferença entre mim e Julie era que eu não sentia a necessidade de enfeitar a verdade com um vestido bonito de baile, mas Julie era boa em passar batom até em um porco.

Quanto a mim, olho para um porco e vejo lama, merda e algum potencial para virar bacon.

Se perguntassem a Julie, ela faria qualquer um acreditar que nossa mãe era uma guru da moda. Se me perguntassem, eu diria o verdadeiro motivo da nossa mãe usar aqueles vestidos longos de manga comprida, mesmo no verão. E por que ela quase nunca saía sem maquiagem.

Se uma pessoa valoriza sua privacidade do jeito que minha mãe valorizava, não sairia na rua exibindo os hematomas de todos os tons de roxo e azul da caixa de giz de cera. Marcas de pôr do sol, era assim que eu as chamava antes de descobrir o que eram. Elas se moviam pelo corpo dela. Às vezes no pescoço. Às vezes nos braços e com frequência no rosto.

Mas meu pai nunca a deixou de olho roxo. Não sei o porquê. Nunca tive a chance de perguntar.

Abril é o mês em que mais penso no meu pai. Foi quando tudo aconteceu.

De manhã, ao descermos, nossa mãe estava esperando por nós. Ainda estava frio e tinha chovido muito na noite anterior, então o rio estava alto.

— Meninas, o pai de vocês partiu — disse nossa mãe.

O rosto dela estava inchado. Ela não tinha se dado ao trabalho de se maquiar. Os hematomas subiam pelo pescoço como algum tipo de doença.

— Tem certeza? — perguntei, sentindo a pressão quente das lágrimas nos olhos.

Nossa mãe assentiu.

Parte de mim queria fazer mais perguntas sobre o que havia acontecido na noite anterior, mas não fiz. Eu era teimosa assim. Quanto mais perguntas eu fazia, mais ela manipulava a verdade. Eu não queria que isso acontecesse.

— Ele vai voltar? — perguntou Julie.

— Não. — Nossa mãe puxou nós duas para um abraço. — Vocês não precisam se preocupar. Ele nunca mais vai voltar e nunca mais vai nos machucar. Eu me certifiquei disso. Minha obrigação é manter vocês duas em segurança. Só isso importa.

— O papai nunca me machucou — eu disse.

Foi um erro dizer aquilo. Deu para perceber pelo jeito que os olhos dela arderam. Ela parecia estar tentando atear fogo em mim.

— E agora ele nunca vai machucar — disse nossa mãe, de uma forma que fez eu me calar.

Eu queria chorar. Merda, tinha só doze anos. Deveria poder chorar, mas minha mãe queria que eu fosse mais forte que isso. Queria que eu fosse um bom exemplo para Julie.

Às vezes ainda penso no quanto eu amava meu pai. Sabia o que ele estava fazendo com minha mãe, mas eu o amava mesmo assim. Saber disso é muito útil na minha área. Se estou a serviço, eles sempre me mandam os chamados de violência doméstica. Muitos homens da força policial não compreendem que não é possível ativar ou desativar o amor, como se estivesse acendendo ou apagando uma luz. É algo que fica com você, mesmo quando seu lado racional protesta.

Antes do meu pai partir, havia uma rotina.

Assim que começava, eu sabia que tinha que pegar Julie. Subíamos para o quarto e colocávamos as travas na porta. Então ficávamos bem quietinhas, como se aquilo pudesse nos fazer desaparecer. Julie geralmente lia o livro dela. Eu ficava deitada na cama e tentava não ouvir o que estava acontecendo do outro lado da porta. Não importava o que acontecesse, tínhamos que manter a porta trancada até nossa mãe dar o sinal para sairmos.

Nossa mãe instalou aquela trava especial na porta do nosso quarto com as próprias mãos. Fez isso quando meu pai estava fora, para que ele não soubesse. Quatro suportes de metal presos à parede de cada lado da porta. Dentro do armário, escondidas atrás das roupas, havia duas tábuas grossas que passávamos pelos suportes. Nossa mãe instalou cortinas em volta da porta para esconder os suportes e disse para nosso pai que eram cortinas de princesa. Ele nunca pensou em afastá-las.

Quando tudo acabava, ela virava a maçaneta duas vezes para a direita e uma para a esquerda. Era nosso sinal silencioso. Nosso pai não ia gostar se soubesse que nós três estávamos guardando um segredo.

Essa era a parte ruim.

O que não quer dizer que não houvesse as boas.

Nosso pai adorava brincar comigo e Julie na sala. Nós corríamos para ele e pulávamos nas suas costas como cachorrinhos prontos para a diversão.

— Sharon, socorro. Esses animais selvagens estão me atacando — dizia ele, rindo e nos jogando no sofá.

Nossa mãe aparecia na porta da cozinha e ficava olhando a cena com um meio-sorriso. Como se não houvesse nada melhor no mundo do que aquilo que ela estava vendo naquela sala.

— Olha como a mãe de vocês é bonita — dizia nosso pai.

Eles trocavam um olhar que era como uma conversa que não envolvia Julie e eu.

Bonita não era o termo certo para minha mãe, mas meu pai era mais como eu quando se tratava das palavras. *Bonita* dá a ideia daquelas mães que aparecem nos catálogos de eletrodomésticos, mas ela não era assim. Minha mãe tinha alguma coisa que fazia você querer ficar olhando para ela. Olhos ferozes que faziam com que você sentisse que ela conseguia ler todos os seus pensamentos, e um cabelo comprido que flutuava pelas costas até a cintura. Um dos seus namorados, o que conheci de forma mais íntima, disse que ela era um cavalo selvagem que ele queria domar. Acho que era o jeito dele de dizer que ela estava sempre um passo à frente. Talvez aquele lado selvagem fosse o motivo de as pessoas agirem como se a adorassem sem reservas.

Não era meu caso.

Às vezes eu tinha até mais reservas do que gostaria.

Quando meu pai estava de bom humor, não havia ninguém como ele. Se minha mãe estivesse no turno da noite na casa de repouso e o tanque de gasolina estivesse cheio, ele nos levava para dar uma volta na cidade.

Era assim que ele chamava.

Ele nos levava até o mercado e nos deixava pegar nossas balas favoritas.

Em casa, tomávamos sorvete e jantávamos pipoca de micro-ondas. Depois ficávamos acordadas até tarde assistindo à TV até ouvirmos o barulho do carro da nossa mãe entrando na garagem.

— Subam agora. Rápido. Não quero nem um pio — dizia ele, nos enxotando da sala.

Isso era uma coisa em que os dois concordavam. Nenhum deles queria que fizéssemos barulho quando estávamos trancadas no quarto.

O problema era que havia muitas outras coisas com as quais não concordavam. Coisas como meu pai beber ou minha mãe trabalhar no turno da noite, o que significava que nosso pai tinha que preparar o café da manhã, ou plantar maconha na mata atrás da casa e sair para vender para ajudar nas contas do mês.

Era uma coisa séria na época. Um crime. As pessoas iam para a cadeia por muito tempo por plantar maconha. Não era como hoje, que dá para entrar em um estabelecimento e comprar em plena luz do dia.

— Paul, se você for pego, eu posso acabar perdendo o emprego. Podemos até perder a guarda das meninas — dizia minha mãe.

— Aí está o problema. Não sei por que você ainda está nessa porcaria de emprego. Deveria ficar em casa com as meninas. Não posso ficar sempre tomando conta delas.

— Mas foi a porcaria do meu emprego que pagou as compras no mês passado.

Uma conversa como essa era o sinal para que Julie e eu fôssemos para o quarto e trancássemos a porta. Às vezes eu não ficava deitada na cama, às vezes ficava atrás da porta ouvindo. O punho dele fazia um som específico quando a atingia. Não era um som alto como um tapa, era um tipo profundo como um "tum".

84

Aquele som fazia meu estômago doer como se ele tivesse batido em mim.

— Foi uma discussão, Paula. Os adultos às vezes se desentendem — dizia minha mãe, se eu perguntasse alguma coisa. O rosto dela estaria contraído e a maquiagem recém-feita.

— Sua mãe é uma louca. É isso o que aconteceu — dizia meu pai.

E foi assim que aprendi que cada um tem a própria versão da verdade.

A versão da minha mãe da noite que meu pai partiu é muito bem lapidada.

Minha versão é um pouco diferente. A primeira coisa de que me lembro daquela noite é minha mãe me sacudindo para que eu acordasse.

— Paula, Paula — sussurrou ela pertinho do meu ouvido para não acordar a Julie. — Preciso de ajuda.

A voz dela estava estranha. Rouca, como se tivesse chorado, mas também tinha mais alguma coisa ali. Alguma coisa que me disse que eu precisava fazer tudo o que ela mandasse, e sem perguntas.

Ela fez eu me vestir no corredor do lado de fora do quarto. Lá embaixo, meu pai estava deitado no chão da cozinha. Estava meio mole, como se tivesse bebido demais e desmaiado. Não era a primeira vez que eu o via daquele jeito.

— Temos que tirá-lo daqui — disse minha mãe.

— Para onde? — Fui acender a luz, mas ela deu um tapa na minha mão.

— Não. Não queremos que ele acorde — sibilou ela.

Ele havia desmaiado de tão bêbado. Estava em um sono profundo. Com certeza a luz da cozinha não iria acordá-lo. Aquilo não fazia sentido, mas eu sabia que era melhor não discutir.

— Ajude-me a levá-lo lá para fora. Não consigo sozinha — disse minha mãe.

— Lá fora?

— Ar frio. Vai fazer bem para ele.

Foi quando notei que o cabelo dela estava molhado, como se ela já tivesse saído na chuva. Minha mãe abriu uma lona azul que guardávamos no celeiro e ajudei a rolá-lo para lá. Embaixo da cabeça dele havia uma poça escura de sangue. O cabelo estava emaranhado na parte de trás, molhado e grudento.

— O papai está bem?

— Está, querida. Ele bebeu demais e caiu. Só precisa dormir um pouco — sussurrou minha mãe.

Meu pai devia pesar mais de noventa quilos, mas, de alguma forma, nós duas conseguimos arrastá-lo pelos degraus com a ajuda da lona.

— Estou segurando a cabeça dele — disse minha mãe enquanto ele quicava nos degraus. — Ele vai ficar cheio de marcas de pôr do sol, mas vai ficar bom rapidinho.

Lembro que pensei que minha mãe sabia muita coisa sobre marcas de pôr do sol. Do que não me lembro é se perguntei por que precisávamos levá-lo para

85

tão longe. Minha mãe disse que precisávamos descer até o rio que cruza nosso terreno. Era por isso que ela precisava da minha ajuda. Não conseguiria levá-lo tão longe sozinha. Ele era muito pesado. Sempre que parávamos para descansar, eu ficava apavorada com a possibilidade de ele acordar e acabar com a gente, mas meu pai não deu um pio.

— Tudo bem — disse minha mãe quando chegamos ao rio.

Àquela altura, tinha começado a chover muito forte. Quando olhei para ela, não sabia se estava chorando ou se o rosto estava apenas molhado da chuva.

— Isso vai fazê-lo ficar sóbrio, vai lhe ensinar uma boa lição. Venha, Paula. Vamos embora.

Voltamos para casa, e ela se sentou na porta do banheiro enquanto eu tomava banho. Quando saí, minhas roupas tinham desaparecido, mas minha mãe estava esperando.

— Deixe-me ver suas mãos — disse ela.

Minha mãe inspecionou cada uma das unhas para se certificar de que eu tinha limpado direitinho como ela tinha mandado. Depois, secou meu cabelo com a toalha como se eu fosse uma criancinha.

— Agora você vai voltar para cama, Paula. Está tudo bem. Foi tudo um pesadelo. Já vou voltar para dormir com você. Vou só lá explicar para o seu pai o que aconteceu.

— Você vai voltar para o rio? — perguntei.

— Foi só um pesadelo, querida. Eu volto em um minuto para ficar com você, está bem?

Ela sorriu para mim, mas o movimento a fez contrair o rosto como se sentisse dor. Foi quando vi as marcas das mãos dele no pescoço dela.

— Pode ir agora — disse ela, beijando o topo da minha cabeça.

Obedeci e voltei para cama.

— Aonde você foi? — perguntou Julie quando voltei.

— Eu tive um pesadelo e fui chamar a mamãe — respondi, e eu me lembro o quanto queria que aquilo fosse verdade.

13

OUTONO

STELLA

O evento de arrecadação de fundos é um sucesso absoluto. Lorraine chama as ajudantes ao palco. Anna, Rachel, Stella e Gwen.

Mas Gwen desapareceu.

— Eu não conseguiria, literalmente, organizar esta noite sem a ajuda dessas mulheres maravilhosas — diz Lorraine.

As palavras saem um pouco arrastadas, mas ninguém nota. Ou ninguém se importa. Quase todo mundo bebeu um pouco demais. Alguns beberam mais do que demais.

Do ponto de vista privilegiado do palco, Stella procura Gwen. Não a encontra, mas vê Tom. Ele sorri e acena. Esse não é o comportamento de alguém que estava de segredinhos com outra mulher no parque. Isso é loucura. Ela está agindo como uma louca. Tudo o que o marido fez foi mandar uma mensagem para ela sem a pontuação correta.

Lorraine ainda está falando:

— Vamos comemorar. Hoje à noite, arrecadamos cento e trinta e um mil dólares para nossos incríveis atletas. Dezesseis mil a mais do que no ano passado!

O salão explode em comemorações. Novamente, Stella olha para Tom. A expressão animada no rosto dele diz que ele foi uma das pessoas que exagerou. Isso significa que vai roncar alto hoje à noite. Ela suspira e tenta se lembrar de onde deixou os plugues de ouvido.

— Muito obrigada — diz Lorraine, puxando as mulheres no palco para um abraço. — Devo um almoço a vocês.

Como se fossem uma só, elas objetam.

Dizem para Lorraine que, na verdade, são *elas* que devem um almoço para a amiga. Aquele tinha sido o melhor leilão de arrecadação que já tinham feito.

Muito melhor do que o do ano anterior. Usam todas as expressões adequadas. São modestas e humildes. Dão crédito, mas não o aceitam.

— Não, foi por causa de vocês que tudo isso aconteceu. Foi um trabalho em equipe incrível — assegura Lorraine.

Por um instante, Stella imagina um cenário diferente. Um no qual Lorraine assume todo o crédito. Chuta uma metafórica bola de futebol e faz a dancinha da vitória. Como deveria ser.

Elas se dispersam, cada uma procurando pelo marido no meio da multidão.

Stella vai até Tom, então se lembra do celular de Gwen e muda de direção. Está exatamente no mesmo lugar onde o deixou. Gwen não o localizou. Não revelou sua verdadeira identidade de mestra do crime dos subúrbios.

Em um instante, toda a noite é reformulada como uma série de reações dramáticas e exageradas. Ela é uma adolescente de quarenta e poucos anos.

Deveria deixar o celular lá e esquecer o assunto. Mesmo enquanto o pensamento lhe ocorre, Stella cutuca o telefone com a ponta da sandália. Tinha o tirado do modo avião antes de deixá-lo ali. Quando a tela se acende, não há novas notificações.

Tom, por outro lado, a localizou. A expressão é a de alguém que claramente quer ir para casa. Stella também quer. Está cansada. Literalmente, porque já está tarde, e figurativamente, porque está pronta para pôr um ponto-final naquele drama todo.

Esta noite, descobriu que Gwen é instável, o que explicaria quase tudo que aconteceu. A bolsa esquecida. A displicência com o serviço de localização do celular.

— Pronta para ir, minha rainha do leilão? — pergunta Tom.

Seu cabelo grisalho está bagunçado e ele sorri como se Stella fosse o amor da vida dele. Ele é adorável. Ela é bonita. Os filhos deles são felizes e ajustados. Eles têm uma casa invejada.

Esta é a sua vida, Stella Parker, pensa ela enquanto retribui o sorriso.

— Lorraine é a verdadeira rainha do leilão — retruca ela. — Posso ser, no máximo, uma princesa, ou talvez apenas uma duquesa. Uma dama de companhia?

Tom meneia cabeça, parecendo se divertir.

— Quase pronta — diz ela, organizando os papéis do leilão silencioso em uma pilha. Depois os coloca em uma pasta grande na qual se lê INCENTIVOS escrito com marcador permanente preto.

— Não esqueça disto. — Tom pega o celular de Gwen e o coloca na pasta como se não percebesse que a mulher não é o tipo que usaria uma capinha de celular rosa e cheia de purpurina.

— Ah, sim — diz Stella.

— Pronta? — Tom está claramente impaciente.

O salão está quase vazio. É como se alguém tivesse estalado os dedos. *Poof!* Todos os moradores se dispersaram em suas SUVs.

Os dois voltam para a casa grande demais, que está vazia hoje à noite.

Daisy foi dormir na casa de Ainsley, com a supervisão da mãe de Lorraine.

Colin está "passando a noite na casa de Max", o que significa que vai dormir muito tarde. Max é o quarto filho, e os pais abandonaram há muito tempo a cobrança de horários, mas isso é mais uma inferência de Stella do que uma certeza.

Ela e Tom estão sozinhos.

Poderiam transar em qualquer cômodo da casa. Ou serem escandalosos no leito matrimonial.

O fato de Stella ainda querer fazer sexo parece cafona de alguma forma, como se estivesse quebrando algum tipo de etiqueta que nem sabia que existia. A primeira vez que ouviu as amigas reclamarem de sexo foi em um grupo de mães da pré-escola, enquanto os filhos brincavam. O consenso era de que já tinham tido contato físico excessivo durante o dia. À noite, tudo que queriam era dormir. Stella assentiu, mas não fez comentários sobre os próprios desejos. Ficou preocupada de que aquilo seria algo que a diferenciaria das outras.

Essa é a lente através da qual ela vê todos os comportamentos. Se algo sai da estreita norma prescrita da maternidade nos subúrbios, seria justamente isso que poderia denunciá-la. A pista que seria seu fim. Se pudesse, extirparia o próprio desejo como se fosse um tumor. Em vez disso, tenta fingir que ele não existe.

— Você estava linda hoje — sussurra Tom, mesmo sem nenhum motivo para falar tão baixo.

— Estava?

Sabe que sim. Não deveria admitir isso, mas seria desonesto fingir que não foi fisicamente abençoada. A questão não é o elogio. A necessidade dela é mais básica. A questão é saber se Tom ainda acredita naquela versão dela. Se Stella ainda está no controle e se o casamento continua sólido. É uma questão de estar segura.

Segura em relação a quê?, pergunta uma voz na sua cabeça.

Stella não se dá ao trabalho de responder à pergunta porque Tom está tentando abrir o zíper do vestido. Ele perde a paciência e o tira pela cabeça. Ele a beija, profunda e intensamente, como costumava beijá-la quando começaram a sair.

As roupas dele são tiradas em seguida. Uma bagunça embolada aos pés da cama. Ele pressiona o corpo contra o dela. Estão trepando. Não existe outra palavra para descrever. Os dois estão temporariamente reduzidos a um estado no qual o único propósito é a satisfação carnal. O aqui e o agora. Não há espaço para perguntas nem dúvidas.

Enquanto Tom se move em cima dela, Stella pensa nele no escuro com Gwen. Felizmente, esse pensamento é sufocado pela última investida que a leva ao clímax.

Um gemido escapa da garganta de Stella enquanto ondas de prazer se espalham pelo seu corpo.

Quando terminam, ficam abraçados, a pele coberta por uma fina camada de suor.

Stella levanta uma das mãos e acaricia o peito do marido.

Ele segura a mão dela com força. Com tanta força que a faz querer se afastar.

— Amo você, Stella — diz ele. — É perfeito, quase...

Segue-se uma longa pausa, interrompida por um ronco.

Quase o quê?, ela se pergunta enquanto desvencilha a própria mão.

O movimento o desperta um pouco. Em vez de concluir o pensamento, ele a abraça mais forte como se ela fosse um bichinho de pelúcia amado. Tom acaricia o cabelo dela e uma das mãos escorrega pelas costas até parar na coxa nua. A respiração dele está constante.

Stella obriga o corpo a relaxar. Inspira e expira, fingindo estar dormindo.

Mas ela queria fazer outra coisa.

Queria se afastar da fornalha do corpo de Tom. Precisa fazer xixi. Precisa colocar o absorvente interno para não acordar com as coxas cobertas de sangue, senão vai ter que trocar os lençóis.

A respiração de Tom fica mais ruidosa.

Stella o observa.

Quer ficar sozinha. Depois de transar daquele jeito, precisa de um momento para lidar com a parte dela que mantém escondida.

Stella espera até o ronco de Tom ficar mais regular. Então faz exatamente o que pensou antes. Sai devagar da cama, faz xixi e põe o absorvente interno. Ela se enrola em um roupão felpudo que a sogra lhe deu de presente de Natal no ano passado. Celular no bolso, ela desce a escada na ponta dos pés.

É só quando localiza a pasta abandonada do leilão na ilha da cozinha que se dá conta do erro.

Pega a pasta.

O celular de Gwen está exatamente onde Tom o colocou.

E não está no modo avião.

— Tarde demais, Stella — admoesta-se ela, no mesmo tom que usa com os filhos quando está extremamente insatisfeita com eles.

Estava ficando negligente com a idade. Tinha perdido o fio da meada.

A tela do celular já está iluminada quando ela o tira da pasta.

Lentamente, Stella se obriga a olhar. Há uma mensagem de texto de um número desconhecido.

Eu te vi.

A mensagem foi enviada para o celular de Gwen.

Era destinada a ela.

É o que Stella diz a si mesma, mas não parece verdade. A mensagem chegou depois que o celular já estava em sua casa, anunciando sua localização ao éter. A parte animal de Stella sabe que a mensagem é destinada a ela. Ainda assim, seu dedo descansa sobre o botão de desligar. Precisa acabar logo com isso. Cortar o sinal que aquele celular está mandando para quem quer que esteja do outro lado, observando.

Em vez disso, ela relê a mensagem.

O suor desce gelado pela espinha de Stella. Ela resiste ao impulso de responder.

Os dedos agem como se tivessem vida própria, passando rapidamente pela tela. Não tem muita certeza, mas, da última vez que verificara, o telefone de Gwen estava bloqueado.

Agora não estava.

Alguém tinha mudado as configurações de privacidade. Stella não sabe se isso pode ser feito remotamente.

O que sabe é que cometeu um erro. O celular não deveria ter voltado para casa com ela. Precisa se livrar dele.

Agora.

De alguma forma, toda a sua força de vontade tinha desaparecido. É uma sensação familiar. Igual a quando decide se permitir comer um pacote de salgadinhos que, de algum modo, viram cinco, seguidos por um cookie, ou dois, ou três.

Sua força de vontade é extraordinária, exceto quando deixa de ser.

Está tudo bem, assegura-se ela nessas situações. Coma tudo que quiser. Coma tudo. Coma como se soubesse o que é passar fome, porque você já passou.

E é o que faz. Ela se entope do que quer que deseje: sorvete, salgadinhos ou o macarrão que sobrou. Come até ficar enjoada. Não é preciso dizer que nunca faz isso na frente de Tom nem das crianças, não é? Essa parte deveria estar bem clara.

Ela sempre compensa no dia seguinte. Deixando o corpo padecer de fome até voltar à submissão, mas, naquele momento, quando as paredes são derrubadas, é uma sensação quase melhor do que o sexo que acabou de fazer com Tom.

Dessa vez é diferente. Não existe nenhuma dieta, nem exercício, nem caminhada para desfazer os danos que estão prestes a acontecer, mas ela não consegue se controlar. Abre as mensagens de texto de Gwen e passa os olhos pela tela. As que mandou ontem para Gwen e as mensagens do misterioso sjiuyvp, que Stella já leu.

E então a última mensagem, de um número desconhecido.

Chegou há uma hora, quando Stella estava na cama com Tom.

Stella tira uma foto do número com o próprio celular. Essa simples ação sem sentido faz com que acredite que está assumindo o controle. Fecha os contatos de Gwen, e a sensação de controle desaparece.

Na caixinha abaixo da última mensagem enviada pelo número desconhecido, aparecem os três pontinhos que indicam que alguém está escrevendo.

Como se alguém, em algum lugar, soubesse que Stella leu a última mensagem. Alguém está monitorando o celular de Gwen. Stella coloca o dedo sobre o botão de desligar para poder dar um ponto-final no que quer que seja que está acontecendo, mas já é tarde demais.

Outra mensagem aparece no celular de Gwen.

Eu sei o que você fez.

14

PRIMAVERA DE 1987

JULIE

Todo mundo está indo embora. Vou em direção à porta com as outras meninas da equipe titular, mas paro quando vejo Ginny e Megan do lado de fora. Meus olhos passam pelo estacionamento. Minha mãe ainda não chegou. Se eu sair, vou ter que esperar com elas. Sigo para o banheiro na esperança de que já terão ido embora quando eu voltar.

Escolho um reservado e fico olhando para o relógio. Vou dar cinco minutos. Parece pouco, mas é muito tempo para ficar sentada em um banheiro. Pelo menos sei que, se minha mãe chegar enquanto eu estiver aqui, vai me esperar.

Alguém entra no banheiro. Puxa a descarga e lava as mãos. Espero até ouvir que a pessoa saiu e abro a porta do meu reservado.

Megan Schaeffer está esperando por mim.

— Você está se escondendo? — pergunta ela.

Megan se aproxima e fico tensa.

— Eu sei sobre sua família. Sobre sua irmã, *Paula*. — Ela enfatiza o nome como se fosse um palavrão. — Ela estava dando para todo mundo. Não foi surpresa acabar grávida. E sobre sua mãe também. Todo mundo sabe. A mulher mais piranha da cidade.

Ela está tão perto que sinto o ar soprar na minha bochecha enquanto fala.

— Você sabe o que dizem por aí, não é? — Os olhos de Megan encontram os meus pelo espelho enquanto ainda estou com as mãos debaixo d'água. — Filho de peixe, peixinho é.

Ela sorri, mas parece que levei um tapa na cara. Ela sai em seguida. Missão cumprida, enquanto ainda estou lavando as mãos.

Respiro fundo, mas não funciona. É só uma questão de tempo até Megan fazer as meninas da equipe se virarem contra mim. Imagino a expressão calorosa de

Deanna e Laura sendo substituída pelo nojo. Não vão querer ter nada a ver comigo. Sinto os olhos marejados, mas pisco para conter as lágrimas.

— Ela é uma mentirosa — digo para o espelho.

A luz fluorescente dá um brilho amarelado à minha pele. Meu cabelo parece de um tom de tinta castanho-avermelhada barata. Mesmo sem a iluminação horrível, ninguém nunca me confunde com outra pessoa. Gostaria de parecer com Ginny e Megan. Bonita e loira de um jeito que é reconhecível, mas esquecível. Como um pouco de invisibilidade, daquele tipo que todo mundo vê e sorri.

É quando entendo meu erro. A única caloura na equipe titular é o oposto de invisível.

Quando saio do banheiro, Ginny e Megan já foram. Pelas janelas, vejo o carro da minha mãe. Quando entro, sinto que o ar está pesado de um jeito que me diz que tem algo errado. Minha mãe engata a marcha a ré sem dizer nada.

Quando ela fica assim, é importante eu ficar quieta e dar todo o tempo de que ela precisa. Espero até que fale, mantendo os punhos cerrados no colo. Minhas unhas ferem a pele da palma das mãos.

Ela estaciona no último centro comercial da cidade. Há um orelhão do lado de fora da farmácia. Minha mãe o tira do gancho, coloca uma moeda e disca um número. Observo-a com atenção, mas seus lábios não se mexem.

Quando ela volta para o carro, o ar está diferente.

— Não tem ninguém em casa — diz ela, sorrindo.

— O que você acha que aconteceu? — pergunto.

Ela respira fundo.

— Estou preocupada porque agora Kevin vive indo àquele bar depois do trabalho. Parece que está bebendo cada vez mais. Você notou?

Concordo com a cabeça. Às vezes ela precisa de algumas tentativas para criar uma história. Vai tramando os fios até formar os detalhes. Mil fiozinhos que, quando unidos, formam uma imagem completa. É como uma corda comprida que usa para sair de um poço escuro.

— Kevin... — Ela faz uma pausa, pensando. — Hoje de manhã, ele disse que não estava se sentindo muito bem antes de sair para o trabalho. Disse que estava... estranho.

Ela olha para mim para se certificar de que entendi.

— Mas ele não estava passando mal nem nada.

Digo isso apesar de ter visto a palidez doentia na pele dele e o remorso nos olhos. Digo isso apesar do que já sei.

— Claro que não estava. — Ela está irritada. — Ele estava de ressaca. Só isso. — Sua voz fica severa. — Eu terminei tudo com ele. Você deve saber disso,

Julie. Eu não gostava de toda aquela bebida. Você notou a garrafa de Jack Daniels na caminhonete dele?

— Atrás do banco?

Nunca vi nenhuma garrafa de uísque na caminhonete de Kevin. É isso que ele bebe? Minha mãe deve saber. É bem cuidadosa com esse tipo de detalhe. O que sei é que, se ele fosse esconder uma garrafa de alguma coisa na caminhonete, seria exatamente atrás do banco.

— Ele gosta de ter uma sempre à mão quando está dirigindo. Vivo dizendo que é um péssimo hábito. Eu me pergunto... — Ela faz uma pausa. — Ele não voltou para casa para pegar as coisas dele depois que eu disse que estava tudo acabado.

Essa é a minha deixa.

— Você acha que aconteceu alguma coisa com ele?

— Espero que não. As coisas talvez não tenham dado certo entre nós, mas eu me importo com ele. — As lágrimas em seus olhos são reais. — Depois que terminei tudo, ele ficou tão triste. Parecia um cachorrinho abandonado. Acho que deve ter ido ficar com os amigos em Salem. Deve ter ido pegar as coisas dele quando estávamos fora para não ter que encontrar a gente. Não devemos nos preocupar tanto, Julie. Acho que é melhor assim.

— Então somos só nós duas?

Ela sorri e pega minha mão.

— É assim que sempre termina. Você e eu contra o mundo, filha.

Sorrio e encosto a cabeça na janela do carona. O vidro está frio e limpo. À medida que o carro ganha velocidade, fecho os olhos e imagino um final diferente. Nosso carro bate de frente. O vidro se estilhaça e me retalha. Meu sangue escorre pelo banco da frente. Fim. Uma história simples e limpa, com fatos que não podem ser mudados.

Quando chegamos em casa, a garagem está vazia. Noto o modo como os ombros da minha mãe relaxam de alívio, mesmo que de forma discreta. Em casa, não há sinal de Kevin. As roupas sumiram, assim como tudo que ele tinha no banheiro do segundo andar que todos compartilhávamos. Ela deve ter se livrado de tudo quando eu ainda estava na escola.

— Está tudo bem, Julie — diz minha mãe depois de eu ter olhado em todos os lugares que ele usava para afirmar seu domínio. — Kevin não vai voltar. Ele partiu para outra.

Permito que ela me abrace.

Não faço perguntas sobre a tensão que ainda sinto em seus braços.

Existem coisas que eu gostaria de dizer, mas não posso. Minha mãe acha que os namorados dela são um segredo, mas as pessoas sabem.

Talvez não saibam de tudo. Obviamente não sabem o mais importante, mas gente como Megan sabe o suficiente para xingar minha mãe. Sabe que Paula engravidou. Minha mãe disse que era do namorado de Paula, mas só porque não gostava da verdade. Foi um namorado, com certeza, mas não de Paula. O que tinha declarado que ia domar nossa mãe. Quando ele não conseguiu, procurou um alvo mais fácil e encontrou Paula.

— Julie — disse minha mãe, enquanto eu subia a escada —, você não me contou do treino. Como foi? — Havia um tom de reprovação em sua voz.

— Eu consegui. Sou a única caloura da equipe titular.

— Eu sabia que você conseguiria — diz ela, com um sorriso que mostra o espaço entre os dentes. — Espere um minuto. — Ela enfia a mão na bolsa. — Aqui está. Isso é o suficiente para cobrir os custos.

O envelope que ela estende para mim é branco e robusto.

— Obrigada, mãe. — Tenho o cuidado para não deixar que ela perceba que meu sorriso é forçado.

Lá em cima, no meu quarto, quando abro o envelope, conto vinte e cinco notas de vinte. Quinhentos dólares. Mais do que o suficiente.

Tiro do armário as tábuas que servem como tranca e as passo pelos suportes atrás das cortinas de princesa. Quando eu era pequena, Paula me disse que aquilo era para nos manter seguras. Era para quando a voz dos adultos ficasse alta demais. Mas não dá para ficar no quarto para sempre, e foi por isso que Paula não continuou segura.

Depois que ela foi embora, comecei a usar a tranca especial em outras ocasiões. Tipo quando vou dormir ou em situações como a de agora. Quando não quero que ninguém consiga abrir minha porta.

Nem minha mãe.

Principalmente minha mãe.

Não quero ter que decorar os detalhes do que conversamos no carro. Não quero ter que precisar do dinheiro do envelope. Acima de tudo, não quero pensar no que aconteceu com Kevin.

Embaixo da cama, puxo a tábua solta, empurro o isolamento para o lado e coloco o envelope embaixo do meu diário. Nem minha mãe vai conseguir encontrar agora.

Em seguida, pego a maquiagem que ela me deu para esconder o machucado que Kevin deixou no meu rosto. As marcas estão roxas com um contorno amarelado. Não importa se é um "hematoma" ou uma "marca de pôr do sol", é feio. Toco o rosto com suavidade no início. Depois aperto com força para doer.

— Ele tinha uma escolha — digo para o reflexo no espelho. — Não precisava ter batido em você, mas bateu. — Pressiono com mais força e meus olhos se enchem de lágrimas. — Ele roubou sua escolha de não ser machucada. Colheu o que plantou.

Fico repetindo isso para mim mesma sem parar, até que se torne a única verdade na minha cabeça. Então passo maquiagem por cima das marcas de novo. Depois que tudo está escondido, guardo as tábuas, arrumo as cortinas de princesa para cobrir os suportes e desço para ficar com minha mãe.

A mesa está posta com os pratos especiais de porcelana e os talheres que usamos nos feriados. Pertenceram à minha avó e vieram com a casa depois que ela morreu. Minha mãe diz que minha avó ter vivido mais que meu avô foi pura sorte. Também diz que a sorte não é algo com que devemos contar.

Vejo meus pratos favoritos na mesa, também como se fosse um feriado. Iscas de frango, bolinhos de batata, ervilhas e bananas fatiadas. Diante do meu prato, há uma taça de cristal com suco de laranja. Minha mãe está com uma taça igual, mas a dela está com vinho.

O jantar é um pedido de desculpas e um suborno. Se alguém perguntar, minha mãe vai dizer que estamos comemorando porque consegui entrar na equipe de cheerleaders.

Mas o que estamos comemorando é nossa sobrevivência.

— Foi uma semana importante — diz minha mãe.

— Foi mesmo.

— Vai ser bom termos um fim de semana calmo e sossegado.

Um pouco antes da minha mãe acabar de falar, ouvimos o som de um carro na estrada. O corpo dela se contrai, e ela inclina a cabeça para o lado, ouvindo. Sinto o estômago queimar. As luzes da cozinha parecem fortes demais, como se estivéssemos sob holofotes para alguém se esgueirando lá fora. O carro passa, e minha mãe respira fundo.

— Sabe o que fiquei sabendo, Julie? — pergunta ela, enquanto coloca comida no meu prato.

Balanço a cabeça.

— Ouvi dizer que abriram um parque aquático coberto em Portland. O que acha de irmos para lá no fim de semana?

— O fim de semana inteiro?

Ela sorri.

— Vamos ficar em um hotel. Vai ser bom uma viagem de alguns dias.

— Parece divertido — digo, porque não tenho escolha.

— Vamos sair logo depois do jantar. — Ela olha pela janela, mas a única coisa que o vidro revela é nosso próprio reflexo.

Isso é novidade.

Nunca viajamos depois que um dos namorados da minha mãe parte para outra.

Isso me diz que ela não está tão confiante quanto parece. Que talvez algo não tenha saído de acordo com o plano.

15

ABRIL DE 2015

PAULA

Julie sempre foi melhor nos jogos da nossa mãe. Eu não conseguia memorizar todos os detalhes como minha irmã. Era como se ela absorvesse a história e aquilo se tornasse verdadeiro. Para Julie, a verdade era algo que ela criava. Para mim, a verdade era simplesmente a verdade. Eu não conseguia fugir disso. Eu me sentia sobrecarregada com os detalhes irritantes. Se eu não estivesse dizendo a verdade, as palavras pareciam pão bolorento na minha boca.

Choveu a semana toda depois que meu pai partiu para outra. Não era uma chuva torrencial, mas uma garoa. Do tipo que entra no corpo e deixa você com frio. As chuvas de abril trazem as flores de maio. É o que costumam dizer. Na minha opinião, isso é só algo que as pessoas gostam de falar para que possam fingir que a chuva não é tão ruim.

No dia que a polícia chegou, estávamos fazendo conservas de pêssego. Eu me lembro disso porque era abril.

— Comprei pêssegos da Flórida pra gente, meninas — disse minha mãe, em um tom triunfante.

Naquela época, os alimentos eram mais sazonais. Não dava para comprar morangos em janeiro e com certeza não se conseguia comprar pêssegos em abril. Mesmo assim, minha mãe conseguiu três caixas de frutas extremamente maduras. Alguma coisa sobre um caminhão que quebrou e precisava vender a carga antes que estragasse.

— Julie vai descascar. Paula, você vai cortar — disse nossa mãe enquanto esterilizava os vidros e os colocava para secar sobre panos de prato limpos.

Não estávamos animadas.

Fazer conserva de pêssego é uma atividade quente e grudenta. Quando você está descascando, o suco escorre pelo braço e faz a manga da blusa ficar dura e melecada. Se está cortando, o suco entra nos dedos até ficarem vermelhos.

— Vamos lá, meninas. Temos que fazer. Os pêssegos não podem estragar — disse minha mãe, enquanto acabávamos de comer nosso cereal matinal.

Começamos a trabalhar. Presas na cozinha com nossa mãe, que ficou falando o tempo todo. A voz foi entrando na nossa mente. As palavras melosas como xarope e tão escorregadias quanto os pêssegos que eu estava cortando.

— Todos nós fazemos escolhas na vida, meninas. É isso que significa morar nos Estados Unidos. Este país é o melhor lugar do mundo.

Ela se virou para nós. Seus olhos vasculharam a cozinha como se estivesse embaixo d'água e tentando subir à superfície.

— Neste país, escolhemos como as coisas vão acontecer. É como um filme, só que é a vida real. Se você não gosta de como sua vida está indo, modifica as coisas. Dá uma sacudida para que tudo fique melhor. Não faz sentido ficar com algo que não faz você feliz, não é? Quem vai querer uma tragédia quando poderia ter um conto de fadas? Um grande castelo, vestidos bonitos e um salão de baile no qual dançar a noite toda, se é isso que deseja. Todo mundo ama uma boa história.

Ela rodopiou, segurando a barra do vestido como se fosse a Cinderela. Daquela vez, não mencionei a princesa Diana. Tinha aprendido a lição de não tentar dar uma de espertinha.

— Vocês estão entendendo o que eu estou dizendo, meninas? — Seu sorriso parecia um convite para um baile.

— Nós escolhemos a história que nos faz feliz — disse Julie.

Julie tinha o talento de resumir tudo aos elementos essenciais.

— Exatamente. É isso mesmo.

Nossa mãe se agarrou às palavras de Julie como se fossem o ar de que precisava. Depois ficou bem quieta. Era como se a mente dela estivesse funcionando enquanto as mãos se ocupavam dos pêssegos. Ela os misturou com xarope e açúcar, e ficou mexendo a mistura que fervia no fogão. Depois foi despejando, metodicamente, o doce nos vidros reservados. Pressionou as tampas e apertou o fecho para mantê-las no lugar. Colocou os potes na panela de conserva, nas quais foram processados até chegar a hora de retirá-los com pinças longas de metal.

Depois disso, abriu panos de pratos limpos e foi pondo cada um dos vidros cuidadosamente sobre as toalhas até estarem alinhados na bancada como feixes de raios de sol sob o vidro.

— Estou preocupada com o pai de vocês — disse ela, dando as costas para os vidros. — Já faz alguns dias desde que ele saiu de casa.

— Você quer dizer, depois que a gente...

— Não, Paula. — Sua voz foi mais afiada do que a faca que usei para os pêssegos. — A última vez que ele esteve aqui em casa foi na sexta-feira. Que horas vocês foram para a cama, meninas? Vocês lembram?

— Às dez. Logo depois de *O barco do amor* — respondeu Julie.

— Isso mesmo. Aquele episódio foi bem divertido.

Nossa mãe disse isso como se tivesse se sentado com a gente para assistir. Então esfregou o ombro com uma das mãos. Imaginei que estivesse com os braços e os ombros tão doloridos como os meus. A imagem do meu pai imóvel e silencioso naquela lona plástica enquanto o arrastávamos até o rio surgiu na minha mente. Fiquei tensa e olhei para a porta como se o pensamento fosse o suficiente para trazê-lo de volta para casa.

Claro, minha mãe já havia dito para nós que ele tinha partido para outra. Havia falado que estava preocupada com a possibilidade de ele ter bebido demais. De ele não voltar.

Quando se recebe uma notícia como essa, às vezes é difícil ouvir o que está sendo dito de fato até que outra pessoa fale.

— O que houve, Paula? — perguntou minha mãe. A voz estava leve. O sorriso parecia um raio de sol em um dia chuvoso.

— Nada — respondi, mas a lembrança do meu pai naquela lona deve ter transparecido no meu rosto.

— Ah, querida... — Ela cruzou a cozinha e segurou meu rosto. — Aquele pesadelo ainda está incomodando você? Acho que nunca a vi com tanto medo.

— O quê?

Ela riu como se eu tivesse dito algo engraçado.

— Será que foi alguma coisa que você viu em *O barco do amor* que a fez ter pesadelos? Eu tive que dormir espremida na sua cama a noite toda.

Assenti. As histórias da nossa mãe nos enredavam. Elas nos envolviam como uma aranha em volta de uma mosca. A única opção era se render.

Ela começou a massagear o ombro com uma risadinha.

— Ainda estou dolorida por ter dormido contra a parede.

— Você não se lembra, Paula? — perguntou Julie, erguendo o olhar dos pêssegos que estava descascando. A surpresa dela era genuína. — Você começou a gritar tão alto que eu acordei também.

Você já teve certeza de uma coisa e, de repente, essa certeza simplesmente desapareceu?

Nas minhas lembranças, minha mãe e eu arrastamos meu pai para o rio. Nós o deixamos na chuva para ficar sóbrio, mas ele nunca mais voltou. Quando Julie se lembrou do meu pesadelo, isso me fez achar que eu estivesse ficando louca.

E se tudo *realmente* fosse um pesadelo? Era impossível saber a verdade.

Minha mãe estava assentindo.

— Você me assustou muito. Estava toda suada. Fiquei preocupada que estivesse com febre. Você se lembra de ter tomado banho, não lembra, querida?

Assenti. Eu me lembrava do banho.

— Eu a levei de volta para cama, e você me pediu para ficar lá com você.

Tudo fazia mais sentido se a lembrança fosse um pesadelo. A poça de sangue sob a cabeça dele. Nossa mãe arrastando-o até o rio. Por que ela o levaria para a chuva se ele estava sangrando? Além disso, o rio ficava a quase um quilômetro de distância.

— Acho que foi um pesadelo mesmo — eu disse.

Minha mãe assentiu.

— Nada é mais assustador que nossa própria imaginação. Pelo menos é o que dizem por aí.

Olhei para ela, mas seu rosto não demonstrava nada. Foi quando minha mão escapuliu e a faca cortou meu dedo.

— Paula, querida. Minha nossa. Julie, vá lá em cima pegar a caixa de Band--Aid.

Julie subiu correndo, e minha mãe pressionou o pano de prato no corte. Um monte de palavras de conforto saiu dos seus lábios, mas o olhar era severo. Eram olhos que me diziam que só existia uma versão para o que havia acontecido naquela noite. Que se eu não entendesse, haveria consequências. Parecia que ela mesma tinha pegado aquela faca e me cortado como punição por tê-la questionado.

Enquanto fazia o curativo, ela conversava com voz suave sobre os pêssegos que estávamos preparando.

— Fiquei tão feliz quando encontrei esses pêssegos. É a sobremesa favorita do seu pai. Já estávamos quase sem e agora a despensa está cheia de novo. Ele vai ficar muito feliz quando voltar para casa.

Era tão confuso. Ela já havia dito que ele tinha partido para outra. Que não voltaria para casa.

Quando o temporizador tocou, minha mãe voltou a atenção para a máquina de conservas e tirou mais alguns vidros ferventes.

— Paula, você pode jogar a água na pia — pediu minha mãe, como se tivesse esquecido do corte no meu dedo. — Vou lavar a máquina antes de fazer as próximas conservas.

Minha mãe era meticulosa em tudo.

— Fazer conservas é perigoso. — Ela se apressou em nos lembrar. — Se não tivermos cuidado, pode se desenvolver um veneno dentro dos vidros. É invisível. Não dá para ver, sentir o gosto e nem o cheiro, mas está lá e pode matar você.

Ficamos fazendo conserva aquela manhã inteira.

De tarde, voltamos para a cozinha para tomar um copo d'água e vimos nossa mãe. Ela estava batendo nas tampas para ver se estavam fechadas hermeticamente. Sempre tem algumas que não ficam. Em geral, ela jogava o conteúdo daquelas no lixo na hora. Naquela tarde, algo apareceu em seu rosto. Como uma ideia germinando embaixo da terra. Ela colocou os vidros que não foram fechados hermeticamente na despensa. Não com os outros vidros, mas lá embaixo. Na última prateleira, onde ela guardava os produtos de limpeza.

Penso muito naquele momento.

Talvez as coisas tivessem sido diferentes se eu tivesse voltado depois e jogado aqueles vidros fora. Ou talvez aquela ideia tivesse germinado e florescido do mesmo modo.

Quando a polícia chegou, Julie e eu estávamos comendo pipoca na frente da televisão.

— Vamos subir — eu disse.

— Por quê? — perguntou Julie, com olhos arregalados e assustados, como se não soubesse o que iria acontecer.

Eu a deixei lá. Corri até o topo da escada. De onde eu poderia ouvir toda a conversa sem ser vista.

— Senhora. — A voz do policial era gentil, como se minha mãe fosse frágil. — Podemos conversar em outro lugar?

— O que houve? Aconteceu alguma coisa? É o Paul? — A preocupação na voz da minha mãe preencheu toda a casa.

Eles foram para a cozinha. Desci e me sentei ao lado de Julie. Quando ela olhou para mim, seus olhos não pareciam mais inocentes. Estavam vazios, como se ela tivesse ido para outro lugar. Conseguíamos ouvir vozes abafadas no cômodo ao lado e, depois, o som inconfundível da tristeza da minha mãe.

Quando os policiais saíram da cozinha, olharam para nós com um sorriso triste. O rosto da minha mãe estava vermelho e inchado.

O policial mais velho parou na porta. Seus olhos pousaram em mim e em Julie. Por um instante, achei que ele fosse fazer perguntas, mas o homem olhou para minha mãe e disse:

— Não hesite em ligar se precisar de alguma coisa.

Foi naquele momento que decidi ser policial. Eu me lembro da minha surpresa por ele não ter visto a verdade por trás da tristeza da minha mãe. Eu sabia que se fosse policial, teria detectado aquela verdade.

Além disso, percebi que minha mãe estava certa.

Todo mundo adora uma boa história, inclusive os policiais que investigaram a morte do nosso pai.

Oficialmente, a morte dele foi um acidente. Muita gente o viu sair do bar na noite de sexta-feira. Ele estava cambaleando, mal conseguia ficar em pé. Por algum motivo, ninguém pensou em pegar a chave do carro dele. A caminhonete foi encontrada perto do rio. O sangue no volante indicava que ele tinha batido a cabeça. Havia um ferimento na cabeça quando o tiraram da água. Não combinava com o que tinham visto no volante, mas imaginaram que havia acontecido em algum momento anterior.

O relatório oficial, o qual eu li, afirma que meu pai sofreu uma concussão. A conclusão foi que isso, somado à bebida, fez com que ele ficasse tonto e que, de alguma forma, caísse no rio.

Mas há algo que não apareceu no relatório.

Não havia qualquer menção à lona azul que minha mãe e eu usamos para arrastar meu pai até o rio. Quando eu a encontrei no celeiro depois que a polícia saiu, ainda estava manchada de sangue. No dia seguinte, quando fui procurá-la, já tinha desaparecido.

16

OUTONO

STELLA

Stella não fez nada de errado.

Nada mesmo. Ainda assim, sente como se estivesse se desfazendo. Seis palavras em um celular que nem é dela estão surtindo o efeito de ácido sulfúrico. Enviadas através do éter para transformar seus ossos em líquido.

É uma mensagem destinada a Gwen.

Saber disso não inibe o instinto de luta ou fuga de Stella.

Com o coração disparado, ela desce a escada para a lavanderia e depois sobe para seu quartinho secreto. Ela se senta no chão, segurando o celular de Gwen com força.

Dobra os joelhos até o peito. Um gemido baixo escapa da sua garganta.

Ela se levanta, mas se sente como um animal preso em uma armadilha.

Eu sei o que você fez.

A saliva se acumula na boca de Stella. Ela se obriga a engolir.

— Eu não sou assim — sussurra para o quarto.

Então começa a murmurar todas as suas credenciais, como se fosse uma oração:

— Mãe de Colin e Daisy. Esposa de Tom. Membro da Associação de Pais e Professores. Coordenadora social do time de hóquei sobre grama de Daisy. Parte da diretoria organizadora dos leilões de arrecadação de fundos. Ex-advogada. Melhor amiga de Lorraine.

Sua mente cataloga as outras amigas. Tantas amigas, mas será que pode realmente chamá-las assim?

Conhecidas talvez seja uma palavra melhor. Uma legião delas. Todas as pessoas que vivem à sua volta e conhecem todas as minúcias tediosas da vida de Stella. As minúcias que ela escolheu compartilhar, porque existem partes dela que ninguém conhece.

Mas todo mundo tem segredos.

Isso é permitido.

Seus segredos não mudam quem ela se tornou.

Stella rosna. Um som animal que ela nem sabia que era capaz de emitir. Achava que se fosse invisível ficaria segura. Era o preço que estava disposta a pagar.

Mas e se não estiver segura?

E se alguém enxergou o que há por trás da fachada que ela criou? E se alguém descobriu seus segredos?

— Respire fundo — diz em voz alta. — Conte até dez.

É o que dizia para os filhos quando eram pequenos.

É um bom conselho, e consegue segui-lo. Sente o coração se acalmar. A mente clarear. Volta os olhos para o celular.

Óbvio que já o tinha colocado em modo avião. Infelizmente a última localização gravada é a casa de Stella.

Um plano começa a tomar forma. Seja lá quem estiver mandando mensagens para o celular de Gwen precisa sair da trilha. O celular não pode aparecer no bairro. Stella precisa levá-lo para outro lugar, como se a casa de Stella fosse apenas uma parada antes do destino final. Ela desce na ponta dos pés, segurando o celular de Gwen com dois dedos como se fosse algo podre tirado do fundo do cesto de verduras e legumes.

Stella não é religiosa, mas, ali na lavanderia, faz uma rápida oração de agradecimento a alguma força superior. Adora quando os filhos se reúnem com os amigos no porão, mas se sente grata esta noite por não ter de lidar com o obstáculo adicional que seria ter que passar despercebida por eles.

Dois andares abaixo do marido, que está mergulhado no sono profundo e pós-coito dos homens de meia-idade, ela deixa seu roupão cair no chão e pega um conjunto de roupas de ginástica de Daisy da pilha que está esperando ser guardada.

Sente-se orgulhosa por servirem no seu corpo de meia-idade. Como se uma barriga chapada oferecesse algum tipo de proteção, mesmo sabendo que aquela linha de raciocínio é algum tipo de bobagem de síndrome de Estocolmo, e ela faria qualquer coisa para proteger Daisy de se sentir da mesma forma.

— Foco — sussurra para si mesma.

Chaves.

Ela fecha os olhos com força, refazendo seus passos ao chegar em casa com Tom. Deixou as chaves na bolsa? Será que estão lá em cima? Não tem certeza.

Com um suspiro profundo de alívio, lembra que Tom deixa a chave reserva dos carros na gaveta da cozinha. Diferente de Stella, que carrega um molho imenso com todas as chaves da sua vida, Tom prefere não ter trabalho. Nunca leva nada além das chaves do carro e da casa.

— Quando é que você vai precisar de tudo isso? — pergunta ele, em tom de provocação, sempre que ela puxa o chaveiro de metal.

— Gosto de estar preparada. Como uma escoteira — responde Stella.

Diz isso com ironia, um meio-sorriso ou levantando uma das sobrancelhas para indicar que sabe que aquilo é ridículo. Na verdade, aquele chaveiro gigantesco foi feito para esconder uma chave em particular, aquela que agora está protegida no esconderijo.

— Eu estou bem — diz ela em voz alta para as pilhas tortas de roupa dobrada de Daisy e Colin que os dois ainda não levaram para o quarto, ignorando os repetidos pedidos. — Não preciso fugir. Está tudo bem.

Na cozinha, pega a chave reserva, um saco de papel, luvas de jardinagem e a espátula que usa para transplantar as ervas que florescem na horta da cozinha. É um espaço bem perto da porta dos fundos, separado da horta maior que fica próxima ao riacho. Protegido da geada, permite que ela corte ramos de alecrim, sálvia, manjericão, cebolinha ou salsa.

Além disso, como Stella já cansou de dizer para muita gente: "O cheiro é maravilhoso quando entramos em casa. Um pouco como o cheiro de férias no sul da França".

É uma coisa pretensiosa de se dizer. Sabe disso, mas seu grupo de amigas espera um pouco de pretensão.

Lá fora, o ar noturno está quente como um cobertor que tem o peso certo. Um mês atrás, estava pesado. Um edredom mergulhado em água quente e enrolado em um corpo febril. Dali a um mês, ela vai precisar usar calça e suéter, mas agora está perfeito. Stella respira fundo e imagina o professor de ioga assentindo em aprovação diante daquela demonstração da capacidade de abraçar as pequenas alegrias no momento presente.

No carro, ela coloca o celular de Gwen em um dos porta-copos perto do painel. De uma forma estranhamente peculiar, McLean é exatamente igual ao lugar em que ela cresceu. Um lugar seguro. Ela não tem medo de sair à noite. Ninguém está à espreita para fazer todas as coisas que as mulheres aprendem a temer. Não há assaltantes, sequestradores, estupradores ou assassinos em série com fetiche em mães. É claro que todos esses cenários violentos dos quais foi alertada ocorrem com muito menos frequência do que as ofensas diárias. Coisas tão pequenas que Stella nunca as considerou violentas até parar para pensar o quanto desgastam.

As interrupções quando ela está falando, as suposições sobre sua inteligência, o número cada vez menor de escolhas sobre o próprio corpo, a sub-representação em todas as esferas de tomada de decisão, a liberdade descontrolada em relação às armas que a deixa em constante estado de ansiedade e a consistente objetificação do corpo feminino, só para citar as primeiras coisas que vêm à mente. Tudo isso equivale a uma placa brilhante com a mensagem de que as mulheres não são indivíduos únicos, mas receptáculos dos desejos e fixações de outras pessoas.

Ela sai de ré, grata por ter tirado o carro da garagem para Colin pegar a bicicleta, impedindo que Tom acorde com o barulho do portão. Grata por conseguir sair sem ter que dar explicação.

Na pior das hipóteses, talvez seja vista por adolescentes burlando a hora de dormir. Se alguma das vizinhas estiver acordada no meio da noite olhando pela janela por causa da insônia causada pela perimenopausa, vai presumir que ela está cumprindo o dever de mãe. Indo pegar Daisy ou Colin, que têm instruções para ligar para ela se não conseguirem voltar para casa em segurança.

A pergunta que importa é para onde vai agora.

Não é tão fácil nesta era de escrutínio. Câmeras escondidas nas portas de entrada monitoram silenciosamente as atividades noturnas dos residentes de McLean. A própria Stella já clicou muitas vezes em e-mails enviados para a lista de discussão do bairro. Vídeos de guaxinins, coiotes e raposas no meio da noite, isso e motoristas bêbados aleatórios derrubando caixas de correio.

Stella morde o interior do lábio inferior até sangrar. O gosto de ferro chega ao cérebro, inundando-o de lembranças que se esforçou muito para suprimir. De alguma forma, ela entra no piloto automático e segue até o parque no qual Colin jogava futebol. Um lugar que fica na fronteira entre McLean e North Arlington.

Estaciona o carro e fica olhando para os campos bem cuidados e para o bosque além. Tem um frasco de álcool gel no porta-copos. Stella despeja uma boa quantidade nas mãos e passa no telefone de Gwen, sem se preocupar com o que o produto vai causar à tela. Veste as luvas de jardinagem e usa a barra da camiseta que pegou emprestada de Daisy para apagar qualquer traço do próprio DNA do celular. Quando termina, enfia o aparelho dentro do saco de papel.

Enquanto tranca o carro, treina o que vai dizer se alguém a vir ou fizer perguntas. Não conseguia dormir. Resolveu fazer um passeio noturno. Sente saudade de quando os filhos eram pequenos.

Para deixar tudo bem claro, ninguém vai perguntar por que está carregando uma espátula e um telefone na bolsa. Vão perguntar por que uma mulher branca e pequena de quarenta e poucos anos está andando sozinha pelo parque no meio da noite.

A resposta precisa ser lamentável o suficiente.

— Eu sei. — Ela vai menear a cabeça. — Meu marido vai ficar chateado, mas... — Ela vai fazer uma pausa aqui e piscar como se estivesse tentando segurar o choro. — Aconteceram umas coisas hoje mais cedo. E eu só... — Mais uma pausa, seguida por um fungar. — Meu filho jogava futebol aqui. Não sei como o tempo se esvaiu desse jeito. Tudo passou tão rápido. Sinto saudade daquela época da nossa vida. Você entende?

Talvez até usasse a palavra *menopausa*, que parece o equivalente da meia-idade de usar a menstruação para não fazer aula de educação física. Esse uso das funções biológicas do corpo feminino é uma tática antiga. Depois da menopausa, acabou. Não vai haver mais cartas na manga, mas talvez àquela altura ela não precise mais delas.

Stella sabe que, se for abordada, vão chamar sua atenção em relação à segurança pessoal, e ela vai ser acompanhada até o carro. Provavelmente até a sua casa.

Isso é privilégio.

Sabe muito bem.

Com base na sua última compreensão de privilégio, ela tem certeza de que tudo bem usá-lo, desde que de forma consciente. Ou talvez isso seja errado. Talvez ela só devesse usar para outras pessoas?

Sinceramente, não consegue lembrar. E sim, tem todos os privilégios de uma mulher branca, o que significa que é bem improvável que vá levar um tiro da polícia ou ser ferida, mas isso não significa que esteja livre da necessidade de dar uma explicação satisfatória às suas ações para alguém que pergunte.

Stella segue a trilha que leva para as árvores e desce até o riacho. Se não lhe falha a memória, existe um monte de pontes de madeira que cortam o rio. Ela tem uma em particular em mente. Fica longe do caminho sinuoso de asfalto, na parte mais distante do parque, na qual as espécies invasoras estão se esforçando para dominar as nativas. Heras sobem pelos troncos das árvores. Kudzu e erva-dos-nodos japonesa sufocam o *Cercis canadensis* e a azedinha selvagem como substitutos para os delírios paranoicos de todo fanático anti-imigração.

Stella avança com cuidado pelos bancos lamacentos que levam até a água. Enfia uma mão no saquinho para desligar o modo avião do celular de Gwen e acende a lanterna, depois limpa tudo.

O espaço embaixo da ponte tem mato alto e parece abandonado. Mas o mais importante: não é monitorado. Stella apoia o celular em uma rocha, mantendo a lanterna apontada para fora e cava um buraco raso com a espátula de jardinagem.

É o hábito ou o vício que a faz verificar uma última vez se chegou alguma mensagem?

Não sabe ao certo, mas é o que faz.

Outra mensagem, como se o remetente a estivesse observando o tempo todo.

Stella lê e sente o efeito da adrenalina como uma droga de alta qualidade. O coração dispara. Os cinco sentidos ficam superaguçados. Ela ouve um carro acelerar ao longe. Mais próximo, ouve o farfalhar inconfundível dos pequenos roedores do parque, toupeiras, ratos ou camundongos. Sente o gosto amargo da ansiedade misturado com o sangue que ainda escorre na parte interna do lábio inferior.

Ela errou ao não monitorar o celular enquanto cavava o buraco. Não faz ideia se a mensagem foi escrita antes ou se acabou de chegar. Esfrega o plástico de forma meticulosa (compulsiva) com a camiseta de Daisy, coloca-o no buraco e o cobre de terra. Seu toque final é uma pedra para esconder o lugar no qual a terra está remexida.

Stella tira as luvas e volta pela trilha do parque. O celular de Gwen se foi. Está enterrado. Ela queria que também desse para enterrar a lembrança da última mensagem, mas já é tarde demais para isso. Está gravada na sua mente.

Você fez uma escolha.

Stella pensa no chaveiro nada elegante e nos talismãs que guarda no seu quarto secreto. Durante todo esse tempo, considerava-os amuletos para afastar o olho gordo e atrair boa sorte. Desde que estejam à mão e sempre com ela, nunca vai precisar usá-los. Percebe o quanto o pensamento é ingênuo. Não há fuga, nem mesmo pelas portas que sua chave pode abrir. Ela não vive mais no mundo no qual cresceu. O anonimato é um sonho distante dos anos 1990.

No mundo atual, você sempre pode ser encontrada.

O pensamento faz com que queira desistir. Render-se para quem quer que a esteja caçando. Internar-se em alguma boa instituição de saúde mental, do jeito que as mulheres faziam na era vitoriana, para nunca mais sair. Se fosse realmente a pessoa que mostrava ao mundo, é o que faria. A questão é que está fingindo, aplicando um golpe tão longo e tão bem-sucedido que chegou a enganar a si mesma.

Entra na suv e se tranca lá dentro como se temesse o que estivesse lá fora em meio à escuridão.

— Você é a porra da Stella Parker — sussurra, segurando o volante com força. — E não fez nada de errado.

E isso é verdade. Ou pelo menos parte da verdade. Ela não fez nada de errado em muito, muito tempo.

Merda, ela não fez nada de errado.

A pessoa que está enviando aquelas mensagens e a vigiando não disse nada de sólido. Está a assustando apenas com insinuações. Está jogando verde. Cutucando uma cicatriz antiga e curada. Stella não sabe quem está fazendo isso nem o porquê, mas já está farta desse jogo. Quem quer que esteja de olho em Stella também está de olho na família dela. E isso ela não vai aceitar. Apesar de terem metade de seu código genético e uma vida inteira de experiências positivas, os filhos são frágeis e propensos a analisar cada aspecto das próprias personalidades através do filtro das tendências em alta.

Pensa em Colin, que duas semanas atrás se sentou na cadeira em frente à escrivaninha de Stella na cozinha. O rosto tempestuoso parecia reduzir a pressão barométrica do aposento.

— Tirei oito de novo em história — disse ele, como se estivesse comunicando uma doença terminal. — O que vou fazer?

— Não é tão ruim.

— É sério, mãe? É um oito. Não posso tirar oito nessa matéria. Com essa nota, posso esquecer a faculdade.

Isso foi dito em uma voz alta demais para ser considerada apropriada ao ambiente da casa. Ele estava gritando. Totalmente descontrolado, com lágrimas e tudo.

Ela o acalmou. O mundo dele não tem nada em comum com o mundo de Stella quando era adolescente, mas é um exemplo preocupante da fragilidade de Colin. Os filhos dela não entendem que podem e vão sobreviver a algo como um oito. Também vão sobreviver se não entrarem na primeira opção de faculdade ou se forem demitidos de um trabalho. Para Stella, esses desvios na estrada para a vida adulta apenas reduziam a velocidade. Para seus filhos, as inevitabilidades da vida são mais como uma curva fechada com o potencial de lançá-los por um desfiladeiro íngreme.

— É o ambiente — disse Tom, quando ela abordou o assunto.

— Foi assim para você? — perguntou ela.

Ele pareceu surpreso com a pergunta.

— Claro. É meio que um rito de passagem. Mas eles vão aprender. São bons garotos.

Stella deixou o assunto morrer porque dava para notar que estavam falando com base em experiências pessoais divergentes. Seus rituais de passagem foram escapar do perigo. Aprender a sobreviver por conta própria. Na vida adulta, ela criou uma barreira para se proteger de ter que passar por outro rito de passagem.

Mas, para ser justa, o estresse para entrar na faculdade talvez seja um uso mais típico para a expressão "rito de passagem".

E não foi essa uma das coisas que a levou até Tom? A infância dele e o modo como se desenvolveu em um casulo igualmente privilegiado. A compreensão dele sobre ritos de passagem destaca a vida que ela escolheu para os filhos. O significado dessa escolha é evidente. A vida que ela proporcionou aos filhos significa que Stella não pode desaparecer.

Eles precisam dela. Enquanto precisarem dela, Stella vai estar disponível.

Nada na sua vida antes dos filhos a preparou para a força com que os amaria. Um amor tão profundo que ela morreria por eles.

Mataria por eles?

Ela não responde a essa pergunta.

Em vez disso, olha no espelho retrovisor e se depara com os próprios olhos. Quem quer que esteja atrás dela não vai conseguir nada.

17

PRIMAVERA DE 1987

JULIE

— O final de semana foi demais, né? — pergunta minha mãe enquanto dirige de volta para casa no fim da noite de domingo.

— Foi. — Tento não deixar que ela note minha falta de entusiasmo.

Foi a primeira vez que fiquei em um hotel. Tinha um bufê de café da manhã e sabonetinhos embalados em papel florido perto da pia. Visitamos o parque aquático coberto que deixou nossa pele dos dedos enrugada e com cheiro de cloro. Minha mãe foi a todos os escorregadores comigo, enquanto as outras mães ficavam sentadas ao lado da piscina com ar entediado. Comemos pizza em um restaurante em que alguém tocava órgão e visitamos um shopping com uma grande pista de patinação no gelo no meio. Minha mãe comprou sucos especiais no Orange Julius e roupas de verão para mim. Short, camiseta e um par de sandálias.

Passei o fim de semana tentando não me preocupar. Não fiz as perguntas que giravam na minha cabeça.

O que aconteceu com Kevin?

Por que minha mãe nos fez sair de casa?

Penso nas mãos dela agarradas ao volante ao voltarmos para casa na sexta-feira. Na forma como congelou ao ouvir o barulho de um carro na estrada enquanto jantávamos.

Kevin tinha partido para outra?

Não perguntei como ela tinha dinheiro para pagar tudo que compramos, mas fui fazendo a conta de cabeça. Era muito. Mais do que gastávamos com as compras em um mês. Ela pagou tudo em dinheiro. Notas de vinte dólares como as que estavam no envelope que me deu e escondi embaixo da tábua solta do meu quarto.

A casa está fria quando chegamos. Verifico meu envelope de dinheiro. Quando o encontro intocado, sinto-me segura.

De manhã, minha mãe só fala sobre meu primeiro treino.

— Que máximo. Você está animada, Julie? Vai ser uma caloura na equipe titular! Vou pegá-la depois da escola e você poderá me contar tudo que aconteceu.

— Claro — digo, enquanto guardo o que vou precisar para o treino na mochila.

Ginny e eu somos as únicas do oitavo ano que entramos no time, mas ela me evita o dia todo. Depois da aula, quando chego ao ginásio, ela já está conversando com as meninas da equipe reserva.

Quando me aproximo do grupo de titulares, ouço alguém xingar baixinho:

— Piranha.

Não olho porque se fizer isso elas vão saber que me incomoda. Mesmo assim, o sussurro me deixa com dor de estômago. Achava que entrar para a equipe resolveria magicamente tudo de errado na minha vida, mas aqui estou eu. A mesma de antes.

Foco, Julie, digo a mim mesma. E é o que faço.

Aprendo as músicas e os gritos de torcida. Sorrio e converso com as meninas da equipe titular. Elas me tratam como a irmãzinha favorita. Quando o treino acaba, Laura me dá um abraço.

— Você tem carona? — pergunta Deanna, com um sorriso.

— Minha mãe vem me pegar — digo, retribuindo o sorriso.

— O treino foi ótimo hoje — elogia ela, fazendo um joinha.

As meninas da equipe titular vão para seus carros. As meninas da equipe reserva esperam do lado de fora em um grupinho fechado. Nenhuma delas olha para mim. E fazem isso de um jeito que parece ser intencional. Como se eu não existisse. Como se nunca tivessem ouvido falar de mim e não me cumprimentariam se passassem por mim na rua.

Abraço meu corpo e olho para baixo, torcendo para que minha mãe não demore muito. É só quando ouço a buzina que vejo a caminhonete. Ergo o olhar junto com todo mundo.

É quando reconheço a caminhonete e o motorista.

Kevin.

Ele ainda está aqui.

— Juliebell — grita ele.

A voz está rouca e sinto o cheiro de cigarro pela janela aberta. Ele sorri e passa a mão no cabelo cacheado.

— Sua mãe pediu para eu pegar você — diz ele quando não me mexo.

As meninas da equipe reserva estão olhando. Os olhos afiados como dezenas de faquinhas. Kevin no estacionamento é um presente para elas. Mais uma coisa para cochicharem enquanto finjo não ouvir.

— Você quer uma carona para casa ou não? — pergunta ele, dando tapas na lateral da caminhonete.

Quando corro para ele, não é porque minha mãe o mandou. É porque preciso fugir. Preciso desaparecer do olhar coletivo do esquadrão reserva de cheerleaders da Livingston High.

— Fiquei sabendo que entrou para a equipe titular — diz Kevin enquanto saímos do estacionamento.

— É?

Sinto que estou presa em uma história que deu errado. Kevin não deveria ouvir nada. Deveria estar morto em algum buraco qualquer. Como é que está dirigindo por aí? O que aconteceu? Por que ele não partiu para outra?

— É. Lembra que eu disse que íamos comemorar?

Quando não respondo na hora, ele agarra meu queixo.

Faço uma careta e vejo a raiva em seu rosto. Os dedos me apertam com mais força enquanto ele vira minha cabeça na sua direção.

— Lembra? — pergunta ele.

— Lembro. — Forço um sorriso.

Ele aperta mais meu queixo, virando meu rosto para a luz como se estivesse procurando a marca que deixou.

— Ainda me sinto mal por ter batido em você.

Sei que não devo responder. Qualquer coisa que eu diga pode ser uma abertura para perguntas que não quero responder. Uma conversa sobre usar maquiagem para cobrir as manchas que ele fez no meu rosto é uma armadilha para perguntas sobre para onde o dinheiro dele foi. Quinhentos dólares em um envelope, além do pagamento de nossa estadia no hotel, a entrada no parque aquático, a pizza, as roupas novas e aqueles sucos no Orange Julius.

Coisas que foram consumidas. Coisas que não temos como devolver.

— Parece que já está boa — diz ele.

— Estou bem — respondo.

Sei que preciso manter a neutralidade em relação a tudo que está acontecendo até entender melhor.

Será que minha mãe mudou de ideia?

Eu me lembro de uma coisa. Paula ainda em casa. Nós duas estamos na cozinha ouvindo minha mãe conversar enquanto ela prepara geleia.

— Homens são como frutas de verão — disse nossa mãe.

Consigo vê-la mexendo a panela e sinto o cheiro doce de amoras no ar. O cabelo da minha mãe está preso em um rabo de cavalo na nuca. Alguns cachos escaparam e emolduram seu rosto.

— Você os colhe maduros e suculentos, mas só pode ficar com eles por um tempo. Depois, começam a mofar.

Ela pegou uma frutinha mofada no fundo da pia para demonstrar o que estava falando.

— Quando eles já passaram tanto assim, acabou. — Ela atirou a frutinha de volta na pia e lavou os dedos. — Você precisa se livrar delas ou elas vão arruinar o sabor de todo o resto.

— Homens não são como frutas de verão — disse Paula, desenhando uma linha reta quando nossa mãe preferia uma curva elegante. — Você não pode simplesmente jogá-los fora.

— Ah, você ficaria surpresa, Paula. — Nossa mãe riu. — Se você não jogar, vai ter problemas. Não faz ideia do que uma frutinha estragada pode fazer com um lote de geleia.

— Estamos falando de geleia ou de homens? — perguntou Paula.

— Dos dois — respondeu nossa mãe.

Os raios de sol passam pela janela da caminhonete de Kevin. Ele sorri para mim, mas é um riso podre. Ele é uma frutinha estragada. Não tem como minha mãe ter mudado de ideia.

Eu sei o que ela pegou.

E sei o que acontece depois que ela me diz que alguém partiu para outra.

As nuvens encobrem o sol, e o céu fica cinzento. É como se esse fosse o sinal que ele estava esperando. Kevin estende uma das mãos e a apoia na minha coxa.

— Alguém já disse como você é parecida com sua mãe?

Sua voz é suave, mas sinto a adrenalina correr pelas veias.

— Não. — A resposta é para a mão dele, não para a pergunta.

— Sim, o mesmo cabelo, a mesma pele clara. Você é bem pequenininha. Olha só. — Ele enterra os dedos na minha carne. — Quase consigo fechar a mão em volta da sua perna.

— Está machucando.

— Eu não vou machucar você, Juliebell — diz ele com a mesma voz suave. — Que tipo de comemoração vai ser?

Ele para de me apertar. Os dedos escorregam para a barra do meu short. Quentes e ásperos contra minha pele, como se estivessem sujos.

As palavras de Megan ecoam na minha cabeça.

A mulher mais piranha da cidade.

Filha de peixe, peixinho é.

Cerro os punhos. Respiro fundo e me obrigo a abrir a mão. De alguma forma, Megan acertou o principal. Eu sou *mesmo* como minha mãe, mas não do jeito que ela disse. Sei como esta história vai se desenrolar. Aprendi ao observar minha mãe.

Sei o que vem em seguida.

O que tenho que fazer.

E sei como tudo termina.

— Kevin. — Meu sorriso não chega aos meus olhos. — Acho que deveríamos comemorar com sorvete.

Ele ri.

— Você acha? Mesmo, Juliebell? — Ele me puxa para mais perto, fazendo meu corpo escorregar pelo banco para que minha perna fique pressionada contra a lateral da dele.

Forço uma risadinha.

— É, acho. Temos sorvete em casa. E você gosta de sorvete com calda de pêssego, não é?

Se Kevin entendesse que não estava mais no controle, teria detectado a falsidade na minha voz. Mas não entende, nem vai entender. Nunca notou a frieza dos olhos da minha mãe, nem as maquinações no rosto dela. Não entende que ele é descartável. Algo para ser jogado fora antes que arruíne o sabor da nossa vida.

— Eu gosto de pêssego. — Ele ri.

Sua mão sobe pelo meu short, os dedos sujos roçando minha calcinha. Enquanto tateia por baixo do elástico, pressionando minhas partes íntimas, me imagino cortando os dedos dele, um por um.

Eu os desossaria. Picaria e refogaria a carne em uma frigideira. Depois a colocaria em uma tigela, acrescentando maionese, picles, maçãs e aipo. E daria a Kevin um sanduíche feito com seus dedos imundos. Não contaria o que estava comendo até ele terminar. Depois explicaria exatamente o que eu tinha feito e observaria enquanto ele se engasgasse com a própria carne imunda.

É assim que me distraio do que ele está fazendo com os dedos. Solto um suspiro de alívio quando Kevin afasta a mão. É um momento curto porque ele pega minha mão e a coloca sobre a saliência dura no seu colo.

— Você é uma cheerleader agora, Juliebell — diz ele. — Está na hora de começar a agir como uma.

Piranhas burras, foi como ele descreveu as cheerleaders, mas não é o que está dizendo agora. Ele está me dizendo que não tenho escolha.

Então eu faço. Aperto a saliência na calça dele. Na minha cabeça, acrescento à minha receita de salada de dedos aquele pedaço repulsivo de carne, cuja umidade passa pelo jeans.

Kevin estaciona a caminhonete na entrada de casa. Sei aonde aquilo vai dar. Tento me lembrar de que estou no controle da história, mesmo que não seja a história que quero escrever.

Não tinha desistido da esperança de que minha mãe estivesse em casa. Ela apareceria e me salvaria, mas o carro dela não está em lugar nenhum. Talvez tenha parado atrás do celeiro. Talvez esteja quieta e à espreita, pronta para atacar.

Talvez esteja esperando lá dentro com um rio de palavras que vão girar em torno de Kevin, segurando-o até que ela consiga administrar a última dose do veneno. Fico olhando para a porta da frente, desejando que minha mãe apareça, mas ela não aparece.

O silêncio domina a caminhonete. Kevin estende a mão para mim. De certa forma, ele e Ginny são iguais. Os dois demonstram o que estão planejando.

— Espera — digo, com um sorriso doce. — Vamos entrar.

O som do sangue zune nos meus ouvidos. Soa tão alto que tenho certeza de que Kevin vai ouvir e desconfiar de alguma coisa.

Mas ele sorri.

— Claro, Juliebell. Se é isso que você quer, vamos entrar.

Minha mãe me ensinou que às vezes pegamos uma história que é teimosa. Que talvez tenha fatos dos quais você não gosta. Coisas que você não consegue mudar, mas é preciso trabalhar com o material que recebemos.

— Tudo bem — digo, colocando uma das mãos em seu peito. Eu a deixo ali, do jeito que já vi minha mãe fazer com Kevin e todos os namorados que vieram antes dele. — Mas podemos tomar sorvete primeiro? — Minha voz soa infantil, como se eu tivesse menos de treze anos.

Kevin sorri como se eu fosse a coisa mais fofa que ele já viu. Uma gatinha adorável que pegou no abrigo de animais.

E eu permito que ele pense assim.

É a única forma de garantir que Kevin parta para outra.

18

ABRIL DE 2015

PAULA

Julie puxou a aparência da nossa mãe, sem dúvida. Se você colocar duas fotografias delas lado a lado com a mesma idade, será difícil diferenciá-las. Não é uma questão de cor de cabelo e de olhos. É outra coisa. As duas têm algo no rosto que parece suave. Vulnerável, acho que é uma boa forma de descrever. Isso atrai as pessoas, mas a maioria não entende que alguém pode parecer uma coisa por fora e ser completamente diferente por dentro.

Quando as pessoas conhecem minha mãe, presumem que eu gostaria de ser parecida com ela. Mas a verdade é que me sinto feliz por não ver o rosto dela quando me olho no espelho. Para mim, o rosto e o cabelo bonitos da minha mãe são como decorações de vitrines, que escondem as superfícies duras e as quinas perigosas. Ninguém quer esbarrar no que está escondido por baixo.

Julie também é assim. Não existia nada nem ninguém capaz de derrubá-las.

Parece assustador para uma criança ter uma mãe assim, mas nunca senti medo. Sabia que assim que Julie e eu fôssemos feridas, nossa mãe atacaria. A única coisa que eu temia era me tornar como ela. É engraçado como é possível amar alguém com todo o coração e, mesmo assim, não querer ser nem um pouco como ela.

Para dizer a verdade, não tenho aquele traço de crueldade em mim. Não preciso de um psiquiatra caro para me dizer que entrei para a polícia para tentar compensar meu passado. Acho que também queria ser o tipo de pessoa que desejava ter tido na nossa vida durante a infância.

Alguém deveria ter intervindo e nos protegido. E não estou me referindo apenas a mim e a Julie. Nós três merecíamos isso. Por mais que eu queira culpar minha mãe por tudo o que aconteceu, a culpa não é só dela.

A culpa é de todas as pessoas que desconfiavam que ela estava apanhando, mas fingiam não ver. Dá até para culpar toda uma geração anterior pela violência com que meu pai tratava minha mãe. Quando nossa mãe contava histórias da infância, sempre terminava com um lembrete: "Você pode chorar e lamber suas feridas ou pode fazer alguma coisa para resolver". O que estou tentando dizer é que não culpo minha mãe mais do que culparia um gato por caçar um rato. Mas isso não significa que eu queira ser o gato.

Naquele dia, depois que a polícia veio contar para nossa mãe o que ela já sabia sobre nosso pai, Julie e eu subimos para o quarto. Cada uma se deitou na própria cama como se aquele fosse nosso plano.

— Você está bem? — perguntei para Julie.

Ela olhou para a porta, que estava aberta. Em vez de responder, ela se virou e ficou olhando para a parede.

— Você acha que ainda vamos precisar das travas para a porta?

Sua voz estava triste, mas consegui identificar um certo alívio também. Nós o amávamos, mas nos sentíamos mais seguras por saber que ele não ia voltar. Antes que eu tivesse a chance de responder, nossa mãe apareceu na porta. Ela tinha subido as escadas sem fazer barulho. Ficou olhando para mim e para Julie, como se pudesse ouvir os pensamentos que fervilhavam na nossa mente.

— Meninas — disse ela.

Nós duas nos sentamos na cama como se tivéssemos feito algo errado.

— Preciso ir à cidade para tomar as providências para o pai de vocês. Julie, você vem comigo. Paula, preciso que fique em casa. Se alguém aparecer, tem que dizer que fui à cidade mas já vou voltar, porque a polícia vai vir verificar algumas coisas. Fora isso, quero que fique dentro de casa. Entendeu?

— O que a polícia quer verificar?

Era a pergunta errada. Deu para perceber pelo modo como ela contraiu os lábios.

Julie se levantou da cama.

— É só o que você vai dizer se alguém aparecer na nossa porta, Paula — cochichou ela. — Ninguém acha que você sabe de alguma coisa. Ninguém acha que garotinhas saibam de muita coisa.

— Isso mesmo — disse nossa mãe, com um sorriso. — Quando eu voltar, vamos ter que resolver umas coisinhas.

— Coisinhas como as da outra noite?

As palavras saíram da minha boca tão rápido que não tive tempo para pensar nas consequências. É possível que eu me ressentisse do jeito que ela fazia com que eu sempre achasse que não estava à altura. Ou talvez fosse o que eu queria dizer havia muito tempo.

Num piscar de olhos, nossa mãe se aproximou e ficou diante de mim. Como um animal prestes a dar o bote. Ela se agachou para que nossos olhos ficassem no mesmo nível, e sua voz soou muito suave.

— É importante ser inteligente na vida. Perceber em qual lado do pão está a manteiga e nunca permitir que ela toque o chão. Você entende o que estou dizendo para você, Paula?

Aquelas palavras eram uma concessão. Um presente, porque reconheciam uma realidade que minha mãe não tinha criado. Eu deveria tê-las aceitado, mas eu queria mais.

— Você o empurrou, não foi? Você o deixou se afogar.

Ela foi tão rápida que nem vi o que ia acontecer. O tapa no meu rosto não doeu, mas o som, estalado e alto, me fez arfar.

— Desculpe. — Nossa mãe me agarrou com força pelos ombros. — Você está em choque, Paula. Está dizendo loucuras. Imaginando coisas que nunca aconteceram. Foi por isso que bati em você. É o que se faz quando alguém está em choque.

Meneei a cabeça para protestar, mas nossa mãe ainda estava falando com aquele mesmo tom baixo e ameaçador.

— Sei que você perdeu seu pai hoje, mas eu perdi meu marido. Você não faz ideia do que isso significa. Eu o amava.

Minha mãe piscou e as lágrimas começaram a escorrer pelo seu rosto.

— Seja lá o que você ache ou imagine, eu o amava. Agora ele partiu e acho que é natural que você queira me transformar em uma pessoa má, mas eu não sou. Por mais que amasse o pai de vocês, amo vocês duas muito mais. Vocês são as coisas mais importantes do mundo para mim.

Eu também estava chorando. Eu me lembro claramente disso.

Chorando porque meu pai se foi e nunca mais poderia voltar. E porque parte de mim entendeu que aquilo era bom.

Eu sabia a causa dos hematomas da nossa mãe. Não queria admitir, mas sabia que, no final das contas, ele faria o mesmo com a gente. Outras lembranças vieram, trazendo mais lágrimas. Como a vez em que eu havia sujado a sala de lama e ele me levou para o carro me puxando pelos cabelos. Ou a vez que ele torceu meu braço até eu achar que ia quebrar.

Minhas lágrimas também eram um reconhecimento de que, em algum ponto, a trava da nossa porta não seria o suficiente para nos proteger.

Minha mãe se sentou ao meu lado e me deixou chorar. Julie se espremeu do outro lado. Ficamos sentadas assim por um longo tempo. Podíamos levar o tempo que fosse. Não precisávamos trancar a porta do quarto porque não havia nada a temer.

Nossa mãe decidiu pela cremação do nosso pai.

Ela mudou de ideia e nos levou, as duas, até a funerária. É possível que tenha decidido que eu não deveria ficar sozinha depois de ter perdido nosso pai. Também é igualmente possível que tenha avaliado a possibilidade de alguém aparecer lá em casa quando ela não estivesse e eu contar os detalhes certos, e tenha achado melhor me levar junto.

A funerária era um grande edifício composto de tijolos e colunas que mais parecia uma mansão. O diretor serviu uma xícara de chá para minha mãe e chocolate quente para mim e para Julie. Era um homem baixo, usando um terno escuro e arrumado, que ficava nos paparicando como se fosse o avô de alguém.

— Você pode fazer isso o quanto antes? — perguntou minha mãe. — Quero acabar logo com isso. Não aguento pensar nele e... — Ela parou de falar como se não fosse capaz de completar a frase.

— É claro — respondeu ele, entregando um lenço de papel.

Às vezes, a história verdadeira nos escapa, mesmo exposta. Foi o que aconteceu com o diretor funerário.

Nossa mãe contou a verdade para ele. Não aguentava pensar no nosso pai. Ponto-final.

Depois que o corpo dele fosse reduzido a cinzas, ela nunca mais teria que pensar nele.

Quando voltamos para o carro, o rosto da nossa mãe estava inchado de tanto chorar, mas a aparência suave e frágil tinha desaparecido. Os olhos estavam tão implacáveis quanto um céu azul em janeiro.

Fomos direto para casa e, enquanto dirigia, nossa mãe foi listando todas as tarefas que tinha planejado. Para Julie, era faxina. Ela precisava começar na cozinha e depois tirar poeira e passar o aspirador.

— Paula e eu vamos fazer algumas coisas do lado de fora. Você fica em casa — disse.

Fomos até o celeiro juntas, e minha mãe me entregou um martelo.

— Temos que tirar essas tábuas do chão — disse ela. — Mas com cuidado para ninguém perceber que as tiramos. Quando a gente terminar, devem se encaixar perfeitamente.

— O que tem lá embaixo?

— Nosso futuro.

— Como assim?

— Ao trabalho, Paula — disse ela, estreitando os olhos de um jeito que me mostrou que eu já tinha feito perguntas demais.

Puxar todos os pregos das tábuas foi difícil. Disse a mim mesma que era por isso que nossa mãe tinha me escolhido para ajudá-la. Ela entendeu que palavras e imaginação nunca seriam o suficiente para mim. Às vezes, a única forma de fugir dos meus pensamentos é fazendo algum trabalho físico exigente. Levo essa ideia comigo desde então. Sempre que não consigo dormir, pensando demais, levo meu corpo ao limite da exaustão. Sempre funciona para acalmar minha mente.

Embaixo das tábuas, havia sacolas plásticas do supermercado local. As sacolas, sempre três, uma dentro da outra, tinham sido enfiadas ali de forma desordenada, sem o menor senso de organização. Não era necessário ter muita imaginação para ver meu pai saindo daquele celeiro carregando aquelas sacolas. Ele simplesmente puxaria as tábuas de forma aleatória, sem parar para pensar qual tinha sido a tábua que puxou por último.

Minha mãe era o oposto. Sistemática.

Juntou as sacolas, uma por uma, e as empilhou em um canto do celeiro. Enquanto trabalhávamos, meus olhos eram atraídos pela pilha de sacolas repletas de coisas sobre as quais eu não podia fazer perguntas. Mas não precisava perguntar. Sem sombra de dúvida havia pilhas de dinheiro presas com elástico dentro daquelas sacolas.

— Cuidado, Paula — admoestou minha mãe quando entortei um prego ao tirá-lo da tábua. — Temos que colocar todas as tábuas de volta com os mesmos pregos. Não podemos usar um prego novo e brilhante, porque isso vai nos denunciar. Se vamos fazer, temos que fazer direito.

Depois que verificamos tudo embaixo de cada uma das tábuas e as pregamos de volta, minha mãe pulou pela lama por onde as ovelhas entravam para comer e pegou uma pá para espalhar sujeira pelo chão.

— Vai espalhando por aí, depois pise em cima para que entre nos espaços entre as tábuas — orientou ela.

Quando ficou satisfeita, varremos o resto da sujeira para fora, mas ela teve o cuidado de não deixar o celeiro limpo demais.

Enquanto trabalhávamos, fiquei imaginando o que mais ela tinha escondido. A vassoura do celeiro era larga, com cerdas que pareciam ter sido usadas na lama. Não era difícil imaginá-la lá fora, na chuva, usando aquela mesma vassoura para disfarçar o rastro deixado depois que arrastamos meu pai até o rio.

Algo na expressão fria do seu rosto me fez me perguntar o que tinha sido um acidente e o que tinha sido planejado. Será que tinha escolhido uma noite de chuva porque sabia que aquilo a ajudaria a esconder nossos rastros? Pensei em refazer o caminho até o rio, mas sabia que já tinha desaparecido. Tinha sido apagado, do mesmo modo que ela apagara minhas lembranças. Se eu me lembrasse de algo diferente, tinha sido só um sonho.

Já estava escurecendo quando terminamos com o chão.

— O que nós fizemos hoje à tarde, Paula? — perguntou minha mãe, limpando as mãos.

— Cuidamos de tudo para o funeral do meu pai.

Minha voz saiu baixa e robótica. Eu não era como a Julie. Nunca fui boa em criar a vida que eu queria ao recontá-la.

— Mais alguma coisa? — insistiu ela.

Olhei para os pacotes de três sacolas empilhados no canto. Minha mãe meneou a cabeça, avisando para eu não dar aquela resposta.

— Nós... fizemos faxina?

— Sim, foi exatamente o que fizemos. — Minha mãe me abraçou com um dos braços. — Vamos até lá ver exatamente o que limpamos — disse ela, enquanto me tirava do celeiro e voltávamos para casa. — Os últimos dias foram difíceis. Ainda não acabou, mas vai acabar logo. O que você precisa é se lembrar do que aconteceu hoje. Nós fomos à funerária. Fizemos faxina. Depois nós três assistimos à TV. Vocês pediram pipoca, e eu fiz. Você lembra o que vimos na TV?

— Vou olhar no guia de programação.

Minha mãe assentiu e me deu um abraço apertado.

— Isso mesmo. A diferença entre um trabalho bem-feito e um malfeito está em todos os detalhes. Os detalhes precisam estar certinhos. Vai olhar a programação. Decore o que estava passando hoje. Depois quero que faça pipoca para você e Julie. Deixe a panela suja na pia. Escolham alguma coisa que queiram assistir, mas quero vocês na cama até as dez. As duas precisam tomar banho e colocar a roupa suja na máquina de lavar. Vou ligar a máquina quando eu chegar.

— Você não vem?

— Daqui a pouco. — Ela olhou de novo para o celeiro.

Fiz tudo o que ela mandou.

Quando entrei, Julie já tinha terminado suas tarefas e estava lendo um livro no sofá. Peguei o guia de programação da TV, fiz pipoca, escolhi uma série para assistir com a Julie, e tomamos banho antes de ir para a cama.

Mas antes subi até nosso quarto.

Sem acender a luz, fui até a janela que dava para o celeiro e curvei as mãos em volta do rosto. Minha mãe entrou no celeiro. Quando saiu, estava carregando o máximo de sacolas que conseguia em uma das mãos e uma pá na outra. Fiquei olhando até que desaparecesse na floresta e subisse a colina.

Se eu sabia o que ela ia fazer com aquelas sacolas?

A pá era uma boa dica.

Se eu tinha perguntas?

Claro que sim, mas não iria fazê-las. Tinha visto a severidade nos olhos dela e a poça de sangue sob a cabeça do meu pai. Eu sabia que era melhor não pressionar.

Isso faz parecer que eu tinha medo dela, mas não é bem assim. Tinha quase certeza de que ela tinha atingido meu pai na cabeça e o arrastado até o rio; então nutria um forte respeito por ela, mas não tinha medo. Não mais do que um filhotinho de leão teme a mãe quando ela arrasta a carcaça de algum animal para comerem. O filhote sabe que a mãe é assassina, mas também sabe que a mãe matou para que ele pudesse sobreviver.

Não importa se você tem doze anos ou vinte. A sobrevivência não é um conceito complicado.

No dia seguinte, minha mãe começou a pintar a parede dos fundos do celeiro.

Quando Julie e eu perguntamos sobre a pintura, ela nos disse que era uma lembrança do nosso pai. Mais tarde naquela semana, mudou de ideia. Trouxe para casa um livro da biblioteca e nos fez aprender um sistema que numera todas as estrelas na constelação. Não era complicado, nem mesmo para mim. Dá para olhar para um gráfico e fazer a correspondência dos números com as estrelas que ela pintou.

Nenhuma de nós pensou em perguntar por que ela tinha escolhido estrelas numeradas para a pintura.

Nossa mãe perdeu o interesse naquela pintura algumas semanas mais tarde, e não voltou para terminar até Brett partir para outra. Ele foi o primeiro namorado que ela teve depois do nosso pai.

— Não gosto dos hematomas — falei, depois que ele partiu.

— Lembra como a gente os chamava de marcas de pôr do sol? — Minha mãe foi traçando as marcas com um dos dedos enquanto eu observava. — Primeiro, são escuros. Depois começam a mudar. Por fim, desaparecem totalmente. O mesmo padrão de cores acontece no céu quando o sol vai dormir. Num piscar de olhos, desaparecem até a próxima vez.

— Não quero que haja uma próxima vez — eu disse.

Ela sorriu e me deu um abraço apertado.

— Tudo bem, filha. No fim das contas, são eles que vão ficar sem uma próxima vez. Olhe — disse ela, apontando para a parede com o pincel. — Sabe qual é esta?

— Canis Major — respondi, sentindo-me orgulhosa por conseguir reconhecer as constelações.

Ela deu de ombros como se não tivesse gostado da resposta.

— Sim, mas é bem mais que isso. — Ela bateu na parede do celeiro com um dos dedos. — Esse é o mapa para o seu futuro. Está vendo como as estrelas dos números primos são maiores? É lá que você procura por tesouros. Nunca se esqueça disso, Paula.

19

OUTONO

STELLA

Primeiro, Stella toma banho. Isso é importante. Crucial até.

A importância desse ritual foi incutido nela há muito tempo. Tanto tempo que parece que ela era outra pessoa.

Sem dúvida, era. Ainda não se chamava Stella Parker. Era uma pessoa diferente, do mesmo jeito que todo mundo é outra pessoa antes de amadurecer e virar adulto. Stella diz isso a si mesma enquanto limpa as unhas e esfrega vigorosamente o couro cabeludo no banheiro do porão. Está lavando qualquer pista que possa ter ficado. Não que tenha feito alguma coisa errada. É só... bom estar limpa.

Se vamos fazer, temos que fazer direito.

A voz é tão clara que, por um instante, Stella acha que tem mais alguém no banheiro. Mas não, é só a lembrança turbinada por uma imaginação ativa demais. Aquela sensação da infância a toma. O espaço limiar entre o que é real e o que nossa mente criou para apresentar ao mundo.

Com o corpo limpo, ela se sente calma de novo. No controle. Joga o short e a camiseta de Daisy na máquina de lavar com as outras roupas acumuladas nas oito horas desde a última lavagem.

Se Tom tiver notado sua ausência, vai culpar o vinho.

— Achei que um banho iria melhorar minha dor de cabeça. Não quis acordar você, então usei o banheiro do porão. — É o que vai dizer para ele.

Ele vai aconselhá-la a tentar dormir um pouco. Vai pegar um copo d'água e insistir que ela tome um Advil. É o tipo de homem que acredita que é isso que constitui um relacionamento. Tom é uma boa pessoa. Mesmo que esteja tendo um caso com a vizinha, nunca machucaria ninguém. Não é preto no branco, mas uma miríade de tons entre um e outro. Stella sabe como Tom poderia ser pior.

Não que esteja passando pano para a infidelidade, mas isso está em algum ponto no espectro entre o bem e o mal.

Tom não é perfeito, mas ela também não é.

Tom é sólido. Isso é o que conta. Foi por isso que o escolheu.

De acordo com o celular, são 3h07. Tom, com sua bexiga de meia-idade, deve acordar em breve para usar o banheiro. Stella sobe a escada, se deita ao lado do marido e se enrola com as cobertas. O corpo dele irradia calor como um forno. Stella permite que a inspiração profunda e a expiração sibilante dele a acalmem. Concentra-se naquilo como um mantra, permitindo que afaste o turbilhão de pensamentos.

— Estou em segurança — diz a si mesma, enquanto Tom inspira. — Estou em segurança — repete para si mesma, quando ele expira.

Faz isso muitas e muitas vezes até os músculos relaxarem, e ela finalmente cair no sono.

Stella acorda com a luz entrando pela veneziana do quarto. Tom está abrindo e fechando as gavetas, sem se esforçar para manter o silêncio. Ela se vira, controlando a irritação.

— Acordou? — pergunta ele, porque claramente acha que ela deveria acordar.

— Acordei — murmura ela para o travesseiro.

— Já são quase oito horas.

Stella se sente como uma criança sendo admoestada por dormir até tarde.

— Usei a última cápsula de café. Se você for ao mercado hoje, poderia comprar mais? Estou saindo para encontrar Ed para jogarmos golfe.

— Mmm, tudo bem — diz ela, sem abrir os olhos.

Mais tarde, vai dizer a ele que tomou vinho demais. Vai lembrá-lo que mesmo quando os dois se conheceram, ela não podia tomar mais de duas taças no jantar. Stella se vira e faz a melhor imitação de quem vai voltar a dormir. Tom bate mais algumas gavetas, depois passa um tempão tentando abrir alguma coisa que faz um barulhinho alto e chato.

Stella fica imóvel, enquanto ele desce a escada pisando duro. O ressentimento cresce dentro dela. Por que tem que explicar cada um dos seus pequenos impulsos? Por que não pode dirigir até o parque no meio da noite ou dormir até mais tarde em um domingo enquanto Tom passa as próximas cinco horas jogando golfe? Quando sua vida tinha se tornado tão minúscula?

A porta da frente bate.

Sete minutos. É o tempo que vai permanecer na cama para o caso de Tom perceber que esqueceu alguma coisa e voltar para pegar.

Dois minutos depois, a porta se abre. Algo cai no chão da cozinha. Há xingamentos e então a porta bate de novo.

Stella espera mais cinco minutos e se levanta.

Veste uma roupa de ginástica, do tipo que você usa quando não vai para a academia. Escova os dentes, lava o rosto e dá um toque de cor na pele. Batom, blush e o cabelo preso em um coque bagunçado. As coisas superficiais são importantes porque fazem com que ela fique com uma aparência agradável, encantadora e perfeitamente invisível.

No carro, revisa o plano. É só quando entra no estacionamento vazio da biblioteca Westover Branch que lembra que é domingo. A biblioteca está fechada.

— Merda — praguejа Stella em uma voz baixa e severa que nunca usa perto da família. — Tudo bem — diz em uma voz mais alta. — Plano B.

Mas não tem um plano B. Precisa pensar em um. Às vezes, você pega uma história difícil, que não quer ser contada do jeito que você quer contar. Às vezes, é preciso se esforçar ainda mais para controlar a trama.

Uma pesquisa privada no celular revela que o hotel Hilton Garden Inn fica próximo e conta com um "centro de negócios".

A vibração de uma mensagem a sobressalta, mas é só spam. Promoção da Uniqlo. Ela fecha os olhos e se lembra das mensagens da noite anterior.

Eu te vi.

Eu sei o que você fez.

Você fez uma escolha.

Stella repassa as alternativas e, novamente, chega à mesma conclusão: precisa saber mais sobre Gwen.

É possível que as mensagens fossem mesmo para Gwen, e Stella está simplesmente sendo dramática demais. Uma esposa entediada se esgueirando no meio da noite para enterrar o celular de outras pessoas. Sua reação por ter esquecido acidentalmente o celular pode ter sido muito exagerada. Uma pequena loucura. Um pouco de drama da mamãe.

Outra coisa igualmente possível é que toda sua vida esteja em risco.

Não há como saber qual versão da verdade é a correta até que descubra tudo que puder sobre Gwen Thompson.

Stella abre o navegador de novo e estuda o mapa. Arlington é um labirinto complexo de ruas principais, transversais e autoestradas. Em geral, ela usa o GPS, mas hoje precisa confiar na própria memória. Não quer deixar uma trilha eletrônica de pistas que revelem sua atividade matinal.

O Hilton Garden Inn é o tipo de hotel frequentado por executivos. Um lobby simples e um salão para um bufê de café da manhã. Stella passa pela recepção sem ser notada e se lembra de quando consideraria um hotel como aquele chique. Quando exatamente tinha parado de pegar os produtos de toalete dos hotéis para usar depois?

O centro de negócios fica situado no final de um longo corredor que dá em uma pequena piscina com cloro demais. Stella para diante da porta e espia o pequeno aposento do outro lado. Há um computador antigo sobre uma escrivaninha ao lado de um fax igualmente antigo. Ela empurra a maçaneta, mas a porta não abre.

Está trancada. Óbvio. Precisa de um cartão de acesso para abri-la.

Está considerando as opções quando um homem aparece atrás dela.

— Com licença — diz Stella.

Ele para e abre um sorriso amigável.

— Desculpe. Eu estava na academia e deixei meu cartão de acesso lá. — Stella faz uma careta para mostrar o quanto a situação é ridícula. — A assistente do meu chefe me mandou uma mensagem dizendo que eu preciso pegar um fax.

O homem ri.

— Um fax?

— Pois é! — Stella meneia a cabeça e revira os olhos.

Ela é uma mulher branca, atraente e pequena. Adorável e inofensiva no seu privilégio. Ele fica feliz em ajudar.

— É importante que mantenham os objetos de valor trancados — diz ele, pegando o cartão branco e retangular do bolso. — Nunca se sabe quando alguém pode tentar sair com um aparelho de fax.

— Acho que estão mais preocupados com o computador. É vintage. Um item de colecionador.

Ele ri enquanto abre a porta.

— Muito obrigada! — exclama Stella. O sorriso é caloroso e grato. Os dois estão desempenhando papéis familiares e confortáveis. Ela é uma dama em perigo. Ele é um herói.

— Foi um prazer — responde ele, e então segue para o elevador, deixando Stella sozinha na sala sem janelas e com o computador geriátrico.

Ela o liga, e a máquina suspira como um velho. Stella se senta quando a tela acende e abre o Google numa janela anônima de pesquisa.

É um detalhe pequeno, mas Stella sabe como é importante ser cuidadosa na pesquisa. É engraçado como as pessoas acham que os detalhes podem ser delegados a outra pessoa. Também é engraçado (só que não) quantas dessas pessoas são homens.

Ela se lembra de uma declaração feita por um dos sócios da firma de advogados para a qual trabalhou e que a colocou sob suas asas.

— Eu sou um cara que vejo o todo — disse ele, fazendo um gesto para formar uma moldura. — Deixo os detalhes para outras pessoas. Você acha que consegue ser essa pessoa?

— Sou muito detalhista — disse Stella, e ele sorriu, aprovando o comentário.

Ela queria aquela aprovação. Nunca passou pela cabeça de Stella corrigi-lo, nem mesmo sugerir outro ponto de vista, mas mesmo naquela época ela já sabia que a precisão era tudo. O menor dos detalhes poderia levar a pessoa ao topo do mundo ou pôr tudo a perder.

Posteriormente, depois que ela já tinha deixado a firma, aquele mesmo sócio tinha se enrolado em alguma questão de confidencialidade com o cliente. Um simples detalhe que tinha lhe custado a sociedade.

Ela faz uma careta enquanto digita "Gwen Thompson" na barra de busca.

O que pode descobrir sobre Gwen?

Que pista Stella deixou passar ao se acomodar à vida suburbana tranquila?

Ela analisa a tríade das redes sociais: Instagram, Facebook e Twitter. O Instagram de Gwen é uma vitrine pública de fotos escolhidas a dedo. Pijamas combinando na manhã de Natal e roupas iguais de mãe/filha na Páscoa. Stella dá dois cliques. Ela se lembra de Gwen mancando e observa as fotos à procura de sinais.

Mas se aquele tipo de ferimento acontece regularmente, Gwen consegue esconder bem.

Gwen não tem conta no Twitter, e a do Facebook é privada. O perfil dela no LinkedIn exibe um currículo de dois anos atrás que lista Gwen como CEO da residência Thompson e representante de vendas de uma popular empresa de velas de marketing multinível. Os domicílios listados são Okinawa, San Diego, Manilla e McLean.

Stella busca na memória o que já sabe sobre Gwen Thompson. O marido, Dave, tinha trabalhado no Pentágono, mas Stella tem uma vaga lembrança de que ele se aposentou e agora trabalha em outro lugar. Um fornecedor militar ou algo do tipo. A casa dos Thompson é um pouco desleixada, aquele tipo de ausência de manutenção que faria sentido em uma casa alugada. Há muitos militares nos subúrbios da região norte da Virgínia. Mulheres que seguiam os maridos de uma base para outra. Em geral, elas ficam sempre juntas. Formam uma comunidade unida com pessoas que entendem os acrônimos governamentais e o desafio de começar vida nova em um novo lugar a cada três anos.

É interessante que Gwen tenha se afastado daquela comunidade. Claro, é possível que Dave tenha escolhido aquele lugar para se aposentar. Não é incomum que pessoas venham para a região de Washington, DC, para trabalhar e morar por causa das escolas.

Stella investiga mais e descobre que ela e Gwen têm a mesma idade. Não há nenhum registro de carreira no perfil de Gwen no LinkedIn, mas pelo menos ela tem um perfil. É mais do que Stella pode dizer de si mesma. Era como se a carreira que Stella se esforçou muito para construir tivesse desaparecido. Ela e todas as amigas tinham permitido que as conquistas dos filhos obliterassem as delas. Como se, apesar da promessa dos avanços femininos, as mães ainda fossem representadas pelo fruto do útero coletivo.

Stella muda de tática e decide se concentrar em Dave Thompson.

Ele mostra toda a vida na internet. Foi crescendo na carreira nos Fuzileiros Navais e depois se aposentou. Os posts de Facebook são uma compilação de fotos de homens de uniforme fazendo saudação à bandeira, com legendas "*Semper Fidelis*", seus filhos, reencontros com a turma da faculdade, pais, irmãos, amigos e férias.

Nada fora do comum, pensa Stella.

Ela quase fecha o perfil, mas um post de aniversário a impede. Ele detalha as muitas formas como a vida dele mudou nos últimos vinte e cinco anos desde que conheceu a linda esposa, e usa a palavra "abençoado" não menos que cinco vezes. É a última bênção que chama a atenção de Stella.

"Abençoado por ter casado com uma Rainha do Morango", seguido por um emoji de morango e uma tiara.

O coração de Stella acelera um pouco quando ela digita "festival dos morangos" na busca. Acontece que existem vários festivais de morango pelo país.

Ao seu lado, seu celular vibra.

Daisy: Cadê vc

Stella: Ginástica. Por quê?

Daisy: Acabou o bagel

Stella: Comprei alguns. Veja no freezer.

Daisy: Já olhei. não tem. pode comprar mais

Stella pensa em pedir que Daisy olhe com mais atenção, mas então lhe ocorre a possibilidade de uma ligação indesejada por vídeo, na qual Daisy vai *mostrar* o interior do freezer para mãe, então decide não insistir.

"Claro", digita ela no celular.

Daisy responde com um emoji enorme de coração.

Stella suspira. Sente-se derrotada. Junto com a carreira, perdeu a habilidade de pesquisa. Olha para o coração gigante como um consolo. Um símbolo do amor da filha que reafirma que ela fez a escolha certa. Como se estimulada pelo coração gigante de Daisy, uma ideia surge na sua mente.

Ela abre o TikTok no celular e digita o arroba de Daisy: *DizzeDais123*.

Stella não deveria saber que essa conta existe, mas ouviu Daisy dar as informações para uma amiga e as guardou na cabeça materna.

Agora monitora tudo com um pouco de regularidade. Não porque se preocupa com as danças rebolativas que conquistam milhares de likes. São os vídeos de Daisy chorando e confessando suas inseguranças para o mundo que Stella acompanha. Usa essa conta para monitorar a saúde mental da filha. A saúde mental de uma adolescente é algo frágil. Stella sabe bem os tipos de ataques que uma garota tem que enfrentar; então tenta estar na defesa da melhor forma possível. O truque é identificar o problema e depois encontrar uma forma sutil de incorporar uma mensagem de força e resiliência em uma conversa casual.

Dessa vez, porém, não acessa o perfil para monitorar Daisy. Ela rola a tela pelos seguidores da filha e vai clicando em um por um.

Encontra o que procura em *ThirteenReasonsWhyCharDances*. Também conhecida como Charlotte Thompson.

A filha mais velha de Gwen que tem idade entre a de Colin e Daisy.

Stella vai passando e, então, para, arfando.

Dá o play de novo. Semicerra os olhos. Pausa o vídeo, mas não consegue acertar o momento certo; sempre aperta depois do que quer ver. Tenta quatro vezes até conseguir e, mesmo enquanto está olhando, ainda não tem certeza.

Aquilo é alguma coisa? Ou ela está enlouquecendo?

O TikTok em si não é o problema. É igual ao de todas as adolescentes que Stella já viu. Charlotte, com o cabelo preso em um rabo de cavalo, sem maquiagem, usando uma camiseta grande com calça de moletom. Ela estala os dedos e, PÁ, se transforma em uma adolescente sexy, fazendo biquinho para a câmera, em um vestido justo e cabelo escovado.

Ela teria ficado horrorizada se sua própria filha não tivesse postado vídeos assim. Para o bem ou para o mal, Stella se acostumou com aquilo.

Não, o que faz Stella limpar o histórico de pesquisa, desligar o computador, fechar o aplicativo no celular e sair do centro de negócios do Hilton Garden Inn de forma ordenada é algo que aparece ao fundo, antes da transformação.

Um estandarte nas cores da bandeira dos Estados Unidos. Vermelho, branco e azul, como fogos de artifício. A combinação de cores valorizada pelas pequenas cidades do interior do país. As mesmas cidades que celebram morangos e selecionam rainhas e princesas com bochechas rosadas como morangos para representar a fruta na parada local.

Stella tem mais do que uma ligeira familiaridade com aquele tipo de cidade. Sabe tudo sobre estandartes de escolas de ensino médio com o nome da instituição escrito em letras elegantes. Na verdade, ela tinha um estandarte exatamente igual ao que viu na parede do quarto de Charlotte Thompson. Não Stella, precisamente, mas a Stella antes de Stella existir. Deixou aquele estandarte para trás com todo o resto, mas a mascote de buldogue está vivo nas suas lembranças.

O problema com letras elegantes é que são difíceis de ler. Principalmente em uma cena congelada de TikTok. Ela poderia assistir ao clipe em um loop infinito, mas aquilo não daria mais foco ao estandarte. Poderia ser uma outra escola que começasse com a letra L e tinha uma mascote de buldogue?

Stella entra no carro com as sobrancelhas franzidas e se concentra na pergunta mais importante.

Onde Charlotte tinha conseguido aquele estandarte?

Quando descobrir isso, vai saber se tudo tinha sido apenas um longo exercício sem propósito da sua imaginação exagerada ou se de fato existia um problema.

Em outras palavras, saberia se seu segredo está seguro.

20

PRIMAVERA DE 1987

JULIE

A casa está fria. Faz sentido porque minha mãe desliga o aquecedor quando não tem ninguém. Mesmo assim, isso indica que ela não está aqui. Não está escondida em algum lugar com um plano para me salvar.

Cometi o erro de estremecer, e Kevin interpreta isso como um convite.

— Não se preocupe, Juliebell, vou deixar você quentinha.

Ele se senta no sofá e me puxa para o colo.

— Achei que a gente ia tomar sorvete — digo, tentando ignorar as mãos dele.

— Você cuida de mim, e eu cuido de você.

Parte de mim sabia que isso era inevitável, mas eu ainda tinha esperança de escapar. Um milagre de último minuto. Penso em Paula e fico imaginando se foi assim que ela se sentiu da primeira vez que o namorado da nossa mãe a encurralou do lado de fora quando nossa mãe estava no trabalho.

Quando os lábios de Kevin pressionam os meus, não resisto. Sua boca tem gosto de cigarro e de algo como o cheiro na gaveta de verduras quando tem alguma coisa podre. Ele puxa meu short e minha calcinha e fico pensando em outras coisas desagradáveis a que sobrevivi. Ir ao médico ou ao dentista, onde cutucam seu corpo de formas desconfortáveis. O jeito de passar por isso é levando a mente para outro lugar. E então acaba em um piscar de olhos.

— É sua primeira vez?

Kevin faz a pergunta como se isto fosse algo com o que tivéssemos concordado. Como se não importasse o fato de ele ser o namorado da minha mãe.

— É.

Minha voz está fraca como um choramingo. Odeio isso. Não quero que ele saiba que estou com medo.

— Vou ter cuidado — diz ele, abrindo minhas pernas com o joelho.

Viro a cabeça para o lado para não ter que sentir o bafo de verdura podre. Sinto uma pontada de dor, mas me concentro no papel de parede que contorna a parte superior da sala de estar. Tem um padrão escuro com diferentes tipos de flores. Mordo a parte interna da bochecha enquanto vou contando as flores. As pequenas rosinhas cor-de-rosa e o que parece ser um punhado de margaridas. Quando chego na número vinte e sete, Kevin geme alto como um porco no celeiro. Em vez de pensar na dor lancinante no meio das pernas, penso no que acontece com os porcos.

Morte.

Abate.

Eles comem no cocho, sem saber que estão destinados a ser fatiados e vendidos no supermercado. Bacon. Costelas. Presunto.

— Esse vai ser nosso segredo, Juliebell — cochicha Kevin.

Ele acaricia meu cabelo como se eu fosse sua gatinha macia, doce e adorável. Não entende que nenhuma parte de mim pertence a ele.

— Um segredinho entre você e o velho Kevin. Você não vai contar para ninguém.

— Ninguém — repito.

Ele assente, satisfeito.

Eu me sento, e a dor parece algo vivo. Queima e faz com que eu fique com medo de me mexer rápido demais. Um som escapa dos meus lábios.

Kevin olha para mim.

— Fica melhor depois da primeira vez.

Ele enfia a mão por baixo da minha camiseta e acaricia minhas costas. Como se estivesse tentando me consolar, mesmo tendo sido o motivo de tudo estar tão ruim.

Sinto o estômago queimar, mas tenho que manter isso em segredo. Guardo isso dentro de mim assim como a dor no meio das pernas. Sei como tudo termina, mas Kevin não sabe.

Ainda não, pelo menos.

— Que tal você pegar umas tigelas de sorvete pra gente? — sugere Kevin.

Uma necessidade satisfeita, e ele passa para a próxima.

— Com pêssego? — pergunto.

— Não aceito se for de outro jeito.

— Nem eu — digo. Dessa vez, meu sorriso é genuíno.

Enquanto sigo para a cozinha, ele liga a tv. Fica passando pelos canais e escolhe um programa de esporte. Algo escorre pela minha coxa. Limpo com papel-toalha, mas não consigo olhar. Não ainda, porque isso vai me distrair. Minha bexiga parece inchada, mas estou com medo de fazer xixi. Se parar de me mexer e pensar no que aconteceu, vou perder o controle.

Vou desmoronar, assim como minha história.

Nossa casa é antiga e conta com uma despensa grande planejada para armazenar comida para todo o inverno. A maioria das pessoas não vive mais assim, mas nós, sim. Entre a horta da minha mãe e o pomar, armazenamos o verão em vidros que duram até a primavera. Geleia, cereja, ameixa, picles, tomate, ervilha, beterraba e, claro, os pêssegos que minha mãe colocou no sorvete de Kevin na noite de quinta-feira.

Fazer conserva é uma ciência exata. Um negócio perigoso, é o que minha mãe diz. Se fizer tudo certo, dá para preservar tudo que colheu. Você pode comer o que planta durante todo o inverno.

Se não fizer certo, talvez esteja produzindo veneno dentro da conserva.

As prateleiras superiores estão cheias de vidros que minha mãe sabe que são seguros. Ela os testou. Os outros, os vidros que não fecharam hermeticamente, ficam em um espaço abaixo da última prateleira.

Eu me abaixo e sinto outra pontada de dor. Mais líquido escorre pela minha perna. Eu me obrigo a respirar fundo. Inspiro e expiro até o latejo passar.

Atrás dos frascos de produtos de limpeza, da garrafa genérica de água sanitária, do peróxido de hidrogênio e do vinagre de maçã que minha mãe compra barato e mistura com água para fazer uma solução para faxina, fica uma fileira organizada de frutas em conserva.

Um dos vidros da fileira já se foi. Era o vidro que continha os pêssegos de quinta-feira. Está limpinho agora, em cima da bancada. Talvez o veneno não tenha crescido direito ou talvez Kevin seja forte. Ela deve ter desconfiado de alguma coisa. Não tinha certeza se ele tinha partido para outra. Era por isso que estava tão sobressaltada na sexta-feira. Porque fizemos aquela viagem repentina para Portland. Ela deveria estar aqui, mas não está. Não sei onde ela foi, mas sei o que tenho que fazer.

Um dos vidros da fileira está mais escuro do que os outros. Cerejas suspensas em um líquido embaçado cor de âmbar. É esse que pego.

O problema com o método da minha mãe é que não tem garantias. O veneno que cresce dentro desses vidros é natural. Não dá para sentir o cheiro, nem o gosto. Os segredos permanecem guardados, e o mais importante deles é se o veneno existe mesmo. Às vezes, tudo de que se precisa é de um vidro. Às vezes, são necessários dois, ou até três, antes de conseguir o intento.

Pego uma conserva de cereja na prateleira de cima e fecho a porta da despensa.

Uma mudança de última hora é arriscado. Cereja quando ele está esperando pêssego, mas sei que Kevin ama torta de cereja. E preciso de uma garantia. O líquido embaçado na conserva de cereja parece oferecer uma certeza.

Pego uma tigela grande e uma pequena.

A grande é para Kevin. Quatro bolas enormes de sorvete. Abro a vedação das cerejas anuviadas, então, usando uma abridor de garrafa, levanto a tampa. Ela se solta sem um som, o que, em outra situação, seria um sinal para jogar fora.

As cerejas são de um tom escuro de rosa e estão grudentas como uma ferida aberta. Como a que ele deixou entre minhas pernas. Não sei quanto é necessário, mas se for para errar, que seja pelo excesso. Colheres e mais colheres em cima do sorvete. O líquido da conserva não é espesso e pegajoso como o das cerejas industrializadas. O xarope que minha mãe prepara tem gosto de canela e ambrosia. Bom o suficiente para lamber a tigela, que é o que espero que ele faça.

De modo rápido, preparo uma tigela menor para mim, mas não pequena demais. Não quero que ele decida que não comi o suficiente e resolva me dar um pouco da dele. Isso é improvável. Ele alerta minha mãe sobre engordar sempre que ela come algum doce. O problema com Kevin é que ele às vezes é imprevisível.

Detalhes são importantes. Preciso estar pronta para todas as possibilidades.

Meu vidro não está vazio o suficiente, então jogo algumas colheradas de cereja no lixo e as cubro com papel-toalha embolado. Então pego o vidro de Kevin e o escondo atrás da lixeira para o caso de ele vir para a cozinha.

Levo a tigela dele primeiro.

— Eu me lembrei do quanto você gosta de torta de cereja, então... tudo bem para você?

Sorriso doce, olhar suave pelos cílios. É assim que se aborda homens como Kevin. Homens que precisam acreditar que estão no controle. Só mudei o plano para deixá-lo mais feliz.

— Ótima memória, Juliebell.

Ele sorri em aprovação e tira a tigela da minha mão. Dá uma colherada grande e enfia na boca. É só quando Kevin engole e come mais uma que minha respiração começa a circular novamente pelo corpo. A dor entre minhas pernas pulsa no ritmo do meu coração.

Eu me viro para ir para a cozinha, mas ele me impede.

— Espere um pouco, doçurinha. — Ele enfia a colher na tigela e a estende para mim.

O sorvete de baunilha brilha com a cauda rosa-escura. Uma cereja tóxica bem no meio. Pelo menos espero que seja tóxica.

— Pode ficar. A minha está na cozinha.

Ele agarra meu pulso. Sorri como se estivéssemos em um jogo.

— Abre um bocão, Juliebell. É isso que vamos treinar depois.

Se eu me afastar, o jogo vai mudar. A brincadeira vai virar uma guerra de força. Faço o que ele pede. Abro a boca e deixo que ele enfie a colher com veneno na minha boca.

— Hum — digo e sorrio com a boca fechada. O sorvete derrete na minha boca, empoçando embaixo da língua.

Kevin fica olhando para mim.

Baixo o olhar, esperando que ele não sinta meu pulso disparado.

Então os dedos dele me soltam. Ele olha novamente para a TV e come outra colherada de sorvete.

Volto bem rápido para a cozinha, mas não rápido demais. Debruço-me na pia e cuspo. Enxáguo a boca com água e cuspo de novo. Faço isso mais duas vezes, mas não é o suficiente. Preciso me certificar de que neutralizei todo o veneno dentro de mim.

Fico de quatro e pego o peróxido de hidrogênio e bochecho na boca. Faz espuma e arde. Eu o mantenho lá, conto até vinte e cuspo. Enxáguo com água. Repito. Ao mesmo tempo, dou olhadelas na porta da sala. Não quero que Kevin venha me procurar.

O sorvete que coloquei para mim está começando a derreter. Só de pensar em comer aquilo me sinto enjoada, mas não tanto quanto Kevin vai se sentir. Jogo um pouco na pia e o deixo escoar pelo ralo. Levo o resto para a sala e me sento ao lado de Kevin no sofá. Quando consigo comer duas colheradas, ele está raspando a tigela dele.

Ele tenta enfiar a colher na minha tigela, mas eu a desvio.

— Ah, me dá um pouquinho. Não seja gulosa. Você não vai poder ser cheer-leader se ficar gorda.

— Tudo bem — digo. Dou uma colherada para ele do jeito que vi minha mãe fazer com os outros namorados que partiram para outra.

— Tem mais. Se você quiser, eu coloco para você.

Minha voz está provocadora, brincalhona como a da minha mãe.

Fico imaginando se o corpo dela ainda latejava de dor enquanto os alimentava com sua criação especial. Depois me lembro de todas as vezes que a vi retocando a maquiagem para esconder a pele marcada. É uma pergunta idiota com uma resposta óbvia.

Kevin se recosta no sofá e esfrega a barriga com um gemido. Ele sorri.

— Tudo bem, você me convenceu.

Levo as duas tigelas de volta para a cozinha. A minha vai direto para a pia, a dele é servida de novo. Sorvete, com um monte de cerejas da conserva com líquido anuviado. Encho o vidro de água quente e sabão e levo a tigela de Kevin para ele. Dessa vez, quando a entrego, ele quase não afasta os olhos da TV.

Sou invisível da melhor forma possível.

— Tenho que fazer o dever de casa — digo.

Ele assente, mas não olha para mim.

Lá em cima, pego roupas limpas no meu quarto. No banheiro, tranco a porta e coloco uma cadeira embaixo da maçaneta como uma proteção extra.

Minhas roupas se empilham no chão. Não consigo olhar para elas. Não quero ver as manchas, as lembranças do que Kevin fez com meu corpo. Quando me sento no vaso, sinto a superfície fria contra as coxas. Meus dentes começam a bater como se eu estivesse com febre. O fluxo de urina que eu estava segurando sai provocando uma dor lancinante. Tão intensa que eu me contraio fazendo parar, mas dói ainda mais.

É como se facas, dentes ou uma boca faminta tentasse devorar a pessoa que eu era. Isso se espalha por partes do meu corpo que eu não devia nomear. Nem tocar. Partes íntimas. Você não deve falar sobre elas. Não deve falar sobre o que acontece com elas, quisesse ou não que tais coisas acontecessem.

Enterro as unhas nas coxas porque é uma dor que consigo controlar. Sinto o estômago revirar. Começo a vomitar, muitas e muitas vezes, até não restar mais nada dentro de mim.

Estou vazia.

Purificada.

Entro no chuveiro e a água cai sobre mim.

Por um momento, estou segura.

21

ABRIL DE 2015

PAULA

Os homens que apareceram em nossa casa usavam jeans, camisa de flanela e botas pesadas de trabalho, como meu pai. Bateram à porta. Quando minha mãe não atendeu rápido, eles deram chutes. Com força o suficiente para tirar lascas.

Antes do meu pai partir para outra, eu tinha medo da polícia. Meu pai sempre diminuía a velocidade quando via as viaturas.

— Não quero problemas — dizia ele, com a voz abafada. — Nunca dê motivo para os porcos a pararem, Paula.

Quando os policiais vieram contar para minha mãe que encontraram meu pai no rio, senti medo no início. Depois fiquei decepcionada por não conseguirem descobrir o que de fato tinha acontecido. Foi só muito mais tarde que percebi que eles se esforçaram para ser gentis e fazer com que nos sentíssemos seguras. Depois que aqueles homens apareceram na nossa casa, decidi quem eu queria ser. Não o tipo de pessoa que chutava portas, mas o tipo de pessoa que fazia com que os outros se sentissem seguros.

Claro que sabíamos que os homens apareceriam. Nossa mãe já tinha ensaiado tudinho com a gente.

— Meninas, vocês entenderam o que aconteceu com seu pai? — perguntou ela, um dia após termos arrancado as tábuas do chão do celeiro.

— Ele bebeu demais e caiu no rio. Ele se afogou. — A voz de Julie saiu sufocada pela tentativa de segurar o choro.

— Não foi isso que aconteceu — falei bem baixo.

— Tudo bem, Paula. — Minha mãe cobriu minha mão com a dela. — É normal ficar com raiva. Faz parte do processo de luto. Eu sei que você não quer acreditar, mas é a verdade. — Minha mãe estava tentando segurar as lágrimas também. — Sabe o que mais? Eu me culpo. Estava dormindo como uma pedra com você quando

140

tudo aconteceu. Fico imaginando se ele veio me procurar. Talvez as coisas tivessem sido diferentes... — Sua voz foi morrendo enquanto ela tentava controlar os soluços.

É uma sensação estranha saber de uma coisa, mas ao mesmo tempo não saber. Faz com que você duvide de tudo. Principalmente quando ainda se é criança.

— Venha aqui — disse minha mãe, me puxando para um abraço apertado. — Agora me conte tudo que aconteceu.

E eu contei. Bem do jeitinho que ela queria que eu contasse. Eu queria acreditar na versão dela porque não tinha momentos tão horríveis quanto na minha.

— Muito bem — disse ela, satisfeita com a forma como contei.

Ela puxou Julie para o abraço, e eu me lembro de pensar que formávamos um triângulo sólido. Ninguém poderia nos separar.

Os homens apareceram na nossa casa dois dias depois.

— Podem entrar — disse minha mãe, com uma voz bem amigável.

Ela sorriu como se os dois não tivessem tirado lascas da porta da frente. Como se não estivesse vendo a ameaça nos olhos deles. Mas ela sabia. Dava para ver pelo jeito que suas mãos tremeram por um momento, como dois passarinhos.

— Meninas, estes são Joe e Marty, amigos do pai de vocês. — Ela entrelaçou os dedos, tentando controlar os passarinhos.

Joe e Marty não pareciam ser amigos de ninguém. O cabelo de Joe era escuro e oleoso, penteado para trás. A pele tinha um monte de marcas de acne, como se ele tivesse tido muita espinha na juventude. Marty era mais baixo, careca, mas com uma barba comprida, como se todo o cabelo da cabeça tivesse migrado para o queixo. Ele tinha uma tatuagem de um punho cerrado no antebraço. Metade sumia embaixo da manga da camisa.

— Vamos conversar lá dentro. — Marty fez um gesto para a cozinha com a cabeça.

Era idiotice ouvir atrás da porta, mas foi o que fiz. Estava com medo. Tínhamos perdido nosso pai e eu não queria perder minha mãe também.

— Você está nos devendo dinheiro, Sharon — disse Marty. A voz era fria.

— Você sabe que eu nunca me meti nos negócios de Paul.

— Está metida agora.

— Se eu tivesse dinheiro, daria para vocês. Não é como se ele tivesse um seguro ou algo assim. Ele nos deixou sem nenhum dinheiro.

A voz da nossa mãe estava triste. Ela soava impotente. Não lembrava em nada a mulher que havia tirado as tábuas do chão do celeiro e enterrado as sacolas plásticas cheias de dinheiro.

Seguiu-se um longo silêncio, como se estivessem esperando por mais.

— Cem mil. — A voz de Joe era profunda e rouca. — Esse tipo de dinheiro não desaparece.

— Paul nunca falou comigo dos negócios dele. Você sabe que eu trabalho na casa de repouso. Talvez a gente possa fazer um plano de pagamento?

O som que se seguiu à pergunta era familiar. Eu já tinha ouvido muitas vezes. Era o som da mão de um homem acertando o rosto de uma mulher. Minha mãe arfou, depois ouvi um som menos familiar. O som suave de suas lágrimas.

— Não banque a esperta, Sharon. Você tem duas filhas que precisam de você — disse Joe.

— O que vocês querem de mim?

O medo na voz da minha mãe não era familiar, mas havia um tom sutil que me confortava. Claro que Joe e Marty não perceberam. Assim como, mais tarde, nenhum dos namorados percebeu o brilho no olhar dela que me dizia que eles teriam problemas. O tom sutil me disse a mesma coisa. Apesar de tudo indicar o contrário, minha mãe estava no controle da situação.

— Queremos o dinheiro — disse Marty.

— Eu não sei onde está. Nem sabia que ele tinha pegado emprestado. Podem pegar tudo que quiserem na casa. Não temos nada no banco. O extrato está lá em cima da escrivaninha. Podem ficar com a caminhonete dele se acharem que vale alguma coisa.

— Quanto você acha que conseguimos por esta fazendinha? — perguntou Joe.

Meu coração começou a disparar. A casa nos mantinha em segurança.

— Você vai ter que perguntar para o proprietário. Eu tenho o contrato de aluguel em algum lugar se você quiser olhar — disse minha mãe.

Aquilo me deu a mesma sensação de quando ela nos contou que nosso pai tinha morrido. Eu não sabia onde a história dela terminava e a verdade começava. Era como estar em uma roda-gigante que girava tão rápido que fazia o mundo parecer um borrão. Nada parecia real.

Eu me aproximei de Julie na ponta dos pés, onde ela estava sentada assistindo à tv.

— Nossa casa era do vovô e da vovó, não era? — cochichei para ela.

Ela olhou para mim, mas não respondeu.

Marty abriu a porta da cozinha com um estrondo. Passou pela porta e foi até o andar de cima. Vi a arma dele no bolso de trás. Quando olhei para Julie, percebi que ela tinha visto também. Minha irmã estava ofegante, do jeito que ficava quando estava com medo, mas não queria demonstrar. Estendi a mão e entrelacei os dedos com os dela.

Marty ficou andando com passos pesados pelo quarto da minha mãe lá em cima. Dava para ouvi-lo arrastar os móveis e o som de alguma coisa pesada caindo no chão.

Julie e eu não nos mexemos. Ficamos olhando para a tv como se estivéssemos brincando de estátua.

Minha mãe saiu da cozinha com Joe.

— Meninas, calcem os sapatos. Vamos dar uma volta. — Ela deu um sorriso como se tudo estivesse bem.

— Aonde vamos? — perguntou Julie.

— Se vocês se comportarem direitinho, levo vocês ao McDonald's — disse Joe. A voz dele provocou um arrepio na minha espinha.

— Só entrem no carro — pediu nossa mãe.

Então foi o que fizemos.

No instante que entrou no carro, Joe acendeu um cigarro. Quando terminou, acendeu outro. Continuou assim até o ar dentro do carro ficar pesado e embaçado.

— Sinto muito pelo que aconteceu com o pai de vocês — disse Joe enquanto o carro subia a colina atrás da fazenda. — A questão é que ele pegou uma coisa emprestada da gente e eu preciso dela de volta.

— O que foi que ele pegou? — A voz de Julie soou leve e doce, como se ela não fizesse ideia do que Joe estava falando.

— Elas não sabem de nada. — A voz da minha mãe estava tensa.

— Crianças estão sempre bisbilhotando. — Joe olhou pelo espelho retrovisor, e seus olhos frios encontraram os meus. — Não é?

— Não elas duas. — A voz da minha mãe era indiferente. — Ficam na frente da tv o dia todo.

Olhei para Julie, mas ela estava olhando pela janela.

Ele saiu da estrada principal e entrou em uma estreita e sinuosa. O carro foi subindo toda vida, sem cruzar com nenhum outro carro. Por fim, Joe parou.

— Fim da linha, senhoras.

— Aqui não é o McDonald's — disse Julie.

Joe riu como se ela tivesse dito alguma coisa engraçada.

— Bem, docinho, você ainda não foi uma boa menina.

— Andem, meninas, vamos sair do carro — disse nossa mãe.

O ar tinha um cheiro doce depois de eu ficar presa com toda aquela fumaça. Respirei fundo e olhei em volta. Estávamos em uma estrada que cortava a montanha. De um lado havia uma ravina íngreme. Acima de nós, os pinheiros se elevavam até onde os olhos alcançavam.

Joe fez um gesto com a arma para nossa mãe.

— Sharon, você volta para o carro.

— Você não pode deixá-las aqui. São só crianças. Duas menininhas. Não sabem de nada.

Daquela vez, o medo na voz dela pareceu real. Aquilo me assustou mais do que qualquer coisa, porque, até aquele momento, acreditei que nossa mãe estava no controle.

— Eu vou conversar com elas. Só isso. A única pessoa que vai se machucar aqui é você se não voltar para dentro do carro.

Minha mãe olhou para mim, mandando uma mensagem silenciosa. A única versão da verdade era a que nós tínhamos treinado.

Joe esperou até minha mãe entrar no carro e depois se virou para nós com um sorriso.

— Aposto que vocês duas devem estar loucas por um hambúrguer, não é?

Julie assentiu, animada. E se você a conhecesse, aquilo deveria ter levantado alguma suspeita. Julie não era como as outras crianças. Nossa mãe estava mentindo quando disse que assistíamos à TV o dia todo. Julie lia livros. Além disso, Julie não gostava de hambúrguer. A única coisa de que ela gostava no McDonald's eram os nuggets de frango.

Mas óbvio que Joe não sabia nada sobre Julie.

— Lembram que eu disse que o pai de vocês pegou uma coisa emprestada comigo? — perguntou Joe, e eu percebi que ele estava tentando fazer a voz soar doce.

Julie assentiu. Os olhos grandes e inocentes, como se não fizesse ideia do risco que estávamos correndo.

— Ele contou para vocês alguma coisa sobre algum esconderijo, não contou? Todo mundo tem um. Lugares onde escondemos coisas que não queremos que ninguém encontre. Aposto que vocês têm um esconderijo secreto, não é? — Ele sorriu, mas os olhos estavam severos.

Olhei para a arma que ele guardou no bolso do casaco, mas ele não notou porque estava concentrado em Julie.

— Minha mãe esconde o chocolate no pote de biscoito.

— Isso mesmo, docinho. — Joe agachou para ficar na mesma altura de Julie. — E quanto ao papai? Ele também tem um pote de biscoito?

Julie assentiu e depois deu de ombros.

— Não é um pote de biscoito.

— Não? Mas é algo do tipo? Um lugar onde ele esconde as coisas?

Meu coração estava disparado. Eu só conseguia pensar na minha mãe com as sacolas de dinheiro e a pá. Queria sacudir Julie, dizer para ela parar de falar, mas a arma de Joe transformou minha língua em algo pesado e grosso.

— É uma gaveta. Ele coloca todas as coisas especiais lá.

— Ah, é? E onde fica essa gaveta? — perguntou Joe, se aproximando mais.

Se ela conseguia sentir o bafo de cigarro, não demonstrou. Em vez disso, baixou a voz.

— É segredo. Não posso contar.

Os olhos de Joe desviaram para o carro.

— Foi sua mãe que falou isso para você?

Julie negou veementemente com a cabeça.

— Não. Minha mãe não sabe. Nem a Paula — acrescentou ela rapidamente. — Só eu que sei.

— Ele só contou para você? — Consegui detectar a descrença na voz de Joe.

— Ele, é, ele... — Ela olhou para cima e depois baixou o olhar para o chão. — Ele não me contou. Eu... Eu vi.

— Você estava bisbilhotando? — Joe pareceu satisfeito, como se Julie tivesse feito algo que o deixou muito orgulhoso.

— Não estava, não — protestou Julie, olhando para ele de novo. — Eu estava no celeiro e acabei vendo.

— E que tal você contar no meu ouvido onde fica esse esconderijo? Vai ser nosso segredo.

Julie hesitou, olhando para o carro.

— Não se preocupe. Eu não vou contar nem para sua mãe — disse Joe.

A sombra de um sorriso apareceu no rosto dela. Então Julie se aproximou e cochichou.

Joe nos deixou nas montanhas. Foi embora com a promessa de que iria voltar. Era assim que as coisas funcionavam naquela época. Não havia celular. Não havia como ligar para alguém e pedir para verificar uma gaveta secreta para você.

Depois que o carro desapareceu, minha mãe abraçou a gente com força. Ela se abaixou diante de Julie do mesmo jeito que Joe tinha feito.

— Você contou para ele o que a gente combinou?

Julie assentiu.

— Ele vai lá procurar e vai voltar para nos buscar — disse nossa mãe, com um sorriso. — Exatamente como planejei.

Fomos até o meio da estrada vazia, uma de cada lado da nossa mãe, ouvindo enquanto ela falava.

— Pensem nisso, meninas. Não é uma história muito boa se tudo que conseguirem for sobreviver. Eu nunca que permitiria que aqueles homens pegassem o que seu pai deixou para trás. É uma garantia de que vamos ter liberdade para fazer o que bem quisermos. Vocês sabem do que precisamos para isso, não sabem?

Ela esperou, mas nenhuma de nós sabia a resposta.

— Dinheiro, simplesmente. Não há nada como o dinheiro. Dinheiro significa que você não precisa responder a ninguém. Que você toma todas as decisões. Que vive a vida do jeito que quiser.

Andamos por um longo tempo enquanto minha mãe falava. Pelo menos é como me lembro. No fim das contas, ela estava certa. Joe voltou para nos buscar. Também estava certa sobre outras coisas, mas essa parte vem depois.

Do que mais me lembro do momento em que o carro de Joe reapareceu é do rosto da minha mãe. Ele se transformou de uma certeza absoluta para o mais profundo medo.

Joe parou o carro e fez um gesto para entrarmos.

— Parece que o Paul tinha umas paradas — disse ele, sorrindo para minha mãe.

— Não sei de parada nenhuma — respondeu minha mãe.

— Vamos levar a caminhonete dele e dizer que estamos quites.

Minha mãe suspirou e curvou os ombros. Parecia derrotada, mas, quando entramos no carro, vi o brilho de triunfo em seu olhar.

Eu tinha certeza de que ela havia colocado o dinheiro naquela gaveta e contado para Julie. Apesar do que dissera, devia saber mais sobre os negócios do meu pai do que estava revelando. O suficiente para saber quanto seria necessário para pagar uma dupla de agiotas da cidade. Também entendi que as pessoas eram mais propensas a acreditar em alguma coisa se achassem que tinham convencido uma criança a contar.

Joe manteve a promessa. Ele nos levou ao McDonald's e não notou que Julie pediu nuggets. Depois que chegamos em casa, minha mãe ficou olhando os dois irem embora. Joe no carro dele, e Marty na caminhonete do nosso pai. Quando eles foram embora, ela se virou para nós e sorriu.

— Eles não vão voltar. Estamos em segurança.

Para a maioria das pessoas, "segurança" significa "fora de perigo", mas, para minha mãe, significava outra coisa. Para ela, era o dinheiro que tinha escondido.

A verdade é que nunca estivemos em segurança.

22

OUTONO

STELLA

Enquanto Stella espera na fila da loja de bagels, começa a listar tudo que sabe. Três mensagens de acusação, um estandarte embaçado e uma referência a uma Rainha do Morango. Um encontro entre uma mulher e um homem usando uma camisa parecida com a de Tom.

Se for sincera, não sabe nada. Mesmo assim, não consegue tirar da cabeça a profusão de mensagens.

Eu te vi.

Eu sei o que você fez.

Você fez uma escolha.

Isso tem algum significado? Talvez não seja nada. É bem possível que as mensagens fossem destinadas a Gwen. Será que deveria continuar seguindo essa trilha ou esperar para que a pessoa que estivesse fazendo aquele mesmo caminho a encontrasse?

E se não houvesse nenhuma trilha?

E se tudo não passasse de um exercício de autoestímulo?

E se ela estivesse gostando de todo aquele estímulo mais do que deveria?

É obrigada a admitir que tem sido uma distração da rotina interminável de cuidar das roupas, preparar as refeições, agendar compromissos, fazer compras de supermercado, supervisionar lições de casa, acompanhar os treinos esportivos e encaixar as próprias atividades físicas. Um dia se transforma no outro até que ela não consegue mais distinguir as terças das quintas.

Sim, sabe que deveria se sentir grata pela porra daquela vida. Mas e se só estiver inacreditavelmente exausta da quantidade esmagadora de trabalho repetitivo que foi reorganizado e recebeu o carimbo de "maternidade"? Talvez esteja passando por alguma confusão mental referente à maternidade, mas não daria no mesmo?

Uma frase desdenhosa para as falhas cognitivas das mulheres que desempenham o trabalho equivalente a três empregos, sem receber salário por nenhum deles.

Ou será que ela está tentando se acalmar? Desconsiderar a própria intuição? Negar a verdade?

Se o estandarte na parede do quarto de Charlotte for mesmo da Livingston High School, aquela é uma ligação direta com o passado de Stella. Um passado que ela extirpou há muito tempo. Isso significa que alguém a encontrou? Que o celular que Gwen esqueceu na escada da casa de Stella não foi um acaso?

Gwen.

Tudo a leva de volta para Gwen, a Rainha do Morango de Dave.

Eu te vi.

Eu sei o que você fez.

Você fez uma escolha.

Se as mensagens foram enviadas por Gwen, ela sabe o que Stella fez?

Gwen está enviando mensagens para o próprio celular de um número pré-pago para...?

Stella coloca a sacola de bagels no banco do passageiro.

Já se passaram três décadas, mas a visão do estandarte ainda a atinge. Ela estava tão perto. Esforçou-se tanto, mas então tudo desmoronou. Prometeu a si mesma que daria duro para conseguir outras coisas que desejava, mas seria mais cuidadosa. Não permitiria que se tornasse um alvo. Quando conquistasse tudo, não abriria mão de nada. Não haveria mais necessidade de se esconder nem fugir de tudo que era seu por direito. Ela ficaria livre para fazer o que quisesse. Aproveitar os frutos do trabalho. Ela escreveu uma história que envolvia muito dinheiro, uma garantia de segurança na forma de liberdade financeira.

Então Colin nasceu e ela abriu mão de tudo. A sugestão de Tom de ficar em casa e investir o dinheiro que economizariam na poupança para a faculdade dos filhos pareceu uma chance de fazer um serviço só, e muito bem. Não poderia abrir mão do trabalho da maternidade, então abriu mão do outro. Praticar a advocacia significaria uma constante redução nas oportunidades de emprego e dinheiro, enquanto o trabalho em casa aumentava infinitamente. E ela ama os filhos. Ama mesmo. A ideia de uma vida sem eles faz seu coração se partir.

Stella entra no estacionamento do McDonald's e coloca o navegador do celular no modo privado, mesmo tendo certeza de que aquilo não vai ajudar em nada a esconder sua pesquisa. Entra no site da Livingston High School. A mascote ainda é a mesma. Um buldogue sorridente.

— Buldogues são uma mascote bem comum — resmunga ela, como uma louca.

Em vez de tentar congelar a imagem de Charlotte no TikTok de novo, fecha os olhos e tenta recriar a noite que Gwen esqueceu o celular.

Engraçado como os círculos se fecham.

Aquelas palavras combinadas ao sorriso de Gwen pareciam uma fachada para esconder algo feio. O que mais ela sentiu naquela noite? Uma sensação de déjà-vu. Uma familiaridade, como se sua mente soubesse de alguma coisa que ela não alcançava.

A conclusão óbvia faz Stella abrir os olhos.

Sua primeira desconfiança estava correta.

Gwen e Tom estão tendo um caso.

— Um caso — sussurra Stella para o carro.

Então ela ri. O que sente é... alívio? Um caso é fácil de se gerenciar. As possibilidades para uma nova narrativa já estão girando na sua mente. Saber aquilo é delicioso. Um prazer como se tivesse descoberto uma forma de ganhar mais uma hora por dia.

— Um caso — diz Stella.

Ela detecta a felicidade na voz e se pergunta se ainda ama o marido.

Tudo faz sentido. Ela e Tom têm se distanciado cada vez mais. Às vezes, parece menos um casamento e mais uma peça de teatro a respeito de como um casamento deveria ser. Jantar de família, sexo semanal (mensal, se estivesse sendo sincera), uma parceria que é útil, mas não íntima.

Foi por isso que Gwen esteve na casa dela. E foi por isso que Tom chegou estranhamente cedo. Era o motivo do sorriso malicioso de Gwen que provocara a sensação de déjà-vu.

SJIUYVP, esse só pode ser o Tom. Stella verifica a foto que tirou dos contatos de Gwen, mas não reconhece o número.

Com certeza essa é a conversa que Gwen quer ter com ela. No tempo que Stella demorou para reconhecer a verdade, o prospecto daquela situação tinha passado de um canal dentário para um clichê entediante. O que quer que Gwen fosse revelar, aquela é uma conversa que Stella sem dúvida prefere evitar.

Um pensamento surge antes que ela consiga esmagá-lo. A mãe estava certa. A fêmea das espécies nunca deveria ter um parceiro para toda a vida. Isso a faz adquirir uma forma reduzida e mais fraca. Isso a invisibiliza na tarefa de cuidar da cria sem apoio, nem reconhecimento, além da concessão do Dia das Mães.

Stella respira fundo e engata a marcha para passar pelo drive-thru, onde pede um cheeseburguer e um milk-shake de baunilha. Espera na fila de carros até sua vez de receber a sacola manchada de sal e gordura. Dirige e enfia a mão lá dentro. Leva o cheeseburguer à boca. E para.

— Coma a porra do sanduíche, Stella — diz ela, mas já o está soltando.

Houve um tempo em que poderia ter se tornado qualquer pessoa, feito qualquer coisa, mas agora está limitada por todas as escolhas que já fez. Não pode comer o cheeseburguer, da mesma forma que não pode abandonar os filhos.

Além disso, nunca gostou de cheeseburguers.

Em casa, joga a sacola do McDonald's no lixo do lado de fora e entra pela porta dos fundos, onde tropeça no equipamento de hóquei sobre grama de Daisy. Um investimento de quinhentos dólares, abandonado como o pacote intocado de comida do McDonald's.

— Daisy — grita ela, colocando as mãos em volta da boca.

A única resposta é a batida do rap vinda do porão, onde Colin está levantando peso.

— Daisy — grita ela mais alto ainda.

Quando ainda não há resposta, Stella berra o nome da filha:

— DAISY!

Daisy aparece no alto da escada.

— Caraca, mãe! O que foi? Estou fazendo o dever de casa.

Os fones de ouvido estão pendurados no pescoço da filha. Podem muito bem ser um sinal de que Daisy está assistindo à Netflix, mas Stella não está a fim de uma briga que vai rapidamente entrar no campo da semântica.

— Pegue suas coisas, merda.

— O quê? — Daisy parece confusa.

— Pegue. Suas. Coisas. Merda.

Stella olha para a filha. Fica se perguntando se Daisy faz ideia do que existe dentro da mãe.

— Tudo bem. — Daisy suspira e desce a escada pisando duro. — Você não precisa ser tão passiva-agressiva.

Stella considera corrigir a filha, mas não está no clima de uma longa conversa sobre a diferença entre agressão e agressão passiva. Em vez disso, pergunta:

— Seu pai está em casa?

— Não.

O rosto de Daisy é o retrato de uma adolescente emburrada.

— Sabe aonde ele foi?

— Teve que dar um pulo no escritório. Acho que esqueceu alguma coisa lá.

Stella assente e espera até Daisy pegar tudo. Quando a filha desaparece dentro do quarto, Stella vai até o próprio quarto e tranca a porta.

Se alguém perguntar...

Ela revira os olhos. Se alguém perguntar, vai dizer que merece ter cinco minutos para si.

Analisa o cômodo, tentando formar um plano de ataque. Área de estar, mesinha de cabeceira e closet. No closet de Tom, observa as roupas dele. Enfia a mão em alguns bolsos. O que espera encontrar? Recibos? Marca de batom no colarinho?

Tudo que acha são cartões de visita que não levantam nenhuma suspeita, algumas balas de hortelã e um formulário de autorização para o hóquei sobre grama que deveria ter sido entregue na semana passada. Ela pega o formulário com um suspiro pesado e continua sua tarefa. Apesar da busca completa, não há nenhuma caixa de sapato com bilhetinhos de amor. Nem caixas de fósforo de um restaurante romântico, nem um número de telefone rabiscado em um papel.

Tudo isso saiu de moda. Nesta era tecnológica, o único rastro que importa é o eletrônico.

Mesmo assim, continua tentando, revirando a gaveta de cuecas e passando a mão entre as pilhas de camisetas que ela mesma guarda. A mesinha de cabeceira parece óbvio demais, mas Tom não é particularmente criativo. A gaveta é uma bagunça de notas pequenas, fotos antigas de escola das crianças, uma meia e um livro que ele começou a ler no ano passado enquanto estavam de férias. Ela pega o livro. É um daqueles thrillers femininos. Tom disse que não tinha conseguido engatar na história.

Embaixo do livro há um pequeno celular.

Não é um iPhone, nem um Android. Algo sem marca. Nunca tinha visto um celular pré-pago antes, mas não tem a menor dúvida do que é. Ela o pega e o abre com cuidado.

Leva um minuto para descobrir como acessar a caixa de mensagens de texto, mas está vazia. Vazia demais. Ela se lembra de que qualquer que fosse a mensagem que precedeu "Bem pensado" no celular de Gwen tinha sido apagada. Os dois claramente estavam sendo cuidadosos.

Vai até os contatos salvos e recebe uma recompensa imediata. A satisfação profunda de estar certa.

Só tem um contato salvo.

GT

Não é difícil presumir que seja Gwen Thompson.

Stella devolve o celular para o lugar. Coloca o livro por cima (irrelevante para a vida de Tom, pois por que motivo ele se interessaria pela vida interior de um monte de mulheres), fecha a gaveta e desce a escada na ponta dos pés para não ser interpelada nem por Daisy nem por Colin.

Precisa de tempo para pensar.

Tempo para bolar um plano.

Lá fora, pega as luvas de jardinagem e a cesta de vime que usa para levar as verduras para a cozinha. Seu jardim é bagunçado e exuberante de um jeito que deixa Stella com inveja. Os pepinos se espalharam ocupando o máximo de espaço que conseguiram. Teriam comido até os cheeseburguers. Stella tem certeza disso.

Ela começa a colhê-los, mas percebe que são demais para ela, Tom e os filhos darem conta. Por um instante, considera fazer picles. Colocá-los em vidro para que a família possa sentir um gostinho do verão, mesmo quando houver neve no chão. Encher os vidros com salmoura salgada, depois adicionar os pepinos cuidadosamente fatiados. Apertar as tampas antes de levá-los para a seladora doméstica. Separar os que não selarem adequadamente. Ela precisaria de um lugar secreto para guardar aqueles vidros. Um lugar onde ninguém mexeria. Um quarto secreto, talvez?

Stella estremece.

— Trabalho demais — sussurra baixinho, tentando se convencer de que é esse o motivo por que estremece.

Um movimento dentro da casa chama sua atenção.

É Tom.

Voltou do escritório, ou de aonde quer que tenha ido.

Ela o observa, emoldurado pelas grandes janelas. Ele se serve de um copo d'água e o leva para a ilha da cozinha, olha para trás como se estivesse procurando por alguma coisa.

Ou alguém.

Será que está procurando por ela?

Tom pega o celular. Os dedos se movem pela tela. Está digitando. Isso leva um tempo porque ele não é rápido como os filhos. Às vezes, ele para e inclina a cabeça como se estivesse tentando ouvir alguma coisa.

Será que está tentando ouvir se ela está se aproximando?

Stella mergulha mais nas sombras, de onde pode continuar observando-o sem ser notada.

Espera até que ele termine de mexer no celular. Então esvazia o cesto de pepinos no solo da horta. Dá a volta até o jardim da frente e entra pela porta principal.

— Oi — diz Tom. — Onde você foi?

— Fui até a casa da Ellen. Deixei alguns pepinos. Minha horta está fora de controle. Ellen disse que os Vaughn vão vender a casa.

Os olhos de Tom se iluminam. Adora uma fofoca imobiliária.

— Que preço você acha que vão pedir?

— Dois e trezentos. Foi o que a Ellen disse.

— Uau! Você acha que vai vender? — O valor deixa Tom feliz.

Stella dá de ombros.

— Acho que temos que esperar para ver.

— Verdade. — Ele se espreguiça e boceja. — Colin e eu vamos assistir ao jogo.

— Tudo bem — diz ela.

Tom sai, e Stella fica imóvel como um coelho que congela para não ser notado pela águia. Quando o som da tv chega à cozinha, ela respira fundo, como se tivesse escapado.

Mas é óbvio que isso é uma inversão.

Se existe um predador na casa, não é Tom.

É Stella.

23

PRIMAVERA DE 1987

JULIE

No banho, percebo que minha mãe não vai voltar para casa. Se estivesse aqui, não teria permitido que Kevin fizesse o que fez comigo no sofá. Depois que minha mãe descobriu que Paula estava grávida, ela se culpou. Prometeu que nunca deixaria uma coisa daquelas acontecer comigo, mas aconteceu. É assim que sei que ela perdeu o controle da história. No momento que perde o controle, você começa a desaparecer. Escorrega para a insignificância, exatamente como todos que partiram para outra. Estou preocupada que isso tenha acontecido com minha mãe.

Meu rosto está pálido no espelho enquanto desembaraço o cabelo molhado. Visto uma calça de moletom pesado e uma blusa de moletom bem grande que trouxe para o banheiro. Mesmo assim, estremeço como se houvesse algo frio dentro de mim.

Lentamente, abro a porta e fico ouvindo. A TV está ligada, mas não ouço outras vozes. Parte de mim ainda tem a esperança de que minha mãe vai chegar em casa e resolver tudo. Entro no quarto dela na ponta dos pés e olho pela janela. Vejo as ervas daninhas na entrada de cascalho e as silvas cobrindo as valas lamacentas, mas não há sinal do carro da minha mãe.

Está começando a escurecer. Ela não está no turno da noite nesta semana. Então já deveria estar em casa.

Percebo que Kevin não mencionou minha mãe, só disse que ela pediu para ele me pegar. Não falou quando ela ia voltar para casa nem por que tinha mudado os planos, também não reclamou como os horários de trabalho dela eram inconvenientes para ele. Esta última parte é particularmente estranha porque é um dos assuntos favoritos de Kevin. Ele nunca perde a chance de dizer o quanto faz por nós.

Vejo uma marca escura na parede perto da porta do quarto da minha mãe. Na verdade, está mais para uma mancha.

Eu me aproximo para olhar melhor.

Parece sangue. Quando toco, está seco.

Meu coração acelera ainda mais. O frio dentro de mim se espalha para os braços e as pernas. A mancha não estava ali quando fui para a escola hoje de manhã. Não posso provar, mas sei que minha mãe é meticulosa. Ela esfrega e limpa a casa até deixar tudo brilhando. Ri de si mesma, dizendo que é uma compulsão. Se não deixasse a casa um brinco quando era criança, tinha que responder ao cinto do pai. Depois que alguém parte para outra, não há nenhum traço de poeira nem manchas em lugar nenhum. Se houvesse uma marca na parede, minha mãe teria notado imediatamente. Teria posto as luvas amarelas de borracha e usado Ajax para esfregá-la até sumir.

Quando Kevin limpa a bancada da cozinha, deixa uma trilha de migalhas para trás. Não nota as pegadas de lama nem os respingos que deixa no espelho depois que se barbeia. Kevin não teria notado uma mancha na parede.

Olho o quarto da minha mãe à procura de qualquer outra coisa fora do lugar. Um brilho de metal atrai meu olhar.

Em cima da cômoda, está o canivete de Kevin. O cabo é de osso esculpido e um entalhe forma um padrão de estrelas. Com base nisso, era de imaginar que ele teria prestado mais atenção às estrelas que minha mãe pinta na parede do celeiro. Um cara como Kevin gostaria de mostrar o que ela tinha feito de errado. Como algumas estrelas são maiores do que deveriam. Quando ele olha para a pintura, tudo que enxerga é uma atividade sem sentido. Os namorados da minha mãe não entendem o verdadeiro propósito daquela imagem. Do mesmo jeito que não entendem a verdadeira natureza do relacionamento deles com ela. Os homens que passam pela nossa vida acham que estão escrevendo a história. Mas, durante todo o tempo, ela está escrevendo o último capítulo da deles.

Fecho os dedos no cabo do canivete e estudo a substância escura na lâmina. É da mesma cor da mancha na parede.

Sangue.

É o sangue da minha mãe. Tenho certeza. É algo que sinto no estômago, do mesmo jeito que soube o que Kevin tinha planejado fazer comigo assim que entrei na caminhonete. Com cuidado, dobro a lâmina para que fique aninhada novamente no cabo de osso e enfio o canivete no bolso da calça de moletom.

Está tudo bem. O pior já passou. É o que digo a mim mesma.

É quando percebo que isso não é necessariamente verdade. Coisas piores podem acontecer. Enquanto essas coisas passam pela minha mente, abro o canivete de Kevin. Seguro-o com força e desço a escada.

Ele está no sofá. Exatamente onde o deixei. Mesmo que eu precise falar com ele, estou decepcionada por ainda estar acordado.

— Kevin? — Forço um sorriso e seguro o canivete de modo que ele não veja. — Minha mãe disse quando ia voltar para casa?

— Não. — Ele sorri para mim.

— Mas ela está no trabalho, né?

Os olhos deles estão vidrados ou só estou vendo o que quero?

— Não.

Ele abre mais o sorriso. Ele ama esse jogo, qualquer jogo, na verdade, que me obrigue a implorar por uma informação.

— Então onde ela está?

— No hospital.

— Como assim? — Minha boca fica seca.

— Eu tive que levá-la mais cedo. Sua mãe sofreu um pequeno acidente hoje. Caiu da escada. Estava bebendo. Acho que foi assim que aconteceu.

— Minha mãe caiu da escada? — Minha voz parece estar vindo de muito longe.

Kevin assente como se estivesse muito satisfeito com ele mesmo. Como se gostasse da história.

— Ela bateu a cabeça com muita força. Aconteceu um pouco depois que descobri que ela tirou uma coisa de mim.

Sinto um frio na espinha. Seguro o canivete com mais força.

— Ela está... bem?

Kevin dá de ombros.

— Quebrou o braço. Se machucou feio quando caiu. Deve ter tido uma concussão, mas vai sobreviver. Uma coisa é certa, ela nunca mais vai roubar nada de mim.

Visões daquele envelope gordo cheio de dinheiro dançam diante dos meus olhos. Sinto a mão molhada de suor.

— O que ela roubou?

Tenho que perguntar. Se não perguntar, ele vai saber que eu sei.

Kevin se vira no sofá como se estivesse desconfortável.

— Não importa. O importante é que ela aprendeu a lição. Quando ela voltar para casa, vai me devolver.

— Então ela vai voltar para casa, né?

Ele inclina a cabeça para o lado e sorri.

— Claro que sim! Não se preocupe, Juliebell. Quando eu a deixei no hospital, ela me disse para tomar conta da bebê dela. E é o que pretendo fazer.

Os olhos dele passeiam pelo meu corpo como se ele conseguisse enxergar através das roupas largas e grossas que estou usando. Os lábios se curvam em um sorriso, e é quando entendo. Seu plano é repetir o que fez no sofá. Repetir de novo e de novo, para punir a minha mãe e ser recompensado.

O pior com certeza não passou.

O estômago de Kevin ronca. Ele se vira de novo e faz uma careta.

— Você está com fome? — pergunto, e dessa vez meu sorriso é genuíno. — Posso preparar alguma coisa.

— Claro.

Ele faz uma careta e arrota alto.

O que eu sei é o seguinte: homens como Kevin querem mais. Mais dinheiro, mais comida, mais corpos para controlar. Seja lá o que eu ofereça para ele, ele vai aceitar por princípio. Vai devorar porque acredita que é um ato de tomar posse, e é isso que o faz ser forte.

Na cozinha, escondo o canivete embaixo do pano de prato e preparo o jantar. Macarrão, porque é barato e fácil. Enquanto encho a panela de água, penso no veneno dentro dos vidros.

Não é uma garantia. Com outros namorados, ela precisou de dois vidros. Às vezes três até terem devorado toxina o suficiente para partir para outra. Acontece devagar. Primeiro se sentem mal, depois a garganta fica pegajosa. Eles não conseguem engolir. As palavras desaparecem. Em seguida, eles param de respirar.

Pelo menos foi o que minha mãe me contou. Nunca vimos acontecer. Quando minha mãe começa a servir a sobremesa especial, espera pelos primeiros sinais. Depois consegue mandá-los para outro lugar. Um fim de semana acampando ou uma viagem longa ou uma pescaria. Qualquer coisa para tirá-los de casa. A morte deles é sempre acidental, como a do meu pai, ou por causas naturais. Um infarto ou um derrame, um acidente por dirigir bêbado, esse tipo de coisa.

Tento não imaginar a cena que se passou entre Kevin e minha mãe enquanto eu estava na escola, mas não consigo evitar. O punho de Kevin atingindo o rosto dela. O canivete rasgando a pele. A mancha na parede do quarto deixada por uma das mãos para limpar o sangue. Ele a empurra pela escada e ela cai. Kevin deve tê-la pegado de surpresa. Se ela tivesse devolvido o envelope cheio de dinheiro, ele talvez a tivesse deixado apenas com um olho roxo ou um nariz quebrado.

Era minha a culpa por ela não ter devolvido.

Se ela tivesse o dinheiro na hora, teria controlado a história. Ela pegou aquele dinheiro para mim. Perceber isso é um tipo diferente de veneno no meu estômago.

A água está fervendo.

Ela espirra na minha mão e eu me afasto.

Outra história começa: carrego a panela de água fervente até a sala. Vou me esgueirando até ficar atrás de Kevin. Derramo o conteúdo em sua cabeça e fico olhando enquanto ele se retorce de dor. Mas e se não for o suficiente? Eu o imagino todo queimado e gritando. A mão dele agarra meu pulso, como ele fez mais cedo. A outra mão atinge meu queixo.

Não, aquilo não é um método certeiro. Abro a caixa do macarrão e o despejo na água. Tenho que ser paciente, confiar que as cerejas vão funcionar. Ele logo estará fora da nossa vida. Ou, como minha mãe diria, Kevin está prestes a partir para outra.

Abro um vidro de tomates do verão passado, e Kevin entra cambaleando na cozinha.

— Não estou me sentindo muito bem. — Ele arrota e se joga em uma das cadeiras de metal diante da mesa de fórmica no canto.

— Você quer um copo d'água ou algo assim? — pergunto, fingindo preocupação.

Pego um copo, sirvo água e o coloco na mesa. Então, com o meu corpo entre Kevin e o canivete dele, eu o pego e o enfio no bolso.

— Você tem... — Ele inclina a cabeça para o lado e massageia o pescoço como se estivesse duro.

— Tenho o quê?

— O quê? — Ele olha para mim, parecendo confuso. — Aquele remédio rosa para dor de estômago.

— Pepto Bismol?

— Isso. Acho que tomei sorvete demais.

Ele dá um sorriso fraco. Os olhos estão desfocados e vejo uma bolha de saliva no canto da boca.

— Claro. Está lá em cima. Eu já volto.

Baixo o fogo. O macarrão vai ficar horrível, mas tudo bem. Não é como se alguém fosse comer.

O botulismo não é como uma intoxicação alimentar normal. É imprevisível. Às vezes, a toxina demora para surtir efeito no corpo. Às vezes acontece rápido. Quando minha mãe decide que já aguentou demais do namorado, precisa se organizar e planejar tudo. O tempo é importante quando se trata de cozinhar, preparar a conserva e tramar para que alguém parta para outra.

Scott foi o namorado da nossa mãe que engravidou Paula. Quando minha mãe descobriu o que ele tinha feito, serviu uma tigela enorme de sorvete e pêssegos. Ele ia viajar para caçar naquela tarde. Daquela vez, ela só precisou de uma tentativa. Os amigos de Scott acordaram no dia seguinte, mas ele não. Disseram que tinha sido um derrame.

Brett demorou mais. No início, ele só era mau, depois começou a usar os punhos. Também roubou da minha mãe. E isso foi o ponto-final. Ele apostou um dos pagamentos dela no cassino na costa e ganhou muito dinheiro. Voltou para casa dizendo que ia nos levar para jantar.

— Eu bem que gostaria — disse minha mãe, pondo morangos em um prato, bem do jeito que ele gostava. — Julie e eu vamos visitar Paula neste fim de semana. Você quer mais morangos, amor?

158

Foram dois dias de morango com sorvete para ele partir para outra. Minha mãe esperou até os olhos ficarem vidrados, então a gente foi para um acampamento e leu sobre o acidente dele por dirigir bêbado no jornal.

— Que pena que ele não pôde aproveitar todo o dinheiro que ganhou. Parece até uma lição — disse minha mãe ao me mostrar o artigo.

Os caras se apaixonam porque ela é bonita, mas é mais do que isso. Ela os alimenta e os mima. Deixa que acreditem que estão no controle. Ri das piadas que contam, mesmo as mais idiotas. Quando eles falam, elogia a inteligência deles e comenta como são realmente incríveis. Eles acreditam. Confundem o brilho nos olhos dela com amor. São envolvidos pela teia das palavras da minha mãe. Nem sabem o que os atingiu até ser tarde demais. Quando percebem o que aconteceu, se é que percebem, não há tempo para reescrita.

Essa parte é sempre igual. O animal que vive dentro daqueles homens vai, bem aos poucos, mostrando os dentes. Minha mãe espera. Nunca apressa as coisas.

— A paciência é uma virtude mortal — diz ela, com um sorriso, quando olha para a foto dos pais que ainda está pendurada na parede da sala. Os olhos dela se estreitam quando pousam no pai.

Às vezes, ela até dá algumas chances para o namorado. Os olhos brilhando como se estivesse apaixonada fazem parte do jogo. Existe algum tipo de limite dentro da minha mãe. Quando apanha o suficiente ou quando eles nos machucam, acabou.

Ela sacrifica o animal para acabar com o mal dentro dele.

Sento-me na cama da minha mãe e tento me lembrar do que está acontecendo agora. Kevin é um animal que está sendo sacrificado. Ele é violento. Um perigo para qualquer um que conheça. Era eu ou ele.

Tudo aquilo faz sentido, mas o que não entendo é como ele pegou minha mãe desprevenida. A resposta chega com uma onda de culpa.

Eu, essa é a diferença. Eu precisava de dinheiro para entrar na equipe de cheerleaders. Ela não podia ser paciente e esperar porque tinha um prazo. A culpa da minha mãe estar no hospital é toda minha. O que aconteceu no sofá e o que está acontecendo com Kevin; tudo isso é culpa minha também.

De repente, percebo o que deixei passar. Isso me causa um sobressalto, e eu vou correndo para meu quarto. Abro a costura da minha mochila da escola com o canivete de Kevin. Tiro vinte dólares do envelope e enfio todo o resto entre a lona e a costura. Depois eu coloco lá dentro uma muda de roupas, minha escova de dentes e uma foto da gente juntos, minha mãe, meu pai e Paula, que estava colada no espelho.

Pego o Pepto Bismol e desço correndo.

— Desculpa. Foi difícil de achar — digo, estendendo o frasco cor-de-rosa para ele quando entro na cozinha.

Kevin semicerra os olhos como se estivesse com dificuldade de me ver.

— Estou cansado. — As palavras saem arrastadas.

— Talvez seja melhor você deitar no sofá.

Ele se levanta. Derruba o copo de água que coloquei diante dele, mas não nota. Vai cambaleando para a sala e cai no sofá.

— Você quer um cobertor? — pergunto, mas ele não responde.

Devagar, eu me afasto. Kevin não deveria estar aqui. Eu deveria tê-lo tirado de casa, mas agora é tarde demais.

O problema, e esse é um problema bem grande, é que esta não é mais a história da minha mãe.

Nem de Kevin.

É minha.

E não fui cuidadosa ao escrevê-la.

Quando Kevin se transformar em algo frio, duro e sem vida no sofá da sala, vou ser a única que estava aqui quando aconteceu. Vai ser óbvio que eu sou o motivo de Kevin ter partido para outra. Quando a polícia chegar, e eles vão chegar, vão me prender. Pior: talvez decidam investigar todos os outros homens que não saíram vivos de um relacionamento com minha mãe. Ela poderia acabar na cadeia também.

Desligo o fogo, pego a mochila e tranco a porta ao sair. Guardo as chaves no bolso, com o canivete. É uma longa caminhada até a cidade, mas vou conseguir. Desde que continue andando, vou conseguir não pensar em Kevin.

Nem na sensação de ter sido esfolada no meio das pernas.

Nem no peso do corpo dele sobre o meu.

Nem na forma como ele estava se esforçando para respirar quando fechei a porta.

24

ABRIL DE 2015

PAULA

Todos nós temos momentos gravados na memória. Dias que são preservados como borboletas no vidro. Para mim, foi o dia que Julie apareceu na minha casa. Eu já estava vivendo como adulta desde os dezesseis anos. Desde que me mudara para Hermiston, até onde todos sabiam, eu *era* uma adulta. Essa é a magia da identidade falsa que minha mãe conseguiu para mim quando fui embora.

Mais do que uma carteira de motorista, todo um conjunto de documentos falsos que trocavam minha idade e meu sobrenome. Minha mãe sempre dizia que eu era teimosa como uma mula e talvez eu seja mesmo, porque me recusei a mudar meu primeiro nome. Já tinha desistido de toda a minha vida em Livingston. Falei para minha mãe que existiam muitas Paulas neste mundo. Uma a mais não faria diferença alguma.

Aqueles documentos falsos me tornaram uma garota de dezoito anos da noite para o dia, o que significava que eu era legalmente uma adulta. Também significava que poderia trabalhar como caixa na Albertson sem autorização de ninguém. Minha mãe não precisava mais se preocupar comigo.

De acordo com aqueles documentos, eu tinha crescido, e ela tinha feito seu trabalho.

No dia que Julie apareceu, quase tropecei nela. Saí e a encontrei na varanda como se estivesse perdida. O cabelo estava no rosto, todo grudento, como se não fosse lavado havia muito tempo. Ela estava segurando os joelhos bem perto do peito.

— Julie? É você? — perguntei, porque, para ser sincera, não tinha tanta certeza.

— Paula?

Ela demonstrou a mesma hesitação que eu. Fazia tanto tempo. Depois ela me disse que já estava sentada ali havia uma hora, tentando reunir coragem para bater à porta.

— Vem, vamos sair da varanda — eu disse.

Achei que soubesse do que ela estava fugindo.

Acontece que eu não sabia a metade. Mandei Julie tomar um banho e liguei para minha gerente na Albertson para avisar que eu iria me atrasar. Depois improvisei ovos mexidos com torrada.

— Como você me encontrou? — perguntei, depois que Julie saiu do banho.

Ela meio que deu de ombros, mas eu já sabia. Minha mãe é perita em construir todo tipo de soluções para os possíveis problemas da vida. Foi o que fez quando organizou tudo para eu morar em Hermiston. Aquela casa era mais uma forma de sobrevivência. Mantinha um teto sobre minha cabeça e tinha espaço para Julie, se ela precisasse.

— As coisas estão ruins em casa?

— Nem tudo. Eu entrei para a equipe titular de cheerleaders — disse ela, com um sorrisinho, e então começou a chorar.

Eu a abracei bem apertado. O que mais eu poderia fazer?

Nossa mãe era como uma tempestade. Do tipo que causa enchente onde cai, fazendo com que você nem consiga respirar. Julie e eu somos as almofadas no sofá, passando pela tempestade. Encharcadas. Mesmo depois de secas, nunca mais são as mesmas.

Quando Julie me contou o que aconteceu, não falei nada, só escutei.

Alguns policiais não sabem como conseguir uma confissão. O segredo é simples. Você deixa a pessoa dizer tudo que precisa dizer. Quanto menos interromper, mais provável é que contem toda a história.

E foi assim com Julie. Ela me contou tudo que ele fez, o que eu já esperava. Então me contou o que ela fez com ele. Eu não estava esperando, mas não a culpei. Sei o que passei com a minha própria versão do Kevin.

Você sabe o que acontece com homens como Kevin quando uma menina como Julie o denuncia?

Nada de mais. Essa é a verdade.

Na minha opinião, Kevin teve o que mereceu. Algumas pessoas podem dizer que Julie cometeu um assassinato, mas fiquei orgulhosa dela. Gostaria de ter feito o mesmo, apesar de, no fim, minha mãe ter feito por mim.

Desde que me tornei detetive, investiguei alguns assassinatos. Casos assim se dividem em duas categorias.

Homens que são assassinados por assumirem riscos.

E mulheres e crianças que são assassinadas por tentarem sobreviver.

Às vezes digo a mim mesma que minha mãe é um tipo de carma para todas aquelas mulheres e crianças. Não estou dizendo que ela foi a melhor mãe, mas fez muito mais do que apenas sobreviver. Ela se certificou de que outras pessoas não tivessem que lutar pela própria sobrevivência contra certos predadores.

Julie explicou como deixou Kevin no sofá da casa. Falamos de todos os detalhes. Eu ainda era só uma atendente de caixa da Albertson, mas amava todos os documentários sobre crimes verdadeiros que passavam na tv. Já tinha assistido a episódios o suficiente para saber que ela e minha mãe precisavam de um álibi.

A primeira coisa que fiz foi ligar para o hospital de Livingston para me certificar de que minha mãe ainda estava lá. A voz estava fraca quando ela atendeu.

— É a Paula — eu disse.

— Ela está com você? — A voz da minha mãe ficou severa de um jeito que me mostrou que ela ficaria bem.

— Está.

— Bom — respondeu minha mãe.

— Ela vai ficar aqui.

Minha mãe ficou em silêncio por um segundo e eu conseguia ouvir as engrenagens girando na sua mente.

— Tudo bem — disse ela. E desligou o telefone.

Hoje em dia, é mais difícil fazer alguém desaparecer. Tem a internet, o celular, as mídias sociais, cartão de crédito e câmeras por todos os lados. As pessoas ainda conseguem, mas há mais alvoroço quando é uma garota como Julie. Branca e bonita, uma garota que acabou de entrar na equipe titular de cheerleaders. Se uma garota como aquela desaparece hoje, o caso logo se espalharia por toda a internet, mas tudo isso aconteceu antes da internet. Tudo que Julie precisou para começar uma nova vida foi uma viagem de oito horas para o outro lado do estado.

Era verão, o que facilitou as coisas. Nenhuma escola para ficar perguntando o que aconteceu. Julie pesquisou o que precisávamos fazer. Passou tardes inteiras na biblioteca tentando descobrir como conseguiria se matricular em uma escola local sem ninguém fazer muitas perguntas.

A atenção dela aos detalhes era como a da minha mãe.

— Você vai ter que ter minha guarda, Paula — explicou ela. — Eu quero estudar, mas sem ter uma guardiã, o estado pode me tirar daqui.

Minha mãe tinha uma caixa postal duas cidades depois de Livingston. Foi para lá que mandei as cartas explicando do que eu precisava. Novos documentos para Julie. Um novo nome; nome e sobrenome que combinassem com o meu. Tudo arrumadinho para não levantar perguntas.

— Eu posso escolher? — perguntou Julie.

Ela estava lendo a carta que eu escrevia por sobre meu ombro.

— Escolher o quê?

— Meu primeiro nome.

— Claro — respondi.

Ela assentiu e ficou pensando no assunto.

— Não quero mais ser a Julie. Aconteceram coisas ruins com ela. Quero recomeçar. Dessa vez, eu vou escolher tudo que vai acontecer na minha vida.

A primeira carta que recebemos da nossa mãe era um envelope grande cheio de fotos da família. Além disso, tudo era bem cuidadoso. Você poderia dizer até que era limpo. Do mesmo jeito que ela limpava os vidros de pêssego depois que serviam ao seu propósito. Esfregados até não deixar nenhum traço de provas para trás.

Olá, Paula,

Você deve ter ficado sabendo que fui internada no hospital. Eu caí. Quebrei o braço, mas estou bem agora. Não é por isso que estou escrevendo. Tenho notícias tristes sobre meu amigo Kevin. Ele ficou doente quando eu estava no hospital. A polícia desconfia de um caso grave de intoxicação alimentar ou algo assim. Ele acabou morrendo de desidratação. Eu digo a mim mesma que ele está em um lugar melhor, mas é tudo muito triste. Eles me disseram que é muito comum morrer em casa.

Outra notícia triste é que sua irmã fugiu. Um dos policiais está se esforçando muito para encontrá-la. Ele sempre aparece umas duas vezes por semana, diz que tem um histórico perfeito de solução de casos, mas que ainda não tem nenhuma pista. Eu ficaria grata se você pudesse se unir em oração pela segurança dela.

Fico feliz que você esteja bem. Eu estava olhando umas fotos antigas e achei que você gostaria de tê-las. Elas me fizeram sorrir.

Também tenho me ocupado bastante com minha pintura. Achei que você gostaria de ver a versão mais atual, então tirei uma foto e juntei com as outras que estou mandando.

Com amor,
Mamãe

Julie espalhou as fotos na mesa da cozinha. A maioria eram fotos de nós duas quando éramos pequenas. Julie, eu e nossos pais, sorrindo para a câmera como uma família normal.

— Posso ficar com algumas dessas? — perguntou ela.

— Claro que pode.

Julie parou quando viu a foto da parede do celeiro.

— Você se lembra do que as estrelas significam?

Assenti.

— Não quero ter nada a ver com essas estrelas — sussurrou ela em uma voz tão baixa que precisei me inclinar para ouvir. — Vou ter uma vida diferente. Uma em que eu nunca precise delas.

De certa forma, morar com Julie era um pouco como voltar a morar com nossa mãe. Só que daquela vez, não havia namorados, só Julie, eu e a casa inteira para nós. Dissemos que éramos irmãs, o que era verdade. Que nossos pais morreram em um incêndio. Aquilo deixava as pessoas tristes. Então dizíamos que tínhamos sorte porque eu tinha a guarda de Julie e nós vivíamos juntas. Isso as deixava felizes.

— Pelo menos vocês têm uma a outra — diziam. Nós sorríamos e assentíamos.

Depois da carta da nossa mãe, Julie começou a ler o jornal de Livingston na biblioteca. Ficavam armazenados naqueles rolinhos de filme chamados microficha. Era necessário colocá-lo em uma máquina especial e ir rolando, página por página. Lemos tudo que encontramos sobre a morte de Kevin, mas não havia muita informação. Também acompanhamos as buscas por Julie. O jornal local disse que ela tinha fugido e publicou uma foto dela do oitavo ano e um número para ligarem se alguém a tivesse visto.

— Vamos voltar para casa, Paula — disse ela, depois de ter visto o próprio rosto estampado no jornal.

Quando voltamos, Julie me fez cortar seu cabelo bem curto para que não se parecesse com aquelas fotos no jornal.

Depois paramos de ir à biblioteca para ler o jornal de Livingston.

Naquele verão, minha mãe escreveu mais uma vez com instruções de como conseguir os documentos de que precisávamos para matricular Julie na escola. Ela disse que mandaria dinheiro, mas Julie não quis esperar.

— Eu tenho dinheiro — disse ela, entregando-me um envelope cheio de notas de vinte.

Não perguntei onde ela tinha conseguido. Às vezes, a coisa mais gentil que se pode fazer é saber quais perguntas não verbalizar.

Fomos até Idaho para conseguir uma nova certidão de nascimento e cartão de seguridade social. No caminho para casa, ela abriu o envelope e ficou olhando para a certidão por um longo tempo.

— Sou uma nova pessoa agora — disse ela.

Assenti. Lá fora, ao longo da interestadual, o mato seco se estendia até perder de vista. Dentro do carro, estávamos seguras, protegidas. Não porque tínhamos um plano B, mas porque ninguém poderia nos ferir. Era um tipo diferente de segurança da que conhecíamos. Quando morávamos com nossa mãe, a ideia de segurança estava tão profundamente ligada ao dinheiro escondido que era difícil separar uma coisa da outra. No entanto, de alguma forma, conseguimos escapar. Ali estávamos nós, completamente livres.

— De onde você tirou esse nome? — perguntei, fazendo um gesto com a cabeça para a certidão de nascimento.

— De uma peça de teatro.

— Que peça?

— Uma que li. Por que você se importa, Paula? Não é como se fosse ler.

Ela revirou os olhos e olhou pela janela.

Não era segredo que Julie era a mais inteligente, mas aquilo me magoou. Ela deve ter sentido que ultrapassou um limite porque pegou minha mão.

— É uma peça sobre irmãs — disse ela, com a voz suave. — Mas também é um lembrete.

— Lembrete de quê?

— Um lembrete para não sermos como nossa mãe. — Ela riu. — Na verdade, é um lembrete para sermos como ela, mas melhores. Minha vida vai ser algo que ela nem sequer imaginou.

— Parece bom para mim — eu disse.

Quando chegamos em casa, perguntei o que ela queria para o jantar.

— Paula — disse ela, em um tom muito sério —, você não pode mais me chamar de "Julie". A partir de agora você tem que usar meu novo nome.

— Você ainda parece a mesma Julie para mim.

Sentei-me no sofá da sala. Eu o encontrei em uma venda de garagem e tinha muito orgulho dele. Era de veludo roxo e tinha um aspecto muito elegante. Tinha cheiro de mofo quando eu o levei para casa, mas depois de algumas caixas de bicarbonato de sódio e algumas passadas de aspirador de pó, ficou novo em folha, como se nunca tivesse sido usado.

— Mas não sou.

Ela se sentou ao meu lado e ficou passando a mão no sofá como se estivesse tentando furá-lo.

— Julie se foi. Tudo o que aconteceu com ela também. É como se nunca tivesse acontecido.

— Um bom livramento — respondi.

— E quanto a nossa mãe? — perguntou ela.

— Como assim?

— Ela aconteceu?

Estava escurecendo e as sombras deixavam tudo mais suave. Eu não conseguia ver que o chão estava sujo nem a poeira que pairava no ar do verão. Ficamos sentadas no sofá de veludo. Duas garotas, seguras em uma casa paga com o dinheiro que minha mãe havia arrancado de todos os namorados.

Eles batiam nela.

E quando eles não estavam esperando, ela revidava.

Revidava com força.

— Ela aconteceu. Se não tivesse acontecido, não estaríamos metidas nisso tudo.

Julie olhou em volta para nosso casulo de segurança e sorriu, mas eu conseguia ver sua mente trabalhando. Armazenando o que eu tinha dito e usando para criar a história dela, uma que pudesse deixá-la bem longe do alcance da nossa mãe.

25

OUTONO

STELLA

Stella tem perguntas.

E apenas Gwen tem as respostas a essas perguntas.

Gwen Thompson, com sua bolsinha da Lilly Pulitzer, fala arrastada, caminhar manco de alguém que está sentindo dor e o hematoma que tentou esconder embaixo do cabelo.

Stella não está mais disposta a mentir para si mesma. Ela reconheceu as marcas na hora, mesmo que quisesse fingir que não. Queria ser uma daquelas pessoas que não sabe interpretar os sinais. Que não tem experiência em primeira mão com as coisas ruins que os homens fazem com as mulheres. Os punhos cerrados ao lado da perna como os pelos eriçados de um cachorro. O sorriso que, na verdade, é um aviso. As manchas de sangue esquecidas em uma parede.

Stella Parker não deveria saber nada disso, mas sabe.

Sabe o suficiente para ser cuidadosa. Seria fácil perguntar a Tom. Fazer acusações como se fossem meras preocupações, mas os hematomas no rosto de Gwen a impedem.

Foi Tom quem deixou aquelas marcas?

É um pensamento desagradável, mas não de uma forma normal. Stella foi cuidadosa. Seletiva. Será que havia dado algum passo em falso? Pegado uma estrada ladeada de maçãs que não tinham caído longe das árvores e filhas que seguiam os passos das mães?

O pessoal na beira do campo comemora, e Stella se dá conta de que não estava assistindo ao jogo de Daisy. Começa a bater palmas e a gritar encorajamentos para disfarçar a falta de atenção.

— Oiê — diz Lorraine, chegando atrasada.

Está usando uma variação da roupa de Stella. Calça de ioga, blusa quentinha e um colete. Cabelo loiro com luzes preso em um coque bagunçado.

— Oi. — Stella abre um sorriso de boas-vindas.

Alguma coisa na forma como Lorraine a observa causa um desconforto em Stella. Ela olha para o campo à procura de um assunto seguro, e pousa os olhos na filha de Lorraine.

— Ainsley está ótima.

— Obrigada. Daisy também.

É uma resposta automática que não significa nada.

Stella sente um desejo profundo. Deseja poder confessar. Confiar suas preocupações a alguém, mas é demais. Contar para Lorraine vai dar à Stella um momento fugaz de alívio, seguido por muita vulnerabilidade. Ela vai ser vista, quando a coisa mais importante é permanecer invisível.

Os olhos de Lorraine voltam para Stella. A amiga parece preocupada. Stella abre a boca para perguntar se há algo de errado, mas antes de ter a chance de formar as palavras, Lorraine a puxa em direção a ponta do campo como um cachorro guiando as ovelhas.

— Olha, Anna me contou uma coisa. Não sei como dizer isso, então só vou dizer, está bem?

— Claro. O que houve?

— Nada. É só... respire fundo, tá? — diz Lorraine.

Stella assente.

— Anna me disse que precisou levar Morgan, a caçula, a um psicólogo especializado para fazer um teste de TDAH. Quer que Morgan tenha mais tempo para fazer as provas de seleção para a faculdade. Anna acha que vai ser bom para a autoestima dela.

Stella vai assentindo diante daquela profusão de detalhes idiotas.

— Então... — Lorraine suspira. — O consultório fica bem ao lado do Fairmont e, enquanto esperava a avaliação de Morgan, ela viu Tom entrar.

Stella sente os dedos cerrarem. Desconfia aonde aquilo vai chegar.

— Dez minutos depois, Anna viu Gwen Thompson entrar no mesmo hotel.

Stella volta à mesma pergunta do dia anterior. Ela ainda ama Tom? Lorraine continua, e Stella tenta definir a natureza precisa dos sentimentos pelo marido. Ele com certeza tem um terceiro lugar distante em relação a Colin e Daisy, mas não é horrível. Nada como os homens que ela conheceu muito tempo atrás.

Aquela comparação e suas implicações a fazem estremecer.

— Desculpe, você está bem? — pergunta Lorraine, interpretando erroneamente o estremecimento da amiga, então coloca a mão no ombro de Stella e dá um aperto de consolo.

— Eu estou bem. O que foi que Anna viu?

— Nada de mais, na verdade. Viu Tom sair uma hora depois, e uns cinco minutos mais tarde Gwen saiu também.

Stella engole a saliva que acumulou na boca. Já sabia disso. Mas ouvir de Lorraine é diferente. Uma pequena parte dela desejava estar errada. Descobrir que tudo aquilo não passava de um mal-entendido.

Lorraine suspira.

— Anna me disse, mas não contamos para mais ninguém. Não faríamos isso. Só para você saber, se estiver preocupada. Ninguém está fofocando.

O time das meninas faz um gol. Mesmo que Lorraine e Stella não tenham visto, fazem um show ao sorrir e aplaudir. Lorraine volta o olhar para Stella.

— Acabou? Tem mais alguma coisa? — A voz de Stella é mais severa do que o normal.

— Sinto muito. Talvez fosse melhor se eu não tivesse dito nada. Sabe? Eu nunca... — Ela hesita de um jeito bem diferente do que costuma ser.

— Nunca o quê?

— Sei lá. Talvez pareça que só estou falando isso por causa do que aconteceu. Mas nunca gostei dela.

— De Gwen?

Lorraine assente. É um gesto sofrido, como se estivesse admitindo uma falha pessoal.

— Não é que eu esteja jogando toda a culpa nela. Tipo, quando um não quer, dois não brigam, não é o que dizem? Logo depois que a família dela se mudou para cá, anos atrás, Gwen ficava fazendo um monte de perguntas sobre você. Achei esquisito. Eu deveria ter te contado, mas seria estranho também, sabe?

Os pelos da nuca de Stella se eriçam como um cachorro que fareja algo estranho.

— Que tipo de perguntas?

Lorraine dá de ombros.

— Não lembro. Coisas do tipo há quanto tempo somos amigas. Se nos conhecemos na faculdade. Era muita coisa. Coisas pessoais demais, sabe? Eu lembro que achei que ela tivesse algum tipo de atração por você ou algo assim.

Stella assente e olha para o placar. Falta menos de um minuto de jogo e as meninas estão na frente. Ela está profundamente grata pela vitória, porque isso significa que Daisy não vai precisar ser consolada no carro a caminho de casa. A filha vai ficar conversando ou olhando no celular, dando a Stella um tempo para processar essa nova informação.

— Sinto muito. Você está bem? — pergunta Lorraine.

— Estou — diz Stella, e então estende a mão e aperta a de Lorraine. — Obrigada.

No carro, Daisy começa a falar e Stella vai concordando, mas sua mente está em Gwen Thompson.

Por que ela ficou fazendo perguntas sobre Stella? E isso, pelo jeito, bem antes de começar a trepar com Tom?

Stella vê novamente o desprezo no rosto de Gwen.

Engraçado como os círculos se fecham.

— Mãe? Mãe, você está ouvindo?

— Estou — responde Stella rapidamente. — Pintar o rosto para o próximo jogo é uma ótima ideia.

— Não é só pintar o rosto. — Daisy solta um suspiro exasperado. — Sinto que você não estava nem ouvindo.

— Você tem toda minha atenção, Daisy — diz Stella e, de alguma forma, por mais improvável que seja, o sorriso no seu rosto é genuíno.

Ela se concentra no plano de Daisy de combinar laços no cabelo com pintura no rosto, possivelmente comprados na Amazon.

— Ou na Target? — pergunta Daisy.

— Vamos ver primeiro na Amazon. Acho que vai ser mais fácil conseguir tudo em um lugar só — conclui Stella.

Ela com certeza está ouvindo, porque é uma boa mãe. Seu trabalho é a maternidade, e ela se dedicou de corpo e alma a isso. Não é o tipo de mãe que coloca as próprias necessidades em primeiro lugar, não que haja alguma coisa de errado com isso. Definitivamente, não é o tipo de mãe que convida o perigo para entrar em casa. Tom não é perigoso. Não faria nada para ferir ninguém. Ela já o tinha visto salvando aranhas. Ele com certeza não machucaria Stella, nem as crianças e, com certeza, não machucaria a amante.

— Adoro como você e seu pai são próximos — diz Stella, como se suas palavras fossem um encantamento que transformaria Tom na pessoa que acredita que ele é.

— Oi? — Daisy faz uma careta.

— Seu relacionamento com seu pai. É especial. Tipo, eu nunca conheci meu pai.

Daisy dá de ombros.

— Sei lá. Acho que sou muito mais próxima de você. Ah, olha, podemos comprar os laços de cabelo na Trading Company.

Stella suspira, mas, se Daisy ouve, não demonstra.

Em casa, na cozinha, Stella observa Tom fazer coisas normais e não suspeitas. Ele põe um bagel na torradeira e depois passa cream cheese nele. Conta uma piada boba que faz Colin e Daisy revirarem os olhos. Deixa migalhas na bancada. Fica vendo os resultados dos esportes no celular.

Stella o analisa. Quem é aquele homem com quem se casou? Ela observa a mão dele no celular e tenta imaginá-la como um punho cerrado. O som daquele punho no rosto de Gwen.

Ele pode estar traindo Stella, mas não é capaz de machucar ninguém, diz ela a si mesma enquanto Tom ri e conversa com os filhos.

Não machucaria Gwen Thompson nem Stella. E com toda certeza não machucaria Daisy nem Colin.

Ele é bom. Cem por cento de certeza de que não machucaria outro ser humano.

Tom ergue o olhar do celular.

— Droga — diz ele, ficando sério.

— O que foi? — pergunta Stella.

— Eu ia levar o carro para a vistoria nesse fim de semana, mas esqueci completamente.

Stella assente e faz um som neutro.

— A não ser... o que você vai fazer amanhã? Não vai demorar muito, se você quiser fazer isso para mim.

— Amanhã é um dia cheio — diz ela.

Tom faz uma expressão de dúvida.

— Sério? Não dá para encaixar?

As perguntas estão cheias de insinuações. Não é possível que Stella esteja ocupada, porque ela não trabalha de verdade.

— Não, eu não posso — diz ela.

Na sua cabeça, ela prepara sua argumentação. Amanhã tem que assistir ao seminário sobre universidades no auditório da escola, que acontecerá, inexplicavelmente, às nove e meia da manhã. Está previsto para durar duas horas, provavelmente mais por causa das perguntas no final. Depois precisa buscar as roupas de Tom na lavanderia. Essa é uma tarefa que ele mencionou pelo menos três vezes nos últimos dias. Estão sem leite, suco de laranja e barras de cereal, então ela precisa passar no mercado. Além disso, Daisy tem uma consulta de fisioterapia no horário livre, o que significa que Stella precisa voltar à escola à uma e quinze da tarde. Se conseguir levar Daisy de volta à escola às duas e quinze, terá uma hora para responder os e-mails e as mensagens que se acumulam durante o dia antes de os filhos chegarem em casa. Colin tem um jogo às quatro horas da tarde, e mesmo que ele esteja no ensino médio, ainda há uma "recepção com comidinhas" e a participação das mães na torcida é altamente encorajada. Stella acrescenta mentalmente "comidinhas" à lista do mercado. Se tiverem sorte, voltarão do jogo por volta das seis e meia da tarde, e talvez ela consiga se dividir na preparação do jantar e responder a mais e-mails e mensagens.

Esse é o cenário da maior parte dos seus dias.

Tom deveria saber porque ela já lhe explicou tudo, mas ele escolhe achar que a esposa tem tempo livre.

— Talvez você possa fazer isso em algum momento durante a semana? — pergunta ele.

Stella sente a visão ficar turva.

— Esta semana está uma loucura.

— Está mesmo — diz Tom, olhando para o celular. — Um dos meus projetos vai fechar. Se você não conseguir encaixar a vistoria, provavelmente não vai rolar.

— Que bom que existe o Uber — diz ela, com petulância. O que ele acha que ela faz a porra do dia inteiro?

— Sério, Stella? — Ele suspira.

— Tudo bem. — Ela reorganiza mentalmente sua agenda para encaixar a tarefa na quinta-feira. — Vou fazer. Em algum momento desta semana.

— Obrigado. — Ele estende a mão para apertar o braço dela, mas Stella se afasta do toque. — Obrigado mesmo. Eu estou muito sobrecarregado.

— Claro. — O tom dela é seco.

Está pensando em Tom e Gwen no quarto de hotel, enquanto ela completa uma lista interminável de tarefas idiotas. Tom, entretendo os clientes no jantar enquanto ela prepara refeições saudáveis para os filhos. Tom, no escritório, onde goza do luxo de horas de concentração sem ser interrompido.

Com a questão da vistoria do carro resolvida, Tom se acomoda no sofá da sala, pega o controle remoto e aumenta o volume da tv, encerrando a conversa. Stella limpa as migalhas de bagel, coloca os pratos na lava-louças e guarda o cream cheese na geladeira.

Fica olhando para a parte de trás da cabeça dele, retrilhando o caminho que a levou até ali. A vida de Tom se ampliou, e a da Stella se reduziu. Um mundinho minúsculo que girava em torno dos pequenos serezinhos que Tom e ela criaram. Um mundo tão reduzido que, às vezes, parecia não haver espaço nem para Stella.

Ao mesmo tempo, era um mundo de privilégios e sorte. Stella escolheu um conto de fadas, e é isso que a vida dela é.

Casa grande, dois filhos, carro luxuoso... tudo que poderia imaginar.

A questão em relação aos contos de fadas é que essas histórias, na verdade, têm uma inclinação bem sombria. Talvez seja por isso que Stella goste tanto delas.

Sabe tudo sobre tratos que deram errado, jogos secretos de vingança e punição para aqueles que fracassam no teste. Teias tecidas, coisas que se escondem, riscos, recompensas e sangue derramado por uma espada errante.

Não existe algum adágio em todas essas histórias?

Escreva o que você sabe.

Se é assim, Stella está na sua zona de conforto.

26

ABRIL DE 2015

PAULA

No ensino médio, Julie desapareceu nos livros. Eu acordava no meio da noite e via um feixe de luz saindo pela fresta embaixo da porta. Ela ainda não tinha ido dormir. Ficava estudando até duas ou três horas da manhã.

— É como estar morando com uma cientista maluca — dizia eu, brincando.

Ela revirava os olhos. Sabia que ela não achava graça, mas eu estava tentando conversar. Mesmo naquela época sentia que ela estava se afastando.

Foi ideia da Julie que eu fizesse supletivo.

— Você vai precisar disso, Paula — disse ela. — Se quiser fazer qualquer coisa além de ser caixa de supermercado.

— Eu estou me saindo muito bem — respondi.

Ela não disse nada. Aquele era seu jeito de dizer que não concordava. Mais tarde, quando ela estava na escola, procurei saber quais eram os requisitos para entrar no curso de formação policial. Julie estava certa. Eu precisava de um diploma do ensino médio. Ela ficou toda feliz quando eu disse que tinha me matriculado no supletivo.

— Eu vou ajudar você. Vamos estudar juntas — disse.

Quando conto que minha irmã morou comigo durante o ensino médio, as pessoas valorizam muito. Dizem que fiz uma coisa muito boa ao acolhê-la e terminar de criá-la. A verdade é que foi ela que me criou.

Todos os dias, nós duas saíamos para trabalhar. Eu na Albertson e ela, na escola. Em casa, preparávamos as refeições e estudávamos juntas. Eu não estudava havia quatro anos. Aquelas aulas eram difíceis. Eu tinha perdido o hábito da leitura. Nunca havia tido o costume de estudar. Julie sempre sabia quando eu estava prestes a desistir.

— Você quer entrar para o curso de formação policial, não quer, Paula? — perguntava ela.

Ela achou uma foto de uma policial em uma revista. Recortou e colou na nossa geladeira para servir de inspiração.

Ela era só uma criança, mas também era adulta. Um olho no horizonte e outro no futuro de nós duas. Se minha mãe estivesse lá, teria encarado de forma diferente. Diria que o comportamento de Julie era prova de que ela tinha criado a filha muito bem.

Nós duas nos esforçamos muito durante aqueles anos. Outra coisa que fizemos foi tentar entender nossa infância. Aqueles anos eram como a pintura da nossa mãe na parede do celeiro. Na superfície, pareciam uma coisa. Mas quanto mais de perto você olhava, mais percebia que não eram como deveriam ter sido.

Começando pelo nosso pai, nós passamos por todos os namorados da nossa mãe, um por um.

Ao todo, havia seis dos quais sabíamos o nome. Nós duas tínhamos certeza de que tudo tinha começado com meu pai. Que ele tinha sido a primeira vítima, não o primeiro namorado, mas provavelmente ele também foi. Os dois já estavam juntos quando ela tinha quinze anos, e ele foi o modelo para tudo que veio em seguida.

Mas talvez tenha sido o pai dela o verdadeiro modelo. Minha mãe adorava contar histórias sobre os primeiros jogos de vingança que ela fazia depois que ele lhe dava uma surra de cinto. Pequenas coisas, como deixar um ovo apodrecer e colocar um pouco no assoalho do carro.

— Ele nunca conseguiu se livrar do cheiro — contava ela, com uma risada.

O pai dela tinha morrido em um acidente de carro, e minha mãe não escondia de ninguém que acreditava que ele havia tido o que merecia. Se ela teve algum papel naquele acidente ainda é um mistério, mas uma coisa é clara: em algum momento da infância da nossa mãe, a violência e a alegria da vingança se fundiram de forma definitiva em sua mente.

Julie e eu conhecemos o som da violência trancadas atrás da porta do nosso quarto. Quando era seguro sair, víamos as evidências por todos os lados. Os buracos que os punhos do nosso pai deixavam nas paredes. As marcas azuladas no pescoço da nossa mãe, o lábio rachado ou uma costela quebrada que a impediam de rir por uma ou duas semanas. Em vez de short, ela usava aqueles vestidos compridos e largos. Às vezes, cruzava as pernas, deixando à mostra marcas amareladas que se assemelhavam a algum tipo de doença.

Apesar do que sei do amor da nossa mãe por jogos de vingança, acho que o que aconteceu com nosso pai foi um acidente. Ele bateu nela, e ela revidou com um pouco de força demais.

A respeito daquele golpe inicial, há uma sólida argumentação de legítima defesa, mas toda a argumentação cai por terra em algum momento entre a lona e o rio.

— Ela só estava nos protegendo. Não é como se ela fosse uma assassina em série nem nada — disse Julie.

Minha irmã precisava que isso fosse verdade por causa de Kevin. Eu entendia. Inclusive concordava com ela.

— As pessoas acham que é o parto que mata as mulheres — nos disse nossa mãe. — Mas se esquecem de que tudo sempre começa com um homem.

Durante o tempo que passei na força policial, aprendi que criminosos costumam ser desleixados. Mas nossa mãe era o oposto. Cuidadosa ao máximo.

A última pessoa que a chamou de Sharon foi nosso pai. Depois disso, houve uma série de nomes falsos: Chris, Jen e Tina. Se algum dos namorados começava a se gabar, nossa mãe se certificava de que ele não estivesse usando um nome que poderia levar a ela. Os dois até podiam ter se conhecido em um bar, mas ela logo declarava que não gostava de multidões. A comida não tinha um gosto bom quando outras pessoas preparavam. Gostava mesmo era de ficar em casa. Talvez exista algum homem por aí que não goste de ficar em casa e ter uma namorada que cozinhe para ele, mas eu nunca conheci.

— Que tal eu preparar um bife com batatas assadas e depois vamos lá para cima?

Ainda me lembro da minha mãe dizendo isso, acompanhado por um sorriso que deixava bem claro o que significava "lá para cima". Se fosse o tipo de cara que recusaria esse convite, ela não o levava para casa.

O que achei mais difícil de entender foi a definição da nossa mãe de segurança. Para mim, isso era ainda mais confuso do que a maneira como ela conseguia lidar com aquilo tudo. Foi só quando entrei para a polícia que percebi o quanto minha mãe contava com a própria invisibilidade como mulher.

Ela sabia que se a polícia se deparasse com um acidente de carro que envolvesse uma garrafa aberta de Jack Daniels, só fariam uma investigação superficial. A mesma coisa em um caso de derrame ou insuficiência hepática. Por que buscar uma causa, se era possível definir os sintomas?

Durante o segundo ano de Julie no ensino médio, ela voltou à biblioteca. Buscou microfichas de novo e passou por todos os jornais de Livingston. Fez cópias de todos os obituários que listavam homens que tiveram mortes inesperadas ou desafortunadas e as arquivou em uma pasta.

— Bonito. — Eu me lembro de ela dizer ao me mostrar um dos obituários.

Eu li:

— Insuficiência hepática. E ele era jovem demais.

— Se é um dos dela, tenho certeza de que mereceu. O mundo está melhor sem ele.

O jeito que ela disse aquilo provocou um frio na minha espinha.

Naquela época, já tinha ficado bem claro que Julie ia entrar na faculdade. Ela só tirava dez. Imaginei que fosse ser em alguma instituição local por dois anos, e então ela terminaria a formação em alguma cidade próxima. Não sei por que achei que pudesse prever o futuro da minha irmã assim. Ela havia dito desde o início que seria algo que eu jamais imaginaria.

No último ano, os grandes envelopes amarelos começaram a chegar. Ela abria todos e os colocava de lado. Então recebeu um da UCLA, na Califórnia.

— É uma bolsa integral, com tudo pago — disse ela, espalhando todos os documentos na mesa da cozinha.

— Califórnia. — Só de pensar, senti um aperto na garganta. — Você vai mesmo para a Califórnia?

— Vou.

Eu me lembro perfeitamente do brilho nos olhos dela. Julie estava fazendo exatamente o que nossa mãe nos ensinou a fazer.

Minha irmã tinha feito um plano para sua vida, e não era um plano qualquer. Como ela disse, era algo muito maior do que eu ou minha mãe poderíamos imaginar.

Eu não tinha como segurá-la.

Ela não precisava me dizer o que aconteceria quando chegasse a Los Angeles. Estava escrito em seu rosto. Não havia limites para aquela garota. Ela transformaria a própria vida em um diamante brilhante. Vi isso em seus olhos.

Dei um abraço apertado em Julie quando ela entrou no ônibus para Los Angeles. Não importava que meus amigos me dissessem que ela voltaria em breve, que sentiria saudade e viria me procurar. Eu sabia que era um adeus. Meus amigos não sabiam nada da Julie. Nem sequer o nome verdadeiro.

— Vou escrever — disse ela.

E ela escreveu. Três vezes.

A primeira foi um cartão-postal com uma foto da praia. No verso, ela escreveu: "Eu consegui, Paula!". As palavras dentro de um grande coração.

Na segunda vez, escreveu uma carta me contando sobre o campus. Estava repleta de palavras que eu nem sabia como pronunciar.

Depois, não tive notícias por um longo tempo. Sabia que eu deveria escrever para dizer que tinha entrado para o curso de preparação policial, mas ficava protelando. Estava esperando para poder contar que eu tinha me formado. Assim que aconteceu, escrevi e mandei uma foto. Disse que eu faria parte do departamento de polícia de Livingston.

Ela respondeu rapidamente.

Eu sabia que você conseguiria, Paula! Estou muito orgulhosa. Sinto muito por não escrever mais, mas você está sempre nos meus pensamentos.

Você é o motivo de eu ter chegado tão longe. Você é minha irmã e minha melhor amiga. Não existe ninguém no mundo capaz de entender o que você e eu compartilhamos. É por isso que entendo sua decisão. É difícil deixar o passado para trás. Não existe nada que possa substituir a família. Tenho certeza de que esse é um dos motivos de você voltar para Livingston.

Mas eu ainda não estou pronta para voltar. Nem sei se um dia vou estar. Estou escrevendo minha história do jeito que nossa mãe nos ensinou. É por isso que preciso esquecer a pessoa que eu era no passado. Você é a última conexão que tenho com a Julie, mas chegou a hora de deixá-la partir para outra.

Só quero que saiba, acima de tudo, que eu te amo.

Ela escreveu na língua que falávamos desde a infância. Depois de ler a carta, desmoronei e comecei a chorar. Entendi o que ela estava pedindo e que eu tinha que deixá-la partir.

E, por um tempo, foi o que fiz.

PARTE QUATRO

27

OUTONO

STELLA

Os dias de semana são a calmaria antes da tempestade. A tempestade obviamente são as noites, as manhãs antes de as crianças irem para escola e Tom sair para o trabalho, o fim de semana e qualquer coisa considerada como "descanso em família". A tempestade são os filhos e o marido ocupando espaço demais naquela casa grande demais, exigindo saber aonde ela foi, aonde está indo, chamando seu nome.

Querida? Stell?

Mãe, mãe, mãe?

Amor?

Mãe?

Stella?

Mããããããe!

É uma tempestade que a derruba, o que não quer dizer que ela não ama as pessoas que fazem isso. De alguma forma, por mais improvável que seja, a tempestade e seu amor por quem a provoca coexistem. Não há palavra para aquela desconexão. Os filhos são uma das grandes alegrias da sua vida, mesmo que não façam ideia do que ela faz o dia todo.

Stella não usa isso contra eles. É bem apropriado, do ponto de vista do desenvolvimento, que adolescentes sejam autocentrados.

Quanto a Tom, são outros quinhentos. Ele *deveria* saber. Deveria *ser* melhor.

Ela começa a se lembrar, com saudade, da época quando recebia um salário para trabalhar. A quantia parecia astronômica. Tão alta que precisou se convencer de que não era um erro. Pela primeira vez na vida, se permitiu fazer compras sem ficar de olho na etiqueta de preços. Um par de sapatos, uma caixa de macarons coloridos embalados como uma obra de arte ou um batom de farmácia que ela jogava na bolsa.

A questão nunca era o que comprava.

Era a liberdade.

Stella está cansada de explicar cada movimento e cada decisão.

Pega o café e se senta, curvada, à escrivaninha da cozinha. A única coisa que não precisa justificar ou explicar é a quantia de dinheiro que ela e Tom guardam para a faculdade das crianças. Stella trocou a carreira pelo custo de criar os filhos e faria isso de novo. Cada vez que avalia os investimentos dos filhos, *ha-ha*, é um lembrete de que criou um futuro seguro para eles. Além disso, aqueles valores em constante crescimento, impulsionados pelo mercado de ações, funcionam como uma espécie de cobertor de segurança para Stella. Algo para envolvê-la quando se sente ansiosa.

Ela só precisa de dois cliques para abrir a conta universitária, mas espera porque a gratificação é melhor depois de um breve adiamento.

Primeiro, verifica a conta-corrente. Enquanto agenda os pagamentos, sente que vai se acalmando. Depois segue para as contas de aposentadoria. Tom deve ter atualizado a senha porque ela não consegue entrar. Ela bufa. Isso é irritante, mas provavelmente não vale a pena enviar uma mensagem enquanto ele está no trabalho.

As contas universitárias. Ou, como Stella as considera, as joias da coroa do portfólio da família Parker. O investimento cuidadoso dela fez com que o dinheiro das duas contas crescesse para garantir que os filhos ficassem livre de dívidas e insegurança financeira.

Colin e Daisy não fazem ideia de como têm sorte.

E Stella não mudaria nada.

Abre primeiro a de Colin. Clicando, estuda o saldo, mas não está certo. Deveria haver mais. Muito mais. O coração começa a disparar quando ela clica nas transações mais recentes.

O que vê faz sua boca secar.

Alguém (só podia ser o Tom) transferiu uma quantia equivalente a dois terços da conta. Uma transferência para uma conta desconhecida.

Chocada, ela abre a conta de Daisy e se depara com uma transferência semelhante.

A primeira reação é de pânico. Com as duas transferências, a poupança para a universidade dos filhos foi dizimada.

O que Tom fez?

Liga para ele, mas cai direto no correio de voz. Liga novamente e, mais uma vez, cai no correio de voz. Na terceira vez, ele atende.

— O que foi? — Ele soa impaciente.

— O que aconteceu com a poupança das crianças?

— Você não lembra? Nós conversamos sobre isso.

— O quê? Não conversamos, não.

— Conversamos, sim. Lembra que eu disse que ia investir em uma empresa de comida sustentável?

— Com o dinheiro da nossa poupança. Não o fundo para a universidade das crianças.

Ele solta um suspiro longo e cansado.

— Eles precisavam de uma quantia maior para entrar do que eu imaginei. Eu fiz toda a pesquisa, e é uma oportunidade incrível. A empresa se chama Regenerative e domina o mercado de suprimentos de comida preparada de forma sustentável. Você pareceu aceitar bem quando conversamos na outra noite. Olha, eu tenho que atender outra ligação, mas você pode pesquisar. A gente conversa melhor hoje à noite.

— Tom — diz ela, mas ele já desligou.

Stella encara o telefone para se certificar. Sim, ele desligou mesmo. Ela tenta não se irritar com aquilo, mas não consegue.

— Ele tinha que atender outra ligação — diz ela em voz alta.

Mas, em vez de acalmá-la, isso só a faz ferver de raiva. Stella se lembra vagamente da conversa que tiveram na noite do leilão. Tinha certeza de que o marido havia dito que usaria o dinheiro da poupança pessoal dos dois. Teria feito mais perguntas se ele tivesse mencionado o dinheiro da universidade dos filhos. Agora, fica se perguntando se aquela concordância anterior a torna, de certa forma, cúmplice.

Ainda assim, Tom deveria saber que aquilo era errado. Aquele dinheiro era *dela*. Era o dinheiro que Stella tinha economizado, administrado e feito render para os filhos.

Sentindo-se como uma funcionária de baixo escalão que recebeu uma tarefa de pesquisa, ela digita "Regenerative Foods" no laptop. Como Tom disse, é uma grande fornecedora de alimentos sustentáveis para grandes redes nacionais de alto padrão. A questão é que é uma empresa de capital fechado, mas existem rumores de que vai abrir em breve.

Nos primeiros cinco anos que Stella advogou, antes de começar a trabalhar em uma pequena firma elegante, lidava frequentemente com abertura de capital. O processo é como andar na corda bamba. Ela sabe que exige preparo e estratégia no período que antecede ao pedido de abertura na Comissão de Valores Mobiliários e Câmbio. São necessários bilhões de dólares para manter um pedido potencial em segredo enquanto os detalhes são resolvidos.

Bilhões de dólares e o meio milhão que Tom transferiu de forma unilateral do fundo universitário dos filhos. Uma raiva primitiva cresce dentro dela.

A única explicação em que consegue pensar é que o marido tem algum tipo de informação privilegiada, o que seria ilegal, mas pelo menos explicaria por que estava sendo tão evasivo. Abre a página "Quem somos" do site da Regenerative para ver se reconhece alguém ou se há alguém da escola ou da faculdade de Tom, mas não reconhece ninguém. Lê as biografias, mas é apenas um texto genérico de sites corporativos. Esfrega os olhos e percebe que a cabeça está latejando.

Por que Tom não conversou com ela antes?

Eu sempre cuidei de você, não é?

As palavras dele da noite do leilão voltam à sua memória. Aquilo a tinha incomodado. Tarde demais, compreende o motivo. Sente-se desvalorizada. Eles deveriam ser iguais no casamento, cada um cumprindo sua parte no acordo. Mas aquelas sete palavras a reduziram a uma dona de casa dos anos 1950, obrigada a depender das "melhores" decisões do marido.

O que vão fazer se esse investimento de risco não der certo?

O pensamento faz seu estômago se contrair. Corre para o lavabo que redecorou três anos atrás e vomita. Quando termina, desaba no chão.

Precisa de um plano.

Especificamente, um plano B.

Um fundo de emergência.

Do tipo que nunca deveria precisar.

Ela se levanta e, apesar da sensação de zunido na cabeça, desce a escada até a lavanderia. Faz uma pausa para passar a roupa da lavadora para a secadora, depois abre o painel secreto e sobe a escada para o único lugar que é apenas dela.

Vai direto para a gaveta da escrivaninha que contém a caixa de fotografias e o fundo falso. Não é como se fosse esfaquear Tom, embora não colocasse a mão no fogo caso o marido estivesse presente. Não, ela precisa do canivete, porque é um símbolo. Um símbolo daquilo a que ela sobrevivera. Também sobreviveria ao que estava acontecendo.

Todos nós temos um passado, e é disso que Stella precisa agora. Uma prova de que a pessoa que ela deixou para trás ainda existe.

Tira as fotos da caixa, notando como parecem leves. Com mãos trêmulas, remove o fundo falso.

O canivete não está lá.

Impossível. Aquele é o espaço secreto dela. Uma casa da árvore particular, onde ninguém mais pode entrar.

— Não, não, não — sussurra ela, procurando atrás da gaveta.

Será que se esqueceu de colocar de volta na caixa? Será que escondeu em outro lugar? Ela tira a gaveta e espalha todo o conteúdo no chão.

Não encontra o canivete.

Durante todos esses anos, considerava o canivete uma prova da sua força e resiliência. Mas, pensando bem, poderia ser, na verdade, um tipo de prova diferente.

Stella não sabe muita coisa sobre DNA. Não era aquele tipo de advogada, mas sabe o suficiente para imaginar que ainda pode haver DNA antigo nos sulcos das estrelas entalhadas no osso. Um resquício de sangue ou pele poderia mudar toda a vida de Stella. Não importa que é dela e não dele. Seria o suficiente para estabelecer um motivo. Ligaria Stella ao próprio passado. Destruiria toda a vida que ela criou, revelaria o que ela escondeu e a colocaria na cena do crime. Mesmo não sendo esse tipo de advogada, se lembra das aulas de criminalística que assassinato não prescreve.

Eu sei o que você fez.

A mensagem no celular de Gwen volta à lembrança.

Um aviso.

A adrenalina faz seu sangue disparar.

A resposta mais provável é que a própria Stella pegou o canivete.

Já fez esse tipo de coisa no passado. Escondido tão bem, que ela escondeu de si mesma. Uma vez, achava que o tinha perdido, até encontrá-lo escondido na costura interna de um antigo casaco de lã. Tenta se lembrar da última vez que segurou o canivete, mas a lembrança que surge é de quando suas mãos eram menores e mais jovens. Ainda trêmula, enquanto fechava a porta atrás de si.

Uma gaveta diferente?

Ela abre todas. Espalha o conteúdo no chão.

Não acha o canivete.

— Não — diz Stella. A única sílaba sai como um choramingo lastimoso.

Joga tudo de volta nas gavetas depressa e desce correndo. Na cozinha, verifica se recebeu alguma mensagem de texto. Ninguém a procurou. Ela se obriga a tomar um copo d'água. Respira fundo algumas vezes.

Você está no controle, diz a si mesma. Você decide o que vai acontecer agora.

Stella volta ao porão e procura pelas caixas de quinquilharia. Brinquedos antigos. Roupas de bebê, projetos e material de arte na forma de canetinhas secas e um monte de lápis presos por um elástico. Acha uma caixa de bonecas Polly, quatro gameboys DS com os bonecos Skylander que os filhos amavam colecionar e uma pasta cheia de cartas Pokemon. Livros infantis de capa dura repletos de lindas ilustrações, brinquedos de madeira de preço exorbitante e, por fim, lá está.

Um urso de pelúcia com uma câmera escondida na barriga. Um presente que ganhou no chá de bebê, se não lhe falha a memória. Ela o pega e sobe correndo para procurar pilhas.

Ela o leva de volta para seu esconderijo que talvez não seja mais tão secreto. Coloca o urso na mesa com uma pilha de cartões de indexação no colo. Se foi Tom que invadiu seu espaço particular, não vai lembrar que o ursinho é equipado com uma câmera. Tom nem consegue se lembrar das palavras do livro *O gatola da cartola*, o favorito de Colin, que ficou gravado na memória de Stella para sempre.

Se o invasor for Colin ou Daisy... Ela faz uma pausa. Quais as chances de os filhos descobrirem um quarto secreto e não comentarem nada?

Sinceramente, as chances de Stella ganhar na loteria são mais altas.

Com isso, só lhe resta Gwen, que talvez seja a opção mais provável. Mas como é que Gwen saberia do quartinho secreto?

Por que entraria na casa de Stella?

Pelo menos aquela pergunta tem uma resposta clara.

Stella pega a bolsa, olha para o celular de novo para se certificar de que ninguém precisa dela. Então, sem hesitar (tudo bem, com uma pequena hesitação), ela o desliga. Se Tom pode fazer isso, ela também pode, diz a si mesma enquanto tira o carro da garagem.

Dirige rápido demais e para perto de Arlington. Enquanto corre pelo estacionamento em direção à ponte, treina a história. Se alguém a parar, vai dizer que saiu para correr.

Fazer um pouco de exercícios.

Ao ar livre para aproveitar o lindo dia.

Ela segue pela trilha e passa por baixo da ponte. Passando pelos arbustos como se fosse um animal selvagem. Faz um ajuste mental do que vai dizer.

Estou procurando plantas aquáticas para o projeto de ciências do meu filho. Que mãe superprotetora! Hahaha.

É loucura. É ridículo.

As pessoas disseram que ela havia se tornado uma propriedade pública quando aquela barriguinha de grávida começou a aparecer. Avisaram que receberia conselhos não solicitados e que as pessoas tocariam na barriga como se não fosse uma parte do seu corpo. Estava menos preparada para o grupo de residentes que se reuniu na sala de parto para observá-la dar à luz. Pernas escancaradas, reduzida a um animal nu, gritando em uma cama.

Mas por algum motivo ela presumiu que a transformação em propriedade pública fosse algo temporário. Ninguém avisou que seria um aspecto permanente da maternidade. Ninguém avisou que tudo que fizesse precisaria ser explicado. Cada lanche analisado. Cada escolha, desde o algodão orgânico da roupa de bebê até a preparação para um teste de responsabilidade social seriam um convite para comentários públicos. Stella pensa nas mulheres do século XIX, enviadas para sanatórios por usarem "linguagem abusiva" e sabe, com uma certeza arrepiante, que eram apenas mulheres que enlouqueceram por terem que dar a porra de uma satisfação para tudo que faziam.

Privilégio. A palavra corta. Não é que ela não goste do privilégio, mas o dela é tão condicional e dependente dos outros. Não que seja inútil, mas com certeza não é rentável.

A pedra que tinha usado para marcar o lugar havia caído.

Será que um cachorro passou por ali?

Talvez um racum?

Ela sente o suor frio escorrer pelas costas.

Stella se agacha e começa a cavar com as mãos. Não tinha enterrado muito fundo. Deveria ser fácil de encontrar o saco com o prêmio escondido. Ela vai cavando mais fundo, mas não encontra nada. Cava em volta da área como uma louca, mas não encontra nada.

O celular desapareceu.

Qualquer um pode ter pegado, diz a si mesma.

Uma pessoa em situação de rua. Uma criança. Todos aqueles velhos com detector de metais e tempo demais para gastar.

Mas seu corpo sabe a verdade. Sente a visão ficar turva, enquanto a escuridão vai se fechando como se fosse desmaiar. Vai até o riacho e lava as mãos.

Sua mente está repleta de recriminações.

Por que enterrou o celular? Pareceu uma boa ideia no meio da noite, mas agora vê a situação sob outra perspectiva.

Está literalmente enlouquecendo.

É uma compreensão que põe em dúvida todas as outras decisões que tomou. Toda a sua vida se revelou uma fraude. Uma mulher fingindo ser alguém que não é. Pelo menos a mãe dela tinha um plano B. Stella nem isso tem. Confiou em Tom e no mito da felicidade doméstica. Abandonou a própria narrativa. Permitiu que se tornasse um personagem coadjuvante e sem importância na trama. Confiou tão cegamente no marido que ele se sentiu com o poder de fazer um investimento arriscado com o dinheiro que ela guardou para os filhos sem ao menos consultá-la.

Agachada na beira do riacho, Stella leva a mão ao rosto e começa a chorar baixinho.

— Oi. Oi, você aí embaixo.

Uma mulher mais velha, passeando com um poodle, olha lá da ponte.

— Está tudo bem? Você precisa de ajuda?

— Está tudo bem — diz Stella, levantando-se e enxugando as lágrimas. — Desculpe. Eu só estava fazendo uma caminhada. Meus filhos brincavam aqui. Acho que são os hormônios.

Culpar o próprio corpo é uma prática aceitável que ela aprendeu na aula de educação física na escola.

A mulher mais velha assente.

— Vai piorar antes de melhorar — diz ela em tom alegre, antes de retomar a caminhada.

Stella a observa se afastar, enquanto considera as alternativas, e decide que foi uma vitória.

Quando volta ao carro, percebe que o dia se esvaiu. Liga o celular e observa as mensagens aparecerem. Consultas no dentista para confirmar. Horas de trabalho voluntários para Daisy e Colin que ela precisa verificar. Colin mandou o rascunho de um trabalho de escola para ela ler. Tom mandou uma mensagem uma hora atrás.

Tenho alguns minutos se você quiser conversar.

Ela revira os olhos.

O que tem a dizer não cabe em alguns minutos.

O professor particular de física de Colin vai chegar em quarenta e cinco minutos. Insiste que Stella esteja presente. Ficar a sós com os alunos é um risco, explicou ele. E é claro que Stella entende. É claro que, mesmo que Tom tenha insistido que Colin precisava de um professor particular, é ela que deve ficar em casa para tomar conta de tudo.

Enquanto dirige de volta para casa, pensa em Daisy e Colin. Ela os ama mais do que imaginava ser possível amar alguém. Seu corpo os criou do nada, e Stella vai usar esse mesmo corpo para protegê-los. Passar (investir) toda a vida em nome deles.

Tudo que eu faço é por vocês, meninas.

Stella é muitas coisas, mas não é a mãe dela. Apesar de se parecerem fisicamente. E apesar da forma como a própria voz, às vezes, a pega de surpresa por soar como a da mãe.

Seu plano era ser melhor do que a mãe, mas entregou o controle da própria vida para Tom.

E é obviamente por isso que os pensamentos de Stella estão na mãe. Achou que tinha deixado Julie para trás. Achou que tinha chegado a um lugar seguro, onde poderia baixar a guarda, mas isso não existe. Se você não escrever a história, não existem garantias.

Aquela foi a primeira lição da sua infância, da qual, de alguma forma, ela havia se esquecido.

Agora precisa se lembrar de tudo que lutou tanto para esquecer.

Precisa recuperar a própria história.

28

ABRIL DE 2015

PAULA

Não foi difícil tomar a decisão de me mudar para Livingston. Eles tinham uma vaga, e eu me candidatei. Quando consegui o emprego, era como se o destino estivesse me chamando de volta para casa. Minha irmã tinha partido para sempre. Aquele emprego parecia um sinal de que era o momento de me reconectar com minha mãe.

Durante o treinamento, meu chefe me colocou como parceira de um cara chamado Adam Schaeffer. Ele tinha uma longa carreira no departamento de polícia da cidade, mas ao que parece tinha tido alguns problemas antes de eu chegar. Ninguém tocava no assunto, mas era o tipo de problema que condenava a pessoa para sempre ao trabalho burocrático ou a treinar a primeira policial do sexo feminino. Embora, de acordo com Schaeffer, tenha sido ele a dizer para o departamento de polícia de Livingston que já estava mais do que na hora de contratar uma mulher.

Eu não ligava muito para o passado de Schaeffer porque lidávamos um com outro como uma casa pegando fogo. Eu era uma jovem policial em uma pequena cidade conservadora no início dos anos 1990. Schaeffer era um policial burocrático. Éramos os parceiros desajustados, o que era perfeito. Eu gostava dele, e o sentimento era recíproco. Mais importante, eu o respeitava. Ele era um cara inteligente, que me ensinou tudo que eu precisava saber para investigar um caso.

Pesquisar, dar um passo para trás, circular. Não fazer suposições. Dar atenção ao caso até que tudo finalmente se encaixe.

Schaeffer foi um dos primeiros a começar a usar a internet. Entendeu como funcionava antes que a maioria das pessoas soubesse que ela sequer existia. Antes da internet, o mundo parecia maior. Um lugar onde você poderia se perder, perder a si mesmo ou uma combinação das duas coisas.

Quando Schaeffer me mostrou as possibilidades do mundo digital, não consegui entender.

— Mas onde fica? — repetia eu, imaginando que existisse algum tipo de sede.

— Em lugar nenhum e em todos os lugares — respondia ele, com um sorriso.

Na época, o conceito de algo existir em um lugar que você não poderia tocar era completamente descabido.

Vendi a casa de Hermiston, o que me rendeu dinheiro suficiente para comprar uma casinha. Nos primeiros meses em Livingston, eu vivia sobressaltada. Sempre tensa.

Estava morando na mesma cidade que minha mãe, mas não a procurei. Depois de tanto tempo, eu não sabia direito como fazer isso.

Só que não precisava ter me preocupado. Minha mãe só estava esperando a hora. Uma tarde, atendi o telefone e ouvi a voz dela do outro lado:

— Achei melhor dar um tempo para você se ambientar.

Sem preâmbulo. Sem nem um oi.

— Como sabe que eu voltei?

— Li no jornal. A nova recruta do departamento de polícia de Livingston. Estou muito orgulhosa de você, Paula.

Já fazia dez anos que eu tinha saído de casa. Uma década inteira. Eu já estava mais perto dos trinta do que dos vinte. Eu me sentia velha e sábia, mesmo não sendo. Aquele elogio foi como um raio de sol na primavera, derretendo todas as perguntas que eu deveria ter feito.

As perguntas haviam começado muito tempo antes, mas o curso de formação policial me ajudou a colocá-las em termos específicos.

De que forma uma mulher que não pesa mais que cinquenta quilos, ensopada, consegue arrastar um homem por quase um quilômetro sem deixar vestígios? Mesmo com a ajuda de uma garotinha de doze anos. Parece provável que teria deixado alguma pista.

De que forma essa mesma mulher conseguiu manipular agiotas armados? Não faria mais sentido se ela tivesse devolvido o dinheiro? E de novo, como ela conseguiu comprar minha casa em Hermiston?

E a pergunta mais importante de todas: o que aconteceu com todos aqueles namorados de quem eu me lembrava? Os vagabundos fracassados que corriam atrás dela como cães atrás de uma raposa?

Não seria mais provável que simplesmente tivessem ido embora? Ficado cansados dela?

Caso contrário, era de imaginar que alguém teria notado. Alguém teria ligado os pontos. Seguido a trilha que levava da porta dela para múltiplos desaparecimentos.

O tempo e a distância me fizeram duvidar do que eu sabia e suavizaram as lembranças que tinha da minha mãe.

Disse a mim mesma que com certeza era uma das duas coisas: um péssimo trabalho policial ou uma péssima memória da minha parte. Quando entrei para a equipe de Livingston, estava convencida de que era a segunda opção. Foi por isso que não hesitei quando ela me convidou para um encontro na lanchonete da cidade.

No dia depois que minha mãe telefonou, Schaeffer me chamou. Ele estava digitando no computador. Naquela época, só havia um para todo o esquadrão.

— Olhe isto, Paula — disse ele. — A magia da internet. É possível comprar macarrão italiano. Eles enviam da Itália e você nem precisa sair de casa.

— Não vai estar fresco quando chegar aqui — falei.

— Não se você pagar a mais pelo envio — retrucou ele, com um sorriso. — Tenho uma amiga que gosta de cozinhar. Talvez você possa jantar com a gente um dia desses.

Depois que ele se levantou, não consegui resistir a fazer algumas pesquisas. Schaeffer estava certo sobre conseguir encontrar todo o mundo usando apenas um teclado. Tudo, desde massa italiana até pessoas desaparecidas. Eu estava comprometida a deixar Julie viver a vida dela, mas vacilei ao notar como era fácil encontrar informações. Achava que não faria mal se descobrisse para onde ela tinha ido.

No dia que deveria encontrar com minha mãe, cheguei cedo e esperei. Minhas mãos estavam tão suadas que tive que esfregá-las na calça jeans. Eu era uma mulher-feita e com uma carreira. Não tinha motivos para estar tão nervosa. Disse a mim mesma que tudo era diferente agora. Ela não exercia mais aquele poder de quando eu era uma garotinha.

Foi quando a vi atravessando o estacionamento que percebi que eu tinha entendido tudo errado.

Minha mãe entrou na lanchonete como um sopro de vento forte. As pessoas se viravam para olhar, mas seu foco estava em mim. Ela quase não tinha mudado. O mesmo cabelo comprido descendo pelas costas como o de Ariel, a pequena sereia. O mesmo sorriso que iluminava os olhos. Aquilo me fez pensar naquelas garrafas de vinho chique das quais você ouve falar. Do tipo que ficam melhor com a idade.

— Paula — disse ela, sentando-se na banqueta de couro vermelho de frente para mim.

O canto dos lábios da minha mãe se levantou, e vi todas as respostas para minhas perguntas em seu rosto. Não tinha sido um péssimo trabalho policial nem uma péssima memória da minha parte. Eu tinha permitido que o tempo e a distância a reduzissem. Naquele momento, enquanto ela olhava para mim, eu conseguia sentir sua força, a forma como tecia as palavras em algo que parecia um pouco como mágica.

— Você parece bem.

— Eu *estou* bem. — Minhas palavras soavam defensivas.

— Sinto muito que seu casamento não tenha dado certo — disse ela, empurrando um envelope na mesa na minha direção.

Lá dentro, havia uma certidão de divórcio.

— Agora que você é uma policial, imaginei que fosse querer tudo certinho. — Quando eu não disse nada, ela continuou: — Eu deveria ter imaginado que você acabaria entrando para a polícia. Para você, tudo sempre foi uma questão de controle.

— Como assim?

Minha mãe se inclinou e o cabelo dela formou uma cortina em volta do rosto. De repente, eu tinha seis anos de novo. Precisei me controlar para não estender a mão e pegar as mechas como eu fazia quando ela me colocava para dormir.

— Você sempre guardava alguma coisa porque achava que ajudava a controlar a narrativa. É por isso que não funcionou para você. Precisa acreditar no processo de criação. Jogar-se na corrente e deixar-se levar pelo rio.

— Como meu pai? — sibilei.

Se acreditei que poderia pegá-la desprevenida, foi só porque me esqueci de quem ela era.

— Eram tempos felizes na sua memória?

— Sim, eram. Quase sempre.

Fiquei observando enquanto ela revirava minhas palavras na cabeça.

— A felicidade que você sentia, Paula, fui eu que criei. Tirei o sofrimento e criei alegria para você e para Julie. As coisas que teriam feito vocês infelizes... — Ela fez uma pausa para escolher as palavras. — Eu as engoli inteiras para que vocês não precisassem senti-las. O mundo quer que a gente acredite que as mulheres encontram segurança em um homem, mas existe um jeito mais eficaz. Você se lembra quando descobrimos?

A garçonete chegou e minha mãe abriu um sorriso para a pobre mulher. Observei as duas travarem uma longa conversa sobre os méritos da torta em relação a um bolo. Fiquei sabendo que o bolo era caseiro e feito com mirtilos.

— Acaba bem rápido — avisou a garçonete.

Minha mãe a conquistou. Dava para ver no rosto dela.

— Pode trazer duas fatias. Com creme de chantilly — pediu minha mãe.

— Vou ter que ver. Talvez o chantilly tenha acabado — disse a garçonete.

Minha mãe sorriu.

— Ah, não custa nada fazer um pouco mais, não é? Principalmente se uma das clientes está com desejo.

A garçonete ficou com o olhar um pouco vidrado e abriu um sorriso. Como se não conseguisse controlar o que estava saindo da própria boca.

— Desejo? — repetiu ela. — Sabe, eu mesma posso preparar o chantilly.

— Seria ótimo — disse minha mãe.

Depois que a garçonete se afastou, a atenção da minha mãe voltou para mim.

— Você se lembra dos homens que vieram depois que seu pai partiu para outra?

Quando assenti, ela sorriu como se tivesse ganhado um prêmio.

— Depois que eles foram embora, encontramos um tipo melhor de felicidade. As pessoas dizem para as menininhas que a felicidade está em um vestido branco e em ser entregues como propriedade para outra pessoa. Mas você, eu e Julie, nós sabíamos que não. Lembra-se de como foi se sentir livre do seu pai e das coisas que ele fazia? Aquilo era melhor do que a felicidade. Era a mais pura alegria. Não precisávamos de nenhuma fachada.

Esse é o lance engraçado sobre a memória. Você pode enterrar momentos bem no fundo da sua mente, tão fundo que nem sabe que estão ali. Então, sem aviso, eles ressurgem de forma tão clara que você nem entende como os tinha esquecido.

Eu havia me esquecido do que acontecera depois que os homens foram embora. Me lembrei do jantar enorme que nossa mãe preparou. Todos os nossos pratos favoritos: batatas rosti do congelador, uma grande tigela de framboesas para a Julie e picles para mim. Ovos fritos com queijo e torradas cortadas em triângulo cheias de manteiga porque era mais chique comer assim.

Quando não aguentávamos comer mais nada, minha mãe disse para calçarmos as botas. Nós três fomos até o celeiro. Minha mãe no meio, segurando uma em cada mão.

— Vocês reconhecem isto, meninas? — perguntou ela, depois de acender a luz do celeiro.

Ficamos olhando para o azul-escuro que pintava a parede, a encarnação inicial de sua pintura. Nós duas negamos com a cabeça, esperando que ela explicasse.

— É o céu noturno. Estão vendo, aqui vai ser a Ursa Maior e a Menor — disse ela, traçando uma linha. — E aqui vamos ver Órion.

— Você vai pintar o céu inteiro? — perguntou Julie, olhando para a parede.

Minha mãe riu e se abaixou para dar um beijo em cada lado do rosto dela.

— Acho que não vai chegar a tanto. Não, o que vocês precisam saber é que esta pintura é um mapa para o futuro de vocês.

Depois disso, saímos do celeiro, subimos a colina e entramos na trilha da floresta. Caminhamos pela trilha como estava no esboço da pintura até que ela tivesse certeza de que tínhamos entendido.

Quando estávamos na floresta, ela nos puxou para um abraço apertado. Uma de cada lado.

— Vejam bem, aconteça o que acontecer, vocês sempre vão estar seguras. Este é o plano B de vocês. Vocês entendem?

Eu gostaria de dizer que não tínhamos entendido.

Gostaria de dizer que minha mãe estava errada, mas isso seria mentira. Assim que entendi o que a pintura representava, aquilo me encheu de algo limpo e puro. A certeza de que, acontecesse o que acontecesse, nós sempre teríamos algo com que contar.

Não existe nenhum tipo de felicidade mais perfeita do que essa.

Minha mãe viu a mudança no meu rosto e sorriu.

— Você lembrou.

Não era uma pergunta, mas assenti do mesmo modo.

Ela estendeu a mão por cima da mesa para pegar a minha.

— Ainda está lá. É de vocês. Tudo o que eu fiz. Tudo foi para me certificar de que você e Julie sempre estariam seguras.

Eu poderia ter lembrado a ela de que eu era uma policial. Dizer que tudo que minha mãe havia feito era ilegal e que eu não queria ter nenhuma ligação com o mapa nem nada daquilo. O único problema é que eu já fazia parte de tudo. É disso que estou falando quando me refiro às histórias da minha mãe. É fácil ficar tão emaranhada a ponto de ser impossível sair.

Também é possível que eu não quisesse sair.

É difícil abrir mão daquele tipo de segurança.

A garçonete chegou com o café e o bolo com creme de chantilly fresco. Minha mãe soltou minha mão e concentrou toda a sua atenção na mulher. Que gentileza a dela preparar o creme fresco só para nós. O bolo não seria o mesmo sem o chantilly. A cor e a textura estavam perfeitas.

Depois que a garçonete saiu, comemos a comida em silêncio.

— Quando seu avô batia na sua avó, ela nunca revidou.

Minha mãe disse isso como se estivesse batendo um papo.

— Ela me contava todo tipo de história, dizendo que não era tão ruim. Que ele podia nos bater e deixar hematomas, mas também nos dava um teto, nos comprava roupas e colocava comida na mesa. Existiam pessoas que sofriam mais. É engraçado isso que as pessoas fazem. Ficam sempre olhando em volta para ver se tem alguém sofrendo mais.

Minha mãe enfiou o dedo no creme e o lambeu.

— Depois que seu avô morreu, as coisas ficaram muito melhores. Isso me ensinou que estávamos dando muito valor às coisas que tínhamos e pouco valor às que não tínhamos. O problema do casamento é que só dura um dia. Você precisa se concentrar em todos os outros dias. Talvez você ache que eu não fiz as melhores escolhas em relação aos homens, mas isso é porque eu estava de olho nos outros dias.

Encarei aquele discurso como um pedido de desculpas.

Foi só depois que percebi que era uma justificativa.

— Não teria sido mais fácil se tivesse escolhido outro tipo de homem? — perguntei.

— É o que tenho feito ultimamente, Paula. Um tipo diferente de homem. Acho que você já conhece o homem que está na minha vida. — Minha mãe se recostou na banqueta, com um sorriso dissimulado.

Congelei como um rato quando o gavião está sobrevoando.

— Como assim?

— Adam me disse coisas boas de você. Ele sempre aparece para jantar e vou te dizer que aquele homem consegue comer metade de uma torta sozinho. — O sorriso dela é carinhoso.

— A amiga de Schaeffer — eu disse, seguindo as pistas que eles deixaram para mim. — A que gosta de cozinhar?

— Eu mesma.

O sorriso da minha mãe se abriu mais, como o de alguém que acabou de ganhar uma rodada do jogo.

29

OUTONO

STELLA

— Mãe? Você está em casa? — chama Daisy, batendo a porta quando entra.

Stella sai na ponta dos pés em direção ao vestíbulo. Sorri para Daisy e coloca um dedo nos lábios.

— O professor — sussurra ela, fazendo um gesto com a cabeça.

— Ah, obrigada — cochicha Daisy, pegando o pratinho de pepino e homus. — Você é a melhor. — Ela dá um abraço rápido em Stella e sobe a escada na ponta dos pés.

Quando a filha desaparece, a decisão de Tom de dilapidar a poupança para a universidade dos filhos se cristaliza em algo duro no coração de Stella.

Ela respira fundo e afasta os pensamentos. Não porque decidiu deixar para lá, mas porque os filhos logo vão estar com fome e ela precisa preparar o jantar.

Stella leu que crianças que jantam com a família mais de três vezes por semana são mais bem-sucedidas e estáveis do que as que não fazem isso. Também existe uma correlação entre jantares de família e boa saúde no longo prazo. É por isso que planeja que jantem juntos quatro vezes por semana. Ela conta os jantares desta semana: domingo, segunda, terça e quinta, o que significa que conseguiram. Ou seja, Colin e Daisy vão ser bem-sucedidos, estáveis e saudáveis. Além disso, eles têm mais de oitenta livros em casa, um fator que melhora a capacidade de leitura e de cálculos.

Mais uma estatística ridícula lançada como prova de resultados futuros quando o único fator subjacente é o dinheiro.

Dinheiro.

Dinheiro para comprar livros.

Dinheiro para permitir que um dos pais fique em casa e prepare o jantar para a família usando ingredientes orgânicos. Dinheiro para contratar professores particulares para melhorar as notas e a pontuação nas provas de seleção para a faculdade. Dinheiro para pagar a faculdade.

Aquele era o plano, até Tom colocar uma parte enorme desse dinheiro em risco.

Stella contrai o maxilar. Considera o pior cenário enquanto pica cebola e alho. Afinal, tinha conseguido uma boa educação sem uma poupança para a faculdade.

O problema é que Colin e Daisy nunca tiveram que lutar pela sobrevivência. Stella tem certeza de que os filhos não teriam a mínima ideia de que tipo de luta isso envolve. Para potencializar o problema, o mundo mudou de forma drástica. Os filhos estavam chegando à idade adulta em um mundo no qual havia menos de tudo. Menos oportunidades e menos possibilidades de crescimento. Menos bolsas de estudo, mais candidatos. Todo mundo se agarrando com unhas e dentes a tudo que conquistou.

O investimento poderia funcionar, pensa Stella enquanto paga o professor. Mais dinheiro saindo pela porta. Outro tipo de investimento que *Tom* insistia que fizessem.

Quando ela ouve o som da garagem indicando a chegada do marido, precisa usar toda sua força de vontade para não o confrontar imediatamente. Ela se controla porque tem a sensação de que será uma discussão desagradável. O tipo que vai estragar o jantar que acabou de preparar. Em vez disso, respira fundo, mais fundo do que nunca.

— Jantar — grita ela para o segundo andar, onde os filhos hibernam atrás de portas fechadas.

Daisy chega à cozinha primeiro.

— Eca, cenoura — diz ela.

— Você gosta de cenoura — retruca Stella, pondo a travessa na mesa.

Não é verdade, mas ela finge que é, como se sua vontade fosse capaz de fazer Daisy mudar de ideia. Colin chega em seguida e, logo depois, Tom. Quando ele beija Stella no rosto, ela força um sorriso enquanto aperta os dentes.

— Vitórias de Wallace são literalmente a coisa mais idiota do mundo — afirma Daisy, empurrando para o canto do prato as cenouras que Stella acabou de servir para ela.

— Vitórias de Wallace? O que é isso?

O som da voz de Tom irrita Stella. Ela evita olhar para ele. Tenta não ouvir a voz dele. Se interagirem, mesmo que só um pouco, Stella vai explodir, o que só vai servir para cancelar todos os benefícios de um jantar em família.

— Toda semana a diretora da escola anuncia as "vitórias". — Daisy faz aspas no ar enquanto revira os olhos. — Mas são coisas como "O grupo de alunos do segundo ano catando lixo no refeitório foi uma vitória de Wallace".

Stella assente, sem prestar muita atenção. Está preocupada com a lembrança da velha pintura nos fundos de um celeiro ainda mais velho. De um tesouro enterrado para épocas de necessidade.

A vida que Stella criou não deveria ter épocas de necessidade.

— No ano passado, alguém fez camisetas das Vitórias de Wallace e a sra. Wallace anunciou isso — disse Colin, rindo. — Elas venderam em, tipo, uns cinco minutos. Quando a escola percebeu o que estava acontecendo, elas foram banidas. Literalmente todo mundo que estava usando na escola recebeu advertência.

— Caraca, a irmã mais velha da Sophie tem essa camiseta. Nem acredito que a convenceram a anunciar isso. Mãe, está tudo bem? Você está com uma cara esquisita.

— O quê? Eu só estava... tentando imaginar o que estava escrito na camiseta — diz Stella, obrigando-se a sorrir.

Os dois filhos caem na gargalhada.

— O que foi?

— Nada, mãe. É só que era, uma coisa, você sabe, inapropriada. — Colin balança a cabeça. — Tipo, ela foi proibida.

Stella dá de ombros.

— Não pode ser tão ruim assim.

Daisy e Colin têm outro acesso de riso.

— Acho que nós não somos maneiros o suficiente, Stell — diz Tom, mas o sorriso dele diz o contrário.

Stella lança um olhar gelado para o marido. É praticamente um banho de água fria, mas Tom não nota.

— Aliás, você teve tempo de levar o carro para a vistoria? — pergunta ele.

Stella concorda com a cabeça.

Apesar da frieza, Tom continua sem se tocar. Ele empurra a cadeira para trás.

— Obrigado. O jantar estava ótimo, querida. Alguém quer sobremesa?

— Sorvete. — Daisy se levanta.

Stella observa a filha remexer na geladeira à procura da calda de chocolate. As caldas que compram são todas industrializadas. Por mais que goste de frutas em conserva, ela nunca se deu ao trabalho de preparar os morangos e framboesas do pomar. Dá muito trabalho. Além disso, pode ser perigoso.

Ela olha para Tom.

Talvez neste verão, ela pense melhor.

— Mãe, você viu minha bolsinha da Lilly Pulitzer? — pergunta Daisy.

É uma pergunta inocente que a sobressalta mais do que deveria.

— Hum, a bolsa da Lilly Pulitzer? — repete Stella, para ganhar tempo.

— Amarela com estampas de palmeiras. Você sabe do que estou falando, não sabe?

Stella assente.

— Acho que vi em algum lugar.

— Onde? Eu preciso dela para o dia Y2K.

Daisy se levanta de um jeito que mostra que haverá drama se a bolsa não for encontrada.

— Eu não me lembro, mas vou procurar depois que lavar a louça do jantar.

— Mas você sabe qual é? Você me deu de aniversário, tipo uns cem anos atrás.

Stella assente.

— Acho que Gwen Thompson tem uma igual.

— Que estranho — comenta Daisy.

Stella olha para Tom. É imaginação dela ou ele fez uma careta?

— Estranho *mesmo*. Não sabia que você e Gwen Thompson eram próximas — diz ele.

— Não somos, mas trabalhamos juntas no leilão. Daisy tem uma igual, então eu notei — explica Stella.

— Ouvi dizer que os Thompson vão se mudar — diz Daisy.

Tom olha para o celular.

— Desde quando você anda com Charlotte Thompson? Ela não é do primeiro ano? — pergunta Colin.

— Foi durante os testes de hóquei. Ela não entrou no time, mas a ouvi falando com outras garotas no vestiário. — Daisy baixa a voz. — Os pais estão se divorciando.

— Talvez seja melhor guardar essa fofoca para você, Daisy. — A voz de Tom é séria.

— Não estou fofocando. — A voz de Daisy fica estridente na hora. — Tipo, você está agindo como se eu estivesse fazendo um post na internet, mas eu deveria poder falar sobre esse tipo de coisa com minha família, né?

— Seu pai só está dizendo que Charlotte deve estar passando por um momento difícil. Acho que não gostaria que as pessoas ficassem falando da vida dela — diz Stella, apoiando automaticamente Tom, porque é saudável que os filhos tenham pais que se apresentem como uma frente unida.

— Sério? É isso que vocês realmente acham de mim? Que sou uma pessoa horrível e insensível que diria alguma coisa cruel como essa? Tudo bem! Vou ficar de boca fechada e não vou contar mais nada para esta família.

A voz de Daisy se elevou em escalas até virar um grito fino. Ela se levanta, bate com o pote na mesa e se vira para fulminá-los com o olhar.

— Posso subir para o meu quarto? Tenho que fazer dever de casa e está bem claro que ninguém nesta família se importa com meu ponto de vista.

— Pode ir — responde Stella.

Daisy sobe as escadas batendo o pé e bate a porta do quarto. Abre e bate de novo para o caso de a primeira vez não ter sido alta o suficiente.

Colin sai da sala de jantar sem dizer nada.

— Ótimo jantar de família — diz Tom.

O sorriso dele é triste. Não é a expressão de alguém que acabou de passar por uma discussão sobre a amante na mesa de jantar. Nem de alguém que bateu na tal mulher com força o suficiente para quebrar uma costela ou deixar uma marca no rosto. Nem alguém que transferiu uma grande parte das economias dos filhos para um investimento altamente questionável sem revelar nada para a esposa.

— Tom. — As mãos de Stella estão trêmulas de fúria malcontida.

— O quê? — Ele ergue os olhos, e ela vê um brilho furtivo no olhar do marido.

— Eu pesquisei a Regenerative Foods. Não é uma empresa de capital aberto.

— Ainda não. — Ele sorri e levanta uma das sobrancelhas.

— Por que você não falou comigo primeiro?

— Eu *falei*, e você disse que tudo bem.

— Nós conversamos sobre um investimento pequeno. Você tirou quinhentos mil dólares da conta dos nossos filhos — sibila ela, tendo o cuidado de manter a voz baixa para os filhos não ouvirem.

— Como eu disse antes, o investimento inicial de entrada era maior do que imaginei.

— Como você pode dizer que discutimos isso? Você pôs o dinheiro de Colin e Daisy em um investimento de risco. Você sabe que eu já trabalhei com empresas que estavam para abrir o capital.

Tom emite um som. Algo entre um riso e uma tosse. Existe uma palavra para isso, mas ela não consegue lembrar.

— Sim, eu lembro que você trabalhou um pouco com isso, mas já faz quanto tempo? Uns dezoito anos? O mercado é diferente agora. — O tom dele fica mais conciliatório. — Olha, eu trouxe para casa todos os arquivos sobre a Regenerative. Você pode ler tudo.

Ela se lembra da palavra que descreve o som que ele fez. Escárnio. Tom estava fazendo escárnio do conhecimento que ela adquiriu na carreira que abandonou depois da sugestão dele. A carreira da qual abriu mão para ele nunca ter que se preocupar com quem estava tomando conta das crianças. A cabeça dela lateja enquanto a raiva domina suas palavras.

Tom coloca uma das mãos em seu ombro.

— Stella, nós conversamos sobre esse investimento. Você disse que tudo bem. Esse investimento não é muito diferente de outros que já fiz. Você não teve problemas com nenhum deles.

Ela mexe o ombro para afastar o peso da mão dele.

— Eu concordei com um investimento feito com o dinheiro da nossa poupança.

— Olha, dinheiro é dinheiro. Não vou entrar em uma discussão de semântica. Você vive me dizendo que está ocupada e agora está começando a duvidar das minhas decisões.

O sangue lateja na cabeça de Stella. Ela se obriga a manter a voz em um registro baixo como se isso o obrigasse a levá-la a sério.

— Tom, nós podemos perder o dinheiro. Qual é a data da Oferta Pública Inicial? E se a empresa não conseguir abrir o capital? O que vamos fazer? — O tom dela é seco. As mãos pressionam a mesa com força. Ela imagina como seria fechar as duas em volta do pescoço dele. — Quero ver o contrato.

— Claro. Está no arquivo que eu trouxe para casa.

O tom dele é totalmente condescendente, como se ela fosse alguma dona de casa que não consegue compreender fatos e números complicados com sua mente simplória.

— Você pode ler todos os termos. É óbvio que eu pesquisei, como fiz com todos os outros investimentos que já fiz para a nossa família. Dê uma olhada no arquivo. Você vai ver. Pior cenário, a Regenerative não consegue abrir o capital na data prevista e podemos fazer um empréstimo dando como garantia meu fundo de aposentadoria para os primeiros anos de faculdade de Colin. Temos opções.

Em vez de aquilo fazer com que ela se sinta melhor, as palavras de Tom lhe roubam o ar. Os olhos de Stella se enchem de lágrimas.

Tom nota e suspira alto.

— Vai ficar tudo bem. Só estou falando do pior cenário, que não vai acontecer. Lembre-se, em geral, eu consigo cento e cinquenta por cento do meu bônus. Tente ter um pouco de fé em mim e não reagir de forma exagerada. Você não poderia me dar um voto de confiança, só para variar?

Tom sai da cozinha e vai para o escritório. Depois de um momento, ele volta e joga uma pasta de arquivo na mesa ao lado do prato que não levou para a pia. Então volta para o escritório. Stella ouve a porta abrir e fechar, mais alto do que o necessário.

Ela olha para a bagunça em que está a cozinha. Em vez de limpar, empurra a louça para um lado e abre o arquivo de pesquisa de Tom. Fica mais calma ao ler o contrato. Os termos são melhores do que esperava. A pesquisa sobre a Regenerative é promissora, mas não é como se ela pudesse fazer uma análise completa. Não tem acesso aos arquivos internos. Pensar nisso a faz parar e olhar de novo para os documentos diante dela.

Não há nenhuma correspondência no arquivo.

Nenhum e-mail nem carta impressa.

Onde está a carta de apresentação que deveria acompanhar o contrato?

Não há nenhuma documentação detalhando a comunicação com ninguém. Na verdade, não há nenhuma prova de que aqueles documentos não foram simplesmente impressos no escritório de Tom.

— Mãe. — Daisy aparece na cozinha. — Você já teve tempo de procurar minha bolsinha da Lilly?

— Ah, sim — responde Stella, fechando rapidamente a pasta de arquivo. — Acho que eu a vi no porão.

— Está bem. — Daisy segue em direção ao porão.

— Espere um pouco, pode estar.... — Stella faz uma pausa como se não conseguisse se lembrar. — Sabe de uma coisa? É melhor eu mesma procurar. Vai ser mais rápido.

Daisy assente.

— Está bem. Eu posso arrumar a cozinha se você quiser.

— Obrigada, Dais. Isso vai ser muito bom.

Stella dá um abraço rápido na filha. Entende que esse é o jeito de Daisy pedir desculpas pela cena na hora do jantar.

Lá embaixo, ela olha por sobre o ombro para se certificar de que a filha não desceu atrás dela antes de abrir a porta do painel secreto. A bolsa abandonada de Gwen está no primeiro degrau, onde Stella a deixou. Ela a abre e procura pela etiqueta costurada lá dentro.

Uma etiqueta bonita convida a dona a escrever seu nome.

Eu pertenço a uma Garota Lilly chamada _____.

Ali, exatamente como Stella desconfiava, está o nome de Daisy escrito com um marcador permanente, com a letra da própria Stella.

A bolsa Lilly Pulitzer esquecida nunca tinha sido de Gwen.

Mas sim de Daisy.

30

ABRIL DE 2015

PAULA

Você pode estar se perguntando por que eu nunca tive um parceiro. Por muito tempo, falei a mim mesma que relacionamentos não valiam o tempo nem o esforço. A verdade é que não gosto que as pessoas se tornem próximas demais. Uma vez que você permite que entrem, acaba se machucando. Aprendi isso com minha mãe e Julie. Alguns elos são tão fortes que você não é capaz de quebrá-los sem acabar destruindo a si mesma.

O exemplo perfeito é a compreensão que tive depois que minha mãe e eu saímos daquela lanchonete.

Quando ela me disse que estava namorando Schaeffer, pensei no assunto por um tempo, então tentei fazer um alerta:

— Não o subestime — disse para ela. — Schaeffer não é como os outros policiais aqui do departamento. Ele é inteligente de verdade.

— Ele diz o mesmo de você, Paula — respondeu ela. — A recruta mais inteligente que ele já viu em um tempo. Claro, que eu o lembrei que isso não é um elogio muito grande. Eu soube que o Departamento de Polícia de Livingston demitiu os três últimos recrutas.

— Mãe, com tudo que aconteceu com você no passado...

Ela é rápida em me cortar.

— Em relação a isso, você talvez queira aproveitar seu cargo na polícia para ler um pouco. Tenho certeza de que existem arquivos antigos em algum lugar para que você se atualize sobre o passado. Mas, por ora, nós não temos com que nos preocupar. Vamos dizer apenas que Schaeffer está... muito satisfeito.

De alguma forma, sei que é melhor não revirar os olhos.

A maioria das pessoas teria mordido a isca e ido direto à sala de arquivos da polícia de Livingston. Quanto a mim, gosto de fazer as coisas no meu tempo. Eu me sentei no sofá de veludo do qual Julie tanto gostava quando estava no ensino médio e relembrei as conversas com minha mãe do início ao fim. De trás para a frente. Por fim, entendi.

Minha mãe não disse que *ela* não tinha com que se preocupar, mas sim que *nós* não tínhamos com o que nos preocupar.

As histórias que minha mãe criou significavam que eu estava presa. Não era mais uma questão de eu ter sido cúmplice do que ela havia feito com meu pai. Era muito mais que isso. Eu havia mudado minha idade, meu sobrenome e feito um juramento para proteger e servir usando uma identidade falsa. E havia acabado de ganhar documentos de um divórcio para me lembrar de uma união que nunca aconteceu. Se não corroborasse a versão da minha mãe dos eventos, a vida de nós duas seria totalmente destruída. Eu perderia o emprego, ou pior. Ela com certeza acabaria na prisão.

Tudo isso era ruim, mas não o pior. O pior era que eu tinha duvidado da minha própria memória. Havia dito a mim mesma que minha mãe não devia ser como eu me lembrava.

Tinha substituído minhas lembranças por uma versão mais palatável da minha mãe, e havia uma chance de que Julie talvez tivesse feito o mesmo. Se ela voltasse, minha mãe daria um jeito de prendê-la também.

Bem ali, naquele momento, tomei uma decisão.

Julie era vulnerável da mesma forma que eu. E eu devia protegê-la para que não cometesse os mesmos erros que eu.

Mas, para isso, tinha que encontrá-la. Peguei as técnicas de investigação que Schaeffer me ensinou e as coloquei em prática para encontrar minha irmã. E vou contar uma coisa, quando eu a *encontrei*, foi como descobrir uma parte de mim que tinha sido amputada.

Julie se formou na UCLA em 1995. *Summa cum laude.*

De acordo com a internet, isso significa com a mais alta honraria. Depois da formatura, seu rastro on-line desapareceu. Liguei para certas pessoas na UCLA e, depois de algumas perguntas, incluindo mandar o número do meu distintivo, eles me disseram que ela solicitou histórico para cinco faculdades de direito diferentes. Consegui localizar aquela em que se inscreveu.

Universidade de Georgetown, em Washington, DC.

As fotos que encontrei na internet mostravam construções de tijolos vermelhos com altas torres e gramados amplos. Tudo em uma elevação sobre um rio. Era um lugar tão bonito que parecia até falso. Era difícil acreditar que as pessoas que moravam ali teriam algo em comum com alguém como eu.

Mas Julie e eu tínhamos uma coisa em comum.

Nós duas havíamos sido atraídas pela lei.

Encontrei um artigo que ela escreveu para um periódico de direito na Georgetown. Era sobre o aborto, cheio de notas de rodapé e citações. Para ser sincera, só li metade. Achei que seria como uma de suas cartas, mas não havia nenhum vestígio da minha irmã naquele artigo.

Julie havia partido para outra. Desaparecido em uma vida que nem minha mãe nem eu poderíamos ter imaginado, exatamente como sempre disse que faria.

Assim que a localizei, ela estava trabalhando em uma firma de advocacia na cidade de Nova York. Senti muita segurança vendo tudo que ela tinha conseguido na vida. Julie tinha se livrado do passado. Por mim, era assim que as coisas continuariam.

Tive que fazer minha pesquisa sobre a Julie devagar. Usar o computador quando ficava até tarde no trabalho, porque a internet discada na minha casa era lenta demais. A internet ainda era algo novo. As pessoas a usavam da mesma forma que usavam todo o resto. Um exemplo: quando mandei um e-mail pedindo o artigo que Julie havia escrito para o periódico de direito da Georgetown, ele apareceu na minha caixa de entrada três meses depois. Não demora muito tempo para contar isso, mas levei quase um ano para localizar minha irmã.

Quando cheguei a Livingston, minha mãe já era "amiga" de Schaeffer havia dois anos. Três desde que eu tinha localizado Julie em Nova York. Apesar do fato de minha mãe ter praticamente me convidado para investigar Schaeffer, eu não fiz isso.

Havia alguns motivos para isso.

Um, eu ainda era nova no departamento de polícia de Livingston. Achei que seria provável que a mulher responsável pelos registros fosse informar Schaeffer que eu estava metendo o nariz onde não era chamada. Minha mãe achava que Schaeffer estava preso pela coleira, mas ele era inteligente e determinado. Talvez não tão esperto quanto minha mãe, mas o suficiente para eu ter cuidado ao investigar o seu passado.

Dois, eu precisava me certificar de que Julie estava segura. Fora do alcance da nossa mãe e de qualquer perigo, o que, pensando bem, era a mesma coisa.

Três, e esse era o motivo mais importante de todos, eu não queria ver o que havia no arquivo de Schaeffer. Gostava dele e o respeitava. Era bom trabalhar com alguém que me respeitava também.

Tinha a sensação de que o que havia naquele arquivo mudaria a forma como eu me sentia em relação a Schaeffer. Claro que, naquela época, eu já tinha ouvido rumores sobre o tipo de confusão que havia acontecido durante sua carreira. O pessoal dizia que era por isso que ele tinha sido transferido para um trabalho burocrático, mas eu achava que a idade também contava. O trabalho burocrático era a última parada antes da aposentadoria. Bom, isso era o que eu falava para mim mesma.

Esse é só um jeito mais longo de dizer que a vida era boa. Eu gostava do meu trabalho na polícia e tinha me adaptado bem. Me reconectei com amigos antigos e jantava na fazenda com minha mãe e Schaeffer na maioria dos domingos. Quando você já se deparou com algumas tempestades, aprende a valorizar um céu azul. Acho que foi por isso que evitei o arquivo de Schaeffer por uns cinco anos.

No fim das contas, foi o próprio Schaeffer que me estimulou a pesquisar um pouco. Não de propósito, ou talvez fosse. Difícil dizer.

Estávamos os dois atrasados para entregar um relatório. Ele tinha atrasado por causa de algum tipo de discussão entre as filhas. Quando terminou, meneou a cabeça.

— Acho que elas nunca deixam de ser irmãs — disse ele, com um tipo seco de risada.

Dei de ombros como se não soubesse.

— Desculpe, Paula — disse ele, parecendo achar que tinha falado algo que não devia.

— Pelo quê?

— Nada. — Ele deixou o assunto morrer.

Foi o suficiente para entender que ele sabia sobre a Julie. No dia seguinte, desci até a sala de arquivos.

Na primavera de 1987, Schaeffer foi o policial designado para investigar a morte de Kevin Mulroney, de trinta e seis anos. Aquela investigação levou a uma segunda investigação: o desaparecimento de Julie Waits, de treze anos.

O relatório de Schaeffer começa com uma descrição detalhada do fedor na casa. Nenhum sinal óbvio de luta no corpo da vítima, mas havia sangue na parede do quarto no andar de cima. O tipo de sangue na parede combinava com o sangue encontrado na camisa da vítima, que acabou correspondendo ao sangue da dona da casa, Sharon Waits.

Uma autópsia atribuiu a morte de Mulroney à insuficiência cardíaca. Acreditava-se que a causa subjacente era uma intoxicação alimentar. A seção da autópsia que reli várias vezes é esta:

Resumo do histórico clínico: principais características patológicas, gastroenterite não específica e degeneração de gordura no coração e no fígado. O *Bacillus cereus* foi isolado e identificado no exsudato peritoneal e no conteúdo intestinal. Detectou-se *Clostridium botulinum* tipo A nas fezes e a toxina no soro sanguíneo. No entanto, a fonte da infecção por bacilos botulínicos não foi esclarecida. A causa da morte é identificada como insuficiência cardíaca resultante de degeneração de gordura do miocárdio.

Esse é um parágrafo de uma autópsia que tem cinco páginas. No caso de você não ser um médico nem um legista, trata-se de uma descrição técnica de intoxicação alimentar. Não havia ninguém presente para cuidar de Kevin depois que ele comeu uma coisa estragada. Sem hidratação, o coração para.

Muitos policiais diriam que foi um caso "fácil", mas também havia a garota desaparecida.

Às vezes, aparece um caso que o afeta. Talvez você tenha uma teoria na cabeça que não consegue deixar de lado. É algo que o domina. Que o faz pensar que o certo é errado e que escolhas ruins são boas.

Foi o que essa investigação fez com Schaeffer.

No grande arquivo do caso, ele sempre volta a falar nos três tipos diferentes de sangue encontrados na cena do crime.

Havia o de Kevin Mulroney.

O da minha mãe.

E um terceiro, tirado do sangue seco encontrado no sofá, com traços de sêmen.

Schaeffer tinha certeza de que o terceiro tipo de sangue encontrado era o de Julie Waits, já listada como uma adolescente que fugiu, mas ele não conseguia provar. Se o sangue fosse da menina, aquilo indicava que alguma coisa muito ruim tinha acontecido. Bem na época do desaparecimento da garota e da morte do namorado, a mãe estava de cama no hospital, dizendo que tinha caído da escada. No cenário de alguma coisa ruim aconteceu com a garota, era factível achar que a mãe teria um motivo para vingança. O problema é que não havia como provar aquela teoria. A garota tinha desaparecido, a mãe tinha um álibi sólido e não havia sinal de uma arma do crime. Mas Schaeffer não desistiu.

Em algum momento, encontrou o arquivo elaborado depois que o corpo do meu pai havia sido tirado do rio. Foi quando Schaeffer percebeu que minha mãe não tinha uma filha adolescente desaparecida, mas duas. O relatório do legista sobre a morte do meu pai constitui outra seção no arquivo de Schaeffer. Uma frase do relatório está sublinhada com uma caneta preta grossa.

A vítima sofreu um ferimento na cabeça antes de se afogar.

Duas mortes acidentais e duas filhas desaparecidas eram coincidências demais.

Como eu disse, Schaeffer era um cara inteligente.

O problema era que ele não tinha uma arma do crime.

Se você tem um senso de humor sombrio, talvez ache graça, considerando que a arma do crime estava descrita na autópsia de Kevin. E provavelmente ainda estava na prateleira mais baixa da despensa da minha mãe durante toda a investigação de Schaeffer.

Clostridium botulinum.

Se Schaeffer tivesse se concentrado nessas duas palavras da autópsia, talvez tivesse pesquisado os sintomas e o início do botulismo. Teria descoberto que é uma toxina que se dissolve depois da morte. Quase impossível de se detectar, mas com uma fonte comum: a comida em conserva. Tudo de que Schaeffer precisava era de um relatório de toxicologia daqueles vidros da prateleira inferior da despensa da minha mãe, e ele teria provas suficientes para justificar seu pressentimento. Ainda seria difícil provar que minha mãe tinha intenção de matá-lo, mas teria permitido que Schaeffer colocasse mais recursos na investigação e mantivesse o respeito dos colegas da polícia.

Mas não foi o que aconteceu.

Ele nunca conseguiu juntar as peças.

Minha mãe estava no hospital quando Kevin morreu. Era um fato que tinha sido confirmado várias vezes por enfermeiras e médicos, com fotos e um relatório de todos os ferimentos dela depois que Kevin a deixou lá. Aquele relatório do hospital teria sido o suficiente para a maioria dos policiais, mas Schaeffer reforçou sua posição e arriscou toda sua reputação na investigação.

Com base nas anotações dele do caso, as quais li de cabo a rabo, do jeito que uma pessoa lê um romance, Schaeffer suspeitava que minha mãe tinha dado uma mãozinha tanto na morte do meu pai quanto na de Kevin. Ele tinha certeza de que, se conseguisse encontrar Julie, morta ou viva, conseguiria amarrar todas as pontas. Não sei por que não procurou por mim. Talvez tenha tentado, mas não me achou até eu entrar para a corporação.

Depois de dois anos ouvindo as teorias de Schaeffer, o chefe de polícia de Livingston perdeu a paciência e disse que ele tinha que arquivar o caso. Schaeffer estava gastando tempo e dinheiro naquilo, mas não conseguia desistir. Estava no sangue dele, um tipo diferente de toxina que causava outros tipos de danos.

Com base nas observações disciplinares no arquivo pessoal dele, aquela toxina se transformou em uma obsessão por minha mãe. Ele conversou com todo mundo da casa de repouso em que ela trabalhava. Ele a seguia pela cidade quando estava de folga. Mantinha um registro diário de suas idas e vindas e analisou todas as cartas de reclamação que ela escreveu para o departamento de polícia.

A primeira carta que ela mandou tinha duas fotos anexadas, com data e hora no verso. Na primeira foto, dá para ver Schaeffer na entrada da garagem da casa da minha mãe. Na segunda, ele estava sentado do lado de fora da casa de repouso.

Embora eu aprecie o serviço de escolta policial, acho que esse não é o melhor uso do dinheiro dos impostos de Livingston, escreveu minha mãe.

Nas cartas subsequentes, havia mais fotos. Imagens de Schaeffer no carro enquanto ela estava na lanchonete da cidade. Schaeffer parecendo furtivo enquanto ela fazia compras nas proximidades. Schaeffer do lado de fora de um salão de beleza que minha mãe frequentava.

As cartas da minha mãe contam uma história de um homem sem limites, que abusa do próprio poder. Um homem que não a deixava em paz enquanto ela seguia tranquila com sua vida. Ela entendia o poder da sugestão. Sabia como plantar uma ideia e deixá-la germinar.

Acho que é outra forma de dizer que Schaeffer não estava à altura da minha mãe.

Schaeffer e a esposa se separaram no inverno de 1990. Se você está acompanhando, foram três anos e meio depois da data de morte no atestado de óbito de Kevin Mulroney. É difícil saber o que acontece em qualquer casamento, mas se eu tivesse que arriscar, diria que a sra. Schaeffer não curtiu muito a obsessão do marido por Sharon Waits. Os diversos avisos que ele recebeu da corporação, incluindo um mês de suspensão sem vencimentos, talvez tenham ajudado.

Um ano depois que Schaeffer se separou, as cartas da minha mãe pararam. Pelo que percebi, ele tomou jeito, mas não a ponto de o chefe de polícia mudar de opinião. Schaeffer era uma incógnita. Não tinha feito nada grave o suficiente para ser demitido, mas não confiavam mais nele no trabalho de campo.

Quando terminei de ler o arquivo, tinha muitas perguntas. Schaeffer sabia exatamente quem eu era, então por que não fez perguntas sobre meu passado? Para onde eu tinha ido e o motivo? A ausência de perguntas me deixava nervosa.

Além disso, como Schaeffer tinha passado de ver minha mãe como suspeita de assassinato para dormir com ela? Levei um tempo, mas acabei percebendo que essas coisas não eram mutuamente excludentes.

Minhas últimas perguntas eram para minha mãe, e eram, de longe, as mais preocupantes.

Qual era o plano dela para Schaeffer? Ela previa um último capítulo para ele?

31

OUTONO

STELLA

Stella acorda quando Tom sai do quarto. Mal pregou o olho ontem à noite.

Antes de irem para a cama, tiveram outra discussão acalorada sobre o investimento de Tom.

— Onde estão as cartas de apresentação e o restante da correspondência? — perguntou ela.

Ele revirou os olhos e prometeu trazê-los para casa.

— E quanto aos outros investimentos que fiz nos últimos dez anos? Você também quer a correspondência deles?

Ela se recusou a ser manipulada.

— Ainda não estou entendendo por que não foram arquivadas com o contrato.

— Eu não sei. Acho que coloquei em um arquivo separado. Sabia que está começando a parecer que você não confia em mim?

Ela não respondeu.

Precisou se esforçar muito para não revelar os motivos para a falta de confiança. De alguma forma, conseguiu segurar as acusações de infidelidade e as evidências reveladoras na forma da bolsa da Lilly Pulitzer. Antes de deixar escapar qualquer coisa, precisa reunir todos os detalhes para montar o quadro geral. Aqueles detalhes desconhecidos a mantiveram acordada na maior parte da noite.

Quando Stella ouve a porta da garagem, veste a calça de ioga e desce. Colin e Daisy aparecem um pouco depois, mas também estão mal-humorados, como se o estado de espírito sombrio dos pais estivesse infectando toda a casa.

Os dois saem para a escola e a calma desce sobre a casa, permitindo que Stella considere suas escolhas. Uma escolha, na verdade. Só existe uma, e ela já estava adiando havia tempo demais. Chegou a hora de fazer uma visita a Gwen.

Gwen Thompson, cuja filha tem um estandarte que parece muito com a da escola de ensino médio de Livingston.

Gwen Thompson, ex-Rainha do Morango, que é uma tradição de Livingston, e que bombardeou Lorraine de perguntas em busca de informações sobre Stella.

Gwen Thompson, que, ao que tudo indica, está trepando com o marido de Stella. Ela imagina Gwen andando na casa grande demais de Stella. Esperando que Tom saísse do quarto ou fosse usar o banheiro para furtar coisas: uma bolsa da Lilly Pulitzer e um canivete escondido no quartinho secreto. O porquê e o como são detalhes que levantam ainda mais perguntas.

Stella precisa de respostas, e só Gwen pode dá-las.

Mesmo sendo uma caminhada curta, Stella pega o carro para cruzar os três quarteirões até a casa de Gwen. Quer poder sair de lá rápido. Puxa o freio de mão, sentindo o coração disparado, e estuda a casa dos Thompson.

Não é tão grande quanto a dos Parker. A localização é ligeiramente menos desejável. Perto demais da rua principal. Parece desgastada e está pedindo uma demão de tinta. Definitivamente alugada.

Na sequência dessa observação, ela faz a autoavaliação que está protelando. Devagar, sai do carro e segue até a porta de Gwen. Bate, sentindo-se ridícula. O que vai dizer? Ela é uma escoteira horrível, totalmente despreparada.

Quando ninguém atende, Stella aperta a campainha.

— Gwen — chama, enquanto bate de leve.

Pensa que talvez Gwen não esteja em casa. O pensamento é um alívio. Stella dá um passo para trás, pronta para voltar para o carro, mas um som do outro lado da porta a faz parar.

A porta se abre e Stella congela, presa no ato de ir embora.

— Como você demorou — diz Gwen.

Stella sabe que deveria responder, mas fica olhando para Gwen em silêncio. O momento se estende a ponto de ficar constrangedor. Uma unidade de tempo longa o suficiente para Stella notar o tom particular da pele de Gwen, uma cor que ela associa à meia-idade. O jeito como o cabelo de Gwen está despenteado. Quando Gwen solta um suspiro alto, fica claro que também não escovou os dentes.

— Quer um café? — pergunta Gwen, abrindo um pouco mais a porta.

Stella, esquecendo tudo que aprendeu nos filmes de terror, entra. Permite que Gwen a leve até a cozinha.

Ao contrário da cozinha de Stella, na qual cada detalhe foi cuidadosamente escolhido e é sofisticado como em uma revista de decoração, a de Gwen é a básica feita pela própria construtora. Daquele jeito de produção em massa para enganar o observador casual, fazendo-o pensar erroneamente que se trata de algo de alta qualidade. Há uma ilha na cozinha e uma pia especial para encher grandes recipientes de água, uma característica remanescente do início dos anos 2000, mas os armários são frágeis. As portas estão ligeiramente tortas. O fogão é da marca mais barata Fridgidaire, não um Wolfe. A geladeira é comum e não embutida.

Pequenos detalhes. Mas a verdade sempre reside nos pequenos detalhes.

Gwen serve uma xícara de café.

— Preto?

— Com leite de aveia se você tiver.

Gwen assente e tira uma caixa da geladeira. É uma marca comum de supermercado, o que não significa que os Thompson sejam pobres. Ainda assim, naquela comunidade de excessos, uma pessoa de classe média é considerada pobre.

Stella coloca o leite no café. Não sabe bem como agir. Será que Gwen espera que ela grite e exija respostas? Que banque a esposa traída?

Gwen estreita o olhar, com o corpo tenso como se estivesse pronta para se defender.

Por esse motivo, Stella se decide por uma abordagem mais calma. Toma um gole de café e põe a xícara com força suficiente para derramar um pouco na bancada feita com imitação de mármore e veios dourados de mau gosto.

— Opa, desculpe.

Stella dá um sorriso doce, e Gwen pega um pano de prato e limpa a bebida.

— Essa bancada mancha — diz Gwen.

Stella pensa que, apesar das diferenças entre as duas, são parecidas a esse respeito. Duas mulheres condicionadas a limpar a sujeira dos outros.

Quando Gwen se vira para jogar o pano de prato na pia, Stella dá uma escapulida. Segurando a xícara, segue na direção da sala de estar adjacente. Olha em volta à procura de algo que não sabe o que é.

O estandarte da escola de ensino médio de Livingston?

Um rastro de e-mails?

Como a Suprema Corte de Justiça uma vez escreveu sobre pornografia, ela vai saber quando ver.

— Recebi suas mensagens — diz Stella, virando-se abruptamente.

— Que mensagens?

Gwen seguiu Stella para a sala de estar e agora parece genuinamente confusa. Como se Stella tivesse saído do roteiro que Gwen esperava.

Stella para entre o sofá branco e imaculado e uma cadeira amarela igualmente imaculada. Merda, ela se admoesta mentalmente. Aquele era um passo em falso que revelava muita coisa. Como ela repetiu inúmeras vezes para se acalmar, aquelas mensagens deveriam ser destinadas a Gwen. Talvez a imaginação de Stella seja a única coisa dando um poder especial àquelas mensagens.

Merda de novo. Como Gwen conseguia manter os móveis tão limpos?

Gwen tira o cabelo do rosto e o trança. Algo no gesto é familiar, como se Stella já tivesse visto antes.

Tudo na situação parece estranho, começando pela expressão confusa no rosto de Gwen. Como se Stella não estivesse vendo algo óbvio. Ela repassa rapidamente a narrativa que criou. Gwen deixando o celular para Stella encontrar, depois enviando as mensagens ameaçadoras de um pré-pago ou do próprio telefone, sabendo que Stella as veria. Era uma história forçada e com muitos furos. Stella está entendendo agora. É o tipo de história que uma pessoa culpada cria na própria mente culpada.

O que está acontecendo é mais direto. Uma narrativa mais antiga que qualquer coisa. Um marido traidor. Uma esposa traída.

— Você mandou uma mensagem sobre o seu celular — disse Stella, tentando usar a primeira afirmação. — Que você tinha perdido.

Gwen revira os olhos.

— Você realmente veio aqui em casa para falar sobre o meu celular?

Novamente, Stella é atingida por uma sensação forte de déjà-vu. É alguma coisa na casa? Nos móveis estranhamente limpos?

Não, ela percebe que é Gwen. De alguma forma, o tom dela é familiar. Stella já o ouviu antes, isso e aquele revirar de olhos impaciente.

— Você realmente não sabe?

O sorriso de Gwen é exultante e estranhamente familiar. Stella sente que *deveria* saber o que Gwen está prestes a revelar.

— Você não se lembra de nada mesmo? — O sorriso desaparece, e Gwen se senta no sofá imaculado, fazendo uma careta como se aquele simples ato causasse dor. — Sério, achei que isso fosse ser mais satisfatório. Não sabia que você era tão lenta assim.

Stella dá mais um passo em direção a Gwen.

A trança loura, os olhos separados que são um pouco pequenos demais para o rosto e o jeito que o sorriso de Gwen cai nos cantos. Tudo isso é familiar.

De repente, Stella está no quarto ano, na aula de história.

Gwen, apelido de Guinevere, que também pode ter o apelido mais fofo de Ginny, está explicando a origem do próprio nome para o professor. Ginny, usando o tipo de roupa que Julie jamais poderia comprar, chama a atenção de toda a turma enquanto conta como tinha recebido o nome da lendária esposa do rei Arthur.

— Eu sou praticamente uma rainha. — Ela disse, rindo.

— Rainha do dia — concordou o professor, permitindo que ela sentasse à mesa dele.

Stella olha para Gwen enquanto faz as contas. Vinte e cinco anos. Tempo suficiente para se transformar em outra pessoa. Ela sabe em primeira mão como é fácil se transformar em outra pessoa.

Mas sério?

A garota mais popular do ensino fundamental agora mora a duas quadras de distância? E está tendo um caso com seu marido? Quais são as chances de isso acontecer? Além disso, é uma forma particularmente dura de carma.

Só que não é acaso nem carma. Gwen está aqui por um motivo. Procurou por Stella. Mesmo ao entender o que está acontecendo, Stella acha que a sequência dos fatos não faz sentido. As duas são adultas e têm famílias. Quem faria uma coisa dessas? E por quê?

Ginny assente como se estivesse lendo os pensamentos de Stella.

— Parece uma retribuição perfeita, você não acha? — O sorriso de Gwen é presunçoso.

— Retribuição pelo quê? — É a vez de Stella ficar genuinamente confusa.

— Não banque a inocente — resmunga Gwen. — Sua família, a piranha da sua irmã e a puta da sua mãe. Não finja que não sabe do que estou falando. Você tirou tudo que deveria ser meu. Acha que pode esconder o passado e se tornar a elegante Stella Parker, que todo mundo adora e que tem filhos perfeitos? Como eu disse, os círculos sempre se fecham. Você nunca foi melhor que eu, e ainda não é. Eu sei quem você *realmente* é.

As máscaras caíram, assim como a armadura de Stella. Ela está de volta ao ginásio da escola de ensino médio de Livingston. Sozinha e desprotegida, nada além de lixo, que foi obviamente o motivo por ter conseguido desaparecer.

E, ao mesmo tempo, está confusa.

Isso é... bem, é muito estranho.

Uma mulher de quarenta e poucos anos, com família e filhos procurou Stella para se vingar por causa de uma vaga na equipe de cheerleaders?

Que merda é aquela?

A única conclusão lógica é que Gwen é louca. Stella nunca deveria ter ido até ali. Agora, precisa arrumar um jeito de sair.

— Não sei do que você está falando — diz Stella, porque sabe que o ataque é a melhor forma de defesa. — Mas é bom ficar bem longe da minha casa e da minha família. Principalmente dos meus filhos. Se os vir, é melhor dar meia-volta e seguir para o outro lado.

— E o que você vai fazer se eu não obedecer? — Gwen se levanta. Os olhos cintilam com o mesmo brilho vingativo de raiva do qual Stella se lembra da época de escola. — Vai me matar também?

O corpo de Stella fica quente de repente. Ela sente um aperto no estômago. As paredes da casa de Gwen, pintadas de um bege muito usado nos anos 2000, parecem se fechar ao seu redor. Stella dá um passo para trás, mas Gwen não acabou.

— É como minha irmã sempre diz. Filha de peixe — Gwen estende o dedo e bate com força no peito de Stella —, peixinho é.

Stella se vira e sai correndo da casa de Gwen. No espelho grande que está encostado na parede, vê o próprio rosto, também com marcas da meia-idade.

Atrás dela, Gwen sorri.

Stella corre. Passa pela porta, fugindo de tudo. Do passado, do presente. Agarra o volante com força. Sai da entrada da casa de Gwen cantando pneu. Durante todo aquele tempo, acreditava que tinha realizado um golpe perfeito. Que tinha desaparecido.

Mas, de alguma forma, Gwen a encontrou.

De alguma forma, Gwen sabe o que Stella fez e quer fazê-la pagar.

32

ABRIL 2015

PAULA

Se você é policial, consegue ler as pessoas. Corpos contam uma história com uma linguagem própria. O melhor tipo de policial fica fluente nessa língua bem rápido. Tendões contraídos, um sinal de uma onda de medo, tensão na mandíbula ou um certo tipo de olhar. O tipo que diz que a pessoa está se esforçando para conseguir manter contato visual. É preciso olhar para a mulher que diz que está tudo bem e conseguir perceber que ela tem medo de olhar para o homem sentado ao seu lado no sofá.

É preciso ouvir o que ela não diz.

O que ela tem medo de dizer.

Se você não capta a mensagem, talvez ela acabe no hospital. Talvez no necrotério.

No arquivo de Schaeffer sobre minha mãe, havia dois relatórios de distúrbio doméstico. A primeira visita à casa aconteceu em 1979. A seguinte, dois anos depois.

Nos dois casos, as partes decidiram não prestar queixa.

Aquelas partes do arquivo de Schaeffer contavam uma história cuidadosa de policiais que não sabiam ler a linguagem corporal. Eles não notaram os sinais da minha mãe, e não tenho dúvidas de que ela os estava dando. A única coisa que torna o caso dela único é que foi meu pai que terminou no necrotério.

Antes de eu devolver o arquivo de Schaeffer à sala de registro, fiz uma cópia de tudo. Sabia que ia querer reler, e eu estava certa. Nos dez anos seguintes, li e reli aquele arquivo até deixá-lo cheio de orelhas e manchas de café.

É um fato estranho sobre a vida, mas uma pessoa consegue se acostumar a quase tudo.

A questão foi que passei os dez anos seguintes dizendo a mim mesma que tinha tudo sob controle. Fosse qual fosse o jogo que minha mãe e Schaeffer estavam jogando, não tinha nada a ver comigo. Se eu tivesse prestado atenção na minha própria linguagem corporal, teria notado o número de vezes que voltei àquele arquivo.

Em vez disso, eu ficava tentando me tranquilizar, dizendo que tudo estava bem. Apesar dos meus esforços, havia coisas que não podia ignorar. Como o fato de que a droga favorita de Schaeffer era minha mãe. Assim como qualquer outro viciado, ele sempre voltava para mais. Ela só precisava suspirar, e os olhos dele pousavam nela. Se minha mãe sorrisse, ele ficava em transe. Se ela estreitasse o olhar, ele não descansava até consertar o que havia de errado. Na verdade, lidei com viciados que demonstravam mais força de vontade do que Schaeffer perto da minha mãe. O que eu não sabia era se ele não conseguia resistir à minha mãe ou ao que ela representava.

Era amor ou um jogo de longo prazo?

Talvez fosse tudo a mesma coisa.

Minha mãe também é viciada. Mas pelo menos ela sabe disso.

O perigo é a droga que ela gosta. Ficou viciada quando ainda era criança, depois descobriu como alimentar o próprio vício com todos aqueles namorados. É isso que também a atrai para Schaeffer, embora ele não represente um perigo físico. É como se ela tivesse se entediado desse tipo de perigo e tivesse saído à procura de algo para apimentar mais as coisas.

Eu obviamente nunca perguntei nada disso a ela. Não adiantaria. Minha mãe não tem conversas nas quais as coisas são apresentadas de forma simples e direta. Minha melhor suposição, com base em dez anos de observação, é que aconteceu o seguinte:

Minha mãe sabia que Schaeffer estava de olho nela. Enquanto fosse o foco de sua atenção, não poderia arranjar nenhum novo homem. Em vez de satisfazer o vício com fracassados e preguiçosos que tinham um pouco de dinheiro, mudou o jogo e tentou conquistar Schaeffer. Sempre gostou de um desafio.

Do que sei de Schaeffer, ele também gosta de um bom desafio.

De certa forma, são um casal perfeito.

Em algum momento, consegui parar de me preocupar com o que tinham planejado um para o outro. Imaginei que poderia seguir com minha vida e deixar que os dois cuidassem da própria.

Então minha mãe introduziu uma nova preocupação.

Foi depois de um dos jantares de domingo. Schaeffer e eu tínhamos exagerado um pouco. Quando estava me arrumando para ir embora, minha mãe se ofereceu para me acompanhar até o carro.

— Adam e eu temos tanta coisa em comum — disse ela, inclinando-se na janela aberta. De perto, ela tinha cheiro de violetas e de perigo.

— É mesmo? E o que seriam essas coisas? — Meus olhos já estavam fixos na saída, como se eu já estivesse me preparando para o que estava por vir e planejando uma rota de fuga.

— Nós dois temos duas filhas. Tínhamos, na verdade. — Minha mãe olhou para casa para se certificar de que Schaeffer não ia ouvir nossa conversa. — Ele me disse que a mais nova mora em Washington, DC.

— É bem longe. — Mantive a voz calma, mesmo que aquela notícia fosse como uma injeção de adrenalina. Óbvio que eu sabia exatamente onde Stella morava. Como eu poderia protegê-la se não ficasse de olho nela?

Minha mãe abriu mais o sorriso, mostrando bem o espaço entre os dentes.

— Fico me perguntando o que levou a filha dele para lá.

Dei de ombros.

— Acho que pode ser qualquer coisa.

Ela estreitou os olhos de um jeito que me mostrou que não gostou da resposta.

— Vou ver o que consigo descobrir — falei, em uma voz bem baixa.

O rosto dela se suavizou com um sorriso.

— Faça isso, Paula — disse ela, dando um beijo no meu rosto.

Ao dirigir para casa, percebi que minhas mãos estavam trêmulas. Minha mãe nunca falava de Julie. Era cuidadosa ao manter a história oficial sobre o desaparecimento de Julie, exatamente como consta nos autos policiais.

A história diz que Julie Waits fugiu de casa e desapareceu.

Caso antigo.

Não resolvido.

Acontece o tempo todo. Garotas, garotos e até adultos. Não desaparecem um de cada vez, desaparecem aos montes. Centenas de milhares, como a população de cidades pequenas espalhadas pelos Estados Unidos. A grande maioria de crianças que desaparecem nunca mais é encontrada. Garotas desaparecem mais do que garotos.

No arquivo de Schaeffer, ele volta diversas vezes aos traços de sangue e sêmen no sofá onde o corpo de Kevin Mulroney foi encontrado. Desconfia que o sangue era de Julie. O dono dos outros fluidos era óbvio. O desaparecimento de Julie era um mistério, mas não do tipo que é difícil de solucionar.

Na opinião de Schaeffer, era o tipo que dava um motivo.

"O Senhor vai julgar seu povo", foi como um dos policiais descreveu. Uma outra forma de dizer que poucas lágrimas foram derramadas por Kevin Mulroney.

Mas Schaeffer não estava satisfeito em deixar o julgamento nas mãos do Senhor. Nas suas observações, pergunta-se se a morte de Kevin foi uma vingança pelo desaparecimento de Julie. Não uma interferência divina, mas do tipo cometido por pessoas de carne e osso. Ele tinha certeza de que Julie Waits era a chave para descobrir a história toda da morte de Kevin.

Se uma criança está desaparecida há quarenta e oito horas, a suposição oficial é de que não vai voltar. Schaeffer se recusou a acreditar nisso. Ele publicou a foto de Julie no jornal e seguiu todas as pistas, não importava o quão sem sentido fossem, mas os sinais acabaram desaparecendo. E ele não conseguiu encontrá-la.

Assim que saí da casa da minha mãe, sabia o que precisava fazer. Voltei para o trabalho, usando todos os ângulos que Schaeffer me ensinou.

Megan Little é a filha mais velha de Schaeffer. Nascida e criada em Livingston. Tem três filhos, um marido que trabalha para o estado e uma boa casa a pouco mais de três quilômetros da cidade. Quatro dias por semana, Megan trabalha como cabeleireira no salão Dolce Vita na rua Ash. Mesmo que não conheça Megan Little, você conhece alguém como ela.

Depois que descobri onde Megan trabalhava, marquei hora no Dolce Vita usando o nome Susan Waits.

No dia do meu corte, fiquei sentada na sala de espera, fingindo olhar as revistas, e analisei Megan. Ela usa o cabelo curto e espetado, como algum tipo de pássaro exótico. Se acrescentar as roupas de moletom bem coloridas, é um papagaio comum.

E como qualquer papagaio, Megan gosta de repetir tudo que ouve.

— Tem uma garota que desapareceu quando eu estava no ensino médio — disse ela, prendendo o avental em volta do meu pescoço. — O sobrenome é o mesmo que o seu. Ninguém nunca descobriu se ela tinha fugido de casa ou se foi alguma coisa que aconteceu com ela. Muito triste.

— Julie Waits? — perguntei, e adotei uma expressão de sofrimento.

— Meu Deus, eu fiquei pensando quando vi seu sobrenome na agenda. Ela é da sua família? Sinto muito. De verdade.

— Prima de segundo grau — disse, assentindo com tristeza.

— Ah, Susan. Sinto muito. — Diferente de mim, Megan estava com os olhos cheios de lágrimas. — Eu sou uma idiota. Mas, meu Deus, eu a encontrei algumas vezes. Ela era tão baixinha. E bonita também.

Olhei para ela pelo espelho. Tentei não me distrair pelos flamingos cor-de--rosa pintados na moldura.

— Eu não estava aqui quando aconteceu — falei.

— Se isso a tranquiliza, meu pai participou da investigação. Eles passaram semanas procurando por ela. — Megan baixou a voz.

— Tenho certeza de que fizeram tudo que podiam.

Megan me deu um abraço meio de lado como se já fôssemos melhores amigas. Então começou a jogar meu cabelo de um lado para outro, do jeito que cabeleireiras fazem.

— O que você tem em mente? Replicar? Aparar as pontas? Manter o corte bob?

— Só aparar as pontas mesmo — respondi. — E quanto a você? Tem família por aqui?

Foi só o que precisei perguntar. Megan gostava de falar, e a família era um dos assuntos favoritos. Depois da minha primeira visita, passei a frequentar o Dolce Vita. A cada seis semanas, precisando ou não. Até fiz luzes, apesar de saber que não ficaria bom.

O que descobri na cadeira do salão de beleza de Megan é que sua irmã mais nova, Ginny, sempre foi a filha favorita do pai e tinha tudo de mão beijada. Ginny estava no segundo ano quando os pais se separaram. De acordo com Megan, foi muito difícil para a irmã.

Dois verões depois que terminou o ensino médio, Ginny se casou com o namorado da escola, Dave Thompson. Dave era um quarterback de segunda linha, o que significava que não tinha talento para uma bolsa de quatro anos e precisou fazer uma faculdade da comunidade. Foi onde ficou sabendo dos Fuzileiros Navais. Ele se inscreveu para o Corpo de Treinamento de Oficiais da Reserva Naval e foi enviado para o treinamento duas semanas após a lua de mel.

— Ele foi enviado para San Diego. Ginny foi com ele. A partir daí foram muitas fotos de praias e sol — contou Megan. — Aqui entre nós, minha irmã não é o tipo de pessoa que se esquece de mostrar como se saiu bem.

O Corpo de Fuzileiros Navais pagou pelo restante da educação universitária de Dave, e de Ginny, por meio do programa de bolsas para cônjuges. Os dois foram enviados para o exterior por um longo tempo, mas acabaram em Washington, DC.

Precisei de algumas visitas ao Dolce Vita para conseguir todas essas informações de Megan. Tivemos que estabelecer uma relação e superar a estranheza da minha conexão com minha mãe.

— Prima de segundo grau por casamento do lado dos pais — respondi quando ela perguntou.

O plano era me distanciar o máximo possível. Eu tinha uma história complicada de família pronta para usar. Uma que eu tinha quase certeza que Megan não conseguiria acompanhar, mas ela aceitou de bom grado a minha afirmação. A única coisa que perguntou foi se a família era próxima.

— Não muito. A mãe de Julie e a minha nunca concordavam em nada.

Megan assentiu e se aproximou de mim para que ninguém mais ouvisse, não que isso fosse possível com o barulho de todos os secadores.

— Sabe sua prima, aquela que desapareceu? Então, a mãe dela e o meu pai têm um lance. — Ela revirou os olhos para que eu soubesse exatamente que tipo de "lance" era.

— Você já a conheceu? — perguntei.

— Uma vez. Foi por isso que perguntei. Não queria falar mal nem nada, mas que pessoa estranha. — Megan meneou a cabeça. — Difícil mesmo concordar em alguma coisa com ela. Eu realmente não entendo o que meu pai viu nela.

Assenti e não perguntei mais nada. Esse foi um truque que aprendi com minha mãe.

Megan gostava de me dar uma nova informação cada vez que eu me sentava em sua cadeira. Desde que eu continuasse aparecendo, ela continuava falando.

— E como está aquela sua irmã? — perguntei na visita seguinte. — Ginny, né?

— Cheia de si, como sempre. — Megan revirou os olhos, enquanto a tesoura dançava em volta do meu rosto. — Agora adotou o apelido Gwen, mas sempre vai ser Ginny para mim. Você quer repicar dessa vez, Susan? — Ela inclinou a cabeça para olhar para mim. — Acho que vai valorizar as maçãs do seu rosto.

Ficamos olhando para meu rosto no espelho.

— Pode ser — respondi, mesmo que achasse que não valia a pena ressaltar minhas maçãs do rosto. Se repicar era o preço que eu precisava pagar para ouvir Megan falar de Ginny, então eu pagaria.

— Minha irmã — disse ela, enquanto começava a cortar — age como se um diploma universitário fosse uma coisa muito especial, mas tudo que faz é cuidar dos filhos. Não é como se tivesse um emprego.

— Algumas pessoas consideram a maternidade o trabalho mais importante de todos — eu disse.

— Ah, claro que é — concordou Megan rapidamente, como se não tivesse acabado de dizer o oposto. — Mas não exige um diploma universitário, isso é certeza. De qualquer forma, Ginny gosta de se ver como a "bem-sucedida". — Megan parou de cortar para fazer aspas no ar. — Mesmo que tenha sido eu a promovida a gerente. Agora ela é boa demais para ficar com a própria família. Eles vão vir nos visitar na segunda semana de julho. Ela disse para minha mãe que vai alugar uma casa próxima para não ficarem apertados. Se você quer saber, acho que ela só queria uma piscina.

Megan fez uma expressão para me mostrar exatamente o que achava daquilo.

— Dá para imaginar? Minha mãe praticamente não vê os netos. Mas acho que ela quer ter um lugar para que ela e meu pai possam conversar sobre os planinhos deles.

— Planinhos? — Dei uma risada, como se a palavra não fosse um baita sinal de alerta.

Megan revirou os olhos.

— Aqueles dois estão sempre tendo ideias ridículas. Tento não ter favoritos entre meus filhos, porque sei como é estar sempre em segundo lugar.

O repicado que Megan fez no meu cabelo não foi a minha melhor versão, mas valeu muito a pena por causa daquela informação. Considerando que não existem muitas casas com piscina em Livingston, foi fácil descobrir qual casa Gwen tinha alugado. Era uma do serviço de aluguel VRBO. Quando entrei em contato e falei sobre o caso de tráfico de drogas no qual estava trabalhando (não era mentira), eles não criaram empecilhos para me dar acesso aos contratos de aluguel.

No trabalho policial, existem coincidências e *coincidências*.

Eu até conseguia aceitar a coincidência de Gwen morar em Washington, DC. Afinal é um lugar grande e existem muitos militares morando por lá. O que não podia ignorar era o endereço residencial que constava no contrato de aluguel da casa de veraneio da VRBO.

McLean, Virgínia.

Gwen estava morando na mesma cidade que Stella. Ninguém conseguiria me convencer de que isso aconteceu por acaso. Isso, combinado ao conhecimento de que ela e Schaeffer gostavam de "conversar sobre os planinhos deles" me disse que era hora de prestar mais atenção no que estava acontecendo.

33

OUTONO

STELLA

Stella já está quase chegando em casa quando se lembra da careta de dor de Gwen ao se sentar. Aquilo a faz lembrar da primeira noite em que ela apareceu na casa de Stella. O cabelo caindo no rosto e a forma de caminhar curvada e mancando.

A noite em que tudo começou.

Em retrospecto, Stella vê tudo com clareza. Aquela noite é a chave para tudo, e é por isso que não pode ignorar nenhuma parte daquilo. Mesmo que realmente preferisse ignorar. Seria tão mais fácil colocar toda a culpa em Gwen e considerar a careta uma dor muscular por ter malhado muito no treino de alta intensidade, mas Stella sabe o que viu. Exercícios não causariam aquela expressão no rosto dela.

Seja lá o que tenha causado aquilo, ainda não tinha melhorado. Stella sabe quanto tempo leva para alguns machucados sararem.

Procura outras pistas e encontra uma marca na pele de Gwen. Não era uma mancha de meia-idade que chamara a sua atenção, mas a cobertura grossa de uma base bem aplicada. Stella puxa o espelho no quebra-sol e analisa a própria pele para comparar. Quando percebe que se distraiu com a forma que as pálpebras superiores estão ficando flácidas, levanta o quebra-sol com força.

E se simplesmente envelhecesse e se tornasse uma idosa encarquilhada? Sem forma, cheia de rugas e grisalha? Uma forma de invisibilidade que é completamente assustadora. Uma coisa é ser indistinguível de uma forma que ainda atrai sorrisos, existe certo poder nisso.

Outra coisa é não ser vista.

Um desaparecimento. Um nada, como se tivesse deixado de existir.

Quem precisa de uma cadeia quando os prisioneiros constroem felizes a própria cela?

— Foco — sussurra, enquanto belisca a parte interna do braço com toda a força. A dor faz seu papel, domando a mente.

Devia ter perguntado a Gwen sobre as marcas em seu rosto, mas perdeu a oportunidade. Foi tão burra, teria sido fácil deixá-la abalada. Em vez disso, Stella permitiu que ela a prendesse em uma armadilha. Stella perdeu completamente a calma. Embora, para ser justa consigo mesma, quem poderia esperar um confronto de uma stalker, presa a uma rivalidade da época do ensino médio?

Uma stalker que conhece o passado dela.

Pensa na Ginny que conheceu um dia e no jeito que Julie acreditava que entrar para a equipe de cheerleaders seria o caminho para selar a amizade das duas. Tão ingênua! Não tinha entendido que Ginny era o tipo de pessoa que dava rótulos fixos às pessoas. Nós e eles. Merecedores e não merecedores. Ginny e Julie nunca seriam amigas.

Linda ou Inteligente.

As palavras de Lorraine ecoam na cabeça de Stella, isso e uma segurança sólida a respeito da amizade de Lorraine. Uma prova de que aprendera a brilhar de um jeito que não ameaçava ninguém.

Nada disso muda o passado, nem o fato de que Gwen estava mancando e escondendo marcas no rosto, o que significa que ela está escondendo como as conseguiu.

Tom.

As palavras de Gwen ecoam nos ouvidos de Stella. *Peixe... peixinho.* Só que dessa vez, assumem um significado diferente.

E se...?

O pensamento que segue o "e se" faz Stella pisar no freio com força e parar na frente da casa de Ellen Meisner. Sente o estômago queimar. Um gemido baixo surge de algum recanto do seu corpo.

Parecia uma provocação, e se fosse um aviso?

Poderia mesmo ter sido Tom?

Não, porque acima de tudo, ela havia prometido que isso nunca voltaria a acontecer.

Nada de violência.

Política de zero tolerância.

Stella tinha sido cuidadosa ao escolher Tom. Conhecia todos os sinais e se certificou de que ele não levantava nenhum alerta. Ter um caso é desagradável. Usar o dinheiro da poupança dos filhos em um investimento de alto risco a faz querer trancá-lo do lado de fora da casa. Mas se Tom fez Gwen mancar daquele jeito, seria imperdoável. Se foi a mão dele que deixou uma marca no rosto de Gwen, trata-se de um crime.

No mundo no qual Stella cresceu, aquele crime era punido com a morte.

O corpo dela fervilha de raiva.

— Respire — sussurra ela, entre dentes.

Do lado de fora, vê um movimento.

É Ellen, caminhando rapidamente em direção ao carro de Stella. Ela acena e Stella abre o vidro.

— Vi o seu carro e vim dar um oi.

— Oi, Ellen. Desculpe. — Stella abre um dos seus sorrisos suaves. — Eu só... hum... deixei cair o celular e não queria que ele ficasse escorregando por baixo dos meus pés enquanto dirijo.

— Ah, isso sempre acontece comigo. — Ellen meneia a cabeça como se estivesse admitindo um fracasso pessoal. — Quando estamos viajando de avião, dizem para você pedir ajuda se o celular cair no chão. Tem alguma coisa a ver com a bateria. Acho que é perigoso.

— É — diz Stella, segurando o celular como se fosse um talismã. — Melhor prevenir do que remediar, não é?

— Com certeza.

Ellen sorri.

Stella sorri.

Ellen parece prestes a dizer algo verdadeiro. Algo significativo e real. Um grito que vai combinar com a cacofonia de gritos dentro de Stella.

— Ah, eu já ia me esquecendo — diz Ellen. — Ainda não devolvi a cesta que você usou para trazer os pepinos. Vou lá dentro buscar.

— Ah, eu tenho que ir. — Stella desconfia que se tiver que ficar esperando pela cesta, talvez vá explodir ali. — Daisy ligou. Esqueceu o almoço, então estou correndo e...

— Claro. Eu entendo.

Isso é dito em tom de conspiração, como se as duas estivessem cientes do contrato de semisservidão que tinham com as próprias famílias.

— Foi bom ver você — diz Stella, com um sorriso feliz.

Assim que chega em casa, ela se senta e descansa a cabeça na ilha da cozinha. Sente-se enojada ao perceber que, enquanto tenta acalmar a respiração, também está comparando o mármore da cozinha com o de Gwen. A vida pela qual ela um dia lutou tomando um aspecto sinistro. É uma competição sem uma linha de chegada. Em vez de libertá-la, aquilo a prende em uma busca constante por mais. Respirando fundo outra vez, ela se concentra nas prioridades.

Na verdade, é bem simples.

Ela tem duas.

Colin e Daisy.

Faria qualquer coisa por eles.

Aquele pensamento abre caminho para muitos outros.

Qualquer coisa?

Seria capaz de matar por eles? Não no sentido metafórico, mas literal? E se fosse fazer isso, quem seria a primeira vítima? O marido possivelmente violento que arrombou a poupança para a universidade dos filhos em um investimento de risco ou a valentona da escola que queria revelar as transgressões do passado que Stella tinha se esforçado tanto para esconder?

O problema com assassinato é que o mundo mudou. Agora existem provas de DNA. Tecnologia para registrar gostos pessoais, pesquisas na internet, tendências e localização a qualquer momento.

Stella tem quase certeza de que ninguém mais consegue escapar impune de um assassinato.

A não ser que seja o CEO de uma farmacêutica ou algo do tipo.

Uma imagem de Kevin aparece diante dos seus olhos. A espuma amarela nos lábios. Os olhos vagos enquanto ela fecha a porta.

Na verdade, as pessoas conseguem escapar impunes de assassinatos. Acontece o tempo todo.

Stella pisca, mas não há lágrimas nos olhos. Uma frieza a toma como se o mármore da bancada tivesse entrado na sua corrente sanguínea.

Faz uma lista mental de todos os defeitos de Tom.

Os grandes defeitos são, de alguma forma, menos irritantes do que os pequenos.

Tom é muito respeitoso com as mulheres, só que ele acha que as mulheres que são mães no trabalho sempre usam a maternidade para conseguir sair mais cedo. *Ele* nunca conseguiria fazer isso. Hahaha!

O que passa despercebido é que *ele* não precisa dar desculpas em relação aos filhos porque tem Stella.

As piadinhas que desvalorizam as tarefas diárias que ela realiza.

"Eu adoraria ficar em casa com meus pequenos todos os dias", depois de um fim de semana "tomando conta" dos filhos para que Stella pudesse se concentrar no evento de arrecadação de fundos da escola.

Nenhum elogio pelas horas que ela passava preparando as refeições e marcando encontros de brincadeira para assegurar que os fins de semana sejam "relaxantes". Nenhuma compreensão de que o planejamento dela só é necessário devido à recusa dele de realizar corretamente as tarefas que ela faz todos os dias.

Como Tom sempre diz, o que Stella faz não é difícil. Cozinhar, lavar roupa, marcar consultas e lidar com todos os membros da família. Assim como a eletricidade, Stella é o zunido constante que ninguém nota até que é cortado.

Mas e se não for ela a ser cortada?

E se for Tom, que a faz sentir como se estivesse vivendo em um *gaslight* constante? O comportamento dele exige uma solução do nível da de Kevin?

É claro que a resposta é não. Tom é o pai dos filhos dela. Um homem bom, que ama a família. O que ele vive dizendo para ela? Ah, sim: "Eu sempre cuidei de você, não é?". Essa pergunta a enfurece porque Stella também cuida dele.

Seus pensamentos voltam para Gwen. Quem bateu nela? Quem a deixou mancando?

Stella tem certeza de que Gwen não caiu da escada. Não deu de encontro com a parede. Não esbarrou na bancada. Alguém deixou aquelas marcas em sua pele. Tecnicamente, não é responsabilidade de Stella resolver o mistério daqueles machucados, mas ela conhece as consequências de se ignorar aquele tipo de violência.

Poderia ter sido Tom?

Como poderia ter sido Tom?

Ele nunca ameaçou os filhos, nem de longe. Apesar dos defeitos que Stella listou, ele nunca a fez se sentir fisicamente insegura. Nunca ergueu a mão de forma violenta para nenhum deles. Stella sabe que, se alguma coisa acontecer com ela, Daisy e Colin vão estar em segurança. Não é como se ela fosse a mãe deitada em uma cama de hospital. Se precisar se ausentar por um tempo, sabe que os filhos vão estar seguros.

Ela se levanta e vai até o porão. Ao subir a escada para seu esconderijo, pensa na mancha de sangue na parede. É uma das lembranças proibidas. Disse a si mesma que se não pensasse naquilo, estaria segura. De alguma forma, aquela era a ponte entre o passado e o presente. Passando pelas rachaduras da fundação da casa que ela construiu para encontrá-la.

Lá em cima, o ursinho está intocado. Nenhum movimento acionou o uso da câmera.

Na sua mente, ela vê as mensagens no celular de Gwen.

Eu te vi.

Eu sei o que você fez.

Você fez uma escolha.

Ambíguas a ponto de causar ansiedade em qualquer pessoa que guarda um segredo, mas Stella não é a única naquela cidade que tem segredos.

Gwen também tem. É impossível saber quem mandou aquelas mensagens, mas o que ela sabe com certeza é que Gwen esteve em sua casa. Gwen pegou a bolsinha da Lilly Pulitzer de Daisy e o canivete que Stella levava com ela por todos aqueles anos desde que desapareceu.

Não há ambiguidade nisso.

Também não há ambiguidade na acusação de Gwen.

E se aquela acusação estivesse ancorada em provas? Provas de DNA de um canivete antigo. Isso tem o poder de arrastar Stella de volta ao passado. Ligá-la a um assassinato não resolvido. Talvez fosse o suficiente para revelar uma série de mortes suspeitas.

Imagine só a tempestade midiática que a história teria se fosse levada a público?

Tempestade é a palavra errada. Seria um tornado, esmagando todos eles. Ela poderia aceitar as consequências para si mesma, mas não para Colin e Daisy. Um dia atrás, teria o consolo de que tinham os meios financeiros para proteger os filhos. Para enviá-los para um colégio interno na Europa ou algo do tipo até a tempestade passar, mas Tom os havia deixado vulneráveis.

Regenerative Foods. Duas palavras inocentes que fazem seu sangue fervilhar.

Stella precisa proteger o futuro dos filhos contra o que está atrás dela.

Precisa de uma apólice de seguros.

De um plano B.

Não há tempo a perder. Precisa agir enquanto ainda é anônima. Estende a mão sob as vigas. Quando os dedos encontram o metal frio e duro, suspira de alívio. Quem quer que tenha violado seu espaço particular não pegou tudo. É um pensamento que ressuscita imagens de Kevin. O corpo dele sobre o dela. O corpo dela como algo a ser usado. Ele também não conseguiu tudo, pensa ela, enquanto enfia a chave no bolso.

As pessoas sempre a subestimam.

Quando Stella sai do quarto secreto, pensa que pessoas que precisam de um esconderijo não são livres. O mesmo vale para quem tem uma identidade secreta.

Do andar principal, Stella ouve um toque abafado, o qual atribui a um dos muitos alertas e apitos que soam pela casa para chamar a atenção. O bipe do lava-louças ou a musiquinha da secadora. O sistema de alarme que toca toda vez que a porta é aberta. O som dos alto-falantes sem fio quando são desconectados e é necessário reiniciar o sistema. Um novo download do aplicativo usado para controlá-lo, uma reconfiguração de senhas e uma mensagem para o grupo da família com a nova informação, que todos vão ignorar, só para começar a enviar mensagens desesperadas para saber a senha, bem na hora que ela está ocupada com alguma coisa, tipo temperando frango. Algo que exige que ela pare o que está fazendo por eles, lavando a mão com vigor para não espalhar salmonela, e dê atenção a uma coisa que já fez por eles, mas precisa fazer de novo.

O toque se repete, exigindo sua atenção. Ela precisa pegar a chave, ir até o banco, onde ela e Paula, há tantos anos, alugaram aquele cofre. Um cofre do qual Stella disse que jamais precisaria. Ela o alugou, em parte, para agradar a irmã e, em parte, como um pedido de desculpa por tê-la deixado para trás. Queria que

Paula soubesse que as duas sempre estariam ligadas. Se não da forma convencional, pelo menos de alguma forma.

O toque se repete, e Stella sobe em direção ao andar principal. Solta um suspiro de frustração. Está farta de ter que responder a tudo na vida de um jeito que não deixa espaço para si mesma, só que o toque não para.

É a campainha.

Provavelmente alguma entrega da UPS ou FedEx que precisa de assinatura, pensa ela, quando ouve o toque de novo. Talvez seja a entrega mensal da cerveja de Tom, que também precisa de assinatura, ou Ellen Meisner está insistindo em devolver a cesta de jardinagem. É muito cedo para os filhos terem se trancado do lado de fora e estarem com preguiça demais para pegar a chave escondida.

Toca de novo.

Seja lá quem for, para de tocar e então começa de novo. Uma série de toques seguidos por uma batida alta. O equivalente a alguém gritando "Anda logo".

E é o que Stella faz, indo na ponta dos pés até o vestíbulo para olhar pelo olho mágico.

O que vê a faz arfar e arregalar os olhos.

Um desejo, tão passageiro e particular, que ela nem tinha se atrevido a colocar em palavras, se realizou. Em carne e osso, diante de Stella, na sua varanda de entrada, parecendo discretamente irritada. É mais um momento das partes proibidas das suas lembranças, só que acontecendo ao contrário. Uma vez, tinha sido ela a esperar na varanda.

Agora é ela que está dentro de casa.

Stella abre uma fresta da porta como se ainda não estivesse acreditando nos próprios olhos.

É sua irmã.

— Paula? — sussurra Stella, abrindo mais a porta. — Você está aqui.

PARTE CINCO

34

ABRIL DE 2015 ATÉ O OUTONO DE 2019

PAULA

O aeroporto de Dulles fica bem perto de Washington, DC.

Não sou muito de viajar, mas conheço o Dulles.

Era outubro de 2002, e minha mãe ligou e pediu que eu fosse visitá-la na fazenda. Quando cheguei, estávamos só nós duas.

Fomos ao celeiro juntas, e ela disse:

— Paula, quero que você tire o maior número de fotos que puder desta pintura. O celeiro está ficando velho. Nunca se sabe o que pode acontecer.

Isso foi antes de ser possível tirar fotos sem pensar muito. Naquela época, as pessoas tinham câmeras, não celulares. Em vez de postar coisas nas redes sociais, imprimíamos as fotos a partir de um negativo e as guardávamos em gavetas.

Fiz o que ela pediu. Claro que ainda tínhamos as fotos da pintura que ela havia nos mandado logo depois que Julie foi morar comigo, mas havia algumas adições desde aquela vez. Enquanto eu tirava fotos de todos os ângulos, as novas constelações não passaram despercebidas. Eu sabia o que significavam, mas tentei não pensar muito naquilo.

Um mês depois, o celeiro pegou fogo e foi destruído.

Depois que queimou, percebi que eu era a única que tinha o que era, basicamente, um mapa do tesouro.

E se alguma coisa acontecesse comigo? Minha área de trabalho não é sem riscos.

Imaginei que minha mãe devia ter cópias guardadas em algum lugar, o que significava que Julie teria que pedi-las. Voltar e implorar por coisas que jurou que tinha deixado para trás. Minha mãe nos disse repetidas vezes que tudo que fizera tinha sido por nós. Para mim, isso significava que Julie também precisava ter acesso. Aquela pintura e o que ela representava pertenciam tanto a Julie quanto a mim. Nós pagamos por aquilo de todas as formas possíveis.

A primeira vez que fui ao aeroporto de Dulles foi para levar as fotos para Julie.

Achei que talvez ela fosse me perguntar como eu a havia encontrado. Mas ela me chamou para tomar um café. Não em casa, mas em um café elegante onde vendiam bebidas quentes com corações na espuma. No início, me senti estranha. Ali estava eu, conversando sobre o passado com aquela mulher que eu mal reconhecia.

Ela tinha se transformado, aparado todas as arestas, e tudo que você conseguia ver era a pele macia, o corte de cabelo elegante, a casa grande e a família perfeita.

— Que bom ver você, Paula — disse ela. — Eu estava pensando em um jeito de você conhecer meus filhos. Meu marido vai trabalhar até tarde hoje à noite. Talvez você pudesse ir lá em casa para jantar?

Até mesmo a voz dela soava diferente. Isso me fez pensar no dia que pegamos os novos documentos de Julie. Ela me disse que tinha escolhido o nome de uma peça de teatro. "Julie se foi", disse ela. Eu não havia acreditado na época, mas acreditei naquele momento. A expressão de ambição feroz que era tão particular da minha irmã tinha desaparecido. Sem isso, ela estava quase irreconhecível.

— Qual o nome deles? — perguntei.

— Colin e Daisy. — Ela escorregou fotografias pela mesa.

Fiquei olhando para as fotos por um tempo. Daisy, minha sobrinha, poderia ter sido Julie aos seis anos.

— Não se preocupe — disse para ela, engolindo o nó na garganta. — Não estou aqui para atrapalhar sua vida. Sei que você é advogada e tenho certeza de que tem um monte de coisas importantes para resolver.

Ela riu como se eu tivesse contado uma piada.

— Não trabalho mais. É difícil demais equilibrar tudo. Além disso, as crianças precisam de mim em casa, sabe? — Ela deu de ombros como se estivesse dizendo o óbvio.

Assenti, mesmo que eu *não* soubesse. Muitas mulheres trabalhavam e tinham filhos, mas eu ainda não entendia totalmente o mundo da minha irmã. Então, por não ter filhos, eu não tinha a mínima ideia do que significava equilibrar trabalho e família. Isso foi antes de as pessoas começarem a escrever artigos afirmando que a combinação de maternidade com trabalhar fora era o equivalente a ter três empregos. Olhei para ela, tentando encontrar alguma coisa daquela garota que havia me estimulado a fazer o supletivo e depois arrumado as malas e ido para a Califórnia, sozinha. Eu não conseguia entender por que ela tinha desistido dos próprios sonhos.

— Aqui. — Empurrei um envelope de fotografias na direção dela.

— A pintura do celeiro — disse ela ao abrir.

236

— Essas fotos são suas. Eu as tirei antes que ele pegasse fogo.

— O celeiro pegou fogo?

Seus olhos ganharam vida. Ali estava. A irmã da qual eu me lembrava. Concordei com a cabeça.

— Mas de resto, está tudo bem? — Era o jeito de Stella perguntar sobre nossa mãe.

— Tudo está exatamente como antes — respondi.

Ela assentiu e um sorriso apareceu no canto da boca.

— Se você não está trabalhando, tem que guardar essas fotos em algum lugar seguro.

— O que você quer dizer?

— Você sabe o que dizem. Um homem não é um plano financeiro.

Ela riu.

— Parece uma contradição de toda a nossa infância, incluindo estas fotos. — O olhar dela escureceu. — Entendo o que você está dizendo, Paula. Eu deveria voltar a trabalhar, mas ninguém avisa com antecedência.

— Avisa o quê?

— Que as coisas deveriam ser iguais para nós. Quando as pessoas me disseram que o campo do jogo era nivelado, eu acreditei, mas o jogo não é. Talvez tenha sido por isso que nossa mãe quebrou as regras. Ela viu a verdade e pensou que aquela era a única forma de vencer.

Seus olhos estavam bem abertos, de um jeito que me lembrava nossa mãe ao decidir que alguém tinha que partir para outra. Era uma semelhança preocupante.

— As coisas estão bem entre você e o seu marido? — perguntei.

— Estão. Está tudo bem. Não é isso. — Ela meneou a cabeça como se estivesse dizendo o oposto. — Tudo que estou perguntando é se nossa mãe sabia disso de alguma forma.

— Sabia o quê?

— Que você pode fazer tudo certinho e mesmo assim não ser o suficiente. Quando uma mulher joga de acordo com as regras, ela perde.

— O que você perdeu, Julie? — perguntei.

— Stella — disse ela rapidamente.

Uma única palavra, e foi como se uma parede tivesse caído à sua volta.

— Foi bom ver você, Paula — disse minha irmã, levantando-se. — Mas tenho que correr. Tenho que pegar as crianças em quinze minutos.

O brilho em seus olhos se apagou. A janela pela qual eu tinha espiado tinha se fechado. Quando ela se despediu de mim, parecia uma estranha.

No caminho para casa, fiquei pensando no que Stella estava tentando dizer. O que ela tinha perdido?

A resposta me ocorreu algumas semanas mais tarde, depois que interroguei uma vítima de estupro. Aquela era uma das tarefas que os policiais do sexo masculino ficavam satisfeitos em passar para mim. Mais tarde naquele dia, ouvi dois colegas conversando sobre o relatório que escrevi.

— Desde quando é nossa obrigação policiar o que acontece dentro de um casamento?

Aquela pergunta foi tudo de que eu precisava para que as peças se encaixassem na minha mente.

O que Stella tinha tentado me dizer é que a violência nem sempre é física. Ela aparece de formas discretas. Pega você de surpresa ao invadir lugares em que você acreditava estar segura, como um casamento ou o momento que um colega questiona sua definição de violência. Está nas mentiras que as mulheres ouvem sobre seu valor e no modo como essas mentiras se cristalizam em verdades. A violência é dizer para as mulheres que o caminho está livre quando, na verdade, está cheio de minas terrestres na forma de falta de creches e disparidade salarial.

Como Megan Little disse, ser mãe é o trabalho mais importante, mas ninguém acredita nisso de verdade.

Nem mesmo as mães.

O que me leva à segunda vez que pousei no aeroporto de Dulles, um pouco depois de ter descoberto o endereço de Gwen Thompson.

Tirei três dias de férias e me hospedei no hotel do aeroporto. Aluguei um carro barato de quatro portas e fui direto ao endereço que encontrei no contrato de aluguel. Meu plano era estacionar o carro branco alugado e desaparecer enquanto acompanhava os passos de Gwen. Imaginei que meu carro não fosse chamar a atenção, mas foi um erro de cálculo. Você não sabe quanto dinheiro existe no mundo até vê-lo todo concentrado em uma cidade. A primeira vez que fui a McLean, estava focada na minha irmã.

Na segunda vez, estava focada em onde ela morava. A cidade consistia em uma casa enorme depois da outra, mas a dos Thompson não se encaixava no padrão. Eles moravam nos limites de McLean. A casa parecia bem grande para mim, mas era menor do que as outras. Quando procurei os registros de impostos, descobri que era alugada. Com um pouco mais de investigação, descobri que Dave Thompson tinha se aposentado dos Fuzileiros Navais e já tinha perdido dois empregos. A pensão militar não era alta, pelo menos não alta o suficiente para uma cidade onde uma casa custava mais de um milhão.

De primeira, nada fez sentido. O que os Thompson estavam fazendo em uma cidade que tinha o custo de vida alto demais para eles?

Quanto mais pesquisava, mais começava a entender as pessoas que viviam em subúrbios elegantes. O jogo deles é diferente, e não estou falando de tênis nem de golfe. A educação dos filhos é um esporte competitivo. As pessoas tratam os filhos como pôneis premiados competindo no Kentucky Derby. Era por isso que os Thompson estavam em McLean.

Estavam atrás das escolas públicas excelentes conhecidas por enviar alunos para as melhores universidades do país.

Não estavam sozinhos. Quando comecei a investigar, encontrei algumas famílias de ex-militares em casas com aluguel bem alto dentro daquele distrito. Foi quando passei a achar que meu instinto estava errado.

O que achei que poderia ser uma *coincidência* era, na verdade, algo estimulado por um fator externo que eu não compreendia totalmente. Pensei que Gwen Thompson só estava tentando dar as melhores oportunidades para os filhos. Do mesmo modo que minha irmã.

Levei três dias para chegar àquela conclusão.

Se vi Julie naqueles três dias?

Vi, embora ela não tenha me visto. Passei por sua casa uma vez. Eu a segui até o mercado e assisti a um tempo do jogo de beisebol do meu sobrinho. É claro que eu queria falar com ela, mas fiquei com medo de que Julie conseguisse enxergar através de qualquer desculpa que eu inventasse. Ela parecia feliz. Se descobrisse por que eu estava lá, aquela felicidade desapareceria.

Eu não podia fazer isso com ela.

Então me convenci de que não havia motivos para me preocupar. Era no que queria acreditar. Poderia muito bem ter enfiado os dedos nos ouvidos e cantado uma música. Não deveria ter me surpreendido quando tudo no que eu queria acreditar desmoronou.

O que aconteceu exatamente dois dias atrás.

Eu estava na delegacia, trabalhando em um relatório. Trabalho burocrático bem normal, nada de mais, e foi provavelmente por isso que acabei olhando para a mesa de Schaeffer no instante em que uma notificação apareceu na tela do computador.

Na maior parte do tempo, eu teria ignorado aquilo, mas o nome chamou minha atenção.

G. Thompson.

Dá para entender por que estendi a mão para o mouse e cliquei na notificação.

Era uma gravação de uma câmera de segurança de porta. Um clipe curto, mas reconheci todos os participantes. Era Tom Parker olhando direto para câmera, o rosto tenso de nervosismo. A porta se abriu, e Gwen o convidou para entrar.

Foi tudo que precisei. É engraçado como o instinto age. Levei cinco segundos para avaliar a situação e entender que eu estava vendo algo que deveria ser segredo. A filmagem da câmera de segurança enviada para o computador de Schaeffer me fez pensar na declaração de Megan sobre os planinhos secretos que pai e filha bolavam. Além disso, conheço minha irmã. Sabia que, fosse lá o que ela planejasse fazer em seguida, eu queria estar lá para ajudar.

Dezesseis horas depois, concluí minha terceira viagem para o aeroporto de Dulles. Uma hora após desembarcar, eu estava na varanda de Stella.

Assim que ela abre a porta, vejo a diferença. A versão polida de Stella se foi. A pessoa para quem estou olhando é a versão adulta da irmã que um dia conheci.

— Paula, você está aqui — diz ela, e um sorriso ilumina seu rosto.

— Estou, sim.

— Você deve saber que eu preciso de você.

Entro e conto o que vi.

O sorriso desaparece. Os olhos ficam severos.

— Tom está tendo um caso. Ele não é a pessoa que achei que fosse, Paula. Aquela mulher... Ela tem marcas no rosto. Ela foi ferida.

Seus olhos ficam marejados, mas ela pisca para tentar conter as lágrimas.

— Eu cometi um erro, achei que estivesse segura. Que ir para a faculdade e me formar em direito, tudo que fiz, me protegeria. — Ela engole em seco. — Ele tirou a maior parte do dinheiro que economizamos para os nossos filhos e fez um investimento de risco. Ainda não cheguei ao fundo disso, mas não estou gostando nada. Acho que não posso mais confiar nele.

— Que bom que você tem um plano B.

Ela se sobressalta, como se eu a tivesse esbofeteado. Então seu rosto fica calmo. Julie está assumindo o lugar que Stella deixou vago.

— Isso mesmo, eu tenho — diz ela.

— Seus filhos vão ficar bem?

— Ele não vai machucá-los.

Inclino a cabeça para o lado e levanto uma das sobrancelhas.

— Eu tenho certeza — diz ela, porque sabe o que estou perguntando.

Ela pega o celular e digita uma mensagem, respira fundo e aperta "enviar". Mesmo antes de soltar o celular, ele se ilumina com mensagens.

Daisy: Aonde você vai?

Colin: Meus amigos vão aí em casa assistir o jogo e o papai disse que você ia estar em casa

Daisy: Você vai voltar a tempo do meu jogo amanhã de manhã?

Ela estende a mão. Por um instante, acho que a pessoa que ela se tornou vai ganhar, mas ela coloca o celular virado para baixo.

— Eles vão ficar bem.

A expressão em seu rosto me mostra que ela tem certeza.

Espero até estarmos no avião antes de contar tudo que sei sobre Gwen Thompson. Resumo as suspeitas de Schaeffer sobre nossa mãe e sua busca por Julie. Como aquele foi o caso que colocou um ponto-final no histórico perfeito de resolução de casos, arruinando a carreira dele e acabando até com o casamento de Schaeffer. Conforme falo, os olhos de Stella queimam com uma intensidade que me deixa inquieta.

— Engraçado como as coisas formam um círculo completo. Foi isso que a Gwen disse para mim. Ela estava com tanta raiva, Paula. Era como se eu tivesse roubado alguma coisa dela. Como se ela quisesse me destruir.

Ficamos em silêncio por um tempo.

Não sei para onde os pensamentos de Stella vão, mas os meus voltam para o salão Dolce Vita onde Megan Little me contou que Ginny não era o tipo de pessoa que deixava as pessoas se esquecerem do que ela tinha conquistado. Eu não tinha me esquecido do ensino médio, nem de como garotas como Megan e Ginny falavam com garotas como eu e Julie. Diria que ter um caso com o marido de Stella deu a Gwen uma forma de corrigir o desequilíbrio que sentia. Permitiu que dissesse a si mesma que ainda era a melhor. A bem-sucedida, apesar da casa não tão elegante e do marido que não consegue manter um emprego fora do serviço militar.

Mesmo assim, ainda havia uma parte que não encaixava. E essa parte era Tom. Sou uma frequentadora do perfil de Stella no Instagram. O jeito que Tom sorri para Stella não é falso. Vi muita coisa, e é estranho imaginá-lo com Gwen. Todos esses pensamentos me levam de volta ao início do círculo e à minha pergunta fundamental sobre o relacionamento de Schaeffer com minha mãe.

Ele está jogando um jogo de longo prazo ou está apaixonado?

35

OUTONO

STELLA

O avião faz uma curva e desce entre as nuvens, então Portland aparece logo abaixo. Cinzento e irregular, o monte Hood, ao longe, tem uma palidez que reflete o estado mental de Stella.

Faz mais de duas décadas desde a última vez que ela pisou em casa.

Casa.

A palavra a pega de surpresa. Como aquele lugar ainda pode ser sua casa? Quer tirar uma foto rápida do lugar que outrora fora tão familiar, mas quando estende a mão para pegar o celular, não está na bolsa. Sente um momento de pânico até se lembrar de que o deixou para trás. Sem ele, ela se sente desarmada, mas também livre.

No estacionamento, Paula abre a porta de uma caminhonete Dodge branca.

Stella entra na cabine e sente um aperto no peito. As lembranças a inundam. Outras caminhonetes. Outra vida. Ela as afasta. Está tudo no passado. Ela chegou até ali, ao futuro. Seja lá o que venha em seguida, ela e Paula são uma unidade destinada a sobreviver. Fizeram isso antes e podem fazer de novo. É o que diz a si mesma, mas uma outra parte dela tem menos certeza. Estão mais velhas agora. Não deveria significar nada, mas, de alguma forma, significa.

Antes de deixarem a Virgínia, fizeram uma parada.

Agora Stella tira da bolsa as fotos que pegaram no cofre do banco. À medida que os subúrbios de Portland se transformam em campos, ela analisa a arte da mãe. O mapa do tesouro, mas também um mapa de assassinatos cometidos há muito tempo. Corpos encontrados, circunstâncias suspeitas, tudo esquecido em arquivos mofados. Cada estrela representa uma árvore na floresta. De leve, com a ponta de uma unha, Stella traça as linhas entre as estrelas.

— Você acha que ainda está tudo lá?

Paula faz um som entre uma risada e um ronco.

— Está lá, com certeza. A verdadeira pergunta é como tiramos de lá.

— Como assim? — Stella olha para a irmã sem entender.

— Ela trocou o dinheiro que eles deixaram para trás por ouro. Bem aos poucos, para que ninguém desconfiasse. Ouro é pesado.

Paula diz isso como se o peso do ouro fosse um conhecimento comum, mas Stella não faz ideia de quanto pesa uma barra de ouro, menos ainda várias barras de ouro enterradas no fundo da floresta.

Do lado de fora, o ar está carregado de chuva. Stella pressiona o rosto contra o vidro e imagina a mãe transformando a morte em ouro. Juntando a fortuna enterrada enquanto colocava as filhas em risco. Por anos, Stella acreditou que *aquele* era o nó espinhoso que estava no centro de sua infância problemática. Agora entende que estava olhando para aquilo do ângulo errado. Aquele era o tema central, mas não era o nó.

Era a lição.

Proteja a si mesma. Proteja seus filhos. Ninguém mais vai protegê-la com a mesma devoção. Ela pensa nas mães do reino animal. Não é de estranhar que a versão humana tenha se tornado inofensiva. A fêmea de todas as espécies é feroz e se concentra em apenas uma coisa.

A sobrevivência.

A dela e a dos filhotes.

A qualquer custo.

Ameace qualquer uma, e você vai colocar a própria sobrevivência em risco.

A imagem das contas dizimadas dos filhos combinada às respostas condescendentes de Tom surge na mente de Stella.

Uma bola dura de raiva cresce dentro dela. Raiva de Tom, mas também do jeito que ela foi cúmplice do próprio fim. Presa em uma história na qual a única trama é a maternidade.

Tinha feito tanto sentido trocar seu trabalho pelo futuro dos filhos, mas duas transferências bancárias bastaram para transformar sua recompensa reluzente em ouro falso.

Stella esfrega os olhos com a palma das mãos. Era hora de reescrever aquela história velha e substituí-la por um novo gênero.

Passar de carro por Livingston é como viajar no tempo. As mesmas árvores e os mesmos parques, só que maiores. As fachadas das lojas mudaram, mas os prédios são os mesmos. Elas passam pela escola de ensino médio, pela fileira de lojas no fim da cidade, e então entram no campo da infância de Stella.

Quando Paula segue pela alameda de entrada, coberta de cascalhos, as mãos de Stella estão suadas. Da estrada, os arbustos escondem a antiga casa de fazenda e seus segredos. Quando ela partiu, disse a si mesma que seria para sempre.

Só que ali está ela.

E se a fuga só fosse possível uma vez? Como um único desejo concedido por um gênio?

Stella percebe que as mãos estão trêmulas. Cerra ambas em punho, enojada com a própria fraqueza. Houve um tempo em que era mais corajosa.

— Vai ficar tudo bem — diz Paula.

Stella concorda com a cabeça. Sente a forma como os lábios estão contraídos. A caminhonete para. Ela abre a porta e os pés encontram o cascalho, provocando aquele barulho característico.

A porta da frente da casa se abre.

— Julie?

Na moldura da porta, aparece a mãe. Inalterada, como se os anos tivessem passado no mundo todo, menos ali. Cabelo comprido e esvoaçante. O corpo magro coberto por um vestido de patchwork que ficaria ridículo em qualquer outra pessoa, mas a mãe o usa com uma facilidade atemporal.

Pensamentos de bruxaria e contos de fadas invadem a mente de Stella. A mãe dela é algum tipo de sacerdotisa sombria? Será que roubava a juventude dos homens que assassinava?

É só quando a mãe aparece na luz que Stella vê a passagem do tempo. A forma como o cabelo ruivo e comprido está entremeado com fios brancos. As rugas no rosto.

— Mãe? — diz Stella. Sem aviso, seus olhos ficam marejados.

A mãe cruza a distância entre elas e envolve Stella em um abraço que pega ambas de surpresa pela força. Aquela não é uma velha prestes a se render. Aquela é a comandante que dá boas-vindas à sua soldada fiel.

— Deixe-me olhar para você.

O olhar da mãe tem a mesma intensidade que Stella lembra da infância. O sorriso revela o espaço conhecido entre os dentes da frente.

— Você está bonita — diz a mãe, então pega Stella pela mão e a leva para dentro de casa.

É a mesma casa da qual Stella se lembra. A escada de onde observava e ouvia, sem ser vista. A sala onde os homens comiam a última refeição diante da TV.

— Está com fome? — pergunta a mãe.

Stella assente. Está mais do que com fome. Está faminta.

As três se reúnem em volta da mesa. A mãe traz várias travessas de comida. Parece uma comemoração, como a visão da infância de como as coisas seriam quando Paula voltasse para casa, mas, em vez disso, era Stella que tinha voltado. As três comem até não aguentarem mais. Depois comem uma torta de pêssego de sobremesa. Feita de pêssegos em conserva caseira. Stella consegue sentir o gosto do sol de verão guardado lá dentro para ela. Devora a primeira fatia, depois come a segunda enquanto a mãe observa com um sorriso de aprovação.

Ali, ela não precisa controlar o apetite.

— Vai ser uma noite sem chuva — diz a mãe, olhando primeiro para Paula, depois para Stella. — Comprei umas sacolas azuis de lona da Ikea para vocês. Elas aguentam vinte quilos cada uma. Se alguém vir vocês lá fora, vão dizer que foram colher cogumelos. Muita gente ainda faz isso.

A palavra "Ikea" parece estranha na boca da mãe, mas é claro que ela tem acesso a coisas como internet e Amazon Prime. Apesar de todas as aparências ao contrário, aquela não é uma cabana encantada. A mãe não é uma bruxa, mas também não é uma mulher comum de setenta e poucos anos.

Stella observa o rosto da mãe. Como se senta à cabeceira da mesa com força e independência. A mãe tem uma aura de satisfação consigo mesma. Do tipo que Stella associa a homens poderosos mais velhos. Presidentes de nações poderosas, ceos de empresas Fortune 500, homens no comando de impérios com um simples aceno. Homens que recorrem à sabedoria da idade e se sentem no direito de beber profundamente e sem desculpas do poço da sociedade.

— E se alguém vier bisbilhotar? — pergunta Paula.

A mãe ri.

— Você já me viu deixar de resolver as coisas?

É uma pergunta justa. E Stella se pergunta o mesmo. Ela resolveu as coisas? A resposta é clara.

Não resolveu.

Em vez disso, deixou que Tom resolvesse tudo.

Depois da refeição, elas saem para onde as árvores se espalham em todas as direções. Mais cinzentas do que verdes, como se tivessem sido mergulhadas nas nuvens. Não está mais chovendo, mas o ar está úmido, lançando um frio pela espinha de Stella, que estremece.

O celeiro sumiu, no seu lugar resta apenas uma fundação em ruínas.

— Ele precisou ser derrubado — diz a mãe, seguindo o olhar de Stella. — Qualquer um poderia ter entrado e tirado uma foto. Se tivessem percebido os números nas árvores, não levariam mais de alguns minutos na internet para perceber que é um mapa. É claro que a maioria das pessoas não me daria o crédito de ter a inteligência necessária para criar um plano como esse, mas nunca se sabe. Não dá para ficar sempre na dependência de que as pessoas nos subestimem.

Stella assente, mas está se lembrando das cores escuras e brilhantes do quadro da mãe. A beleza dele. Fica se perguntando o que a mãe teria criado se tivesse a liberdade de se concentrar em algo além da própria sobrevivência.

À distância, ouvem o som de um carro diminuindo a velocidade. Quando o carro entra, a mãe respira fundo.

— Julie, entre no barracão — diz ela.

Stella faz o que a mãe manda e segue correndo para o barracão, onde, em uma outra vida, ela empilhava a lenha que usariam no inverno. Ela se agacha atrás do carrinho de mão e de uma lata grande, como uma criança brincando de pique-esconde.

A voz da mãe chega até o esconderijo de Stella.

— Aquele homem tem um sexto sentido para quando eu mais quero ficar em paz.

Ela ouve o som de pneus no cascalho.

Vozes são carregadas pelo vento. A risada musical da mãe se mistura ao timbre de uma voz masculina. Uma porta de carro abre e fecha.

Claramente, quando a mãe mencionou alguém entrando no celeiro e saindo para a floresta, tinha alguém específico em mente.

Alguém do sexo masculino.

Alguém que representa uma ameaça.

Some esses fatores e o resultado é sempre o mesmo. Alguém está prestes a partir para outra.

36

OUTONO

PAULA

Julie. Toda vez que minha mãe diz esse nome, Stella faz uma careta, mas não a corrige. Apesar dos meus esforços, nós duas fomos retomadas como personagens que nossa mãe dobra de acordo com sua vontade.

Quando Schaeffer estaciona, não fico nem um pouco surpresa. Aquele homem tem um faro para problemas. Por que outro motivo teria acabado com o casamento e a carreira para investigar nossa mãe?

— Sharon e Paula. — Schaeffer sorri e sai do carro. — Passei na Dunlap's Bakery na cidade e vi que tinham aquele bolo que você adora, Sharon. Não consegui resistir, então comprei e trouxe uma sobremesa.

— A maioria das pessoas sabem que devem resistir a aparecer sem serem convidadas — diz minha mãe.

— Que bom que não sou a maioria das pessoas. — O sorriso de Schaeffer se abre mais.

O sorriso dele é amigável demais. Do jeito que as pessoas sorriem quando estão tentando encobrir alguma coisa.

— Acho que é melhor você entrar — diz minha mãe.

— Cheguei em má hora? Se vocês tinham outros planos, não quero atrapalhar.

— E por que seria uma má hora? — pergunta nossa mãe.

O jeito que ela olha para Schaeffer — com os olhos abertos e um sorrisinho, como se não tivesse nada no mundo a esconder — é o motivo de ele sempre voltar para mais. É impossível deixá-la, mesmo se for óbvio que ela está mentindo. A tensão entre o modo que minha mãe está olhando para ele e seja lá o que Schaeffer saiba sobre ela é o motivo para a aposta que é esse relacionamento.

Sei que, neste momento, minha mãe preferiria ter um bando de porcos dentro de casa em vez de Schaeffer. Mas, por um segundo, até eu acredito nela.

Nós três entramos. Schaeffer se senta pesadamente na mesma cadeira que Stella ocupou trinta minutos antes.

— Ouvi falar que você viajou, Paula? — diz Schaeffer, como se fosse um comentário inocente.

No milésimo de segundo que demoro para pensar na resposta, minha mãe já respondeu.

— Amigos dela. Da época de Hermiston.

— Você foi dirigindo até Hermiston? Quanto tempo é isso? Umas oito horas?

Esse é o tipo de pergunta que se faz quando se está tentando pegar alguém em uma mentira. Eu mesma já fiz esse tipo de pergunta.

— Não *para* Hermiston, seu enxerido. — Minha mãe o cutuca com o quadril enquanto lhe serve um prato com uma fatia exagerada de bolo. — Um amigo *de* Hermiston, que mora em Maryland agora. Teve alguns problemas. Paula é uma boa amiga. E vamos deixar o assunto morrer aqui.

Para seu crédito como policial, Schaeffer não deixa o assunto morrer.

— Parece uma viagem grande para um fim de semana.

— Talvez você devesse começar a estacionar na garagem dela. Só para se assegurar que ela não está fazendo nada de suspeito. Eu poderia começar a escrever cartas para a polícia de Livingston de novo. Seria como nos velhos tempos — diz minha mãe.

Suas palavras são como um balde de água fria que apaga o brilho de curiosidade nos olhos de Schaeffer. Ele se remexe na cadeira como se não conseguisse encontrar uma posição confortável.

— Duas colheradas ou uma? — Minha mãe estende uma travessa cheia de conserva de morango.

Ele pede duas colheres em cima do bolo e passa para mim.

— Não, obrigada — digo.

— Tem certeza, Paula? — pergunta minha mãe. O tom dela é cortante.

Schaeffer olha para mim, surpreso.

— Você não gosta de morango em conserva?

— Não estou com vontade. — Evito olhar para minha mãe.

Felizmente a conversa muda de rumo. Schaeffer começa a falar dos netos. Que esportes praticam, e a nova loja gourmet que abriu na rua principal. Fica falando e falando. Minha mãe não tenta apressá-lo. Como se Stella não estivesse agachada lá fora no frio esperando que a gente saia.

Quando ele aceita uma segunda fatia de bolo, fico me perguntando se meu instinto estava errado. Talvez ele só estivesse aqui pelo mesmo motivo que trouxe todos os outros namorados até nossa casa.

Finalmente, ele empurra a cadeira e bate na barriga.

— Acho que vou indo. Tenho que acordar cedo amanhã.

Ele dá mais uma olhada, observando a cena.

É aquela última olhada que me dá certeza. Ele não está aqui como namorado da minha mãe. Está aqui como detetive Schaeffer.

Minha mãe o acompanha até a porta. Tento não imaginar o beijo que preenche o silêncio antes de a porta se fechar. Não é a intimidade que me incomoda. É saber que Schaeffer é como uma criança brincando com uma arma carregada. É só uma questão de tempo até essa arma disparar.

— Não entendo — digo, quando minha mãe volta para a cozinha.

— O quê?

— Por que Schaeffer?

Não é a primeira vez que faço essa pergunta. Em geral, ela me ignora, mas, esta noite, ela responde.

— Enquanto Schaeffer estiver por perto, não posso ficar preguiçosa. É bom ter um desafio. Isso nos mantém jovens. Você precisa se lembrar disso, Paula.

— Um erro, e ele pode prendê-la.

— Eu não cometo erros.

Reviro os olhos, e minha mãe se aproxima.

— Você acha que é sorte? — pergunta ela. A voz é feroz. — Eu cuidei de você e da Julie. Ainda estou tomando conta de vocês. Pode acreditar. Não é sorte. É como nós sobrevivemos. Acha que não sei o que as pessoas desta cidade disseram sobre mim? De tudo que me chamaram depois que Schaeffer largou a esposa? Se você acredita que existe a mínima chance de eu permitir que elas me definam, então você não sabe de nada a meu respeito. Não foi sorte, Paula. Foi força.

Pela primeira vez, me recuso a permitir que ela me silencie.

— Você *sabe* o que está no arquivo de Schaeffer. Por que o deixa chegar tão perto?

— *Você* sabe o que está no arquivo. *Eu* sei o que está na mente dele.

— Então o que está se passando na mente dele agora?

É uma pergunta que chega perto demais para o gosto dela. Minha mãe agarra meu queixo. Segura meu rosto para que eu não possa afastar o olhar.

— Tudo que você precisa saber é que tenho um plano para Schaeffer. Do mesmo jeito que planejei todo o resto. E mais uma coisa, Paula. — Ela enterra os dedos na minha carne. — Se eu oferecer comida para você, é *sempre* seguro comer. Eu matei por você. Mais de uma vez. Então pode ficar tranquila porque eu faria qualquer coisa para manter você viva.

Ela solta o meu queixo, e um sorriso aparece no seu rosto.

— Se você continuar com essa cara feia, seu rosto pode congelar e ficar assim para sempre, querida. Agora, vá lá buscar sua irmã.

Sei que ela está dizendo a verdade.

Ela *faria* qualquer coisa para nos manter vivas. É isso que me assusta. Violência só gera mais violência. Aprendi isso em primeira mão nos anos que trabalho na polícia.

Não existe nada de único na história da minha mãe. Uma garota cujo pai descontava as frustrações na família. Como a maioria das pessoas, ela foi atraída pelo que era familiar. Casou-se com um pequeno traficante, com conexões com agiotas locais. O marido começa a bater nela com mais força e os hematomas vão ficando maiores. Vi mais vezes que consigo contar.

A parte em que minha mãe decide retaliar é que é única. E ela fez mais do que simplesmente revidar. Começou uma guerra.

A espécie de fêmea mais conhecida por assassinato é a aranha viúva-negra, mas seus instintos assassinos são sobretudo um mito. No mundo dos insetos, a fêmea louva-a-deus é a verdadeira assassina. Depois de acasalar, ela devora o macho. Se ela não o comer, ele vai comer seus descendentes. Um bônus é que, ao comer o macho, ela tem a energia necessária para parir e proteger a prole enquanto ainda está fraca.

Quando li pela primeira vez sobre as fêmeas louva-a-deus, a primeira coisa em que pensei foi na minha mãe.

Ela não deveria ter trazido aqueles homens para nossa vida, mas foi o que fez. Aquilo nos colocou em uma rota de colisão. Se ela não os devorasse, eles iam nos devorar. Depois que partiam, ela coletava o que restava e guardava para nós.

Enquanto sigo para o barracão para buscar Stella, sinto a preocupação crescer dentro de mim. Minha mãe é imprevisível de quase todas as formas, menos uma. Como ela disse, matou por nós. Diante do conjunto certo de circunstâncias, tenho certeza de que faria de novo.

PARTE SEIS

37

NOITE

JULIE

Sozinha no chão úmido do barracão, Julie pensa sobre a maternidade. Tinha sido cuidadosa na criação da representação da mãe que seria, sem perceber o valor do que estava apagando.

Sua mãe também tinha criado cuidadosamente a representação da mãe que seria, com dentes afiados e inteligência ainda mais afiada.

O barracão está frio, mas Julie está suando. Percebe que Stella permitiu que suas garras fossem arrancadas.

Por hábito, ela leva a mão à orelha, os dedos começam a girar o brinco de diamante que Tom lhe deu quando ela fez quarenta anos. Ela ficara estupefata com o presente, até Tom comprar uma BMW para ele.

— Eu ganhei um bônus — explicou ele quando ela perguntou do preço.

— E onde está meu bônus? — perguntou ela, com uma onda de raiva que não lhe era característica.

— Acho que você vai ter que arrumar um emprego se quiser um — disse Tom, com uma risada.

Stella deixou o comentário passar, mas Julie teria persistido. E Julie está aqui agora. Seu lado animal saiu da jaula. Está faminto e pronto para caçar.

Quando Paula volta, Julie se sente viva de um jeito que tinha esquecido que existia.

— Pronta? — pergunta ela.

Paula assente.

— O que ele queria?

Paula fica séria.

— Ele sabia que eu tinha saído da cidade. Difícil dizer o que mais ele sabe ou do que desconfia.

Julie se lembra da raiva fervilhando no rosto de Gwen. Ela se pergunta se Schaeffer é a fonte de calor que mantém aquele sentimento em ebulição.

— De quantos ele sabe? — Não havia necessidade de explicar o que estava perguntando.

— Três. Nosso pai, Kevin e um cara chamado Brett Foster — responde Paula.

— Brett Foster. — Julie repete cada sílaba. — Ele bem que mereceu.

— Verdade — concorda Paula.

— Qual é o plano da nossa mãe? — pergunta Julie. Também não há necessidade de explicação.

Paula dá de ombros. Quando seus olhos encontram os de Julie, há um brilho de compreensão. As duas são cúmplices da história da mãe. Homens que se comportam mal não escapam incólumes.

Não, esta última palavra deixa tudo muito suave. Eles não escapam. Fim da história.

Enquanto voltam para casa, Julie percebe que sempre usaram palavras para suavizar os atos da mãe. Como políticos em tempos de guerra discutindo "danos colaterais" no campo de batalha. As pessoas que causam danos não são assassinas. São heróis. A mãe estava lutando um tipo diferente de guerra, mas Julie nunca teve certeza de que ela era uma heroína.

— Meninas, venham.

Juntas, repassam o plano. É sólido e bem pensado. Nenhum detalhe foi esquecido ou negligenciado. Julie nota que a mãe não menciona Schaeffer nenhuma vez. Não sabe como interpretar a omissão. É possível que não queira saber como interpretar.

Elas colocam pás em cima das bolsas da Ikea na carroceria da caminhonete. Julie respira o ar frio da sua infância. Quando olha para o céu, as nuvens se abrem para revelar a lua e as constelações acima.

— Que bom que temos uma noite clara — comenta a mãe, enquanto entram na caminhonete. Ela dá um abraço apertado nas duas.

— Não parou de chover neste outono — diz Paula, enquanto seguem pelo caminho de cascalhos que leva à floresta. — O rio já está transbordando.

Julie assente, ouvindo sem muita atenção. Olha para o céu e de volta para a imagem fotografada do quadro da mãe. Cada estrela corresponde a um número entalhado nas árvores da floresta. Um algarismo leva a outro, imitando a forma da constelação usada na parede dos fundos do celeiro. O tesouro delas está sob os números primos marcados com pedras do rio.

Elas seguem em direção à primeira estrela da Ursa Maior. A primeira constelação que a mãe pintou tantos anos antes. A ponta da Ursa Maior é uma estrela com o número 221. Um número primo marcando o tesouro. A árvore sobre o lugar da cova está no canto mais ao norte da propriedade. Além desse lugar, está o rio, onde Paula aprendeu a se equilibrar sobre a correnteza turbulenta e mortal.

Paula apaga os faróis.

— Para prevenir — diz ela.

Elas chegam ao destino e saem da caminhonete. Paula acende uma lanterna e a move até encontrarem a primeira árvore. O número ainda está entalhado claramente no tronco, como se alguém (a mãe delas) tivesse mantido o entalhe por todos aqueles anos. Pegando as pás, elas seguem a trilha. Quando chegam à ponta da Ursa Maior, encontram três pedras do rio.

E começam a cavar. O único som da floresta é o das pás. Elas removem a camada mais superficial do solo, passam pelo barro pesado. Ambas estão ofegantes por causa de todo o esforço quando encontram o tesouro. Isso é indicado pelo som que uma pá faz ao atingir plástico.

Julie tira o recipiente quadrado de plástico da lama. É mais pesado do que esperava. O recipiente também é familiar. Sob o luar, reconhece a base grossa e branca e a tampa verde desbotada.

Tupperware.

— Pode abrir — diz ela, entregando para Paula.

Paula abre a tampa e, juntas, espiam lá dentro. O ouro, refletido pelo luar, faz Julie arfar. Ela toca a barra. Parece viva de um jeito que a faz pensar na febre do ouro, um conceito sem sentido das páginas dos livros de história. Agora, ao sentir a vida sob os dedos, ela entende. Se houver mais ouro naquela colina, ela o quer.

— Quanto você acha que vale? — pergunta ela.

— Mais do que ela pagou por ele — responde Paula, com um sorriso.

Julie pensa na forma como Tom não considerou sua opinião, arriscando uma pequena fortuna. O ouro não desaparece assim. É sólido e real.

Contas de apenas uma pessoa também não desaparecem daquele jeito.

O ouro representa uma chance de reconquistar a independência e a dignidade. Julie não vai desperdiçá-lo. A parte dela deste ouro será enterrada de novo. Em uma conta no exterior tendo apenas seu nome como signatária, à espera caso os filhos precisem. Ela finalmente internalizou as lições da própria infância.

Embaixo do ouro, tem um saco Ziplock. O mesmo que a mãe usava para colocar sanduíches na merendeira delas. Paula abre o saco e tira o papel dobrado três vezes. Quando o faz, uma foto desbotada cai.

Julie a pega enquanto Paula ilumina o papel com a lanterna e lê a letra cursiva e aranhosa da mãe em voz alta:

— *Scott Turnbull. Trinta e dois anos. O pai quebrou o braço dele três vezes antes de ele completar dez anos. Ele chorava depois de me bater. Sabia que era errado, mas não conseguia se controlar. Então eu o ajudei.*

Na foto, a mãe está ao lado do homem que parece familiar. Julie fica olhando, tentando se lembrar. Aquele era o namorado da mãe quando Julie estava no quinto ou no quarto ano? Olha para Paula para perguntar se a irmã se lembra de Scott Turnbull e nota que toda a cor fugiu do rosto da irmã.

— Paula, o que aconteceu?

— Meu Deus — sussurra Paula. — Por que ela escreveu isto? Ela é sempre tão cuidadosa em relação a tudo.

— Ela quer que a gente saiba ao que ela sobreviveu.

Julie sente a verdade nas próprias palavras. Como contêm uma lógica interna.

— É uma prova. Basicamente, uma confissão — diz Paula, meneando a cabeça.

— Bem, é verdade — concorda Julie, como se isso não fosse importante. — Você acha que tem mais?

Paula arregala os olhos. Ela põe a mão no estômago como se fosse vomitar.

— Se houver, temos que destruir todas. Não podemos deixar que ninguém encontre isso.

Julie assente. Ela entende. Esse ninguém se refere à única pessoa que talvez aparecesse na floresta atrás de provas: Schaeffer.

— Vamos continuar — diz Paula.

A segunda estrela do mapa está marcada com uma pilha semelhante de pedras. Outro Tupperware com um saco Ziplock e duas barras de ouro. Mais um bilhete que identifica o homem em uma foto desbotada e sua forma preferida de violência. A mãe está na foto também. Sorri para câmera de forma inconfundível e imutável.

— Não podemos ficar com elas — diz Paula enquanto levam os dois Tupperware de volta para a caminhonete.

Julie sabe que Paula está certa, mas já sente uma pontada de perda.

Quando se viram em direção à terceira cova, Julie nota luzes à distância e fica surpresa por uma ponte que cruza a água.

— Não me lembro daquela ponte.

— Foi construída há uns dez anos, com uma estrada ao longo do outro lado do rio. Tem um empreendimento imobiliário por lá também. — Paula faz uma pausa e a expressão do rosto muda. — Ainda está lá, sabe?

Julie ouve o barulho das águas lá embaixo.

— O bloqueio de troncos?

— Você lembra?

— Andar na Prancha — sussurra Julie.

Paula pega a mão dela e aperta.

A outra estrela que a mãe pintou leva para um declive na colina, mais perto da água. A pá das duas atinge o Tupperware ao mesmo tempo. Dois recipientes com tampa, enterrados lado a lado como covas gêmeas. Três barras de ouro em cada um. Julie se esforça para levantar o peso do recipiente mais próximo.

Aquele Ziplock tem dois recortes amarelados. O primeiro é um anúncio de casamento. Seus pais, ambos mais jovens do que Julie e Paula agora. O segundo é um obituário.

— Este é o dinheiro que ela roubou dos agiotas — cochicha Paula. — Depois que nosso pai partiu para outra. Você se lembra? Eles nos levaram para o alto das colinas.

A lembrança tinha ficado enterrada, mas surge clara agora. Julie tem oito anos. Sabe disso porque o pai tinha acabado de partir para outra. Paula está assistindo à TV quando a mãe a puxa para a cozinha.

— Tem uma gaveta no celeiro. É o segredo do seu pai — diz a mãe.

Ela assente. A promessa de não contar para ninguém está na ponta da língua, mas a mãe sorri. O sorriso sincero que mostra o espaço entre os dentes da frente.

— É parte da nossa história, Julie. No início, você não vai contar o segredo. Não importa o que aconteça, não até eu dar o sinal. Então vai saber que é hora de contar.

— Que sinal? — pergunta ela.

— Vou dizer que você e sua irmã são só garotinhas. Que garotinhas não sabem de nada. As pessoas sempre acreditam nisso em relação às garotas.

Julie assente. Ela se lembra da fumaça de cigarro. A sensação de que não vai conseguir respirar. O alívio de respirar ar puro quando sai do carro. O sinal da mãe e as lágrimas que permite que encham os próprios olhos ao contar o segredo.

Lembranças enterradas e ouro enterrado. Gwen estava certa sobre uma coisa. É uma sensação estranha quando os círculos se fecham.

Paula entrega a carta para Julie.

— Não consigo ler.

Com as mãos trêmulas, Julie abre e lê as palavras da mãe em voz alta.

— *Paul David Waits. Trinta e cinco anos. Casado com Sharon Hughes em 22 de julho de 1965. Por um tempo, foi perfeito. Eu o amava, mas só um de nós sobreviveria ao casamento. Tinha que ser eu. Era o único jeito que eu tinha de proteger vocês duas. Escolhi uma história que permitisse que vocês duas pudessem escrever as de vocês.*

Paula fica em silêncio.

Julie também.

É a mesma mensagem que ela repetiu várias e várias vezes para as filhas ao longo da vida.

Não era um conselho. Era um aviso. Sharon Waits sabia quanta pressão o mundo colocaria sobre as duas. Sabia o custo de sucumbir à pressão e à violência de ter sua história arrancada de você.

O bilhete é um lembrete para fazerem o que for necessário.

Para sobreviverem de acordo com as próprias regras.

Para não se perderem na história de outra pessoa.

38

NOITE

PAULA

Na minha opinião, minha mãe deveria ter trabalhado no mercado de investimentos. A cotação do ouro cresceu dez vezes desde que ela começou a comprar, no final dos anos 1970. Era uma coisa quando eu achei que era só ouro. Podia dizer a mim mesma que não havia como saber de onde veio. Depois que encontrei os bilhetes e as fotos, aquilo se transformou em outra coisa. Estando na minha posição, eu tinha uma escolha. Como policial, deveria entregar as confissões da minha mãe e continuar meu trabalho no departamento de polícia de Livingston, mas aquilo significaria entregar o ouro também.

Minha outra escolha era destruir a trilha de provas que minha mãe deixou para trás e me tornar cúmplice de assassinato.

Havia uma discussão acalorada acontecendo dentro da minha cabeça. Estávamos desenterrando um dinheiro conseguido com sangue. Não deveríamos lucrar com a morte de alguém. Mas, quanto mais eu cavava, mais percebia que não *conseguiria* denunciar minha mãe. Não porque eu quisesse o ouro, mas porque não acreditava que ela deveria ser punida. Li sobre aquelas esponjas nos oceanos que absorvem as toxinas da água. Elas acabam morrendo por causa do veneno, mas, durante a vida, tornam a água melhor para os peixes. Esse era o caso da nossa mãe. Ela esperava até que os homens mostrassem a verdadeira natureza, então sugava suas toxinas. Se não tivesse feito isso, eles teriam envenenado outra pessoa.

Não era uma questão de *se*.

Era uma questão de *quando*.

Depois que decidi destruir as evidências, percebi que precisaria procurar outro emprego. Não conseguia suportar a ideia de defender as leis que eu mesma havia quebrado. Talvez pudesse virar uma detetive particular ou algo do tipo. Uma coisa é certa, não precisaria ganhar muito dinheiro. Minha mãe tinha resolvido esse problema.

Quando encontramos a confissão da minha mãe sobre meu pai, estava ficando tarde.

— Será que a gente devia se separar? — perguntou Julie.

Nenhuma de nós queria falar sobre o número de covas que tínhamos que desenterrar. Menos do que as do assassino em série Ted Bundy, mas o suficiente para colocar minha mãe na lista que registrava esse tipo de crime. Restavam duas estrelas, e nós não víamos a hora daquela noite acabar.

Assenti.

— Fico com a do alto da colina. Você fica com a mais perto do rio. É mais fácil de desenterrar perto da água.

— Obrigada — disse ela.

Quando ela se virou para ir, eu a chamei de volta.

— Aqui, leve outra lanterna.

Quando comecei a desenterrar a última cova, minha mente estava na nossa mãe e em Schaeffer. Alguns anos atrás, eu havia perguntado se ela achava que ele ia partir para outra.

— Acho que a escolha é dele — respondeu ela.

— Ninguém escolhe esse tipo de coisa.

Ela riu ao ouvir aquilo.

— Ah, Paula, você ficaria surpresa de quanta gente pula para o final para ver como as coisas se desenrolam.

— Você acha que eles sabem o que está em jogo? — perguntei.

— Você acha que acreditariam se eu contasse? — Ela sorri, mostrando o espaço entre os dentes. — O problema não sou eu. E não são eles. Não exatamente. É maior do que todos nós juntos. Eles estão fazendo o que sabem fazer. Começa pequeno e vai crescendo até ficar grande. Eles são a tempestade, porque foi isso que aprenderam a ser. Eu sou a calmaria que chega depois.

Enquanto cavo, penso muito sobre essa calmaria.

Quando chego ao Tupperware, sigo de volta para minha caminhonete, coloco o ouro na cabine e espero por Julie. Está tudo tranquilo e calmo, como se a tempestade tivesse passado. Respiro fundo e encho os pulmões com o ar noturno. Quando solto o ar, ouço um barulho.

Achei que a tempestade tinha passado, mas estamos no olho do furacão.

O som era um motor de carro perto demais para estar vindo da ponte.

A primeira coisa que fiz foi trancar a caminhonete. Manualmente, para que o brilho dos faróis não denunciassem minha posição. Depois me escondi atrás de arbustos e esperei para ver quem estava passando por ali no meio da noite.

Provavelmente adolescentes à procura de um lugar calmo para se drogar ou transar. Ou talvez pessoas traindo os cônjuges, em busca da mesma coisa. Mas o pior cenário seria se Schaeffer tivesse voltado depois da visita à minha mãe e observado Julie e eu seguindo para a floresta.

O carro que parou ao lado da minha caminhonete era branco e de quatro portas. Simples, como um carro alugado. Observei as placas, mas quando a pessoa saiu do carro, eu me esqueci de tudo.

Gwen Thompson.

Ginny Schaeffer.

Aquele era um cenário ainda pior que eu não tinha considerado. Tinha certeza de que minha mãe também não havia se planejado para aquilo. Gwen fechou a porta do carro, com cuidado para não fazer barulho, e se aproximou da minha caminhonete. Tentou abrir, depois olhou em volta da clareira como se estivesse tentando decidir o que fazer.

— Olá — gritou ela, colocando as mãos em volta da boca.

E minha irmã, apesar de ser uma das pessoas mais inteligentes que conheço, respondeu.

Para ser justa, Julie não tinha como saber que havia mais alguém ali. Estava perto do rio, onde o som da correnteza teria abafado o barulho de um carro. As vozes tendem a ser parecidas quando as pessoas gritam. Minha mãe pensou em quase tudo, menos na caçula de Schaeffer aparecendo na floresta sem aviso.

De onde eu estava agachada, vi Gwen abrir um sorriso.

Foi quando tudo se encaixou, e eu soube que estávamos com problemas.

Como Megan disse, Schaeffer e Ginny estavam sempre bolando planinhos. Minha suposição era de que isso envolvia Schaeffer voltando para a casa da minha mãe enquanto Ginny nos procurava na floresta. Minha mãe acharia que estava mantendo Schaeffer ocupado, mas, na verdade, ele a estava distraindo.

As pessoas na polícia sempre diziam que Schaeffer era igual a um cachorro com um osso. Fazia sentido ele nunca ter desistido das teorias sobre minha mãe. O que não havia passado pela minha cabeça era que Schaeffer envolveria a própria filha naquilo. Ou que ela seria suscetível a entrar naquilo.

— Paula? — gritou Julie. — Estou quase acabando aqui.

Observei enquanto Gwen seguia na direção da voz de Julie.

Schaeffer era um policial muito bom. Isso eu admito.

Comecei a pensar como se fosse ele. O que teria feito depois de deixar a casa era ficar de tocaia na estrada. Assim que visse a caminhonete, perceberia que estava na pista certa. Depois que a caminhonete saísse, teria dado um sinal para Gwen e voltado para a casa da minha mãe. Ficado lá um tempo, até se certificar de que Gwen tinha seguido pela mesma estrada de cascalhos sem ser notada. Então, teria dado uma desculpa qualquer e seguido pela mesma estrada.

Assim que repassei todo o plano, tinha quase certeza de que era o que ele tinha feito.

Schaeffer sabia que não poderia envolver ninguém da polícia naquilo. Então enviaria a filha para nos pegar em uma armadilha na floresta, como um par de pássaros assustados. Quando seguíssemos para casa, ele estaria preparado para dar o bote.

Aquela estrada costumava ser de lama e o fim da linha no rio. Quando construíram a nova ponte, a equipe de obras cobriu o caminho com cascalho e a expandiu para poder trazer o material de construção. Ela segue até a ponte. Considerando que Stella estava prestes a tirar da terra uma das cartas de confissão de nossa mãe e um Tupperware grande cheio de barras de ouro, e que Gwen estava no caminho para confrontá-la, seguir para a ponte pareceu a melhor opção para evitar que a noite terminasse com nós três algemadas.

Gwen não teria sinal de celular perto do rio. Mesmo que tivesse visto minha caminhonete e descoberto para onde eu estava indo, não tinha como comunicar a Schaeffer onde estava.

Com sorte, Julie veria a caminhonete passando. Ela se lembraria da velha estrada e do que conversamos sobre a nova ponte. Era pouco mais de um quilômetro e meio, o que significava que ela conseguiria me alcançar a pé. Já teríamos desaparecido quando Gwen voltasse para falar com o pai.

Assim que Gwen sumiu na escuridão, voltei para a caminhonete. Cortei caminho para a ponte. Dessa vez, mantive os faróis acesos, esperando que Julie entendesse o sinal que eu estava mandando.

Então parei a caminhonete embaixo da ponte e esperei, preocupada.

Só que eu estava me preocupando com as coisas erradas.

39

NOITE

JULIE

Mais perto do rio, o solo é *macio*. Quase como se tivesse sido remexido recentemente, mas talvez seja só a chuva. Quando Julie puxa o último Tupperware da terra, solta um gritinho. Na distância, ouve Paula.

— Estou quase acabando — grita, abrindo a tampa.

Ouro. Agora não é mais surpresa.

E outro Ziplock com um bilhete.

Saber que a mãe é tão metódica com os rituais de enterro quanto é com todo o resto faz Julie sorrir. Ela sente uma pontada de culpa. Não deveria sorrir. É morte. Assassinato. Homens perderam a vida como se o único valor que tivessem fossem suas posses. Aquilo a lembra do valor que lhe foi dado no decorrer da vida. Depois a lembra do jeito que um homem em particular lhe deu valor.

O homem que acreditava que suas decisões sobre o corpo dela eram melhores do que as dela.

Julie deu a ele o mesmo valor que ele deu a ela. A diferença é que o crime dela perdura de uma maneira que ainda teria consequências. O único lugar onde o crime dele perdura é dentro dela.

Julie desdobra o bilhete.

Está endereçado a ela.

De alguma forma, aquilo não a surpreende. Processo de eliminação ou instinto?

Difícil dizer. Não importa. Mesmo que tivesse certeza, é só uma garota. Como a mãe disse uma vez, as pessoas sempre subestimam o que garotas sabem. Até as garotas que sabem das coisas subestimam a si mesmas.

Ela aponta a lanterna para a carta e começa a ler.

Julie, me desculpe.

Eu deveria protegê-la. Achei que eu tinha tudo sob controle, mas as coisas não saíram como eu esperava. Kevin e eu brigamos. Ele me disse o que planejava fazer com você e então me empurrou da escada. Não me lembro de muito mais coisa depois disso, mas sei que ele acreditava que tinha o direito de ter tudo o que queria. Não achava que tínhamos direito a nada.

Foi por isso que liguei e implorei para ele vir me buscar no hospital no meio da noite. Você se lembra quando cheguei em casa e pedi para você ir para o quarto? Eu esperei que ele desmaiasse de bêbado. Quando o sufoquei com o travesseiro, ele se foi de forma bem pacífica, como se estivesse grato por eu tê-lo tirado do próprio sofrimento.

Para mim, ele assinou a própria sentença de morte.

Sei que você ficou com medo quando eu a coloquei no ônibus para sair da cidade, mas eu precisava ter certeza de que você ficaria segura. Você não fez nada de errado naquela noite. Na verdade, fez tudo certo. Pegou sua liberdade e começou uma nova vida.

Algumas pessoas dizem que morreriam pelos filhos, mas sempre achei que faz mais sentido ficar por perto. Isso não quer dizer que eu não entraria na frente de um trem por você e sua irmã. Só significa que sempre consegui evitar isso.

Não importa o que digam a meu respeito, eu estava trabalhando para salvar vidas. É só olhar para a vida que você e Paula construíram para saber que isso é verdade.

Amo vocês,

Mãe

Um som primitivo escapa do peito de Julie.

Nas mãos, ela segura a absolvição e um pedido de desculpas misturado com uma história. A permissão de se livrar do peso que carregava por tanto tempo, uma trama que ganhou novos elementos.

O saco plástico no qual estava a carta tinha envelhecido melhor do que os outros. Era quase como novo. Ela lê a carta de novo. Relê a frase sobre o trem e qualquer dúvida que tem desaparece.

— Não — grita, meneando a cabeça como se a negação fosse mudar o que ela já sabe.

Aquela não é apenas outra história. É a última história.

A mãe viu o trem chegando. A ameaça na frente da qual precisava entrar para manter as filhas a salvo.

Julie ouve um barulho nos arbustos.

— Paula. — Julie solta um soluço e enxuga as lágrimas.

De primeira, seu cérebro se recusa a categorizar a pessoa que sai das sombras. Oferece mil alternativas. Fadiga, visão de meia-idade ou uma impressão errada provocada pelas sombras escuras da floresta.

A mulher que sai das sombras está com o cabelo preso em duas tranças grossas que faz Julie pensar em relógios da Swatch e em uma coreografia de dança ridiculamente complexa. Está usando uma calça cara de ioga e um boné de beisebol, como se estivesse indo para a aula de *barre*. Bonita de um jeito delicado que permite que seja realmente invisível. Foi assim que ela entrou na vida de Julie, como um câncer não detectado.

Ginny Schaeffer, transformada em Gwen Thompson.

Os olhos de Gwen passam por Julie. Olham para o Tupperware sujo de terra e o buraco aos seus pés. Uma expressão familiar domina o rosto de Gwen. Julie se lembra do oitavo ano. Triunfo misturado com desdém, como se Gwen tivesse pegado Julie em um ato que vai fazer com que ela vire piada para a turma toda.

— Noite longa? — pergunta Gwen.

— O que você está fazendo aqui?

— Visitando minha família. Você?

A conversa é estranhamente familiar. Uma que talvez já tenham tido nas reuniões de pais e professores, na piscina do clube ou passando uma pela outra no mercado ou no evento de arrecadação de fundos para a escola. A força das convenções sociais é inquebrável, mesmo na floresta da infância das duas, em meio à escuridão, enquanto estão diante de um buraco que contém tanto a confissão de um assassinato quanto um tesouro enterrado.

— O que você tem aí? Parece algum tipo de prova — pergunta Gwen.

O tom é condescendente, como se ela ainda fosse a garota mais popular do ensino fundamental dois.

Julie abraça o Tupperware junto ao peito, mas não é o ouro que ela está agarrando.

É a carta.

Gwen tira algo do bolso e Julie faz uma careta.

Em vez de uma arma, Gwen segura o celular. A mesma capinha cor-de-rosa com purpurina que Julie revirara nas mãos. Ela havia enterrado aquele celular no meio da noite. Agora, imagina Gwen seguindo-a pelas ruas vazias de McLean até o esconderijo embaixo da ponte. Imagina a expressão insolente no rosto de Gwen enquanto o desenterra.

Perdedora.

Julie quase consegue ouvir Gwen dizendo isso na sua cabeça.

— Meu nome é Gwen Thompson — diz Gwen tocando o telefone. — Hoje é dia 2 de novembro e estou com a filha da suspeita, Stella Parker.

— Gwen — pergunta Julie, com voz suave. — O que você está fazendo?

— O que você *acha* que estou fazendo? — Gwen se aproxima. — Você sabe o que sua mãe fez.

Julie engole em seco, preocupada. Não está claro se Gwen está falando da queda do pai na polícia ou de todos os homens que ela matou.

— Você a ajudou. Poderia ter feito o certo e contado a verdade, mas não fez isso.

— Como assim? — pergunta Julie.

— Tudo sempre deu certo para você, não é? Você sempre se safou de todas as mentiras. A vida perfeita com os filhos perfeitos. Ninguém sabe que tudo é falso, mas eu sei. Você não merece nada disso. Eu sei tudo sobre sua mãe e como você a ajudou. Ela é uma assassina que destruiu a carreira do meu pai. Por causa dela, ele virou uma piada. Tudo de ruim que aconteceu com nossa família leva a vocês duas. Círculo completo. As pessoas deveriam saber a verdade.

Durante todo esse tempo, Julie achou que fosse invisível, mas a fúria no olhar de Gwen deixa claro que ela foi vista. Gwen vê o sucesso de Stella como uma afronta aos próprios fracassos. O que nunca vai entender é que, em uma versão diferente da história, elas poderiam ter sido amigas.

— Vamos lá, Stella, ou será que devo chamá-la de Julie? — provoca Gwen. — Você poderia ter retornado, mas acho que ficou com medo de voltar para a cena do crime, não é?

— Não sei do que você está falando — declara Julie.

Outra mentira, mas ela está tentando ganhar tempo. Avaliando as possibilidades de fuga.

— Meu pai ensinou para sua irmã tudo que ela sabe. Depois ficou a observando. Sabia que ela era a chave para encontrar você. Ninguém acreditou na teoria dele sobre a sua mãe, mas eu acreditei. Me lembrei do jeito como você se esgueirava pelos cantos e como mentiu sobre a seleção para a equipe de cheerleaders no fundamental. Ainda está mentindo. Se esgueirando por McLean no meio da noite e fingindo ser outra pessoa. Você é exatamente como sua mãe. Meu pai acha que você fugiu para não contar a verdade sobre um cara chamado Kevin Mulroney. Será que você se lembra de alguma coisa, Julie?

Claro que lembra.

Ele a chamava de "Juliebell".

Um som baixo escapa de sua garganta. Aquele nome invoca uma versão dela que sobrevivia a qualquer custo.

Atrás de Gwen, na estrada, ela vê um brilho. Luzes de freio piscam e desaparecem. Um segundo. Ela olha para baixo para que Gwen não siga o olhar.

Será que Paula a está deixando para trás?

Aquilo não faz sentido. Não, é óbvio que Paula seguiu em direção ao rio. A estrada antiga que leva para a nova ponte. O plano de Paula é claro.

Mas, para chegar à irmã, precisa fugir de Gwen.

Julie se recompõe. O melhor ataque é uma boa defesa.

— Você é louca. Seu pai perseguiu minha mãe e você está me perseguindo. É como se quisesse ser *eu* ou algo parecido. — É o tipo de provocação que Ginny teria usado na escola, o que talvez seja o motivo de ser tão eficaz.

Gwen estreita os olhos e tenta agarrar o braço dela. Julie desvia, segurando o Tupperware com força. A tampa antiga racha, revelando um espaço.

Gwen parte para cima. Dedos fortes se fecham em volta do pulso de Julie. Gwen é surpreendentemente forte.

— Tudo bem — diz Julie.

Ela se vira e oferece o Tupperware e a carta. Gwen solta o pulso de Julie com olhos brilhantes. No instante que os dedos se soltam, Julie se vira e foge.

O truque mais antigo do mundo.

Gwen pode ser mais forte, mas Julie espera ser mais rápida.

Para ser justa, nenhuma das duas é particularmente rápida. Julie corre por um terreno que antes conhecia em um ritmo da meia-idade. Os passos de Gwen a seguem. Se Julie fosse mais jovem estaria concentrada exclusivamente na velocidade. Agora, tem mais cuidado. Não pode arriscar quebrar o tornozelo nem estourar o joelho, cair de uma forma que possa causar algum estiramento muscular, enquanto ainda está com as provas exculpatórias que garantirão que sua vida não se parta em mil pedaços.

O som dos passos de Gwen se distanciam, e Julie sai de um arbusto no antigo caminho ao longo do rio. Ela sente um triunfo de um segundo por ter vencido a corrida, mas dura pouco.

Em vez de persegui-la, Gwen contornou o arbusto. Ofegante, com as mãos na cintura, como se estivesse no comando, ela se coloca entre Julie e a ponte.

— O que você vai fazer agora? Nadar no rio?

As palavras parecem um desafio. Julie olha para a água, turbulenta e escura. Uma superfície macia só quebrada pelo bloqueio de troncos.

Desafio é desafio.

Se você não aceitar, só existe uma opção.

Você anda na prancha.

Julie se vira, segurando o Tupperware e a carta junto ao peito. O pé tateia o primeiro tronco. Ela coloca o peso nele e testa a densidade. O primeiro tronco é sempre mais fácil porque ainda dá para voltar. A parte mais difícil é o meio, onde a água amoleceu alguns troncos e os cobriu com uma camada grossa de musgo escorregadio.

— Julie, espere!

A voz de Gwen é aguda e queixosa sobre o rugido das águas, mas Julie a ignora.

Ela se lembra do truque do jogo. Foco nos troncos. Olhos fixos no outro lado da margem. Segurar todo o peso do corpo no abdômen.

Ela tateia com o pé o segundo tronco. Testa e muda o ponto de equilíbrio. Um pé na frente do outro. Uma travessia lenta. O abdômen de meia-idade contraído. Ela respira fundo, enchendo os pulmões de ar que tem o gosto de infância.

Com cuidado, vai deslizando sobre o musgo escorregadio.

A água ruge lá embaixo, escura e fria. Não vai ter uma segunda chance.

— Julie, volte já aqui. Não seja idiota — grita Gwen.

A voz de Gwen é de alguém cujo plano tomou um rumo inesperado.

Mais três passos. Julie transfere o peso para outro tronco. Outro passo.

O pé escorrega no musgo, e ela precisa se equilibrar. Retomar o equilíbrio. Está indo rápido demais. Obriga-se a parar. Escolhe um ponto de foco na margem do outro lado. Reencontra seu centro e encaixa os ombros para trás. Pensa em uma nova rota. Um passo de cada vez. Exatamente como Paula lhe ensinou.

Então o bloqueio de troncos faz algo inesperado.

Balança com um peso adicional.

Julie vira a cabeça, mesmo sabendo que não deve fazer isso.

A escuridão gira. A água corre lá embaixo como uma ameaça gelada. Um passo em falso, e ela será dragada para o fundo. Sente o chamado, que tira seu equilíbrio. Ela se agacha. Colocando uma das mãos no tronco, enquanto a outra ainda segura o Tupperware e a carta da mãe.

Gwen está dois troncos atrás.

Julie considera suas opções. Pode dizer para Gwen voltar, mas é improvável que ela escute. Além disso, depois de ter passado do primeiro tronco, é mais perigoso voltar. O bloqueio está tremendo, reproduzindo o movimento das pernas de Gwen.

— Julie — chama ela. A raiva na voz sumiu. Tudo que resta é o medo.

O equilíbrio de Ginny nunca foi muito bom. Lentamente, Julie se levanta.

— Está tudo bem — diz ela. — Você consegue. Não olhe para mim. Queixo para cima. Olhos na margem. Mantenha o equilíbrio no abdômen. Vai dar certo.

Gwen assente, mas o tremor de seu corpo faz todo o bloqueio de troncos tremer.

— Um passo de cada vez — diz Julie, engolindo o próprio medo.

Gwen dá um passo trêmulo, chegando à parte onde a correnteza é mais forte.

— Isso mesmo. Você consegue. — As palavras estão cheias de encorajamento, como o tom que os treinadores de hóquei de Daisy usam.

Gwen dá mais um passo.

Está se aproximando.

— Tateie o próximo tronco com o pé — orienta Julie. — Cuidado com o musgo.

Gwen dá mais dois passos hesitantes. Os olhos delas se encontram. Estão no meio do bloqueio de troncos. Seis metros a separam de ambas as margens do rio. Aquilo que aprendera na infância volta a Julie. Essa é a parte mais traiçoeira. Se conseguir salvar Gwen, talvez tudo aquilo acabe. Talvez Gwen esqueça de tudo.

Gwen se aproxima e de repente acelera o passo.

Julie estende o braço e oferece a mão.

— Cuidado. Devagar.

Gwen estende a mão também, mas não para a mão que Julie ofereceu, mas sim para o que está segurando.

— Não. Não... — sussurra Julie, enquanto o Tupperware pesado e a carta da mãe são puxados da sua mão.

O puxão a faz perder o equilíbrio no meio do bloqueio de troncos. Por um segundo, acha que vai cair. Mas ergue o queixo e encaixa os ombros para trás.

Gwen se afasta, virando-se no tronco, voltando para a margem que deixou para trás, com a prova de que Sharon é uma assassina e de que Julie guardou o segredo da mãe.

Mas aquele foi o erro de Gwen.

No meio do rio, o musgo dos troncos é mais espesso. Quando você anda na prancha, precisa deslizar os pés e se mover devagar. Em vez de um caminhar lento, Gwen dá três passos rápidos.

O pé dela escorrega. Ela olha para baixo e estende a mão como se quisesse se agarrar em alguma coisa.

Por um momento, tudo fica em câmera lenta. Sob o luar, o ambiente está claro. Julie dá um passo em direção a Gwen, mas não consegue alcançá-la. A expressão no rosto de Gwen não é de terror, mas de descrença. O Tupperware antigo cai na água e afunda, mas a carta flutua na brisa.

— Julie! — grita Gwen ao cair.

Julie estende a mão, mas está longe demais. A única coisa que consegue pegar é a carta.

Por um segundo, considera mergulhar atrás de Ginny, mas sabe que seria suicídio. A noite fica silenciosa, em uma calma mortal. O único som é o da correnteza.

Julie enfia a carta no elástico da calça. Então, deslizando os pés com cuidado ao longo do tronco, se vira para a margem oposta.

Anda na prancha.

Um pé na frente do outro. Mantém o equilíbrio no abdômen, exatamente como Paula ensinou. Enquanto se move, não pensa no que acabou de acontecer.

Não pensa no som que o corpo de Gwen fez ao bater na água gelada.

Nem no som da voz de Gwen gritando seu nome.

E definitivamente não pensa no jeito que Gwen tentou respirar uma última vez enquanto a corrente traiçoeira a arrastava para baixo.

40

OUTONO E PRIMAVERA

PAULA

A primeira coisa que senti quando vi Julie na ponte foi alívio. A segunda foi preocupação. Ela estava vindo do outro lado do rio. Da parte superior, só há um jeito de atravessar.

Ela havia andado na prancha.

Senti o estômago queimar, mesmo que o perigo já tivesse passado. Era a mais absoluta burrice atravessar o bloqueio de troncos no escuro. Quando eram crianças, as duas se enganavam achando que conseguiriam nadar naquela correnteza, mas, se uma pessoa cai no rio, a chance de sobreviver é zero.

Ela entrou na caminhonete, e um silêncio pesado a seguiu.

— Tudo bem? Cadê a Gwen?

— Vamos embora, Paula — disse ela, sem olhar para mim.

— Cadê a Gwen? — repeti.

— Gwen se foi — disse ela.

Então Julie tirou um pedaço de papel do elástico da calça e dobrou em três, exatamente como todos os outros. Achei que eu soubesse o que estava escrito lá quando ela me entregou, mas, como em todas as histórias da nossa mãe, eu estava um passo atrás.

A carta me fez entender tudo bem rápido. Os bilhetes que minha mãe havia enterrado não eram confissões, mas seu jeito de se despedir. Quando acabei de ler, olhei para Julie. Ela ainda estava olhando pela janela.

— O que a gente faz agora?

Julie começou a falar bem baixo.

— Ela não nos contou tudo. Se soubéssemos, não a teríamos deixado para trás. Ela precisava que a gente fizesse nossa parte. Estava nos protegendo, Paula.

Schaeffer devia ter dado alguma dica do que já sabia para ela. Deve ter sido o que a fez entrar na frente do trem.

Lágrimas escorriam pelo meu rosto, mas não me preocupei em enxugá-las.

— Eu entendo — continuou ela, no mesmo tom baixo. — Faria o mesmo pelos meus filhos. Qualquer coisa, se eu soubesse que isso os manteria seguros.

— Talvez a gente tenha entendido errado. Talvez ela esteja bem.

Os olhos de Julie ficaram severos de um jeito que me fez pensar na nossa mãe.

— Este é o final que ela escolheu. Temos que deixá-la orgulhosa, Paula.

Seguimos o roteiro que minha mãe escreveu da melhor forma possível. Fomos direto para minha casa, onde deixei meu celular. Ninguém tinha ligado ainda, mas sabia que isso não demoraria.

Na garagem, colocamos todo o ouro no carro antigo que eu tinha antes de ganhar dinheiro para comprar a caminhonete. Enchemos as sacolas que nossa mãe nos tinha dado com cogumelos maitake, as pontas viradas como folhas secas. Claros e carnudos por baixo, como meu rosto quando me vi de relance no espelho retrovisor. Levei as sacolas para a cabine da caminhonete.

Joguei no forno todas as cartas e fotografias, menos uma, e acendi um fósforo. Enquanto as observávamos queimar, meu telefone vibrou. Era Schaeffer.

— Paula, cadê você? — Schaeffer soava como quem tinha levado um soco no estômago.

— Em casa. O que aconteceu?

— Preciso que você venha à casa da sua mãe. O mais rápido possível. — Suas palavras estavam pesadas de um jeito que me disse o que eu deveria esperar.

Falei que estava a caminho e encerrei a ligação.

— Eles precisam encontrar a carta. — Os olhos de Julie estavam vidrados como se tivesse comido um dos pêssegos venenosos da nossa mãe. — É o que ela queria. Devemos a ela fazer tudo certo.

Eu a abracei com muita força antes de ir embora. Depois entrei na caminhonete, dei a volta no quarteirão e parei para me certificar de que ninguém estava me seguindo. Quando tive certeza, liguei para o telefone fixo e avisei para Julie que a barra estava limpa.

O resto da parte de Julie é algo que só posso imaginar.

Ela espera pela ligação na minha casa, depois tira o carro da garagem. Atravessa a cidade, com cuidado de se manter dentro do limite de velocidade. Na autoestrada I-5, segue para o norte, passando por Portland direto até Seattle. Quando chega lá, digita o código da porta da frente da casa de veraneio que nossa mãe alugou pelo VRBO, enquanto estávamos no avião de volta a Oregon.

É uma casa com garagem. Um lugar no qual Julie pode ter certeza de que tudo que está no carro ficará em segurança.

No dia seguinte, Julie vai aos encontros que minha mãe marcou com quatro pessoas diferentes que compram ouro.

Eu a imagino contando a história do divórcio.

— Tem sido... — Ela faria uma pausa longa o suficiente para que quem estivesse diante dela tirasse as próprias conclusões. — Digamos apenas que não tem sido fácil. — Seu sorriso seria corajoso e ela piscaria para controlar as lágrimas. — Estou pronta para começar um novo capítulo. Dessa vez, vou me certificar de estar protegida.

Ela tem uma cópia da certidão do divórcio se quiserem ver. O homem diante dela, na minha imaginação é sempre um homem, assente e mal olha para os documentos que Julie tira da bolsa elegante. Ele não se preocupa em investigar mais porque não tem motivo para não acreditar nela. O olhar no rosto de Julie vai mostrar que ela acabou de sobreviver a uma experiência difícil e saiu mais forte. Ele vai classificá-la como uma lutadora, mas do tipo doce.

Ele com certeza vai querer ajudar ao dar tudo de que ela precisa. Algo seguro que não permitirá que o ex-marido localize o dinheiro. É por isso que faz sentido mandar o dinheiro para as ilhas Cayman.

Duas contas, na verdade.

Essa parte não preciso imaginar porque tenho a conta que ela abriu para mim. Dividimos tudo que encontramos naquela noite. Sem exceção.

Quanto à minha parte da história, não preciso imaginá-la, porque a vivi.

Quando cheguei à fazenda, o lugar estava todo iluminado, como uma árvore de Natal. Sirenes de carros de polícia brilhavam na entrada. Todas as luzes da casa da minha mãe estavam acesas.

Não queriam me deixar entrar, mas, considerando que eu era da polícia, não tiveram muita escolha. Entrei pela porta dos fundos que leva até a cozinha. Estava vazia. Os pratos ainda estavam na pia, e o bolo que Schaeffer comprou para nós na Dunlap's estava na bancada. Coloquei a carta da minha mãe embaixo da bandeja do bolo e fui até a sala.

Havia sangue por todo lado. Ela tinha usado uma arma. Assim que os policiais me viram, tentaram me tirar da sala, mas eu os afastei. Dei um passo para conseguir ver o rosto dela. A maioria das pessoas que se mata com uma arma atira na cabeça. Ela atirou no coração. Mesmo na morte, precisava fazer as coisas de forma diferente.

Aquele foi meu último pensamento antes de vomitar por toda a cena do crime.

A próxima coisa de que me lembro é de me sentar na grama do lado de fora. Alguém me cobriu com um cobertor térmico e disse que eu estava em choque. Fiquei ali, tremendo e dizendo a mim mesma que deveria ter percebido no instante em que li o primeiro bilhete. Sabia que não era o estilo dela confessar, sendo que havia sido tão cuidadosa com cada um dos detalhes. Outra voz na minha cabeça, que soava muito como a de Julie, me disse que a culpa não era minha. Minha mãe era perita em planos de contingência e em se certificar de que todos representassem o papel destinado a eles.

Quando Schaeffer me encontrou, ele se sentou ao meu lado na grama.

— Eu amava aquela mulher — sussurrou ele baixinho. — Sei tudo que ela fez. Ela arruinou minha vida, mas juro por Deus que, mesmo assim, eu a amava.

Fiquei olhando para a casa na qual cresci e imaginando quanto tempo Schaeffer levaria para explodir nossa vida.

Assim que ele ficou sabendo da carta de suicídio, se levantou. Ele a leu por sobre o ombro do policial responsável pela investigação.

— Não foi isso o que aconteceu — berrou ele, arrancando a carta da mão do policial. — Leia a porra do meu relatório sobre Sharon Waits. Leia a autópsia. Kevin Mulroney não morreu por sufocamento. Será que nenhum de vocês sabe ler?

É uma sensação estranha ver alguém ser preso na teia da minha mãe. A saliva se acumulava no canto da boca de Schaeffer. Foram necessários dois policiais para pegar a carta de volta. Mais dois para acalmá-lo. Percebi o momento em que começaram a evitar olhar para ele. Alguma coisa estava começando a mudar.

E essa coisa foi gravada em pedra assim que encontraram o corpo de Gwen.

— Paula estava na floresta — berrou Schaeffer, batendo com um dedo em mim. — Ela matou minha Ginny. Ela é uma assassina. Assim como a mãe.

Ele estava enlouquecido, e eu não fui a única a notar. Os dois policiais que estavam tentando acalmá-lo entraram em modo de contenção. Do mesmo jeito que tratam um viciado em drogas e em situação de rua arrumando confusão na rodoviária.

Eu precisava desacreditar as acusações dele, e minha mãe me deu as ferramentas para isso.

— Ele está certo. Eu fui à floresta — falei para os policiais que tentavam conter Schaeffer. — Podem olhar na minha caminhonete. Eu mostro o que eu estava fazendo. — As palavras saíram da minha boca de forma muito natural, da maneira que eu tinha treinado com minha mãe.

Quando estendi as bolsas com cogumelos, Schaeffer agarrou uma delas do jeito que um homem que está se afogando se agarra a um bote salva-vidas.

— Cogumelos maitake — disse para os policiais.

Minha voz estava sem vida, como se eu estivesse vazia por dentro, que era como me sentia. Como minha mãe dizia, as melhores histórias sempre têm um pouco de verdade.

— Minha mãe queria fazer um jantar surpresa para ele. — Indiquei Schaeffer com a cabeça. — Tem que colher à noite. A luz da lanterna brilha diferente na parte carnuda. Achei que não seria seguro deixar uma mulher de mais de setenta anos ficar andando pela floresta depois de escurecer.

Minha voz falhou na última frase e as lágrimas recomeçaram.

— Mentirosa. — A voz de Schaeffer se transformou em algo feio e irreconhecível. — Vocês não estão vendo que ela está mentindo?

Por um momento, senti pena de Schaeffer. De verdade. Então me lembrei da minha conversa com minha mãe. Quando afirmei que ninguém escolhe partir para outra, e ela disse que eu ficaria surpresa.

Quando puxaram Schaeffer para longe, tudo que eu conseguia pensar era que a força com que ele segurava a bolsa estragaria os cogumelos. Do mesmo modo como ele destruiu a própria família, a filha e qualquer forma de felicidade que tinha encontrado com minha mãe. Na sua busca pelo bem, causou muito mais danos.

E pelo quê? Um histórico perfeito em um departamento de polícia de cidade pequena?

Minha mãe também estava certa sobre outra coisa. Mesmo se tivesse tentado avisá-lo, dito o que estava em jogo, ele nunca teria acreditado.

Um dos meus amigos da polícia me levou para casa. Fiquei acordada a noite toda pensando. Bem perto do amanhecer, percebi que era hora de eu partir para outra também. Não do jeito que minha mãe usava essas palavras, mas da forma como a maioria das pessoas usa.

Eu precisava de um recomeço.

No dia seguinte, fui interrogada pela polícia. Por algum motivo, aquela investigação nunca foi para a frente. Ninguém teve estômago para reabrir um caso de duas décadas atrás. Principalmente não depois de um estranho duplo suicídio.

Essa foi a teoria por trás da morte da minha mãe e de Gwen. Um duplo suicídio.

Não era segredo que as filhas de Schaeffer não gostavam da minha mãe.

Fiquei surpresa por Schaeffer não desafiar a teoria. Não descobri o motivo, até alguns dias depois que minha mãe se foi. Recebi uma carta dela, enviada no dia que morreu. Nela, minha mãe explicou como Gwen havia passado informações comprometedoras de Tom que Schaeffer estava usando para pressioná-la.

Finalmente, entendi a história toda.

Com base no que a polícia encontrou no carro de Gwen e na ausência de qualquer pista de DNA ou de outra natureza, a teoria era de que Gwen tinha ido enfrentar minha mãe. Culpá-la pelo fim do casamento de Schaeffer. A culpa pelas acusações fez minha mãe se matar. O estresse de ver o incidente fez Gwen sair de lá e se jogar no rio.

Uma história ridícula, mas nem todo mundo tem o dom da minha mãe.

* * *

Quando entreguei meu pedido de demissão no departamento de polícia, expliquei que havia fantasmas demais em Livingston e que eu precisava de um recomeço. As pessoas pareceram entender.

Eu me mudei para Sacramento e comprei uma casinha que também funciona como meu escritório. Hoje em dia meu único título é detetive particular. Não tenho muitos clientes, mas tenho uma conta nas ilhas Cayman, então não preciso fazer muitos negócios. Isso me dá muito tempo para pensar.

Meus pensamentos sempre voltam para o tempo que trabalhei no departamento de polícia de Livingston. O que fez Schaeffer se fixar na minha mãe e nos eventos que cercavam a morte de Kevin Mulroney?

Foi o caso em si ou foi o fato da principal suspeita dele ser uma mulher?

Não me passa despercebido que a tentativa de Schaeffer de descobrir o mistério resultou na morte de mais duas mulheres.

Ouvi rumores de que pediram que Schaeffer deixasse a polícia. Aquela notícia me fez sorrir e pensar na minha mãe. Se ela tivesse feito com que ele partisse para outra, aquilo confirmaria a narrativa dele. Em vez disso, ela apostou na reviravolta. Tirou a própria vida para salvar a nossa e destruir a dele.

Como ela sempre disse, tudo que fez foi por nós, suas filhas.

41

OUTONO PARA PRIMAVERA

STELLA

Stella volta para casa. Não é o tipo de mãe que abandona os filhos.

Os dois tratam a ausência dela como uma idiossincrasia. Ou uma crise de meia-idade.

— Precisei ir até o lugar onde eu nasci — explicou ela.

— Mas por que você deixou seu celular aqui? — perguntou Daisy, como se aquilo, e não o desaparecimento de Stella, fosse a informação que ela não conseguia entender.

Stella deu de ombros.

— Não existia celular quando eu era pequena. Acho que quis vivenciar tudo do mesmo jeito. Sem distrações.

— Os anos oitenta tinham uma vibe — disse Colin, em tom nostálgico. — Dá para imaginar? Ninguém para acompanhar seus passos? Devia ser, tipo... uma sensação de liberdade total.

— Acho que sim — disse Stella, com uma risada.

E acabou aí. Seu breve desaparecimento foi totalmente esquecido, como se nunca tivesse acontecido. A curiosidade dos filhos por ela era limitada. Stella pensa no oceano de coisas que nunca vai saber sobre a mãe e não os julga. Colin e Daisy têm a própria vida para viver, e esse é o objetivo dos pais.

No fim das contas, todos precisam voar sozinhos.

Tom, por outro lado, não esqueceu.

Quando ela voltou para a casa grande demais em que viviam, Tom estava desgrenhado. Sem se barbear e vestido com roupas que parecia ter pegado no chão. Quando a viu, os olhos dele ficaram marejados.

Aquilo a pegou de surpresa.

— Achei que você não fosse voltar — disse ele.

— Por causa da Gwen?

Ao ouvir o nome de Gwen, Tom fez uma careta. E então começou a contar uma história. O único problema é que Stella não está convencida da veracidade. Acreditar nela é o mesmo que acreditar em um monte de coincidências e ignorar o que viu.

De acordo com Tom, ele teve um relacionamento com Gwen Thompson, mas não um caso clandestino. Era uma questão de dinheiro.

— Chantagem — disse ele.

Gwen tinha provas de que o nome, a idade e a história de Stella tinham sido forjados.

— Ela chamou você de mentirosa — disse Tom, com olhos que imploravam que Stella desmentisse aquilo.

— E você acreditou?

Ele meneou a cabeça e afundou a cabeça nas mãos. Gwen tinha provas. Documentos e um arquivo de polícia sobre uma menina desaparecida chamada Julie Waits. Uma foto em que ela parecia vagamente com Stella. Ele a encarou com lágrimas nos olhos.

— Eu não liguei para nada disso. Mas tinha mais. Gwen tinha um arquivo inteiro. Nós declaramos imposto e entramos com pedido de hipoteca usando seu nome e o número dos seus documentos. Você não pode usar um nome falso em transações financeiras. É um crime. Nós dois acabaríamos presos por anos. Eu teria meu diploma cassado.

Os dois estavam na área de estar do quarto deles. Aquela que Stella tinha decorado com tanto cuidado para os momentos a sós do casal. Quando os pronomes de Tom mudaram de "nós" para "eu", Stella compreendeu bem rápido e foi até a janela que dava para o quintal.

— Então você tomou a decisão sem conversar comigo.

— Eu fiz a minha pesquisa. — A voz dele era fria. — Gwen estava certa. Eu não estou culpando você, mas esses são os fatos. Paguei uma vez para ela, com o dinheiro que eu tinha guardado para fazer uma surpresa para você e as crianças, para umas férias. Achei que ela ia desaparecer, mas não foi o que aconteceu.

Stella continuou de costas para Tom para que ele não visse a raiva que se espalhava dos olhos para as outras extremidades, provocando uma dormência nos dedos das mãos e dos pés.

— Gwen veio a nossa casa. Disse que você ajudou sua mãe a escapar de um assassinato. Que sua mãe matou seu pai e mais um monte de outros homens. Falei para ela que sua mãe tinha morrido, mas ela não acreditou. Disse que eu não conhecia você. Eu ia dar dinheiro só para ela ir embora. Mas quando comecei a subir a escada, ela me seguiu. Começou a berrar, xingar você de lixo e dizer que

278

você tinha que apodrecer na prisão. Ela estava louca. Me ameaçou. Eu precisava tirá-la de casa. — Tom meneou a cabeça, como se a lembrança fosse um sofrimento para ele. — Pedi para ela ir embora, mas ela disse que ia destruir nossa vida.

Stella sentiu um frio na espinha. Um mau presságio. Ela deu as costas para a janela.

— E o que você fez? — perguntou ela, em um sussurro.

A voz de Tom ficou patética.

— Ela estava ameaçando nossa família. Eu a agarrei. Não para machucar, mas para tentar acalmá-la.

Stella se aproximou. Ela se sentou diante de Tom para poder estudar a linguagem corporal dele.

— Ela estava berrando. E eu precisava que ela parasse de gritar, entende? Eu a sacudi pelos ombros, só um pouco, mas ela começou a lutar contra mim. Ela se virou e caiu da escada. — Tom recomeçou a chorar. — Eu estava protegendo nossa família. Você entende, não é?

— Gwen caiu ou você a empurrou?

O rosto de Tom demonstrou insatisfação.

— Foi um acidente.

Pensamentos a respeito de outro acidente envolvendo uma escada fez Stella contrair o maxilar, mas Tom não tinha acabado.

— As coisas começaram a piorar a partir daí. Ela disse que aquilo era agressão e ameaçou chamar a polícia. Eu não podia arriscar. Minha carreira e todo o resto estava em jogo.

Os olhos de Tom estavam úmidos e suplicantes enquanto ele explicava sua busca por um investimento de risco. Alguma coisa que ela não pudesse questionar quando não desse certo. Depois ele redigiu o contrato falso, assim como o resto dos documentos no arquivo que trouxe para casa para Stella ler. O silêncio de Gwen tinha sido comprado esvaziando a poupança de Colin e Daisy.

Stella ficou em silêncio enquanto pensava na versão de Tom dos eventos. Então ela pediu para ele ir para o quarto de hóspedes.

Na mesma semana que Stella voltou de Oregon, Paula ligou para dizer que Schaeffer sabia do dinheiro que Gwen recebia de Tom.

— Está em um fundo para os filhos de Gwen. Schaeffer é o fiduciário. Não vai querer ninguém investigando para saber de onde o dinheiro veio — disse Paula.

Aquilo poderia ser classificado como um dinheiro para comprar o silêncio ou como uma compensação pela violência de Tom, disse Stella a si mesma. Não muito diferente do seu dinheiro na conta nas ilhas Cayman.

Naquele inverno, Stella começa a se refugiar no seu quarto secreto com mais frequência. Era lá que ela estava quando Colin ligou para contar sobre a primeira aprovação para a faculdade. Ela se levantou com tanta rapidez da escrivaninha antiga que uma das coxas bateu na ponta e Stella ouviu algo caindo no chão.

Depois que desligou, ficou de quatro. Embaixo da mesa, viu uma forma conhecida. Era o canivete com cabo de estrelas entalhadas. Ninguém tinha entrado no quarto secreto. Ela devia ter empurrado o canivete sem querer fazendo com que se alojasse entre a escrivaninha e a parede.

Ela o pegou, guardou no bolso e saiu para uma caminhada ao longo do rio Potomac. Quando teve certeza de que estava sozinha, jogou o canivete na água e voltou para casa se sentindo mais leve.

Limpa.

No jantar de família daquela noite, eles ergueram a taça para brindar ao futuro de Colin. O filho estava estranhamente falante, o que lembrava Stella do garotinho que ele fora.

— Um ótimo dia. Eu vou para faculdade e tirei dez no meu trabalho de inglês — disse ele, com um sorriso.

— É claro que você vai para a faculdade — disse Stella, mas seus olhos evitavam os de Tom.

Ele deu de ombros.

— Mesmo assim, é bom ter certeza.

— Quero saber desse trabalho de inglês — disse Tom.

Colin assentiu e descreveu o estudo do conflito e dos personagens que ele discutiu em *Um bonde chamado desejo*.

— Minha tese é de que Tennessee Williams estava chamando a atenção para a misoginia da sociedade ao incorporá-la fisicamente em Stanley. Fica óbvio na forma como ele manipula Blanche e Stella. Stanley afirma que as está protegendo, mas é ele que se beneficia da maior parte das próprias ações.

Ela não estranhou o fato de que o filho adolescente tivesse encontrado essa peça específica. Mesmo depois de tantos anos, ainda fazia parte do currículo do ensino médio. E é óbvio que o eco da mãe dele deve ter chamado a atenção. Mesmo assim, o momento pareceu muito aleatoriamente perfeito para ser qualquer coisa além de uma mensagem do universo.

Não se preocupe, Stella, o universo pareceu dizer. *Colin não é Tom. Assim como você não é sua mãe. Todos nós evoluímos.*

Durante todo o inverno, ela pensou sobre a história sofrida de Tom.

Como qualquer bom escritor, ele baseou parte dela na verdade. Seus encontros secretos com Gwen, compreensivelmente confundidos com um caso extraconjugal pelas amigas. O pânico que sentiu com as ameaças de Gwen, acusações criminais e um boletim de ocorrência.

Nas palavras de Tom, *ele cuidou de tudo.*

O que ele não entende é que, ao cuidar de tudo, negou a ela a oportunidade de serem iguais. Ele a silenciou e depois exigiu sua gratidão. Ele não batia em Stella, mas isso não significa que aquilo não era um ataque.

O resto da violência de Tom se encaixa na definição padrão, embora ela nunca vá saber o que realmente aconteceu na escada da sua casa grande demais. A única pessoa que pode responder a essa pergunta se foi.

Na ausência de Gwen, Stella se lembra de vislumbres do que viu. Marcas no rosto de Gwen. O caminhar curvado enquanto cambaleava para o carro. Não era o caminhar de quem torceu o tornozelo, mas sim de quem levou um soco nas costelas. A maioria das pessoas não perceberia essa sutileza, mas a infância de Stella lhe deu uma expertise única das variações de violência que um homem pode infligir contra o corpo de uma mulher. A questão é que a memória é notoriamente falível. Se ao menos ela tivesse a câmera escondida apontada para a escada, e não para o vazio do seu esconderijo.

O que aquilo significa para Stella?

Ela avalia as opções.

O divórcio é uma saída óbvia, mas, como todas as outras promessas da infância de igualdade de direitos, essa opção é vazia. Sim, ela fica com metade, mas é uma metade misógina.

Metade de uma casa grande demais e uma poupança pequena demais. Uma metade que confere um valor limitado à carreira da qual abriu mão e ao trabalho que realizou desde que os filhos nasceram. O valor que deu à vida deles seria tão invisibilizado em um divórcio como o foi durante o casamento. Quanto mais pensa nisso, menos disposta está a aceitar essa avaliação do próprio valor.

Mais importante, sente-se desconfortável de deixar Tom solto no mundo. Soltá-lo diante de mulheres inocentes, até que Stella entenda melhor o que aconteceu. Até onde Tom seria capaz de ir para proteger seu lugar no mundo? Ele empurrou Gwen ou ela caiu?

Detalhes são importantes.

Afinal de contas, ela é filha da mãe dela.

Em uma sexta-feira chuvosa de abril, Stella está no porão encaixotando coisas que a família não quer mais. Pega um casaco que não serve mais e congela ao ver a bolsa da Lilly Pulitzer por baixo.

A bolsa é uma lembrança dos Thompson, que se mudaram logo depois da morte de Gwen. Lentamente, Stella a abre. Dentro, encontra um recibo da Chipotle e a carteirinha escolar de Daisy. Tira as duas coisas. Então, por uma intuição inesperada, abre o compartimento interno da bolsa.

Enfiada lá dentro, vê uma foto desbotada.

Cheerleaders em uma pirâmide.

Ginny Schaeffer está se equilibrando no topo, com os braços esticados em um V de vitória. Uma representação do que acreditava que sua vida seria. Ela deveria ser uma estrela. Julie nunca deveria estar na foto.

Stella observa a foto por um longo tempo. Depois a coloca de volta no compartimento, deposita a bolsa nas caixas que serão doadas para a Goodwill e as organiza na SUV. Enquanto segue até lá, fica imaginando as longas conversas entre Schaeffer e a filha. A história que ele contou para Ginny deveria ser sobre a ordem natural. A forma como as coisas deveriam ser. Uma história moralista na qual a realeza reconquista o trono. Os monstros não são recompensados com uma vaga no time titular de cheerleaders, um retrato de uma vida perfeita em McLean ou uma aposentadoria tranquila em uma fazenda. Na história de Schaeffer, os monstros são julgados com base na justiça correta das coisas.

— Muito obrigada — diz Stella para o funcionário da Goodwill que corre para ajudá-la a tirar os itens que a família não quer mais.

Ele sorri.

— O prazer é meu. E somos nós que agradecemos.

Stella vê de relance o próprio reflexo na vitrine da loja. A semelhança com a mãe a pega de surpresa. Ela controla o impulso de olhar para trás, como se a mãe pairasse além do túmulo.

Ela dirige em direção a sua casa. Stella pensa na versão da mãe do felizes para sempre. Uma reviravolta única de um clichê antigo, mas o plano não era que Stella fosse melhor? Que criasse uma vida que nem a irmã nem a mãe jamais poderiam imaginar?

Ela pensa nisso e, no sinal vermelho seguinte, manda uma mensagem para Lorraine.

Happy hour? Na minha casa?

Lorraine responde na hora.

Na cozinha de Stella, Lorraine se senta em um banco de veludo azul enquanto Stella tira do forno o queijo brie assado que comprou na Trader Joe's. O vinho já foi servido.

— Pratos novos? — pergunta Lorraine, fazendo um gesto para as sacolas da Sur La Table na escrivaninha de Stella na cozinha.

— Um novo hobby — responde Stella, entregando uma taça de vinho para Lorraine. — Vou aprender a fazer conserva. Você deveria aprender comigo!

— Não mesmo. — Lorraine revira os olhos. — Sou velha demais para me tornar uma hipster do Brooklyn. E já vou avisando que, se você comprar um motor home Airstream, não vamos mais ser amigas.

Stella ri.

— Nada de motor home. Prometo.

Elas fazem um brinde a isso e ficam beliscando o brie assado. A conversa é tranquila e agradável. Lá fora, a chuva cai no jardim de Stella. As aulas já acabaram, mas as duas estão atipicamente livres. Os filhos tinham ido para a casa de outras pessoas.

Talvez esse seja o motivo de Lorraine se permitir uma terceira taça de vinho.

Stella abre uma segunda garrafa. Quando se vira, detecta uma expressão no rosto de Lorraine. Culpa misturada com outra coisa.

Raiva.

— Preciso contar uma coisa para você — diz Lorraine.

— O que foi? — Stella se senta e se serve de uma taça.

— Eu deveria ter contado antes, mas depois de tudo que aconteceu, não consegui. — Os olhos de Lorraine estão marejados de lágrimas.

— Sobre a Gwen? — pergunta Stella.

Lorraine assente.

— Eu penso muito em Dave e naquelas crianças, sabe?

— Eu também — responde Stella, o que é verdade.

— Eu a vi com Tom em um café. O jeito que estavam se olhando era tão intenso que não havia dúvidas do que estava acontecendo. Eu deveria ter deixado aquilo pra lá. Cuidado da minha própria vida, mas aquilo acordou algo dentro de mim. — Lorraine olha para baixo e morde o lábio inferior. — Eu nunca contei isso para você, mas Paul teve um caso há uns cinco anos. É claro que não é o tipo de coisa que eu quero que todo mundo fique sabendo. Pensei em pedir o divórcio. Se não fossem meus filhos, eu teria feito isso. Fizemos terapia de casal. Achei que as coisas estavam indo bem, mas o peguei de novo.

Quando Lorraine olha para ela, seus olhos são como adagas.

— Foi ele que quis ter quatro filhos. Não é que eu não os ame. Foi por isso que desisti de tudo para ficar em casa. E agora... — Ela dá de ombros e olha para a chuva descendo sobre o pátio lá fora.

Stella assente. Entende completamente.

— Quando eu vi Tom com Gwen, meio que enlouqueci. Comprei um celular pré-pago. Comecei a mandar mensagens ameaçadoras. Coisas do tipo "Eu te vi". Foi uma ideia ridícula, mas, de alguma forma, fez com que eu me sentisse melhor. Como se tivesse recuperando uma pequena parte da minha dignidade. Aí, quando ela morreu, eu meio que entrei em pânico, achando que seria uma suspeita. Depois pensei "Ufa, ela se afogou". Depois, obviamente, me senti uma babaca.

Enquanto Lorraine fala, Stella começa a recategorizar tudo que achava que sabia sobre a amiga. Durante todo aquele tempo, tinha subestimado Lorraine.

Quantas outras mães do subúrbio Stella reduziu a luzes no cabelo claro e SUVS elegantes? Ela era cúmplice de desvalorizar essas mulheres. Ex-advogadas, médicas, economistas, professoras, contadoras e executivas de propaganda e marketing que haviam comprado a falsa promessa de igualdade e depois terminado presas no gueto da maternidade.

É uma compreensão que a abala.

— Você não achou que eu tinha esse lado, não é? — pergunta Lorraine.

Stella dá de ombros e sorri.

— Acho que todas nós temos nossos segredos. Daisy e Ainsley diriam que isso confirma nosso status de amigas para sempre.

— Amigas para sempre — diz Lorraine, batendo a taça na de Stella.

Mais tarde, depois que Lorraine se foi, Stella está sozinha e fica pensando sobre segredos e histórias. Ela é perita nas duas coisas. Segredos que vêm à tona e histórias que se desenvolvem com o tempo por meio dos menores detalhes.

Desde que ouviu a história de Tom, está trabalhando em retomar a própria. Como sua mãe pintando a parede nos fundos do celeiro, é um processo que pode tomar vários caminhos.

É impossível prever o que Tom vai revelar por meio de uma palavra ou um gesto descuidado.

Nesse meio-tempo, Stella aceita esperar.

Observar.

Pensar em várias opções.

Seja qual for a verdade que acabar se revelando, Stella não é amadora. Diferente de Gwen, entende que ninguém tem um final feliz garantido. É algo que exige trabalho e planejamento. E é por isso que, quando a hora chegar, ela vai ter uma história perfeitamente criada para si mesma.

AGRADECIMENTOS

Este livro começa com uma dedicatória para o meu pai, David Copeland. O que não mencionei é como ele lia para mim, todas as noites quando eu era criança, por horas e horas, sem parar. Ele era professor, leitor e um homem incrível que inspirou gerações de estudantes. Ele morreu em 2013, mas eu sei que teria ficado muito feliz e orgulhoso de sua filha e do livro que ela escreveu.

Livros são escritos por pessoas em um cômodo, sozinhas, mas autores prosperam com o apoio imenso de muita gente. No meu caso:

Christopher Schelling, meu agente incrível, que me tirou de uma pilha imensa de originais. Sua orientação é inestimável e suas piadas sempre (sério, sempre!) me fazem sorrir. Obrigada por saber que, mesmo quando eu digo que vai ser uma ligação rápida, na verdade vai ser de uma hora, e por ler, reler e ler de novo este livro. Sou muito sortuda por ser sua cliente e amiga!

Sarah Stein, minha editora sagaz. Desde nosso primeiro telefonema, percebi que sua visão para este livro se alinhava perfeitamente com a minha. Suas ideias tornaram esta história mais potente, mais consistente e melhor em todos os sentidos. Além disso, você tem olhos de águia para bolsinhas de mão, então meio que já era certeza que a gente viraria amiga.

Toda a equipe da HarperCollins tem sido excelente, inclusive David Howe, que sempre me acode quando mando um e-mail para ele em pânico; Katie O'Callaghan, que está muito animada com este livro, o que é comprovado por todas as suas ideias de marketing; Robin Bilardello, que se apaixonou pela história e passou por várias capas para chegar à melhor possível; e os editores de texto que captaram todos os detalhes cruciais que tornam essa história melhor.

Chris Lotts e Greta Lindquist, meus agentes de direitos estrangeiros. As vendas de vocês me deram um motivo para viajar pelo mundo à procura das melhores livrarias.

Todo livro precisa ser lido por outras pessoas antes de ir para as mãos de profissionais. Meus leitores também são meus amigos mais próximos. Obrigada, Rachel Shields, por ler no avião, me mandar mensagem em tempo real sobre cada reviravolta e implorar para eu reescrever o final original. Eu te amo profundamente, e não só porque a gente passa o dia inteiro trocando piadas ruins nem porque você me ensinou a importância de um Segundo Café da Manhã; obrigada, Sara Eddie, que não só insiste em ler meu trabalho como também é minha única amiga do Noroeste Pacífico que continua acordada quando ainda é meia-noite na Costa-Leste; Liz Murray, que é minha maior cheerleader em McLean e implora para ser a primeira a ler meu próximo livro; e Julia Epstein, que provavelmente é a pessoa mais gentil e atenciosa viva e com quem eu converso quando preciso tomar uma decisão importante. Esta lista não estaria completa sem Sarah Hardy e Erika George. Embora não seja culpa delas, as duas não leram este livro antes da publicação, mas seu amor incondicional e apoio fizeram com que cada passo do caminho fosse um motivo de celebração.

Victoria Sanders, que não é minha agente, mas ficou sabendo do lançamento do livro mesmo assim e o recomendou a duas de suas clientes, May Cobb e Karin Slaughter, que leram e escreveram *blurbs* incríveis. Sou igualmente grata a Colleen McKeegan, Polly Stewart e Jenny Milchman pelas leituras prévias e *blurbs*. Eu admiro a escrita e as histórias que essas mulheres criam, e me sinto indescritivelmente grata por contar com o apoio delas para a publicação deste livro.

Savannah Garth, minha filha, que não joga hóquei de grama, mas me ensinou como mexer no TikTok, e Sebastian Garth, meu filho, que me mantém atualizada de todas as gírias da Geração Z mesmo que eu tenha certeza que "tankar" não seja um verbo. Sou a pessoa mais sortuda do mundo por ter os dois na minha vida. Vocês têm uma visão privilegiada dos altos e baixos da "vida de artista", então faz sentido que estejam se formando no mercado financeiro. Obrigada por me ensinarem a amplitude do que é amar tão imensamente quanto eu amo vocês dois.

Jared Garth, por todos os anos de amizade e apoio.

Phyllis Copeland, minha mãe, que é uma força da natureza e uma das minhas melhores amigas. Obrigada por me deixar completamente paranoica por conservas caseiras. Vou tentar não usar mais seus conselhos de vida como armas de assassinato no futuro. Obrigada por ser um modelo de como ignorar as expectativas dos outros e trilhar o próprio caminho.

E Jay Dunn, que não só leu este livro inúmeras vezes, como passou incontáveis horas dissecando as várias reviravoltas comigo. Obrigada por encarar o trabalho de jornada integral que eu sou e abraçar essa tarefa com amor ilimitado, entusiasmo e paciência. Sua fé inabalável na minha capacidade de contar uma história me inspira a escrever melhor, ir mais fundo, documentar todo o processo e escrever à tarde. Mais do que tudo, obrigada por ser a pessoa que me faz sentir como se finalmente estivesse em casa.

ESTA OBRA FOI COMPOSTA PELA ABREU'S SYSTEM EM CAPITOLINA REGULAR
E IMPRESSA EM OFSETE PELA LIS GRÁFICA SOBRE PAPEL PÓLEN NATURAL
DA SUZANO S.A. PARA A EDITORA SCHWARCZ EM SETEMBRO DE 2024

A marca FSC® é a garantia de que a madeira utilizada na fabricação do papel deste livro provém de florestas que foram gerenciadas de maneira ambientalmente correta, socialmente justa e economicamente viável, além de outras fontes de origem controlada.